Petra Morsbach

# Der Cembalospieler

Petra Morsbach

# Der Cembalospieler

Roman

Piper
München Zürich

*Mehr über unsere Autoren und Bücher:*
*www.piper.de*

Diese Arbeit wurde vom Deutschen Studienzentrum Venedig und der Deutschen Akademie Casa Baldi gefördert.

Von Petra Morsbach ist im Piper Verlag erschienen:
Warum Fräulein Laura freundlich war

FSC
Mix
Produktgruppe aus vorbildlich bewirtschafteten Wäldern und anderen kontrollierten Herkünften
www.fsc.org Zert.-Nr. GFA-COC-1223
© 1996 Forest Stewardship Council

ISBN 978-3-492-04838-5

Gesetzt aus der Adobe Garamond
Satz: Satz für Satz. Barbara Reischmann, Leutkirch
Druck und Bindung: CPI – Clausen & Bosse, Leck
Printed in Germany

*Für J. B.*

# Das wohltemperierte Klavier

*Ich soll ein Konzert in Venedig spielen, in einem Palazzo aus dem 18. Jahrhundert. Gala mit hundert illustren Gästen, Gourmetmenü, Weinverkostung, so was macht man gern. Claire, deren siebzigster Geburtstag gefeiert wird, hat mich gefragt, ob ich lieber im Hotel wohnen will oder im Palazzo, und gleich gesagt, dass der Palazzo weniger komfortabel sei. Ich entschied mich trotzdem für ihn, erstens weil ich dann üben kann, ohne aus dem Haus zu gehen, zweitens aus romantischen Gründen.*

*Der Palast heißt Zenobio. Er sei berühmt, erklärt mir der junge Mann, der mich am Bahnhof Santa Lucia abholt. Während wir im Wassertaxi durch die Kanäle schnurren, fasst er zusammen: Erbaut von Antonio Gaspari 1690–1700, allmählich erweitert zu einem der größten und prächtigsten Palazzi des 18. Jahrhunderts mit damals über dreißig Dienstboten. Seit 1850 im Besitz der katholischen Mönche aus Armenien, sozusagen ein Ableger des Klosters von San Lazzaro; bis vor zehn Jahren Priesterseminar, seitdem zu besonderen Anlässen vermietet; von kunstgeschichtlichem Interesse wegen des illusionistischen Deckenfreskos von Louis Dorigny. Das alles bedeutet mir viel, obwohl ich es nicht sehen kann.*

# Wunderkind

Mit fünf Jahren sah ich zum ersten Mal ein Klavier. Es stand bei meinem Kindergartenfreund Edi zu Hause, eine dunkelbraune Kommode mit schimmernden Pedalen und lackglänzenden weißen und schwarzen Tasten, höchst geheimnisvoll. Edis Mutter merkte, wie beeindruckt ich war, und spielte ein paar Töne. Es war ein Zauberkasten! Ich wurde von einer Sehnsucht überfallen, wie ich sie nie gespürt hatte – einer Sehnsucht so groß wie der Himmel. »Darf ich mal drücken?«, flüsterte ich. »Na klar, Moritz!«, sagte sie. Und nun drückte ich eine Taste nach der anderen, spürte den Widerstand und das plötzliche Nachgeben, hörte den runden, elastischen Klang und war gefangen. Ich entdeckte, dass zu jeder Taste ein Ton gehört, dass es besonders gut klingt, wenn man mehrere Tasten gleichzeitig drückt und dazwischen eine Taste auslässt; dass manche Töne sich nicht vertragen, andere aber schon, und das ergibt dann angenehme und manchmal sogar ganz wunderbare Klänge. »Das ist ein Klavier?«, fragte ich ehrfürchtig. »Ja«, lächelte sie, »und das kann man lernen.«

»Ich will Klavier lernen!«, sagte ich zu Hause.

»Um Gottes willen, das kostet Geld, das muss man üben, und dann verlierst du die Lust –«, antwortete Mama.

»Ich verlier nicht die Lust. Ich will ein Klavier!«

»Hör auf zu nerven!«, sagte sie. »Ich habe weiß Gott genug Sorgen.«

Von da an schrieb ich jahrelang auf jeden Wunschzettel »Klavier«. Mama sagte: »Sprich mit Papa.« – »Aber Papa ist ja nie da!« – »Eben!«, rief sie. »Siehst du nicht, dass ich genug Sorgen habe!«

Papas Abwesenheit war in ihren Augen eine Schande. Papas Anwesenheit aber reizte sie zur Weißglut. »Na, ordentlich einen gehoben?«, spottete sie, wenn er sonntagmittags vom Frühschoppen nach Hause kam. Er beobachtete sie träge, mit geröteten Augen. »Seht ihn euch an, Jungs«, sagte sie, »ein Kompaniechef der Bundeswehr. So gehen Kriege verloren.« In dieser Art fuhr sie fort, bis er die Uniformjacke nahm und ging. Manchmal aber rutschte ihm die Hand aus. »Habt ihr das gesehen?«, schrie sie, »er erhebt die Hand gegen seine Frau!« Heute will mir scheinen, es versetzte sie in eine Art Begeisterung. Sie war wie ein überhitzter Dampfkessel mit verklemmtem Ventil. Vater war dazu da, am Ventil zu reißen. Manchmal schaffte er es, meistens nicht. Wir Kinder brachten uns in Deckung, mehr konnten wir nicht tun. Und obwohl ich, sozusagen zur Selbstbehauptung, weiterhin vor jedem Fest auf meinen Wunschzettel »Klavier« schrieb, leuchtete mir ein, dass unter diesen Umständen an ein Klavier nicht zu denken war.

~

Auch mit uns Kindern war Mama unzufrieden. An Kurt störte sie, dass er so unruhig war. »Hör auf zu zappeln!«, warnte sie. »Noch eine Grimasse, und du fängst eine!« Ich erinnere mich an Kurts verzweifelte Grimassen – ich denke, sie waren sein Kommentar zur Situation, er wollte Distanz gewinnen und schaffte es nicht. Genauso hilflos zappelte er. Es wirkte ironisch und grotesk, aber eigentlich war es die Demonstration seiner Ohnmacht. »Du führst dich auf wie ein Idiot«, bemerkte Mama. »Kein Wunder, dass es mit der Schule nicht klappt.«

Bei mir klappte es mit der Schule; ich reizte Mama durch andere Unarten. »Raus mit der Nase aus dem Buch!«, befahl sie. »Gewöhn dir das bloß nicht an!« Ich wartete, bis sie aus dem Zimmer war, und senkte die Nase wieder ins Buch. Was hat das mit Gewohnheit zu tun?, fragte ich mich. Tatsächlich sah ich schlecht, obwohl mir nicht bewusst war, wie schlecht, ich konnte ja nicht vergleichen. In der Schule saß ich seit der vierten Volksschulklasse in der ersten Reihe und musste trotzdem immer öfter meinen Banknachbarn fragen, was auf der Tafel stand.

Außerdem hatte ich Kopfschmerzen. Das war peinlich, Jungs haben keine Kopfschmerzen, also versuchte ich es zu verbergen, aber die Schmerzen kamen immer häufiger und dauerten immer länger.

Ich lernte das Wort »Anfall«. Die Anfälle begannen als punktförmig stechender Schmerz über dem linken Auge. Das Auge begann zu tränen. Jedes Geräusch verstärkte den Schmerz. Ich fing an zu zittern, mein rechter Arm wurde taub. Oft musste ich brechen. Aber nicht die Übelkeit war das Schlimmste, sondern eine Art überwältigendes Unwohlsein, eine Hoffnungslosigkeit. Während ich sonst als munter und aktiv galt – das stand sogar in meinem Zeugnis –, legten diese Anfälle mich vollkommen lahm. Später lernte ich noch ein Wort dafür: Migräne. So stelle ich mir die Hölle vor. Migränetage musste ich aus meinem Leben streichen. Ich erwachte morgens mit diesem Biss in die Braue und betete: Lieber Gott, mach, dass es vorbeigeht. Der Schmerz steigerte sich, dann kam die Übelkeit, dann die Taubheit, ich konnte nicht mehr sprechen und verwechselte Wörter. Wenn es so weit war, ließen die Lehrer mich gehen, ich schleppte mich heim und machte noch mit großer Anstrengung Hausaufgaben, bevor ich ins Bett fiel. Einmal las ich in einem Buch den Ausdruck *Gebrechlichkeit* und wusste sofort, was er bedeutete. Er betraf mich.

Abends, auf dem Höhepunkt des Elends, verschwand der Schmerz schlagartig. Es war eine solche Befreiung, dass ich ganz aufgekratzt war. »Na siehst du, alles nur Einbildung«, sagte Mama. Aber allmählich machte sie sich doch Sorgen, und als die Anfälle drei- bis viermal pro Woche kamen, fingen wir an, Ärzte zu besuchen.

Die Ärzte fanden nichts und überwiesen mich an einander weiter. Stunde um Stunde verbrachten wir, ich zehnjähriger Invalide und meine verzweifelte Mutter, in Wartezimmern. Wenn wir endlich drankamen, war Mama fix und fertig, und manche Ärzte machten sich mehr Sorgen um sie als um mich. Nur einmal fragte einer, ob ich schon einen Sehtest gemacht hätte. Als wir ihn verließen, den Überweisungsschein in der Hand, sagte Mama: »Also bevor wir jetzt zum zwölften Arzt gehen, machen wir selber einen Sehtest. Lies mal, was dort auf dem Schild steht.« Ich sah kein Schild. »Na, dort unten, auf dem Haus!« Es war unser letzter Sommer in Gernstadt, und wir gingen den Domberg hinab. Ich erkannte ein Gebäude, aber kein Schild und keine Schrift. Nach ein paar Metern fragte Mama wieder, ich sah nichts, und nun fragte sie bei jedem dritten Schritt –

nichts. Am Fuß der großen Treppe endlich erkannte ich verschwommene rote Linien, immerhin, und dann, ein paar Meter vor dem Haus, so nah über mir, dass ich mir fast den Hals ausrenkte, die riesigen roten Buchstaben: SPARKASSE.

~

Für Mama war es ein schwerer Schock. Wieder gingen wir zu Ärzten. In der Uniklinik träufelte man mir Saft in die Augen, dass ich den ganzen Tag lang geblendet war, klemmte meinen Kopf in ein Gerät und ließ mich immer wieder auf einer Tafel Buchstaben lesen, die ich bald auswendig kannte. Schließlich erklärte ein Spezialist, dass ich an einer Augenmuskelgleichgewichtsstörung litte, was sich mit der Pubertät geben würde. Er erklärte, dass Augenmuskelgleichgewichtsstörung eigentlich Schielen bedeute, und das kam mir merkwürdig vor, denn ich schielte nicht, ich bekam sogar gelegentlich Komplimente wegen meiner schönen Augen. Aber dann dachte ich, Schielen oder nicht, Hauptsache, es geht vorbei. Heute nehme ich an, dass der Arzt Mama schonen wollte, denn sie war schon vor der Diagnoseverkündung so nervös, dass wir fürchteten, sie würde in Ohnmacht fallen.

Sie quälte sich. Sie war immer unglücklich gewesen. Nun ging ihr einziges Trachten und Streben – so nannte sie es selbst: »Mein einziges Trachten und Streben« – nach einer glücklichen Familie. Dass das nicht klappte, war unsere Schuld. Vor allem übrigens Papas Schuld, was wir ohne weiteres einsahen. Papa war ein »Versager«, sein ganzer Magen war voller Geschwüre, weil er »es nicht gepackt« hatte. Seine Arbeit als Kompaniechef der Bundeswehr in Gernstadt hatte ihn »überfordert«, und zwar derart, dass er eines Nachts betrunken nach Hause kam und vor unserem Kinderstockbett Blut erbrach. Ein Notarztwagen nahm ihn mit, und im Krankenhaus wurde ihm der halbe Magen entfernt. Mama erklärte uns die Zusammenhänge. Dann kam Papa nach Hause und durfte als Genesender zwei Monate nicht arbeiten. Er langweilte sich, aber er gab sich Mühe mit uns, er gab sich auch mit Mama Mühe; nur wenn er gelegentlich aus dem Flachmann einen Schluck zog, wurde er munter, und nach ausreichend vielen Schlucken wurde er albern und zappelig wie Kurt, sodass er mir manchmal eher wie ein zweiter Bruder als wie ein Vater vorkam. »Reitet nicht auf meinen Nerven rum«, warnte Mama. Denn in diese Zeit fiel mein Geburtstag, und wieder hatte ich »KLAVIER« auf meinen Wunschzettel geschrieben, diesmal in Großbuchstaben. »Jetzt ist nun wirklich der falsche Augenblick, das siehst du hoffentlich ein.«

~

Papa wurde nach München versetzt, und wir bezogen eine Dienstwohnung in Bogenhausen. Papa war hier immer noch Hauptmann, aber nicht mehr Kompaniechef. »Eine Degradierung«, kommentierte Mama. »Aber vielleicht kann er so wieder Tritt fassen.« Er fasste nicht Tritt, aber man kann auch nicht sagen, dass sie ihn besonders unterstützt hätte.

Eine Wendung zum Besseren gab es: Die für mich ausgewählte Schule war ein musisches Gymnasium. Jeder Schüler sollte ein Instrument lernen, und weil in einem Übungsraum ein Leihcello zur Verfügung stand, das sonst keiner wollte, bekam ich Cellounterricht. Ich musizierte gern, wenn auch mit mäßigem Erfolg: Mich störte, dass ich nur eine Stimme spielen sollte, ohne zu wissen, was in den anderen Stimmen ablief, und ich fühlte mich verloren, weil ich nicht wusste, wie die Musik insgesamt klang.

Immer noch litt ich unter Migräne, und als ich dreizehn wurde, konnte ich auch in der ersten Schulbank nicht mehr lesen, was auf der Tafel stand. »Wann kommt denn endlich die Pubertät?«, fragte ich – ich hatte mir gemerkt, dass die, was immer sie sein sollte, meine Heilung brächte. »Ach ja«, sagte Mama zweifelnd, »wir sollten vielleicht noch mal zum Arzt? In München sind die Ärzte vielleicht schlauer?«

Der Münchner Augenarzt schickte mich auf den Gang, bevor er meiner Mutter die Diagnose eröffnete. Beim Rausgehen hörte ich noch den Satz: »Ganz blind wird er vielleicht nicht.« Auf einem Spaziergang durch den Englischen Garten erklärte Mama mir dann alles.

Bis heute staune ich, wie ruhig und vernünftig sie mit mir sprach. Mama mit ihrem Unglück, ihren Launen und ihrer unberechenbaren Wut, ausgerechnet Mama war jetzt nüchtern und mitfühlend bis zur Selbstverleugnung – verstehe das, wer kann. Mir wurde ganz feierlich zumute. Die Diagnose lautete *juvenile Makula-Degeneration.* Ein Genfehler: Meine Netzhaut würde von innen nach außen hin absterben, und mit dreißig war möglicherweise Schluss. Noch hatte ich eine Sehkraft von sechzig Prozent, was besser klingt, als es war, denn ich konnte keinen Punkt mehr fixieren, ich sah nur mit den Rändern der Netzhaut. Wenn ich einen Gegenstand erkennen wollte, musste ich an ihm vorbeischauen, damit er am Netzhautrand hängen blieb.

Aber an einen Schock angesichts der Diagnose erinnere ich mich nicht. Im Gegenteil: Ich fand es irgendwie großartig. Die gegenwärtige Behinderung war ich gewohnt, und mein dreißigstes Lebensjahr war für mich etwa so vorstellbar wie das nächste Jahrhundert. Ich begriff, dass ich ab sofort etwas ganz Besonderes war und dass für mich andere Gesetze galten. Sogar die Migräneattacken hatten plötzlich eine höhere Berechtigung, und das Mitleid aller war mir gewiss. Mitschüler und Lehrer sahen mich scheu und neugierig an. Ich merkte: Je unbekümmerter ich auftrat, desto ergriffener waren sie. Eine Lehrerin, die ich zu trösten versuchte, brach vor meinen Augen in Tränen aus. Ich gebe zu, dass ich diese Reaktionen genoss wie Nektar.

Mit Mama ging ich zu einem Berater der Blindengesellschaft e.V., der mir Fragen und Testaufgaben stellte und dann meinte, ich solle nicht auf eine Blindenschule gehen, sondern unbedingt auf dem Gymnasium bleiben. Ich sei intelligent!, hörte ich. Dann sprach er über verschiedene Blindenberufe – Telefonist, Korbflechter – und meinte, für mich fände sich sicher etwas Besseres. Musik vielleicht? Hat der Bub ein gutes Gehör? So, er lernt schon Cello, das ist doch was! Cello hat zwar keinen Zweck, denn im Orchester muss man den Dirigenten anschauen, aber ein Tasteninstrument, da gibt es verschiedene Möglichkeiten, vom Klavierstimmer bis zum Organisten.

~

Ich erklärte das alles der Klavierlehrerin unseres Gymnasiums. »Hast du denn schon mal ein Instrument gespielt?«, fragte sie. – »Ein Jahr Cello.« Sie reichte mir zerstreut ein Heft mit Noten und gab mir das erste Stück als Hausaufgabe bis zum nächsten Mittwoch.

Es wurde eine erfüllte Woche. Ich übte jeden Nachmittag auf dem Schulklavier im Musikraum, und mir gefiel, dass ich ganz auf mich selbst gestellt war. Erst musste ich die Töne lernen. Innen im Deckblatt unseres Musikhefts stand die C-Dur-Tonleiter vom großen bis zum eingestrichenen C im Bassschlüssel für die linke Hand, vom eingestrichenen c bis zur dreigestrichenen Oktave im Violinschlüssel für die rechte Hand. Für jeden Ton gab es eine bestimmte Klaviertaste, das war einfacher als beim Cello, wo man die Töne auf den Saiten suchen muss.

An dem Stück selbst (»Johann Sebastian Bach, *Das wohltemperierte Klavier* Band 1, Präludium Nr. 1 in C-Dur« las ich – es sagte mir nichts) ermutigte mich der gleichmäßige Duktus. Es waren etwa dreißig Takte mit je zweimal immer der gleichen Bewegung, und immer eine Note nach der anderen, nur ganz selten mehrere gleichzeitig, auch das kam mir entgegen. Motorisch war es einfach: Das Stück floss gleichmäßig in Sechzehnteln dahin, es wirkte fast schlicht.

Aber dann entdeckte ich den Witz: Das Präludium war eine Wanderung durch alle möglichen Zusammenklänge, von denen jeder etwas anderes bedeutete. Es bestand von vorn bis hinten aus Tonfolgen, die man auch gleichzeitig hätte spielen können. Unglaublich, was für Räume sich da von Takt zu Takt eröffneten! Es gab selbstständige Harmonien und solche, die man auflösen musste, spürte ich mit wachsender Begeisterung. Änderte sich nur ein Halbton in so einer Kombination, kam ich in völlig andere tonale Sphären. Die Harmonien entschieden über Empfindung und Ausdruck, und ihrer Entwicklung nachzuspüren war der Sinn des Stücks. War das eine Wonne! Das Schulklavier gehörte mir nur eine Stunde am Tag, dann wurde ich vom nächsten Schüler vertrieben, aber ich nahm die Töne mit, sang sie in der Trambahn vor mich hin, übte die Fingerfolgen auf meinem Oberschenkel. Beim Einschlafen stand mir das Notenbild vor Augen, und wenn ich aufwachte, kribbelte es mir in den Fingern. Freilich war es nicht einfach, das, was ich herausgefunden hatte, hörbar zu machen, deshalb war ich zwar erfüllt, aber auch etwas unsicher, als ich es der Lehrerin am nächsten Mittwoch vorspielte.

»Wie«, fragte sie, »du spielst wirklich erst drei Jahre?«

»Eins ...«

Sie war spürbar beeindruckt. »Ach ja, eins«, murmelte sie, »und wer war dein Klavierlehrer?«

»Nicht Klavier, Cello. Cello hab ich ein Jahr gespielt. Klavier spiel ich erst seit einer Woche.«

»Moment«, hauchte sie hinter mir in einem Ton, als würde sie gleich in Ohnmacht fallen. Sie sprang auf und rannte hinaus, und ich blieb meinerseits beeindruckt zurück. Ich saß und wartete, und weil mir die Zeit lang wurde, improvisierte ich auf dem Klavier. Dann kam sie mit dem Direktor und bat mich, nochmals zu spielen. Die beiden wisperten erregt, und dann hörte ich sie sagen: »Ein Wunderkind!«

~

Ich war ein Wunderkind! Ein blindes Wunderkind! War das herrlich! Vorher war ich ein halb blinder Prinz gewesen, der irgendwann ein blinder König sein würde, und nun war ich noch viel mehr: ein Märtyrer und ein Genie! Ich hatte nicht nur die Musik entdeckt, die mich rettete und mit Sehnsucht und Glück erfüllte wie nichts bisher in meinem Leben, sondern gewann ganz nebenbei auch noch die Hochachtung meiner Mitschüler und Lehrer. Der Direktor war stolz, mich zu seinen Schülern zählen zu dürfen. Jeder nahm höchste Rücksicht: Ich saß vorn, die Lehrer lasen alles, was sie groß und deutlich auf die Tafel schrieben, zusätzlich laut vor. Meine Banknachbarn wurden gebeten, die Zeichnungen in meine Hefte zu übertragen, manchmal taten es sogar die Lehrer selbst. Wenn Spiritusabzüge verteilt wurden, bekam ich die Matrizen.

Tante Elisabeth schenkte mir im Vorgriff auf mein Erbe ein Klavier, und ich durfte zu Hause üben. Ich übte, so lang man mich ließ. Eigentlich war ich mit dreizehn zu alt für ein Wunderkind, aber anscheinend hatte ich während der sieben Jahre, die ich mich nach dem Klavier sehnte, innerlich einen Raum vorbereitet für das neue Universum. Das Universum strömte in mich ein und erfüllte mich ganz. Es fand in mir Platz! Schon ein Jahr nach meiner Entdeckung spielte ich in meinem ersten Schulkonzert Beethovens *Mondscheinsonate* (alle Sätze) und die *Chromatische Fantasie und Fuge* von Bach. Im ersten Konzert außerhalb der Schule spielte ich Regers Klavierbearbeitung von Bachs berühmter *Toccata und Fuge d-Moll*, einen ziemlichen Hammer: Reger hat Bachs einstimmig notierte Originalläufe vierfach oktaviert, um einen mächtigen Klang zu erzeugen, denn am Klavier kann man ja nicht wie an der Orgel mehrere Register ziehen. Aber greif das mal, wenn du zierliche Hände hast, die mit Mühe eine Oktave umspannen. Noch heute, da ich eine Undezime greife, habe ich hohen Respekt vor dem Stück, und mir ist ein Rätsel, wie ich das damals geschafft habe.

Eine Wunderkindkarriere machte ich trotzdem nicht. Mama sagte: »Kommt nicht in Frage, dann müsste ich ja mit ihm herumreisen, und ich habe noch einen zweiten Sohn zu betreuen.« Ich bestaunte die Geistesgegenwart, mit der sie ihre Weigerung als Fürsorge ausgab, aber Einwände hatte ich keine, denn inzwischen sah ich mich als Komponist: Ich brauchte meine Ruhe, um zu komponieren, und schrieb mit wachsender Fertigkeit Toccaten und Fugen, am liebsten in g-Moll.

In dieser Zeit versuchte Vater schon nicht mehr, seinen Alkoholismus zu verbergen. Mama hackte auf ihm herum. Er war ein Hauptmann bei der Bundeswehr, aber Mutters Vater war Oberstleutnant gewesen, »Dienstränge unterhalb Major kamen uns nicht ins Haus!« Ungeschickt pochte Vater auf seine Autorität, indem er bei Tisch reaktionäre Phrasen drosch und bei Widerspruch Kopfnüsse verteilte. Mamas unermüdlicher Angriffslust allerdings hatte er nichts entgegenzusetzen, weshalb er Abend für Abend ins Wirtshaus floh. Seine Selbstachtung pflegte er sonntags beim Stammtisch im »Jägerbräu«, wo er Leute freihielt, die gesellschaftlich und finanziell weit besser gestellt waren als er. Er verschuldete sich, nahm Kredite auf, die er nicht bedienen konnte, plünderte die Sparbücher seiner Söhne und grölte: »Ich kann tun, was ich will! Ihr seid mein Eigentum!« Wir standen erschüttert angesichts solcher

Dummheit, denn eines hatten wir von Mama gründlich gelernt: ihn zu verachten.

Mama nannte ihn einen »bornierten Kleinbürger«, ohne sich in ihren Ansichten wesentlich von ihm zu unterscheiden. Was wussten wir über ihn? Mit sechzehn hatte er sich zur Armee gemeldet; weil er nicht zur Schule gehen wollte, behauptete Mama. Im Krieg bekam er einen Schock, seitdem war er, wiederum laut Mama, »verblödet«. Tatsächlich hatte Vater sein achtzehntes und neunzehntes Lebensjahr als Kriegsgefangener in einem französischen Lager unter freiem Himmel verbracht. In einem Alter, in dem andere sich in den entscheidenden Fertigkeiten des Lebens – Freundschaft, Liebe, Arbeit – üben, hatte er wenig anderes getan, als Vipern zu töten. Verlaust, verroht und gedemütigt kehrte er nach Deutschland zurück. Einer mühsamen Hilfsglaserexistenz entfloh er zur neu gegründeten Bundeswehr. Dort verdiente er gut, und weil er inzwischen wieder körperlich gesund war, gut aussehend und oberflächlich charmant, hatte er Erfolg bei Frauen. Warum er ausgerechnet meine Mutter heiratete, die vier Jahre älter und von schwierigem Charakter war, ist mir bis heute ein Rätsel. Vielleicht beeindruckte ihn ihre bürgerliche Herkunft aus einer Königsberger Offiziersfamilie? Oder ihr Temperament? Jedenfalls war's ein »Schuss in' Ofen«, wie er seinen Söhnen militärisch knapp erklärte. Um unsretwillen hielt er noch ein bisschen durch, aber auch wir überforderten ihn: Kurt versagte in der Schule und brauchte seine Hilfe, aber Vater hatte ja selbst schon in der Schule versagt. Ich hatte keine Schulprobleme, aber ich wurde blind. In seinen Kreisen verachtete man Behinderte – hätte er sich da nicht zwischen Vorurteilen und Vaterliebe entscheiden müssen? Nein, er entschied sich nicht, er war gar nicht imstande, innere Konflikte auszutragen. Also kam er auf die überraschende Lösung, meine Blindheit einfach zu übersehen und sich vor seinen Kollegen oder Verwandten mit meinem Talent zu brüsten, während er bei Tisch gegen Krüppel und Ausländer wütete. Falls er irgendeine Spannung spürte, ertränkte er sie im Alkohol. Noch vor meinem Abitur zog er aus.

Dummerweise glich Kurt ihm äußerlich: Auch Kurt war dunkelhaarig, breitschultrig, schön und hatte die gleichen großen, etwas verschwommenen Augen, weshalb Mama ihm die gleiche Unzuverlässigkeit unterstellte. Seit meiner Entdeckung als Wunderkind hatte Kurt es noch schwerer: Er trug das negative Erbe der Familie. Zunächst versuchte er noch, mich auf seine Seite zu ziehen, mit denselben Faxen und Grimassen, mit denen er mich früher immer von der häuslichen Misere abgelenkt hatte. Aber mich nervte die Zappelei. Ich musste üben.

»Wieso musst du üben?«, beschwerte er sich. »Wunderkinder müssen nicht üben!« Mit einem gewissen Hochmut belehrte ich ihn, dass Talent Fleiß sei. Er schimpfte: »Wo bleibt denn da das Wunder?« Das Wunder besteht darin, dass unser Fleiß so reichlich belohnt wird, antwortete ich nicht. Wir haben eine Vision, das ist das Wunder. Die Vision bündelt unsere Kraft, sodass Arbeit für uns Abenteuer und Entdeckung ist, konnte ich noch nicht sagen, weil ich es noch nicht wusste. Trotzdem war es nicht ganz arglos, wenn ich ihm gegenüber ausschließlich mit meinem Fleiß punktete: Gegen ein Wunder wäre er machtlos gewesen, mein Fleiß aber besiegte ihn auf seinem einzigen und letzten Terrain.

Natürlich musste ich mich wehren: Ständig hatte er mich im Schwitzkasten; seine Protektion war immer ambivalent und von durchaus handfester brüderlicher Grausamkeit. Aber noch im Schwitzkasten triumphierte ich über ihn: Ich bekam alles. Ich hatte die Lust (der musikalischen Erkenntnis), den Sonderstatus (als Talent) und das Prestige (für Fleiß). O weh. Kurt blieb nichts. Vater soff sich um den Verstand. Mama drehte durch. Ich war das Genie und ließ alle im Stich.

*Drei Tage will Claire feiern. Es beginnt mit einem Brunch in einem Restaurant Palanca – sagt mir nichts, ich warte auf jemanden, der mich hinbringt. Claire hat mir Frédéric angekündigt, der mich auch gestern am Bahnhof traf, es kommt aber ein zierlicher, vornehmer junger Noureddine. Ich versuche mir den Weg zu merken. Draußen gleich links. Die Wand höre ich am etwas dumpferen Klicken meines Blindenstocks, den Kanal nehme ich als dunklen Streifen wahr. Es gibt kein Geländer zum Wasser hin, und ab und zu senken sich mitten im Gehweg Stufen hinab. Diese Aussparung ist dunkler als der Weg und viereckig, trotzdem Vorsicht! Lieber an der Hauswand bleiben. Am Kanal entlang also geradeaus, bis es nicht weiter geht, dort wieder nach links (keine Alternative) und diesen Seitenkanal entlang bis zu einer breiten schimmernden, bewegten Fläche. Das sei der Giudecca-Kanal, sagt Noureddine. Gegenüber ist die Giudecca-Insel, dort müssen wir hin. Vom schwankenden Ponton steige ich auf ein plötzlich unter mir nachgebendes Schiff, Noureddine fängt mich auf, das tut gut. Weil die Kajüte voll ist, stehen wir draußen, Wind treibt mir kalten Regen in den Kragen. Ich wundere mich, dass es hier im Oktober bereits so kalt ist, aber Noureddine meint, ich solle es genießen. Er sei oft in Venedig und habe als am schlimmsten immer die Schwüle empfunden.*

*Noureddine erzählt, er sei Marokkaner, mit Claires Familie befreundet und angereist, um die Jubilarin zu unterstützen. Ein zierlicher Mann mit einem feinen, intelligenten Gesicht, der die ganze Zeit glücklich vor sich hin lächelt, was ich nicht sehe, aber spüre. Warum ist er oft in Venedig? Er studiere in Paris Architektur, sagt er, und für Architekten sei Venedig ein Traum.*

*Nach vier Stationen steigen wir aus. Wegen Hochwassers sind Holzstege aufgestellt. Sie haben einen rutschfesten Belag, das ist gut, aber Stufen am Anfang, die ich nicht sehe, das ist schlecht. Außerdem sind sie ziemlich schmal. Noureddine geht mir voraus, ich nehme seine schmale Figur als Schatten wahr. Er warnt mich auch, als der Steg aufhört. Dann sind wir im Lokal.*

*Schmaler Windfang, dämmrige Eingangshalle; in deren Mitte eine riesige bunte Wolke, die nach Blumen duftet. Diener nehmen uns die Mäntel ab. Wir durchschreiten die Eingangshalle und kommen in einen größeren, hohen Saal voller stehender Personen, die in verschiedenen Sprachen schnattern. Noureddine drückt mir ein Glas Prosecco in die Hand und sagt, Heinz Morus habe nach mir gefragt, und er werde ihn jetzt suchen.*

*Ich wandere zwischen gut duftenden Menschen umher, die mit Sektgläsern klirren. Als ich Deutsch höre, nähere ich mich. Man redet über Theater – aha, immerhin Kunst, da fühle ich mich zugehörig. Ein Mann mit sonorer Stimme – zuerst tippe ich auf Sänger oder Schauspieler, auch der pompöse Gestus legt das nahe – findet alles schlecht, was heute auf deutschen Bühnen gemacht wird. Er selbst sei Opernregisseur, erklärt er jemandem, er arbeite aber zur Zeit nicht in diesem Beruf, weil die Steuer einem alles gleich wieder wegnehme. Stattdessen sammle er Antiquitäten. Wenn er eine Auktion verpasse, sei das eine Qual. Gerade habe er einen Gobelin erworben, der so groß sei, dass er ihn zu Hause habe über Eck hängen müssen.*

*»Und was machen Sie?«, fragt er mich.*

*»Ich bin Musiker. Ich spiele übermorgen bei der Gala im Palazzo Zenobio.«*

*»Ah!«*

*Er ist ein lebhafter älterer Mann, stattlich, spüre ich, warm, muskulös, sehr fester Händedruck. Claire habe er auf einer Auktion kennengelernt, sagt er. Bei der Gala wird er aber nicht mehr dabeisein, weil er morgen nach Asien fliegt. In Asien verbringt er immer den Winter. »Das hat viele Vorteile, und dieses Jahr ganz besonders!«*

*Er ist nämlich im Sommer mit 2,5 Promille am Steuer erwischt worden und sollte seinen Führerschein abgeben, was für ihn, der im Sommer auf dem Land lebt, ungünstig ist. Da behalf er sich folgendermaßen: Sein Anwalt focht den Bescheid an, ließ die bürokratische Mühle fünf Monate lang mahlen und zog kurz vor der Verhandlung den Widerspruch zurück. Nun gab er schmerzlos den Lappen ab, denn in Asien braucht er ihn nicht.*

*Ein flotter junger Mann tritt dazu, der mir als »der Sohn von Alfred Mandrovius, Sie wissen schon« vorgestellt wird. Das Gespräch wechselt wieder zu Antiquitäten und Auktionen. Der Asienreisende hat im Guggenheim-Museum einen phantastischen Mondrian gesehen – den betet er an, den jagt er seit Jahren. Der Jüngere ist kurz desorientiert. »Guggenheim-Sammlung im Palazzo Venier de Leoni – am Canal Grande, ziemlich am Anfang links, mit dem, äh – erregten Reiter!«, hilft der Ältere nach.*

*»Ach, der! Na klar, da haben wir letztes Jahr ein Fest drin gefeiert!«*

# Cembalo

Die Katastrophen setzten sich fort und gebaren weitere Wunder.

Etwa so: Ich hatte die Kissen auf meinem Bett nicht gerade hingelegt, oder Mama missfiel, wie ich bei meinen Hausaufgaben ein Schluss-»r« im letzten Wort geschrieben hatte. Sie überwachte immer meine Hausaufgaben. Sie konnte weder Latein noch Englisch, aber sie überwachte meine Latein- und Englischaufgaben. Natürlich barst sie vor Misstrauen, und plötzlich zog sie sich an diesem »r« hoch. »Du schreibst das alles neu!« Ich hörte den manischen Unterton und griff nach dem Heft, damit sie es nicht zerreißen konnte. »Wie, du weigerst dich?« Es folgten ein paar abgerissene Fragesätze, ein paar Keucher der Empörung, dann Geschrei. Kurt wollte mich verteidigen und verfiel dem gleichen Zorn. Auf dem Höhepunkt knirschte sie: »Jetzt reicht's. Ich bring euch um!« Sie holte ein Messer aus der Küche und schrie. Mit einem Satz waren wir im Kinderzimmer und verrammelten die Tür – Kurt hatte mich am Handgelenk gepackt und mitgerissen, er war der Größere und Schnellere, er wollte tatsächlich noch unter diesem Schock mich beschützen, nicht weil ich es nötiger hatte, sondern weil er glaubte, mich beschützen zu müssen, wenn er sonst schon nichts konnte –, und ich begreife erst heute seine Tragik: Er half mir, um sich selbst zu helfen, und konnte es nicht, während ich mit seiner Unterstützung überlebte.

Jetzt brüllte Mama draußen im Gang, und er kommentierte das für mich mit Grimassen. Er tat das, um mir und sich die Angst zu nehmen, und verstrickte sich dadurch noch tiefer, denn er würde es sich nie verzeihen.

Weiter. Nach fünf Minuten Geheul ging Mama röchelnd zu Boden. Wir waren voller Grauen und zugleich peinlich berührt: Wir glaubten nicht, dass sie uns umbringen wollte, aber wir fürchteten den Ausdruck des Wahns auf ihrem Gesicht. Niemand widersetzt sich dem Wahnsinn. In den nächsten Tagen würden die Nachbarn verstummen, wenn sie uns im Treppenhaus sahen, und uns unbehaglich-mitleidige Blicke zuwerfen. Hätte doch nur einmal, nur ein einziges Mal jemand die Polizei gerufen! Das erwarteten wir insgeheim: das Martinshorn – Martinshorn musste sein, bei der Dramatik der Situation – oder, wie im Krimi, intensives Klingeln: Aufmachen, Polizei! Aber es blieb still.

Nach einer Weile handelten wir. Versöhnung war angesagt, ein Versöhnungsakt, der noch quälender sein würde als der Angriff, weil von unbestimmter Dauer. Nachdem wir durch die Tür einige Minuten dem Stöhnen gelauscht hatten, mussten wir Mama retten. Wir schlichen an ihrem Leib vorbei, der liegend den Gang füllte, und holten aus dem Kühlschrank das »Corodin« – Herztropfen, hatte sie uns eingeschärft, erst später erfuhren wir, dass es sich dabei um ein homöopathisches Präparat handelte. Kurt gab fünf Tropfen auf einen Zuckerwürfel, dann knieten wir bei Mama und flehten sie an, den Mund zu öffnen. Sie schluckte mühsam, wir halfen ihr auf. »Was soll das … hat sowieso keinen Zweck …«, stöhnte sie. »Tut uns leid, Mama«, murmelten wir. Sie sah uns nicht an. Wir fühlten uns elend. Was immer wir in den nächsten Stunden oder Tagen taten, würde verkehrt sein. Blieben wir in ihrer Nähe, belasteten wir sie. Gingen wir auf die Straße, waren wir Egoisten. Also versteckten wir uns im Kinderzimmer. Das Schlimmste für mich war: Ich konnte nicht Klavier üben. Seit einem halben Jahr besaß ich das Lindner-Klavier, das Tante Elisabeth gestiftet hatte, aber es stand im Wohnzimmer, da traute ich mich nicht hin. Wenn Mama schlief, schlich ich zu ihm, öffnete den Deckel und schnupperte an seinen Tasten, die so neu rochen, nach Holz und Stahl, das machte mich glücklich. Aber nur nachts. Was rettete mich tagsüber?

~

Auf einmal wusste ich, was: eine Schallplatte! Die konnte ich zumindest anschauen und in den Händen halten. Ich würde eine Schallplatte kaufen! Schon der Gedanke machte mich stark. Ich verließ das Haus, ohne mich abzumelden, und fuhr mit dem Bus in die Stadtmitte, zum Musikgeschäft Lindberg in der Sonnenstraße.

Kaufen wollte ich das *Präludium Nr. 1 in C-Dur*, mein Erweckungs-Präludium, selbstverständlich. Aber es war als Einzelaufnahme nicht zu haben, nur als Teil einer Langspielplatte für zwanzig Mark, und ich hatte genau sieben Mark dabei. Ich begehrte auf: aus Verzweiflung, zum Glück. Wenn ich es schon nicht kaufen konnte, musste ich wenigstens darüber reden. »Sind Sie denn sicher, dass es das richtige Präludium ist?«, fragte ich. – »Bach hat Hunderte von Präludien geschrieben«, gab die Verkäuferin gereizt zurück, »wenn du sonst nichts weißt, kann ich dir sowieso nicht helfen.« Ich versuchte es zu beschreiben. Ich sang es ihr vor und machte mich lächerlich. Die Verkäuferin war, wie ich später erfuhr, selbst eine verhinderte Künstlerin und ziemlich verbittert. Sie verhöhnte mich ein bisschen, aber dann erbarmte sie sich und legte mir eine kleine 45er-Scheibe in die Hand. »Sechs Mark dreißig. Das ist das Richtige für dich.« *Konzert für vier Cembali und Streicher in a-Moll von Johann Sebastian Bach nach Antonio Vivaldi*, las ich. Cembalo kannte ich bisher nur als Verzierungsinstrument für ein paar gezirpte Zwischentakte, es war wirklich nicht das, wovon ich geträumt hatte, aber irgendwas von Bach musste ich mit mir nehmen, ich hielt es einfach nicht mehr aus.

Ich ging zu Fuß nach Hause, fast glücklich.

Dort war, ein weiterer Glücksfall, niemand, weder Mama noch Kurt, und ich legte die Platte gleich auf.

Und dann erwies sich das aus Verlegenheit erworbene Cembalokonzert als das entscheidende, das allerhöchste Glück.

Es war der herrlichste Klang, den ich je gehört hatte. Ich kniete auf dem Teppich und weinte. Pures Gold! Auch heute noch denke ich bei Cembalo immer an Gold. Klavier ist schwarzgrau – wuchtig, mechanisch, schweißtreibend, Orgel silber – säuerlich metallisch. Das Cembalo aber funkelt und strahlt. Im Frankreich des 18. Jahrhunderts verglich man es mit dem Rauschen von Schwanenflügeln, und ich weiß genau, was gemeint war: reine Poesie. Cembalo, Cembalo, redete ich vor mich hin wie ein Verliebter, dabei wusste ich noch nicht mal, wie so ein Ding aussieht. Cembalo! Ein Tasteninstrument, das war klar, sonst nichts. Wenn es nur halb so schön war, wie es klang, würde ich bei seinem Anblick in Ohnmacht fallen.

Beim Abendessen lächelte und summte ich vor mich hin. Mama spürte, dass ich innerlich außer Reichweite war, und fragte: »Was hast du?« Sie war unsicher und bedauerte ihren Ausbruch, ahnte ich. Sie würde das nie zugeben, aber ebendeshalb war sie erpressbar. Mit einer ziemlich gelungenen Mischung aus Inbrunst und Berechnung stieß ich hervor: »Ich brauche ein Cembalo!«

»Bist du verrückt, Junge, du hast doch gerade erst ein Klavier gekriegt«, antwortete sie matt.

Das war mir übrigens klar, aber einen Teilerfolg hatte ich erzielt: Sie war wieder gesprächsbereit. Sie willigte ein, sich die Cembali auf der kleinen Platte anzuhören, sogar mehrmals. Damit war der Abend gerettet. Und schließlich fragte sie reumütig, ob ich nicht Klavier üben wolle.

Der Höhepunkt der Friedensaktion kam drei Tage später: Mama hatte herausgefunden, dass es im Deutschen Museum eine Musikinstrumenten-Sammlung gab, und wollte mich dorthin begleiten, damit ich wenigstens mal ein Cembalo zu Gesicht bekäme.

Wieder ein Glücksfall, kaum zu glauben: In der Instrumentenabteilung fand ausgerechnet an diesem Nachmittag eine Führung über Cembali statt. Der Führer hielt einen Vortrag, den ich vor Nervosität kaum mitbekam. Dann spielte er zur Demonstration kurze Musikstücke.

Aus der Nähe konnte ich damals die schönen verzierten alten Cembali noch gut erkennen. Die schwarzen Tasten, weißen Obertasten – wunderschön! Ich hätte sie am liebsten gestreichelt. Ich hörte die berückende Patina im Klang … Als die Leute sich zerstreuten, fragte ich mit brechender Stimme den Wärter, ob ich mal spielen dürfe. Ich bettelte: nur ein paar Töne! Er ließ sich erweichen. An die Originale durfte ich natürlich nicht ran, aber an ein modernes, das da stand, »du kannst es doch?«, und schon saß ich auf dem Schemel. Herzklopfen. Das Instrument war ein Fabrikcembalo, das wie ein kleiner Flügel aussah, mit Nussbaumfurnier. Es hatte Pedale, mit denen man Register bediente: Wenn man mit den Füßen einen Hebel nach rechts schob, gingen die oberen Tasten mit. Zum ersten Mal im Leben spielte ich auf zwei Tastaturen. Wie war ich je mit einer ausgekommen? Ich merkte, dass man nicht fest drücken durfte wie beim Klavier, sondern die Tasten nur antippen – die Art, wie man die Tasten losließ, entschied über Klarheit und Freiheit des Klangs. Das alles begriff ich im Fluge – als wäre ich vorbereitet gewesen. Ich probierte alles aus. Ich begann im Bach-Stil zu improvisieren und fand kein Ende. Zwischendurch fiel mir Mama ein, ich wunderte mich, dass sie Ruhe gab, und versank wieder in einer Kaskade goldener Töne. Arpeggien, Läufe, Sprünge – das Instrument lebte! Es war, als tanzte ich mit ihm zwischen den Sternen. Nach etwa sieben Toccaten schließlich der letzte Akkord – Glückseligkeit … In meiner Phantasie erhob sich großer, rauschender Applaus, ein wunderbarer Tagtraum. Ich nickte huldvoll, drehte mich sogar um, um mich zu verbeugen, und wurde dabei rot, weil mir bewusst wurde, dass meine Phantasie mit mir durchging. Aber dann nahm ich die Umrisse vieler Menschen wahr, die tatsächlich wild klatschten – es war keine Phantasie! Während ich spielte, waren immer mehr Leute hinzugekommen, angelockt vom Klang, und hatten mucksmäuschenstill gelauscht. Ich sah das Leuchten auf den Gesichtern, verschwommen, aber hell. Ich spürte die Ergriffenheit des Aufsehers. Ich hatte doch nur musiziert! (übrigens viel besser als der Fachmann eben.) Ich hatte ein bisschen geträumt und ganz nebenbei diesen Rieseneffekt erzeugt! Ich war berauscht, und während ich mit Mama nach Hause ging, am Müllerschen Volksbad und am Friedensengel vorbei durch die Bogenhausener Anlagen, redete ich wie im Fieber: »Mein Gott, wenn ich bloß ein Cembalo hätte, wenn ich bloß ein Cembalo hätte!« Und da sagte sie: »Mal sehn, was sich machen lässt … Hm … So, wie ich das gerade erlebt habe, also, wahrscheinlich muss das sein.«

~

Es musste sein! Ich holte mir Cembaloprospekte vom Pianohaus Lang und blätterte jeden Tag darin. Es gab das Telemann-Modell, das Vivaldi-, das Händel-Modell. Schon von den Namen war ich wie besoffen. Allerdings kosteten die Kisten zwischen neun- und sechzehntausend Mark, das war für uns nicht drin. Meine Cembalogier befriedigte ich also im Deutschen Museum. Der Eintritt kostete für Schüler fünfzig Pfennig, das war drin. Wenn Herr König, der nette Wärter, da war, durfte ich spielen. Bei seinem Kollegen durfte ich nur schauen, aber auch das war besser als nichts. So machte ich es jahrelang. Jede Führung verfolgte ich aufmerksam. Warum klangen die alten Instrumente so viel schöner als das moderne, auf dem ich immer spielte? Herr König erklärte, es liege an der Bauweise. Moderne Cembali baut man wie Flügel mit einem dicken Brett als Resonanzboden, einem Stahlrahmen und kräftigen Verstrebungen. Sie haben vergleichsweise kurze Saiten, die entsprechend dicker sein müssen, damit sie tief genug klingen. Alte Instrumente hingegen haben wie Lauten zwei dünne Decken, Ober- und Unterboden, also einen richtigen Resonanzkörper. Keinen Stahlrahmen. Da schwingt alles. Vor allem aber haben sie die volle Saitenlänge, ihre Saiten sind nicht aus Stahl, sondern je nach Tonhöhe aus Bronze, Kupfer, Messing oder Eisen.

Mir lief das Wasser im Mund zusammen. »Und warum baut man die heute nicht mehr so?« – »Weiß ich nicht«, antwortete er. Eines Tages aber sagte er: »Hier in der Nähe gibt es wieder einen Mann, der alte Modelle nachbaut. Er heißt Erdmann-Kurz und lebt in Trudering.«

Ich fuhr nach Hause, wieder konnte ich vor Aufregung kaum reden. »Du, Mama, in Trudering, da wohnt ein Erdmann-Kurz«, und so weiter.

Mama war damals in relativ guter Verfassung. Ein halbes Jahr zuvor war Vater ausgezogen, glücklicherweise zu einer reichen Witwe, die seine Schulden beglich. Wir atmeten auf. Eine kleine Krise gab es noch, ausgerechnet in diesen Tagen, da ich unaufhörlich über Cembali von Erdmann-Kurz phantasierte: Nachts um drei drehte sich plötzlich der Wohnungsschlüssel, und dann stand schwankend in einer Alkoholwolke Vater im ehelichen Schlafzimmer, in dem ich selbst seit seinem Auszug schlief. Ich griff meine Decke und ließ ihn mit meiner entsetzten Mutter allein. Die Fahne warf mich fast um. Bei der reichen Witwe hätte er so einen Fusel nicht bekommen, offenbar hatte sie ihn vor die Tür gesetzt. O Gott! Ich legte mich ins Kinderzimmer und sah Erdmann-Kurz samt seinen Cembali davonschwimmen … Kein Auge kriegte ich zu. Das Herz tat mir weh, ich wollte sterben. Dann hörte ich Vater ins Wohnzimmer taumeln, wo er ins Telefon lallte: »Du liebst mich nicht, du liebst mich also nicht, ach was, wenn du mich lieben würdest, würdest du –« Ah!, dachte ich erleichtert, sie reden von Liebe, dann renkt es sich wieder ein. Als ich um halb sieben erwachte, war er schon fort. An diesem sonnigen Freitag pilgerte meine Mutter mit mir nach Trudering.

~

Seltsamerweise waren Erdmann-Kurz' von Hand nachgebaute Instrumente billiger als die aus der Fabrik, und der Mann war, nachdem er mich spielen gehört hatte, zu einer Abzahlung in Monatsraten bereit. Vier Jahre nach meiner Entdeckung als Pianist war ich stolzer Besitzer eines Cembalos.

Für mich war's, als atmete ich ab sofort puren Sauerstoff.

Warum? Das Cembalo zwingt zu höchster Präzision. Der gezupfte Klang des Cembalos ist präziser als der gehämmerte des Klaviers oder der breite, geblasene der Orgel. Er ist sofort da, unbestechlich, klar. Man kann nichts verschönern, man kann auch nichts mit Pedal übertünchen, es fordert unerbittliche Ehrlichkeit. Vielen ist der Klang zu mager, weil sie in der Musik Sentiment und Romantik suchen, aber für mich ist Sentiment Brei, Chaos und Betrug. Ich wollte diese Klarheit und diese Wahnsinnsästhetik. Ich brauchte sie auch, um in meiner Familie einen klaren Kopf zu behalten, denn bei uns wurde so viel gelogen, dass ich mir ein Gespräch ohne Lüge gar nicht mehr vorstellen konnte. Das Lügen verklebt Hirn und Herz, ahnte ich, aber der Verzicht auf Lüge kostete mehr Mut, als ich damals aufbrachte. Ich hatte auch kein Vorbild unter den Menschen. Nun hatte ich als Vorbild mein Cembalo.

Ich versuche das zu erklären. Als Pianist bist du aktiv, du musst drücken, strengst dich an, verausgabst dich, »machst« die Töne, du brauchst physische Kraft, und unwillkürlich bildest du dir ein, du selbst erzeugtest Klang und Musik. Das ist lächerlich. Ein Pianist, der, bevor er zu spielen beginnt, den Kopf in den Nacken legt, die Arme streckt, die Augen schließt und anfängt zu schnaufen, ist für mich ein Clown. Ich selbst war so ein Clown. Das Klavier stand im Wohnzimmer, jeder konnte eindringen, Staub wischen, mit der Zeitung rascheln, während ich übte. Mit der Schnaufnummer zwang ich ihnen eine gewisse Ehrfurcht auf. Irgendwie ahnte ich, dass es vulgär war, aber die Versuchung war zu stark. Am Cembalo nun bringst du mit diesem Getue keinen einzigen reinen Takt zustande. Da kannst du die Töne nicht »machen«, du musst sie empfangen.

Entsprechend gelöst ist die Musik. Keine Hysterie, kein Gefühlskult, sondern Klärung und Bewältigung, so intim wie rational. Natürlich ist Gefühl da, aber jedes Gefühl ist notwendig und elementar. Das Cembalo kann alles. Die rauschenden Arpeggien in Bachs *Chromatischer Fantasie und Fuge*, die hauen dich um. Die *Allemande in e-Moll* von Jean-Philippe Rameau rührt direkt an deine Seele. Es gibt, außer ganz am Anfang und am Schluss, nur zwei Stimmen, aber jeder Ton bedeutet alles, wenn du auch nur einen einzigen Ton änderst, zerstörst du die Komposition. Rachmaninow brauchte riesige Läufe, um auszudrücken, was Rameau in einem Ton schafft, in dieser Askese und Konzentration.

~

Meine Überlegenheit begann eine halbe Stunde vor dem Üben und hielt danach etwa eine Stunde lang an. Die übrige Zeit war immer noch Angst und Hörigkeit. Für Mama war ich etwas zwischen Prinz und Monster, sie überschüttete mich mit Zärtlichkeit, um mich im nächsten Augenblick zur Hölle zu wünschen. »Komm, Moritz, komm zu mir!«, schmachtete sie. Sie lag auf der Couch, und ich musste mich zu ihr legen. »Küss mich …« Es war eklig und nicht richtig, aber ich sehnte mich nach Zärtlichkeit, außerdem wusste ich, solang ich hier lag, war wenigstens Ruhe – keine Schreie, keine Attacken … Wir schnäbelten wie Jungverliebte, der Onkel filmte es mit seiner Super-8-Kamera, und ich machte mit wie ein dressierter Affe, ein bisschen stolz, ein bisschen unbehaglich, ein bisschen beschämt.

Die Wutanfälle hörten sich so an: »Du egoistische Null, bilde dir bloß nichts ein, alles, was du bist, bist du durch mich!« Ich manipulierte Mama, indem ich nach Kräften ihren Respekt vor dem Cembalo schürte; im Gegenzug schürte sie meine Angst um das Cembalo, so manipulierte sie mich. »Ich werde nicht dulden, dass dieses Instrument dich verdirbt, du arroganter Knilch! Ich hau es in Stücke …« Nach erfolgter Herzattacke ächzte sie: »Junge, musst du nicht üben?« Wie konnte ich üben, wenn sie halb ohnmächtig auf dem Teppich lag? »Komm, hilf mir auf! Bring mich … nein, nicht zu Bett, hier auf die Couch … ja, ich weiß, dein Instrument ist dir wichtiger als deine Mutter, aber gib mir wenigstens diese fünf Minuten … Halt mich fest …«

Auch die Musik gewährte keine vollkommene Sicherheit. Einmal hörte ich im Wohnzimmer das *Präludium und Fuge in a-Moll* für Orgel von Bach, während Mama nebenan mit Kurt Hausaufgaben machte, da plötzlich, während der Stelle mit dem Orgelpunkt, stürzte sie ins Wohnzimmer und schrie: »Das machst du mit Absicht! Das ist ja krank, das Stück!« Sie riss den Tonarm von der Platte, das Ratschen ging mir durch Mark und Bein. »Warum hast du das gespielt, was hast du mit mir vor, du … Verbrecher!«

Falls es Theater war, war es konsequentes Theater: Bei allen lang ausgehaltenen Tönen drehte sie durch. Ich mied also entsprechende Stücke oder wich beim Üben vom Notentext ab. Später, als ich mich mit der Hochklassik zu beschäftigen begann, ergab sich ein ähnlicher Effekt mit den repetierenden Noten, Mama ertrug sie einfach nicht. Nach diesen Anfällen saß sie verstört und zusammengesunken auf der Couch, und ich hasste sie. »Spiel was Schönes«, jammerte sie, »mein Lieblingsstück!« Ich spielte den Mittelsatz aus dem Winter von Vivaldis *Vier Jahreszeiten*, den ich selbst für Cembalo gesetzt hatte, und sie hielt sich das Herz und begann zu lächeln, auf dem Gesicht einen süßlichen Ausdruck von symbiotischem Stolz.

*Alle warten auf Claire.* Der Brunch sollte um elf beginnen, aber es wird zwölf, es wird halb eins. Zwischendurch Murmeln. Dort! Gleich! Nein, Fehlalarm. Gerüchte: Jemand hat sie vor dem Haus mit dem Milliardär Arkos gesehen – im Gang mit dem Manager – im intensiven Gespräch mit dem Koch – ach nein, sie ist noch bei ihrer Friseuse. Die Friseuse lebt in Wien, Claire hat sie für das Fest einfliegen lassen, und da die Friseuse sehr kreativ ist, dauert es halt.

Bei reichen Leuten dauert es immer, weil sie sich nach niemandem richten müssen. Ich denke an das Cembalo, das bereits im Ballsaal des Palazzo Zenobio steht. Ein gutes Instrument, Nachbau eines französischen Modells aus dem 18. Jahrhundert, edler Klang, weicher Anschlag, kräftige Tiefe. Ich habe heut Morgen nur zwei Stunden üben können, weil dauernd Leute in den Saal kamen, die über das Deckenfresko und das schlechte Frühstück redeten. Drei oder vier Stimmen habe ich hier wiedererkannt: Es scheint, dass Claire mehrere Gäste im Zenobio untergebracht hat. Wäre ich jetzt im Palazzo, könnte ich in Ruhe üben.

Um Viertel vor eins endlich ein Murmeln, das sich nicht mehr legt, sondern sich zu einem Rauschen steigert. Die Menschen strömen zu einem Ende des Saals, als ich folge, kommen mir schon wieder Rücken entgegen, man bildet eine Gasse, Überraschungsrufe, Applaus. Claire ist klein, ich würde sie von hier nicht mal sehen, wenn ich nicht blind wäre, aber ich höre Kommentare: Einen Kimono soll sie tragen und eine Frisur, oh, wie Madame Butterfly! Ich stelle mir einen Haarturm vor, der von zwei Stricknadeln durchbohrt ist.

Jetzt hält sie eine Rede abwechselnd in englischer, französischer und italienischer Sprache. Sie bedankt sich, und bedankt sich nochmals, und ist entzückt über die Zuwendung, und kann gar nicht glauben, dass. Jeweils Applaus. Dann erfahren wir das Programm der nächsten Tage. Morgen Fahrt durch die Lagune, das Schiff startet um elf Uhr an der Anlegestelle Zattere, wer nicht weiß, wo das ist, möge sich bei Frédéric oder Noureddine erkundigen. Die beiden werden vorgestellt, jeweils kurzer, freundlicher Applaus. Dann wird die Route beschrieben. Vorbei *an den Inseln San Michele (Friedhof), Murano (Kristall), Sant' Erasmo (Gemüse), Lido (Biennale), San Lazzaro (Armenier) und San Giorgio Maggiore (Kloster und Kirche), Giudecca. Zwischendrin am frühen Nachmittag Stopp und Landgang in Burano (Spitzen). Rückkehr nach Zattere gegen siebzehn Uhr.*

*Abschluss und Höhepunkt des Festspiels wird übermorgen Abend um sechs sein, fährt Claire fort. Große Gala im Ballsaal des Palazzo Zenobio an der Fondamenta del Soccorso. Der hoch verehrte Cembalovirtuose Maestro Maurizio Bauer wird ein Konzert spielen, »Maurice, where are you?« Frédéric führt mich nach vorn, kräftige Umarmung von Claire, sie zieht meinen Kopf zu sich herunter und bohrt mir tatsächlich eine Stricknadel in die Wange, respektvoller Applaus. Ich danke dem Publikum mit einer Verneigung. Maurizio Bauer klingt nicht schlecht, finde ich. Frédéric zieht mich beiseite. »Für das Menü haben wir den Chefkoch des Ritz, Maître Guy Charlier, gewinnen können«, fährt Claire fort – begeisterter Applaus –, »sowie den preisgekrönten Sommelier Roger Hinterbichler!« Jubel.*

# Schwul

Mit dreizehn hatte ich zum ersten Mal das Gefühl, dass mit mir was nicht stimmt: Im Turnunterricht konnte ich mich an den Körpern meiner Mitschüler kaum satt sehen. Natürlich war das peinlich. Andererseits: An wem, in einer reinen Jungenklasse, hätte ich mich sonst satt sehen sollen? Mit diesem Gedanken beruhigte ich mich zunächst. Aber einige Monate später an einem der ersten heißen Tage gingen wir alle zusammen in den Isarauen baden, und auch dort hatte ich für Mädchen keinen Blick. Ich saß im Kies, starrte auf die Beine meiner Klassenkameraden – übrigens fast ausschließlich auf die Beine, es spielte kaum eine Rolle, wie die Knaben sonst bestückt waren – und stellte mir vor, den blonden Kilian zu umarmen. Ich sah ihn mit den anderen herumspringen als Silhouette vor dem silbrigen beweglichen Wasser. Mitspringen hätte ich nicht können, ich fühlte eine Art süße Lähmung, bis ich mir bewusst wurde, dass man mir alles ansah. Ich zog rasch ein Handtuch über den Schoß und schlug die Hände vors Gesicht, mein Kopf glühte. Dann sah ich durchs Gitter meiner Finger Kilian auf mich zulaufen. Er wollte mich ins Wasser zerren und griff nach dem Handtuch, und ich war so in Panik, dass ich nach ihm schlug und mit dem Ellbogen sein Gesicht traf. Ich sah Blut aus seiner Nase schießen und erschrak noch mehr als er: über die plötzliche Explosion von Gewalt (so kam es mir vor, denn ich prügelte mich sonst nie), aber auch über einen Anflug von Lust dabei, oder sagen wir: über meine Erleichterung. Den Rest des Nachmittags saß ich starr in der sengenden Sonne und ließ meiner Phantasie freien Lauf. Den Sonnenbrand, der sich auf meinen Schultern bildete, genoss ich als Strafe. Noch etwas später schaltete neben mir jemand ein Kofferradio ein, und wir hörten die Spitzenmeldung des Tages: dass der Knabenmörder Jürgen Bartsch verhaftet worden sei. Das Wort *Lustmörder* fiel und erregte mich.

Dann wurde darüber spekuliert, was *die Bestie* zu ihren Taten getrieben hätte, und es fiel das Wort *homosexuell.*

Natürlich. Homosexuell. Ganz klar, ich war auch so, und jetzt wusste ich, warum ich es mir nie hatte eingestehen können: Es war mörderisch. Während ich mit hängendem Kopf nach Hause schlich, sah ich es ganz klar voraus: Auch ich würde so enden, genau so, als Mörder in den Fünf-Uhr-Nachrichten. Arme Mama. Ich stellte mir vor, wie ich einen gefesselten Jungen befreite und dabei von Zärtlichkeit übermannt (jawohl) wurde. Ich stellte mir nicht vor, ihn zu quälen oder umzubringen, aber gefesselt musste er sein, sonst hätte ich ihn ja nicht befreien können. Ich will ihn nicht umbringen!, sagte ich mir immer wieder. Aber ich ahnte, dass ich mit allem rechnen musste, sollte ich je einen Knaben im Arm halten.

~

Die Prozedur der Pubertät war lächerlich genug, aber warum noch Homosexualität, Mord und Verderben? Das Einzige, was mich über diese Wochen rettete, war die Musik. Ich übte bis zum Umfallen, denn solange ich spielte, hatte ich weder peinliche Phantasien noch Angst. Man lobte meine Fortschritte. Kein Stück war mir vertrackt und schwer genug, sofern es von Bach stammte, nur romantische Musik mied ich wie die Pest. Bach hat ebenfalls alle Leidenschaften gekannt, dachte ich, wenn ich ins Bett fiel, zum Umfallen müde, aber dann doch, sowie ich lag, wieder erschreckend wach. Andererseits: Kannte er wirklich alle? Was wäre aus ihm geworden, wenn er schwul gewesen wäre? Nicht auszudenken! Als Sodomisten hätte man ihn verjagt, keine *h-Moll-Messe* wäre entstanden, keine *Johannespassion*, kein *Wohltemperiertes Klavier*. Hatte der ein Glück.

Hatten wir ein Glück.

Hatte ich ein Pech!

Ich schrieb eine Fuge mit dem Titel *Weh mir! Miserere.* In es-Moll.

Inzwischen wuchs ich, meine Schultern wurden breiter, und ich beobachtete mit wachsender Sehnsucht die immer breiteren Schultern und die immer muskulöseren Beine meiner Kameraden. Ein Fortschritt, immerhin: Kleine Jungs lockten mich nicht mehr im geringsten. Also würde ich auch keine umbringen. Das beruhigte mich etwas.

Mit siebzehn verliebte ich mich in einen ehemaligen Schulkameraden, der inzwischen am Richard-Strauss-Konservatorium Gesang studierte und mich gebeten hatte, ihn am Klavier zu begleiten. Gernot war zwei Jahre älter als ich und von olympischer Schönheit, ein Sportler und Frauenschwarm. Wenn er mir die Tür öffnete, musste ich mir alle Mühe geben, nicht loszuzittern. Er empfing mich grundsätzlich mit nacktem Oberkörper und immer zu Zeiten, da seine Eltern und Brüder nicht da waren. Ich machte hektische Witze, während ich zum Klavier stolperte. Am Klavier wurde ich stark und überlegen, und Gernot folgte mir aufs Wort – die Musik war der Butterklumpen unter den Füßen des ertrinkenden Froschs. Kaum war die Stunde zu Ende, löste sich meine Autorität in Luft auf, und bis ich auf der Straße stand, wagte ich nicht mehr, ihn auch nur anzusehen, dabei hätte ich ihm am liebsten die Jeans von den Hüften gerissen. Eines Abends, als ich ging, war Föhn. Die Tür des kleinen Reihenhauses ging nach Westen, und der Himmel leuchtete kirschfarben, eine rote Wand. Ich prallte zurück, und in diesem Augenblick hörte ich Gernot mit vibrierender Stimme sagen: »Servus Seppi, schee, dass d' kemma bist!« Ich erkannte an der Gartentür meinen Exmitschüler Josef Jirgl, über den es seit längerem einschlägige Gerüchte gab, und begriff zu spät, dass Gernot *genauso* war und mir immer Angebote gemacht hatte. Ich lief am riesigen roten Himmel vorbei ins nahe gelegene Wäldchen und weinte.

~

Sublimation! war das Gebot der Stunde. Das hatte ich im Biologieunterricht gelernt, und es leuchtete mir sofort ein. Wer, das wusste sogar der Biologielehrer, wer konnte besser sublimieren als ein Künstler? Ich suchte nach Vorbildern und fand auf Anhieb zwei, mit denen ich mich mühelos identifizieren konnte: den Dichter August von Platen und den Komponisten Anton Bruckner. Am Werk beider faszinierte mich der machtvolle Ausdruck unausgelebter Liebe. Ich nahm an, dass alle Künstler ihr Werk mit privatem Unglück bezahlen. Also würde auch ich das tun. Neurose, Lächerlichkeit, Einsamkeit: bitte sehr! Die bange Frage war nur: Was, wenn trotzdem kein *Werk* entstand?

Als Komponist eröffnete ich meine Epoche der Empfindsamkeit, die von nachlassender Sehkraft ebenso überschattet wie befeuert wurde. Ich wollte einen Platen-Zyklus schreiben für Bariton (Gernot) und Cembalo.

Ich blickte hinauf in der Nacht, in der Nacht,
Ich blickte hinunter aufs Neue:
O wehe, wie hast du die Tage verbracht!
Nun stille du sacht
In der Nacht, in der Nacht
Im pochenden Herzen die Reue!

Die strenge Form, die drängende Sehnsucht, das Pathos, die markante Rhythmik bei allem Weltschmerz, das funktionierte sofort. Cis-Moll. Höchste Sparsamkeit im Duktus der Singstimme, darum herum die glitzernden Figuren des Cembalos wie Reflexe auf dem Wasser eines talwärts springenden Bachs, Illustration der verfließenden Zeit: als hätte Platen es für mich geschrieben.

Mehr Schwierigkeiten hatte ich mit dem nächsten Gedicht.

Ich schwöre den schönen Schwur, getreu stets zu sein
Dem hohen Gesetz und will, in Andacht vertieft,
Voll Priestergefühl verwalten
Dein groß Prophetenamt.

Der Anfang ging: ein Marsch in gis-Moll. Die Singstimme ernst, dabei von tapferer lyrischer Zurückhaltung. Das Cembalo umklammerte sie wie ein Schraubstock, keine Arpeggien diesmal, sondern markante, fahle, unerbittlich vollstreckende Akkorde.

Aber was jetzt?

Du aber, ein einzigmal vom Geist nimm die Last!
Von Liebe wie außer mir, an gleichwarmer Brust,
Lass fröhlich und selbstvergessen
Mich fühlen, Mensch zu sein.

Ein Ausbruch höchster Verzweiflung war gefordert, vom Sänger, aber was sagt das Cembalo dazu? Würde Gernot, der zufriedene Adonis, das gestalten können? Und würde ich nicht in Ohnmacht fallen, wenn ich ihn bei dem Schrei

Vergebens! …

begleiten müsste? Würde Gernot sich kaputtlachen?

~

Weil ich in den naturwissenschaftlichen Fächern immer gut gewesen war, gab ich auch als junger Student noch Nachhilfeunterricht. Einer meiner ersten Schüler wurde Simon Weinkauf, einundzwanzig Jahre alt wie ich, ehemaliger Klassenkamerad, aber einmal durchgefallen und deshalb noch in der Abiturklasse. Für mich war er von Interesse, weil er als Pfarrerssohn Zugang zu einer Orgel hatte; außerdem war er wohltuend ruhig und drittens, obwohl athletisch, kein schöner Mann. Auch das beruhigte mich. Nach der Arbeit saßen wir noch in seinem Zimmer in Schwabing zusammen in zunehmend tiefen Gesprächen, und bald war er mein bester Freund. Ich freute mich immer mehr auf die Stunden. Dann bestand er das Abitur und wurde zur Bundeswehr eingezogen.

Er hatte inzwischen eine Freundin, mit der ich mich ebenfalls gut verstand. Zusammen mit ihr brachte ich ihn zum Bahnhof. Natürlich verachteten wir die Bundeswehr. Simon verweigerte als aufrechter Stalinist den Wehrdienst nur deshalb nicht, weil er die Armee von innen zersetzen wollte. Ich lobte ihn. Wäre ich tauglich gewesen, hätte ich das Gleiche getan. Wir verabschiedeten ihn mit mutigen Scherzen und stalinistischem Gruß.

Als der Zug davonfuhr, legte sich ein grauer Schleier über mich. Die nächsten Wochen war ich wie gelähmt. Endlich bekam Simon Heimaturlaub, und natürlich besuchte ich ihn sofort. Er aber empfing mich misslaunig und gereizt, weil er sich mit seiner Freundin gezankt hatte. Sie war nicht da, er lag im Bett und redete von Erschöpfung, und als ich ihn an seinen kommunistischen Auftrag erinnerte, fauchte er, ich hätte ja keine Ahnung. Dass er so schroff und lieblos war, während ich mich die ganze Zeit nach ihm verzehrt hatte, brachte mich völlig durcheinander. Ich redete auf ihn ein, lief vor seinem Bett hin und her, machte ihm Vorwürfe mit hoher Stimme, ich war in hilfloser Exaltation – eine schreckliche, unfreiwillige Parodie meiner Mutter. Als mir das bewusst wurde, wollte ich fliehen und stammelte erstickt irgendwas im Sinne »Alles Gute«, oder »Macht nichts«, »hat ja doch keinen Zweck« *(Vergebens!)*. Plötzlich springt er aus dem Bett und läuft auf mich zu, bis auf die Bundeswehrunterhose nackt, mit seinem unglaublich wohlproportionierten, athletischen Körper, und dann ist er bei mir und umarmt mich.

Er wollte nicht, dass wir so enttäuscht und unverbindlich auseinandergingen, mehr war es nicht. Ich aber spürte seine kräftige, breite Brust an meiner und seine Arme um mich und seine Oberschenkel und seine Wange und dachte, das soll nie, nie aufhören! Zum ersten Mal spürte ich die Haut und die Muskeln eines Mannes, nicht weich und klebrig wie die meiner Mutter, sondern fest, hart, lebendig; vor allem aber spürte ich die Nähe der Liebe, und das haute mich um. Danach taumelte ich wie von Sinnen durch die Stadt. Das ist es, dachte ich. Ich liebe ihn. Ich liebe ihn, das ist es, das ist es, das war der Grund, dass ich immer so traurig war. Das will ich haben, das muss ich wieder haben, wenn ich das nicht bekomme, werd ich verrückt.

~

Der Paragraf 175 war gerade aufgehoben worden, aber ich bekam es nur halb mit. Das heißt, ein Teil von mir bekam es genau mit: das Entstehen von Szenekneipen und schwuler Subkultur, das zunehmende Coming-out von Kommilitonen. Es war faszinierend, aber was nützte es mir? Ich liebte ja Simon, und der war hetero und hatte seine Lisa. Ich musste mich bescheiden und dankbar sein, wenn ich bei seinen seltenen Heimaturlauben von beiden geduldet wurde. So loderte ich vor mich hin. Einmal wollte Lisa für ein Wochenende zu ihm fahren, zu seiner Kaserne in Achern im Schwarzwald, und vor Verzweiflung, dass sie ihn sehen durfte und ich nicht, kaufte ich eine Flasche Wodka, verdünnte sie mit Zitronensaft und trank ziemlich viel davon. Auf einmal rannte ich aus dem Haus direkt zu Lisas

Wohnung in der Sendlinger Straße, wo Lisa gerade in ihren VW-Käfer stieg, und stammelte: »Weißt du was, ich fahr mit!« Ich faselte irgendwas von einem Freund meines Bruders in Freiburg und dass ich nicht stören würde, aber ich kannte natürlich niemanden in Freiburg, ich wollte nur Simon sehen.

Ich sah ihn kurz: Er kam uns aus der Kaserne entgegen in Uniform, ernst, etwas gequält, erleichtert – ich begrüßte ihn wie in Trance, folgte ihm mit Lisa in die Kaserne, wo er uns sonderbar feierlich seinen Spind zeigte, »das einzige Eigene, was man in einer Kaserne hat«. Dann führte er uns wieder hinaus, setzte sich zu Lisa ins Auto und fuhr mit ihr übers Wochenende nach Freudenstadt, wo Verwandte von ihm lebten. Ich wanderte zum Bahnhof und nahm einen Zug nach Freiburg. Dort suchte ich ein möglichst billiges Zimmer in einer Pension, kaufte für meine letzten zwei Mark eine Bratwurst und streunte durch die Stadt. Ich sah damals noch zwanzig Prozent, und mein Gesichtsfeld war nicht eingeschränkt, sodass ich Raum und Bewegung gut wahrnahm und keinen Stock brauchte. Dennoch kriegte ich von Freiburg fast nichts mit. Ich erinnere mich, dass es kühl war und abends neblig wurde und dass ich früh zu Bett ging. Am nächsten Vormittag war es noch kälter, immerhin hob sich der Nebel, und weil ich keine Jacke dabei hatte, ging ich immer auf der sonnigen Seite der Straße. Noch vor Mittag fuhr ich mit der Bahn wieder nach Achern hinauf. Ich stellte mich schlafend, damit der Kontrolleur nicht merkte, dass ich keine Fahrkarte hatte, wurde trotzdem erwischt und musste einen Nacherhebungsantrag stellen. In Achern lief ich viele Stunden lang herum, sog die würzige, frische Herbstluft ein und aß Äpfel und Pflaumen von den Bäumen, während ich mir vorstellte, dass ich später Simon für ein paar Minuten sehen und glücklich sein würde.

~

Aus dem Militärdienst kehrte Simon verändert zurück. Er hatte die Bundeswehr verändern wollen, stattdessen hatte die Bundeswehr ihn verändert, und er wirkte verstört. Er war immer ein stiller, nachdenklicher Mensch gewesen, der alles in sich hineinfraß. Früher hatte ich unsere Gespräche genossen, nun merkte ich, dass sie wohl vor allem Monologe gewesen waren, und zwar von mir. Was jetzt? Ich merkte, dass ich ihm lästig war.

Mir fiel ein Satz ein, ich weiß nicht woher: Ich bin ein Kostgänger im Haus der Liebe. So fühlte ich mich, wenn auch nicht ganz. Ein Kostgänger ist ein geduldeter Mitesser, der nichts beiträgt, keine großartige Figur. Ich war sogar ein Kostgänger ohne Kost, also noch erbärmlicher. Ich konfrontierte mich damit: Ich hatte nichts und war nichts. Trotzdem konnte ich das Haus der Liebe nicht verlassen. Allein der Gedanke, das Nichts, das ich hatte, zu verlieren, stürzte mich in Panik.

Platen, der hatte alles gewusst:

> Es liegt an eines Menschen Schmerz,
> an eines Menschen Wunde nichts.
> Es schert um das, was Kranke quält, sich ewig der Gesunde nichts,
> Und wäre nicht das Leben kurz,
> das stets der Mensch vom Menschen erbt,
> Es gäb Beklagenswerteres auf diesem weiten Runde nichts.

Ich wollte sie vertonen, sozusagen als mein Vermächtnis. Diesmal für Cembalo und Tenor, weil Simon eine hohe Stimme hatte. Ich suchte nach einem Tonfall, der sowohl den gezwungenen Stoizismus als auch den scheinbar kühlen, wegwerfenden Gestus erfasst. Das Verbluten der Seele findet im Cembalo statt, hierzu probierte ich alles Mögliche aus, aber ich war zu verkrampft, mir fiel nichts ein. Und die Nächte vergingen in Qual und Hässlichkeit, und jeden Morgen ging die Sonne auf, die Zeit zerrann, und irgendwie absolvierte ich meine Kurse, aber mit meinem Komponieren war's auch nicht so weit her, wie ich gedacht hatte.

> Ein jeder glaubt, ein All zu sein, und jeder ist im Grunde nichts.

Ich musste es ohne Musik schaffen. Um Simon an mich zu fesseln, verfiel ich auf das einzige Mittel, das ich zu Hause hatte studieren können: Krankheit. Natürlich, Krankheit! Meine Mutter hielt uns immer noch mit ihren Herzanfällen in Atem, es funktionierte bei uns, also musste es auch bei Simon funktionieren. Freilich verachtete ich Herzanfälle, deshalb erfand ich einen Krebs: Hirntumor, noch ein Jahr zu leben.

Die Wirkung übertraf alle Erwartungen: Simon brach in Tränen aus, als er es erfuhr. Ich weinte mit ihm. Ab sofort trug er mich auf Händen. Auch seine Freunde trugen mich auf Händen. Ich musste nur ein paar Minuten still dasitzen, dann fragten sie schon alarmiert, was sie mir Gutes tun könnten. Ich selbst wurde immer blasser in meiner Autosuggestion.

~

Im *Cis-Dur-Präludium* im ersten Band des *Wohltemperierten Klaviers* gibt es eine richtig fetzige Stelle, um die jeder Jazzer Bach beneiden müsste. Die beiden Hände gehen auseinander, die linke Hand spielt immer einen Ton, und die rechte folgt, diese Verschiebung ergibt bereits einen ganz unverschämten Swing, und wenn beide Hände ihre Extremlage erreicht haben, erwartet man eine große Sekunde, aber es kommt die kleine, ganz unverhofft, und das hat einen derart erotischen Effekt, dass einem schwindlig wird. Nach diesem Stromschlag laufen die Hände wieder aufeinander zu, die Rechte in geschlossenen Sechzehntelketten (eine kurze, geschlossene Melodie), dann wieder swingend auseinander genau wie zuvor, und da ich nun schon dieser kleinen Sekunde entgegenzittere, schießt es mich beinah vom Stuhl.

Ich empfand Bachs Musik immer als erotisch und habe mich nie gewundert, dass der Mann zwanzig Kinder zeugte. Noch heute hebt es mich, wenn ich das spiele. Damals aber, in dieser unerträglichen Spannung, geriet ich außer Rand und Band. Ich spielte mich ins Delirium, dann sprang ich auf und lief in eine Kneipe namens »Ochsenblut«, die als Schwulentreffpunkt galt. Ich kannte sie nur vom Hörensagen, deswegen dauerte es lang, bis ich sie gefunden hatte, aber endlich war ich da, trat ein und stellte mich meinem Schicksal.

Mein Schicksal sah mich nicht. Ich stand an der Theke und trank ein Bier, und dann trank ich noch ein Bier. Nichts geschah. Ich versuchte jemanden zu erkennen. Es war nicht eben hell unter diesen roten Lampen, und Dunkelheit wirkte auf mich immer dunkler, je schlechter ich sah, meine Augen gewöhnten sich immer langsamer daran. Ich wartete eine gute Stunde und trank ein drittes Bier, inzwischen musste ich auf die Toilette. Dort war es noch dunkler.

Es war stockdunkel, dabei anscheinend aber voller Menschen und Bewegung, ich hörte eine Art Schleifen und Schmatzen, unterdrücktes Stöhnen und ein Hecheln, das wie Niesen klang. Keinen Schritt wagte ich mehr zu tun. Als mich jemand streifte, fragte ich in meinem zivilisiertesten Tonfall: »Könnten Sie mir vielleicht zeigen, wo hier die Toilette ist? Ich bin nämlich sehbehindert!« Der Angesprochene knipste ein Feuerzeug an und hielt es mir vors Gesicht. Es war ein Ledermann. Er sagte nichts. Inzwischen hatte ich begriffen: Die trieben es dort überall. Der Mann führte mich hinaus, und ich floh mit voller Blase nach Hause.

~

»Körperliche Vereinigung ohne Verbindung der Seelen ist und bleibt viehisch«, hat Beethoven gesagt. Sublimation! Ich stürzte mich wieder auf Platen und las voller Grauen seine Tagebuchaufzeichnungen, vor allem die, die von quälend verheimlichter Liebe handeln. Dann las ich den Antwortbrief, den er bekam, als er sich ein einziges Mal offenbarte: *Herr Graf! Ihr schimpfliches Schreiben schicke ich Ihnen zurück … nichts will ich von einem Menschen besitzen, den ich wegen seiner abscheulichen Gelüste verachten muss … verabscheue Sie vollkommen … Ausfluss grässlicher Verdorbenheit … werde Sie von nun an als pestartiges Übel meiden.*

Das gab mir den Rest. Hundertfünfzig Jahre später überließ auch ich diesen armen heimatlosen Dichter seinem Elend. Ich gedachte seiner noch einmal bedauernd – seiner hoffnungslosen Homosexualität wie seiner sozialen Unverträglichkeit, seines Unglücks und seiner Wehleidigkeit, seines einsamen Todes in der Fremde mit nur neununddreißig Jahren – und beendete meinen Platen-Zyklus in der Mitte des siebten Lieds. Ich brauchte ein anderes Vorbild.

~

Anton Bruckner! Der hatte wesentlich mehr zu bieten. Auch er hatte auf die Liebe verzichtet. Er war zwar schrullig geworden, einfältig und morbide, aber in seinen Sinfonien komponierte er Ausbrüche und Entladungen, um die ihn jeder Sexprotz beneiden müsste. Um Derartiges zu schaffen, würde auch ich in die Nervenheilanstalt gehen, Zählzwänge entwickeln und versuchen, die Donau auszulöffeln, von der Enthaltsamkeit ganz zu schweigen. Es hielt ihn ja auch am Leben! Bruckner ist nicht vertrocknet und verendet wie Platen, sondern wurde über siebzig Jahre alt und als Komponist immer besser. Noch auf dem Totenbett hat er die Musik seines Lebens geschrieben, die auch die Musik meines Lebens wurde, indem sie mir die Haut der Lüge vom Leib riss wie ein Orkan.

Das kam so. Am liebsten hörte ich Bruckners Adagiosätze. Ihre inbrünstige Demut rührte mich zutiefst, und die kunstvoll daraus entwickelten, nach immer kühneren Anläufen schließlich gewonnenen Höhepunkte überwältigten mich. In diesen Adagios steckt die Essenz von Bruckner, sein Herzblut, all seine Erkenntnis. Ich verglich die sich von Sinfonie zu Sinfonie entwickelnden Ausbrüche miteinander und verfolgte darin die Entstehung von Bruckners Vermächtnis. Der Weg führt von der tastenden, noch nicht erfüllten Steigerung der *Nullten* über die explodierende Tonika der *Vierten* bis *Siebten* zu dem überraschenden Trugschluss der *Achten*, der zwar mächtig und durchaus befreiend wirkt, aber dabei wie ein Fragezeichen – beunruhigend … Wohin würde diese Entwicklung führen? Was war mit der *Neunten*?

Meine Aufnahme der *Neunten* war zerkratzt, weil meine Mutter sie in einem Wutanfall durchs Wohnzimmer geschmissen hatte. Ich kannte nur die ersten beiden Sätze, den monumentalen Kopfsatz in d-Moll und das geniale Scherzo. Ich wusste, dass Bruckner nach der Komposition des Adagios gestorben war, dass das Adagio also nicht nur das Ende seiner neunten Sinfonie, sondern auch das seines Lebens bedeutete. Und obwohl all das mich ungeheuer bewegte und neugierig machte, unternahm ich lange nichts, um mir eine andere Schallplatte zu besorgen. Es war, als wartete ich auf eine besondere Gelegenheit.

Nun war es so weit; ich las auf einem Plakat die Ankündigung und wusste es. Der legendäre Dirigent Wilfried Hein würde im Herkulessaal mit dem Rundfunksinfonieorchester Bruckners *Neunte* aufführen. Und genialerweise vorher Schuberts *Unvollendete*, also nicht wie sonst üblich nach der *Neunten* Bruckners triumphales *Te Deum* für den fehlenden Schlusssatz. Wilfried Hein war damals fünfundachtzig Jahre alt, nach langer Krankheit nur einigermaßen genesen, deswegen konnte er sich so ein eigenwilliges Programm leisten; man raunte sogar, er sehe das Konzert als seinen eigenen Abgesang. Zwei Unvollendete hintereinander und ein sterbender Dirigent – das war für diese Erfahrung der angemessene Rahmen. Ich identifizierte mich vollkommen und gab für die Karte das Taschengeld eines Monats aus.

Das Konzert wirkte auf mich wie ein Spannungsstoß von zehntausend Volt. Wilfried Hein dirigierte die *Neunte* des Jahrhunderts. Die Musiker spielten wie entfesselt. Das Anfangs-Unisono der *Unvollendeten* trieb mir Tränen in die Augen. Noch bevor das erste Thema durch war, hatte ich schon vier Tempotaschentücher vollgeheult. O Gott, dachte ich, wie soll das erst bei Bruckner werden?

Bei Bruckner wurde es so, dass ich die Existenz Gottes fühlte, an den ich nicht glaubte; denn ihm (»dem lieben Gott«) ist die Sinfonie gewidmet, und wer zu einer solchen Sinfonie inspirieren kann, den gibt es, sie ist der Beweis. Für ihn muss man musizieren, nicht für irgendwelche muskulösen Ingenieurstudenten. Egal, wohin es führt. Aber hält man das aus?

Nach dem Scherzo war ich gebadet in Schweiß. Ich zitterte am ganzen Leib. Jetzt das Adagio. Wieder gibt es einen großen Aufbau, der einem die Brust zusammenschnürt. Er war wüster und spannungsvoller als alles, was ich bis dahin kannte; als der Höhepunkt nahte, rang ich nach Luft. Aber der Höhepunkt kam nicht als der erwartete befreiende Lichtbruch, sondern als Katastrophe, ein wüster, bestialisch kreischender Akkord aus donnernden Pauken, pfeifenden Trompeten, quietschenden Geigen, der klang wie die Schreie eines Tieres unter der Folter – ein Schrei, und noch einer, und noch einer. Nichts war dagegen das Jüngste Gericht. Es war die totale Vernichtung.

Ihr folgte ein versöhnlicher Abgesang von einigen Minuten,

den ich mehr betäubt als überzeugt hinnahm: Der zerschmetterte Mensch bietet dankbar seine Seele Gott dar und findet irgendein Glück darin. Im *piano* klingt das Leben aus.

Ich stand auf, verließ den Konzertsaal, lief wie ferngesteuert zu Simons Bude und klingelte. »Um Gottes willen, wie siehst du denn aus?«, rief Simon. Er schob mich in einen Sessel. Seine Stimme war voller Angst, wahrscheinlich dachte er, mein letztes Stündlein habe geschlagen.

Die Tränen liefen über mein Gesicht, während ich mühsam – viel mühsamer, als ich es mir vorgestellt hatte – mein Geständnis stotterte: nicht krank, nein … ja, simuliert … Ich spürte seine Enttäuschung, ja, und sie tat mir weh – ohne Schmerz ist eben Erneuerung nicht zu haben, darauf war ich gefasst gewesen, aber darauf, dass sie so sehr wehtut, nicht, mir war schlecht, und die Tränen sprudelten.

»Aber warum? Warum?«, fragte er fassungslos. – »Weil ich – weil ich – aus Liebe zu dir.«

Jetzt war es raus. Stille.

Er räusperte sich und sagte nach ziemlich langer Zeit steif: »Du weißt ja, dass ich nicht …«

»Natürlich weiß ich! Deswegen habe ich ja …« Ich sank auf den Teppich. Ich kniete, vor Elend, aus Scham. *Ausfluss grässlicher Verdorbenheit … verabscheue Sie vollkommen … werde Sie von nun an als pestartiges Übel meiden …* Also sei's.

Simon sagte gepresst: »Es tut mir leid, aber damit – kann ich – nichts – anfangen.«

Es war überstanden. Ich begriff, dass auch er ein Spießer war. Ich liebte ihn trotzdem, das konnte er mir nicht nehmen. Aber jetzt war ich durch.

Dann passierte etwas Überraschendes: Er verstummte, nachdem er eine ganze Zeit nach Worten gesucht hatte, mit einem kleinen Schluchzer. Er war ja lieb! Ich hatte ihn zu Recht geliebt! Ich stand auf und ging weinend, aber befreit meiner Wege.

~

Am nächsten Tag, einem Sonntag, erklärte ich mich für krank und ließ Mama und Kurt allein zu Tante Christel fahren. Endlich Ruhe.

Ich blieb bis mittags im Bett. Draußen fiel Schnee, und in dieser weißen, magischen Stimmung lag ich auf dem Rücken wie ein Gefällter, spürte meine Seele bluten und wartete auf die Rückkehr der Hoffnung. Schließlich bekam ich Hunger, der Körper verlangte sein Recht. Ich gab ihm was zu essen, ignorierte seine aufflammenden weitergehenden Wünsche und begann mein neues Leben mit einer schweren musikalischen Übung: Ich nahm mir die *Cis-Dur-Fuge* aus dem ersten Band des *Wohltemperierten Klaviers* vor.

Ich beugte mich über die Noten, die ich aus zehn Zentimeter Entfernung gerade noch erkannte, und las das Stück durch. Zuerst fielen mir die Vorzeichen ins Auge, sieben Kreuze, die mich bisher immer geschreckt hatten. Heute genoss ich eine Assoziation von Opfer, sowohl was die Kreuze als auch was die Zahl sieben anging. Das war magisches Denken, musikalisch kompletter Unsinn, aber es stimulierte mich; man gönnt sich ja sonst nichts.

Ich sah mir an, wie das Thema verarbeitet war. Diese ersten Schritte waren für mich längst Routine, ich fühlte mich stark und sicher dabei. Welche tonalen Ebenen kommen vor? Ist es eine normale Fuge? Kommt das Thema in der Umkehrung? Kommt es in Augmentation, also in doppelten Notenwerten, oder in Diminution, in halbierten Werten? Normalerweise mischt sich, wenn ich die ersten kontrapunktischen Finessen entdecke, in die Routine Gefühl, das sich zu staunender Bewunderung steigert. (Es gibt nicht nur ein verständnisloses, sondern auch ein wissendes Staunen, werde ich später sagen und damit immer die Teilhabe an einem Wunder meinen.) Diesmal finde ich die Tonarten, in die Bach moduliert, allerdings ziemlich vertrackt. Noch bevor ich sie geistig im Griff habe, befasse ich mich mit anderen handwerklichen Aufgaben. Zum Beispiel ist dies eine dreistimmige Fuge. Ich folge dem Verlauf der mittleren Stimme, die sich mal im oberen, mal im unteren System bewegt, mal von einem System ins andere hinübergreift. Das ist nicht ohne. Bei einer zweistimmigen Fuge spielt jede Hand eine Stimme, das ist einfach. Bei vier- oder fünfstimmigen Fugen liegen die Stimmen im begrenzten Tonraum relativ eng beieinander, auch das ist organisch, fast wie Akkordspiel. Dreistimmigkeit aber ist immer ein Sonderfall. Dort bewegen sich die Außenstimmen im äußeren Bereich des Tonumfangs, die Mittelstimme hat eine größere Beweglichkeit, das Notenbild ist weniger klar und homogen.

Ich setze mich ans Cembalo. Wie artikuliere ich das Thema? Wie drücke ich den rhythmischen Verlauf aus, nachdem ich am Cembalo ja nicht durch Lautstärke akzentuieren kann wie am Klavier? Wie ist der Notentext gemeint? Hier beginnt das Thema praktisch mit einer Viertelpause und einer Achtelpause. Auf die Zählzeit »zwei und« kommt der erste Ton, auf die Zählzeit »drei und« kommt die Sechzehntelfigur, dann geht's mit Achteln weiter. Keinesfalls darf der Hörer auf die Idee kommen, das Stück begänne mit einem Auftakt, und auf der Sechzehntelgruppe sei die Eins. Die erste Note darf nicht zu schwer werden, auch die Sechzehntelgruppe darf nicht zu schwer werden, der spitze Ton nicht zu scharf. Das habe ich rasch, und nun muss ich sehen, dass sich die Artikulation in allen Lagen durchziehen lässt. Aha, nein. Schon auf der zweiten Seite merke ich, dass ich das Portato der Achtel gar nicht durchführen kann, weil die Stimme in der Mitte liegt und die Unabhängigkeit der Finger eingeschränkt ist; und weil Stimmen in einem Ton, aber mit verschiedenen Notenwerten zusammenfallen, sodass nicht mehr hörbar wäre, was ich eigentlich artikulieren will. Also muss ich die Achtel paarweise legato spielen. Denn bei einer Fuge muss man wie in der Rechtschreibung die einmal eingesetzte Buchstabenfolge einhalten. Das ist der Witz an ihr, das Phantastische und natürlich das eigentlich Schwere: die absolute Konsequenz. Man muss immer am Ball bleiben und darf keine Stimme außer Acht lassen; wenn man in der Mittelstimme eine einzige Note, die ein Laie gar nicht hört, unartikuliert spielt, bekommt die ganze Architektur einen Riss.

Inzwischen ist es Nachmittag geworden, die Luft draußen wirkt nicht mehr weiß, sondern grau, und in meine angespannte Zufriedenheit schleicht sich Unruhe. Die Tonart macht mir zu schaffen. Warum hat Bach das verdammte Ding nicht in Des-Dur notiert? Denn die sieben Kreuze des Cis-Dur lesen sich zwar zunächst einfacher als die fünf b, weil man für Cis von C-Dur aus denken und erhöhen kann. Aber dann folgen wirklich abenteuerliche Modulationen. Vordergründig die üblichen: in die fünfte Stufe, dann in die Mollparallele. Die fünfte Stufe wäre bei C-Dur kein Problem, es kommt halt ein Vorzeichen hinzu, aber bei Cis-Dur, das schon sieben Kreuze hat, bedeutet dieses zusätzliche Kreuz, dass wir plötzlich (im Gis-Dur) acht Kreuze haben für sieben Töne: Ein Doppelkreuz ist jetzt dabei. Und ganz verzwickt wird's in der parallelen Molltonart, auf der zweiten Seite: Da haben wir ais-Moll. Wenn hier der siebte Ton erhöht ist, weil man den Leitton der Molltonleiter verwenden muss, ergibt sich ein gis-is, was ein ziemlich perverser Ton ist, den es sonst nirgends gibt. Er entspricht der a-Taste auf dem Cembalo, wird aber als gis-is geschrieben, das ist haarsträubend. Und es kommt noch schlimmer: Nun wird, immer noch auf Seite zwei, nach fis-Moll moduliert, und dann nach eis-Moll. Absolute Perversion! Eis-Moll sieht genau wie f-Moll aus, wenn man's greift, ist aber anders geschrieben und anders zu denken, weshalb man es anders spielen muss. Ist das eine Foltermethode? Die Romantiker haben in komplizierten Tonarten immer die Vorzeichen gewählt, die einfacher zu lesen sind. Bach tut das nicht. Ich ärgere mich. Eis-Moll ist wirklich saublöd.

In meiner Ratlosigkeit greife ich zu Tricks. Eigentlich verachte ich Tricks – als Hörer bemerke ich sie sofort und nehme sie übel, aber im Augenblick fällt mir nichts Besseres ein. Dass beide Tricks misslingen, tröstet mich nicht. Erster Trick: Ich stelle mir das Stück in Des-Dur vor. Klappt nicht, Schwamm drüber, Cis-Dur muss sein – es ist wie verhext. Zweiter Trick: Bei der Modulation nach ais-Moll und eis-Moll auf der zweiten Seite schalte ich um in die b-Tonarten, denn ais-Moll würde ja von den Tönen her b-Moll und eis-Moll f-Moll entsprechen. Das ist klarer zu denken und einfacher zu spielen – aber als das Stück auf der dritten Seite wieder nach Cis-Dur moduliert, macht's klack! in meinem Hirn, und ich komme nicht mehr zurück. Das alles ist total unbefriedigend, ein Skandal.

Und draußen wird es schon wieder dunkel! Ich muss daran denken, dass ich noch nie von jemandem geliebt worden bin und nie geliebt werden werde. Der einzige lebende Mensch, der mich hätte glücklich machen können, will nichts von mir wissen, und ich werde nie mehr jemanden finden, nach dem ich mich auch nur sehnen kann, schon weil ich niemanden mehr sehe. Ich erkenne mich kaum mehr im Spiegel. Ich halte mich für abgrundtief hässlich und kann es nicht überprüfen. So, wie mir die sichtbare Welt entgleitet, entgleite ich ihr. Bald werde ich nicht mal mehr Noten lesen können. Ich bin eine Null. Als Mensch pervers, als Revolutionär korrupt, als Liebender unliebbar und auch als Musiker höchstens Durchschnitt, fällt mir jetzt ein. Was bin ich schon für ein Wunderkind? Als ich noch sehen konnte, habe ich zwar das *Wohltemperierte Klavier* vom Blatt rauf und runter geklimpert, aber was habe ich begriffen? Nichts! Kürzlich bin ich auch an der es-Moll-Fuge gescheitert, ich kriegte das Ding mit seiner modalen Harmonik und den vielen weißen Noten einfach nicht in die Birne. Ich werde umlernen müssen, auf Telefonist zum Beispiel – was ein Blinder eben tun kann. Ich sehe einer kalten, gänzlich unbeachteten Schattenexistenz ins Auge – das ist das Letzte, was ich noch sehe. Ich werfe mich aufs Bett, auf den Bauch, um überhaupt irgendwas zu spüren, und vergieße Tränen aus meinen untauglichen Augen. Als meine Selbstverachtung ihren Höhepunkt erreicht hat, stehe ich ächzend auf und mache mich auf den Weg in eine Szenekneipe. Die ist auf der anderen Seite der Isar. In der Tram habe ich nicht mehr das Bedürfnis zu weinen, aber die Qual steckt immer noch wie eine giftige Kröte in meiner Kehle.

In der Kneipe trinke ich ein Glas Wein. Es wirkt sofort, weil ich fast nichts gegessen habe. Wenn ich ein normales Liebesleben führen könnte, wäre Cis-Dur kein Problem für mich, denke ich. Ich bin zu verkrampft. Zum Teufel mit der Sublimation. Wenn man sich festgefahren hat, muss man kreativ sein.

Ich trinke ein zweites Glas Wein und registriere, wie ungezwungen hier alle sind: Gott sei Dank, wenigstens an einem Ort nicht nur Krampf und Schmerz. Vielleicht wird ja doch noch irgendetwas gut.

Ein Mann nähert sich meinem Tisch. Kommt jetzt mein Prinz, der mich errettet? Er ist schwarz gekleidet, ich höre seine Lederjacke knirschen, als er sich zu mir setzt, und rieche scharfen Tabakgeruch und eine Fahne. Nein, das ist kein Prinz. Er sagt mit schwerer Stimme: »Ich suche eine Maso-Sau, die sich von mir fertig machen lässt!« Ich pralle zurück. Noch nie habe ich jemanden so reden hören, nicht mal in der tiefsten Subkultur. »Da kann ich leider nicht dienen«, wispere ich erschrocken, und er trollt sich.

Ich bin dann direkt erleichtert, als sich ein Paar an meinen Tisch setzt. Ein Heteropaar, leider, Gott sei Dank. Sie ist Musiklehrerin und er, also, ich weiß nicht, was er ist. Aber er spielt auch ein Instrument, Flügelhorn, glaube ich, in einer Kapelle. Ich oute mich sofort als Wunderkind und rede wie ein Wasserfall, damit sie bloß bei mir bleiben. Sie sind Ende dreißig, ich bin einundzwanzig, aber sie lauschen so fasziniert, dass meine Sicherheit zurückkehrt. »Ich bin überzeugt, dass Bach seine *Cis-Dur-Fuge* erst in C-Dur komponiert und dann transponiert hat«, doziere ich, »denn mit dem barocken Fingersatz war Cis-Dur gar nicht zu spielen – schon weil man da dauernd verbotenerweise den Daumen auf der Obertaste hat. Man kann sich drehen und wenden, wie man will, es geht nicht anders, dauernd hat man den Daumen auf der Obertaste. Vielleicht war das Bachs cholerischer Humor.«

»Konnte Bach selbst es denn spielen?«, fragt der Mann neugierig mit einer angenehmen, irgendwie unmittelbaren Stimme, als spräche er direkt in mein Ohr.

»Na klar, der konnte alles spielen!«

»Warum sagst du dann, dass es nicht zu spielen war?«, fragt der. Er hat mich geduzt, das trifft mich wie ein Stromschlag. Ich versuche es ihm zu erklären, stelle fest, dass er ziemlich ahnungslos ist, und hole weiter aus. »Unsere heutigen Klaviere sind im Grunde genommen physikalisch unrein gestimmt, bis auf die Oktave. Alle anderen Intervalle sind ein bisschen unsauber. Dafür hat diese Stimmung den Vorteil, dass alle Tonarten gleich klingen. Cis-Dur klingt wie E-Dur oder Es-Dur oder As-Dur, außer dass vielleicht die Tonlage etwas anders klingt, tiefer klingt eben dunkler …«

Er ruft den Kellner und erklärt mir, dass ich sein Gast sei. »Übrigens, ich heiße Reinhard.«

»Erste Stufe, vierte Stufe, fünfte Stufe klingt in allen Tonarten gleich«, fahre ich glücklich fort. »Zu Bachs Zeiten war das noch nicht so; damals haben sich die Ungenauigkeiten noch nicht auf alle Intervalle gleich verteilt. Das heißt, du hast in barocken Stimmungen manche physikalisch sogar ganz reinen Stimmungen, zum Beispiel in manchen Terzen, dafür aber …«

Er will alles wissen, und halb erschrocken, halb frohlockend ziehe ich den Gedanken in Betracht, dass seine Neugier vielleicht nicht nur meinem Wissen, sondern auch meiner Anziehungskraft gilt. Die Frau ist längst nach Hause gegangen. Aber dann höre ich eine Glocke Mitternacht schlagen und komme zu mir, ich darf meine letzte Tram nicht verpassen. Reinhard folgt mir aus dem Saal. Jetzt stehen wir im Windfang und ziehen uns die Mäntel an, und als ich mir die Strickmütze über den Kopf ziehe, schlingt er plötzlich die Arme um mich und fängt an, mich zu küssen wie ein Wahnsinniger, wobei er mir die Zunge in den Mund steckt – dass das dazugehört, habe ich nicht gewusst. »Ich muss dich haben!«, keucht er. »Nimm mich mit, nimm mich mit zu dir, wir müssen es zusammen tun!« Ich bekomme weiche Knie, kann ihn aber beim besten Willen nicht heim zu Mama nehmen. Meine Gedanken überschlagen sich. Ich rede irgendwas – ich fürchte, Hässliches – von meiner Mutter und frage mich, ob die Sache mit der Zunge dazugehört oder eine besondere Abart ist und wie ich dazu stehe, während mein Körper allerdings schon längst zu allem bereit ist. »Dann gehen wir in ein Hotel«, flüstert er, zieht mich auf die Straße und winkt einem Taxi, das in einem Flockenwirbel dahergleitet – die Nacht ist noch kälter geworden, mehrere Grad Frost, windig, glatt. Ich spüre Schneeflöckchen in mein Gesicht stechen, schon sitzen wir auf der Rückbank des Taxis, und während der Fahrt küsst er mich unersättlich.

Das Hotel ist ein Stundenhotel und geschlossen. Das Taxi fort. Die Kälte ernüchtert mich. »Ich muss heim«, sage ich schlotternd, »ich darf die Tram nicht verpassen – wo sind wir eigentlich?« Für ein Taxi reicht mein Geld nicht. »Ich zahl dir das Taxi nach Hause«, drängt er und küsst mich wieder, also eine solche Leidenschaft habe ich noch in keinem Kino gesehen.

Er zieht mich in einen Torbogen, nachts um eins, minus zehn Grad wohl, und dort geschieht es.

Anschließend fühle ich eine innere Leere, und mir fällt ein, dass meine Freundinnen alle gesagt hatten, das erste Mal sei eigentlich nicht schön gewesen. Ich fühle wie sie: Es war nicht schön. Die Liebe hat gefehlt. Ich meine, ich war wehrlos dagegen, ich habe gezappelt und geschrien, aber musste es wirklich sein? Das also war meine Einführung in das Mysterium der Liebe, ach. Stümperei, wohin man blickt. Wie schwer, wie schwer ist es, ein Mensch zu sein, denke ich, und während ich versuche, meine Hose hochzuziehen, was mir nicht gelingt, bis ich merke, dass ich auf meinem linken Hosenbein stehe, rede ich zähneklappernd ohne Unterlass, verzweifelt bemüht, wieder festen Boden zu gewinnen: »Man hat allerdings schon damals von einer Stimmung geträumt, in der alle Tonarten funktionieren, damit man die Unterschiede zwischen den Stimmungen nicht so hört«, klappere ich. »Das ist nur nicht so leicht … Man nahm an, dass Bach das *Wohltemperierte Klavier* schrieb, um für den Fall, dass eines Tages eine solche Stimmung erfunden werden würde, Fugen und Präludien zur Verfügung zu haben …«

Als ich ins Taxi steige, bemerkt Reinhard, dass er doch kein Geld habe. Er kramt fluchend in seinem Portemonnaie, gibt dem Taxler ein paar Münzen und erklärt, der solle mich halt so weit fahren, wie's reicht. Die Münzen reichen nur bis zur Isar, aber der Taxler hat ein Herz und bringt mich trotzdem heim. Auch im Bett wird mir lange nicht warm. Reinhard hat mich betrogen, merke ich. Wie hätte er denn ohne Geld das Stundenhotel bezahlt? Er muss welches gehabt haben! Solang er mich wollte, war ihm kein Preis zu hoch, und kaum war er befriedigt, tat's ihm um die paar Münzen leid. Ich glaube übrigens nicht, dass Bach die *Cis-Dur-Fuge* für den Fall geschrieben hat, dass eines Tages eine gleichmäßige Stimmung erfunden werden würde. Für ihn war's einfach eine Übung in geistiger Konsequenz, denke ich im Einschlafen. Ein Härtetest: Man muss das ganze Ding in sieben Kreuzen spielen, und das kann man nur, wenn man sich vollkommen sicher in den Tönen bewegt … genau … absolut sicher in den Tönen … Nur darum geht es.

# Partita Nr. 4 D-Dur

*Claires Brunch wird eine ungeheure Fresserei. Schwertfischcarpaccio, Lachs mit Champagner-Senf-Sauce, Garnele mit Salatblatt und Aioli, Steinpilztortellini in einer phantastischen Suppe, Foie gras, Rührei mit schwarzen und weißen Trüffeln, Ruccolasalat mit Walnussdressing, Sorbet, frische Datteln gefüllt mit Käsecreme, Orangencreme mit Orangenfilets in Grand Marnier, Camparigelee, Käseplatte. Claire ist eine Feinschmeckerin und kocht selbst exzellent. Als ich mal bei ihr zu Gast in Burgund war, gab es zweimal täglich fünf Gänge. Einmal hatte sie einen Termin in Autun und verließ uns mit der Anweisung, Kühlschrank und Weinkeller zu plündern. Als wir am anderen Morgen antworteten, wir hätten aus Erschöpfung nur Wasser getrunken, rief sie erschüttert: »Oh les barbares!«*

*»Sie waren bei ihr zu Gast?«, fragt mein Tischnachbar. »Wie lange kennen Sie sie?«*

*»Seit genau zehn Jahren. Ich habe schon zu ihrem sechzigsten Geburtstag gespielt, damals im Auftrag meines damaligen Mäzens. Sie war augenblicklich für das Cembalo entflammt«, erzähle ich zufrieden. »Sie hat ein sehr feines Ohr.«*

*»In der Kulturwelt bin ich zu Hause«, sagt der Tischnachbar. »Ich besitze fünftausend Bücher. Jahrelang habe ich im Kulturzentrum Sankt Ägidius Einführungsvorträge zu den Wiener Festwochen gehalten, schließlich auf Bitten Karajans auch in Salzburg. Mein Bruder hat bei Karl Böhm Dirigieren gelernt und ist heute Staatssekretär im Kultusministerium, Nikolaus Harnoncourt treffe ich oft in der Sommerfrische. Dies nur, damit Sie wissen, in welchen Kreisen ich verkehre.«*

# Dartington

An meinem zweiundzwanzigsten Geburtstag erhielt ich ein Schreiben des Vereins »Youth and Music«: ob ich ein einwöchiges Stipendium bei der Dartington-Hall-Sommerakademie in England annehmen würde. Vermittelt hatte das mein ehemaliger Musiklehrer vom Gymnasium, und zwar für das Fach Cembalo – zum Glück, denn ich studierte am Konservatorium zwar Orgel und nicht Cembalo, aber das Cembalo bedeutete mir nach wie vor alles. Orgel studierte ich, weil man mir klargemacht hatte, dass nur die ihren Mann ernähre. Übrigens habe ich meinem Musiklehrer nicht gedankt. Ich war so gebläht vom Bewusstsein meiner Auserwähltheit, dass ich Förderung für selbstverständlich hielt. Ich Idiot.

Dartington Hall liegt in Südengland. Weil ich noch nie allein verreist war, begleitete mich Mama fast bis zum Schloss. Wir fuhren zusammen zum Badeort Torquay an der Nordseeküste, wo sie die Woche verbringen wollte, von dort brachte mich ein Taxi nach Dartington Hall. Ich winkte ihr aus dem Fenster zu und vergaß sie.

Dartington Hall war wundervoll: eine kleine Burg aus dem 14. Jahrhundert in einem riesigen hügeligen Schlosspark mit exotischen Bäumen. Das Klima war wegen des Golfstroms dort besonders mild, die Luft hell. Leichte Regenschauer zogen rasch vorüber und hinterließen auf der Landschaft einen feinen Glanz. Eigentlich war Dartington Hall ein *College of Arts*, das aber seit Jahrzehnten im Sommer von der BBC für Meisterkurse der Musik gemietet wurde. Weltberühmte Künstler haben dort unterrichtet. Ich traf Studenten aus alten Musikerfamilien, deren Großeltern sich in den Zwanzigerjahren hier kennengelernt hatten. Man badete in Musik und gutem Essen. Viertel nach acht gab's Frühstück, dann anderthalb Stunden Kurse, dann eine Stunde lang *Morning Coffee* mit Tee und Gebäck, bei gutem Wetter draußen auf der Wiese. Danach wieder Kurs bis mittags, nachmittags ebenfalls zweimal anderthalb Stunden Kurs und abends nach dem *Supper* noch ein richtiges Konzert. Nach dem Konzert feierte man bis elf im Club und anschließend weiter auf den Zimmern. Normalerweise dauerten die Kurse vier Wochen. Wieder zu Hause, schlief man drei Tage und schaute eine Woche keine Note mehr an, ab der zweiten Woche begann man, vom nächsten Sommer zu träumen. Der Abschiedsgruß lautete: *»See you next year!«* Auch ich würde zehn Jahre lang wiederkommen.

Ich war von der ersten Minute an glücklich. Ich stand vor einem kastellartigen Gebäude namens *Foxhole*, in dem ich untergebracht werden sollte, vor einem beeindruckenden Portal, halb blind, allein, ohne irgendjemanden zu kennen, und fühlte mich wie ein Fisch im Wasser. Nichts machte mir was aus! Ich suchte mit meinen schwachen Augen nach dem Office und bat in schlechtem Englisch einen Kollegen um Hilfe, alles lief von selbst. Der Kollege erblasste vor Ehrfurcht, als ich erwähnte, dass ich Meisterschüler von George Milton sein würde. George Milton war der Cembalopapst von England. Der Kollege wollte mich gleich beruhigen: Sir George sei ein dezenter, ruhiger Mann. Ich lachte erwartungsvoll. Einen Tag nach meiner Ankunft saß ich neben George Milton in der Mitte des *Round Room* im Schloss und spielte *Les barricades mistérieuses* von François Couperin.

Meisterklassen sind öffentlich. Sechs andere Meisterschüler saßen im Saal und dreißig Cembalofans, die insgesamt bestimmt zehn virtuose Einspielungen der *Barricades mistérieuses* kannten, nicht zuletzt von George Milton selbst – auch das schüchterte mich nicht ein. Was machte mich so sicher? Ich war ja nicht mal Cembalostudent, sondern bloß Kirchenmusik-Anfänger, aber ich kam keine Sekunde auf die Idee, dass ich mich hätte blamieren können. Ich fürchtete auch George Milton nicht, denn ich hatte, bei allem Respekt, was an ihm auszusetzen: Er favorisierte die damals modernen Nachbaucembali, auf denen man zum Beispiel mit einem stufenlos greifenden Tastaturpedal Crescendi erzeugen konnte, und die lehnte ich ab. Ich wollte klassisch spielen, ohne Tricks. Das demonstrierte ich sofort. Und meine Neugier galt nicht ihm als Künstler, sondern dem Eindruck, den ich auf ihn machte.

George Milton war souverän. Er hörte genau hin, merkte sich alle Fehler und ging sie der Reihe nach mit mir durch, nicht ohne in verblüffender Weise vom Symptom auf das künstlerische Ganze zu schließen. Er war, wie ich heute einschätzen kann, nicht nur ein Meister, sondern auch ein feiner Pädagoge und als Mensch von höchster Noblesse. Dass ich einen anderen Stil spielte, akzeptierte er sofort. Für ihn kam es vor allem darauf an, eine Passage klar zu artikulieren, und er unterstützte jede interpretatorische Absicht, wenn sie musikalisch integer war. Am Morgen nach dieser ersten Meisterklasse kam er im Frühstücksraum auf mich zu, um mir zusätzliche Privatstunden in seinem Studio anzubieten, ab sofort jeden Tag um elf Uhr.

Privatstunden! Ohne Honorar! Ein Riesenprivileg! Privatunterricht ist viel intimer und intensiver als Meisterklasse, und für Privatunterricht von George Milton hätten fünf meiner sechs Kommilitonen wahrscheinlich ohne zu zögern hundert Pfund Stundenhonorar bezahlt. Ich aber, ich Idiot, sagte nur freundlich zu, als habe er mich zu einem Spaziergang aufgefordert. Ich ging natürlich hin, bereitete mich auch gut vor, gab mir Mühe, genoss es. Aber eben wie man etwas Selbstverständliches genießt. Ich habe mich nicht mal bedankt. Am vierten Tag blieb ich sogar unentschuldigt fern, weil Tim, ein muskulöser blonder Geiger, mich zu einem Stadtbummel eingeladen hatte. Bis heute schäme ich mich dafür.

Sir George blieb gleichmäßig freundlich. Auch in den folgenden Jahren hat er mich in seiner vornehmen Weise unterrichtet und unterstützt, und ich habe musikalisch enorm von ihm profitiert. Als ich mich nach zehn Jahren mit dem Gefühl, Dartington ausgereizt zu haben, von ihm verabschiedete, lud er mich herzlich ein, ihn mal in London zu besuchen. Ich versprach's und meldete mich nicht, was natürlich mit Schüchternheit zu tun hatte und vielleicht ein bisschen auch mit Rivalität, auf jeden Fall aber mit grandioser Undankbarkeit. Erst vor zehn Jahren kam ich auf die Idee, ihm einen Brief zu schreiben, wie viel mir sein Unterricht bedeutet hätte und wie sehr ich ihn als Menschen und Künstler bewunderte. Während ich das erwog, fühlte ich mich wieder wie ein Eleve, mit all der Furchtsamkeit *(erinnert sich sowieso nicht)* und dem Hochmut von damals, und ich schrieb nicht. Ein Jahr später erreichte mich die Nachricht, dass er gestorben sei.

~

In Dartington aber war ich unerschütterlich. *Nichts machte mir was aus*: Das ist die Definition des trivialen Helden und des tumben Toren. Ich sah mich – mit meinen zweiundzwanzig Jahren – als Diener und Priester der Musik, die mich über alle hinaushob. In der Musik kannte ich mich aus, für Menschen hatte ich kein Gespür. Über George Milton hätte ich gerade noch sagen können, dass er ein kleiner, feingliedriger Mann von Mitte fünfzig mit einer schmalen Nase war. Dass er jenseits von mir ein Eigenleben haben könnte, fiel mir im Traum nicht ein. Nicht einmal meinen so verzweifelt geliebten Simon hatte ich als Persönlichkeit wahrgenommen, er war für mich das, was er in mir auslöste, sonst nichts. Dasselbe galt für meine Mutter: Ich empfand sie teilweise als Schmerzensfrau, deren Schicksal mich zu Tränen rührte, teilweise als grotesken Anhang von mir, eine schreckliche Comicfigur, von der ich unbegreiflicherweise abhängig war.

Diese Gefühlsblindheit erstreckte sich auch aufs Musizieren. Interpretatorische Leistung bemerkte ich nicht. Natürlich verfolgte ich in der Meisterklasse die Arbeit meiner Kollegen, aber mich interessierte dabei nur die Musik, die sie spielten, also der Notentext. Wenn ich ein neues Stück hörte, versuchte ich seine Architektur zu erfassen, die harmonische Entwicklung, die Intention. Ich merkte, ob der Interpret den musikalischen Anforderungen gerecht wurde; was an seiner Interpretation persönlich war, begriff ich nicht. Ich begriff das nicht mal bei mir selbst. Für mich war's so: Ich erfasste und löste eine musikalische Aufgabe, dann setzte ich sie um. Dabei stellte sich Lust ein, und diese Lust machte die Aura aus, die sogenannte Kunst. Vielleicht, denke ich heute, habe ich in der Musik all die Lust empfunden und weitergegeben, die mir privat versagt blieb. Als Mensch blieb ich eine Larve, die darauf wartete, an einem verheißungsvollen Stichtag im Frühling von selbst befreit zu werden.

Wirkliche Freunde machte ich mir auf diese Weise nicht, aber auch das entging mir. Zurecht kam ich dank meiner Munterkeit und meines Talents. Ich hatte festgestellt, dass ich die Gabe besaß, Menschen zu begeistern, und hielt das irgendwie für selbstverständlich, gewissermaßen als Ausgleich für die Katastrophen, denen ich zu Hause ausgesetzt war. Ich beurteilte die Menschen nach dem Maß der Begeisterung, die sie mir entgegenbrachten. Ich konnte es mir leisten, da ziemlich anspruchsvoll zu sein.

~

Nach der zweiten Meisterstunde sprach mich ein älteres Ehepaar an, voll Bewunderung über meine Interpretation des *d-Moll-Konzerts* von Bach. Ich war selbst ziemlich aufgekratzt und nahm ihre Gesellschaft freudig an. Alan Hainge war Engländer, Lehrer und Hobbypianist, seine holländische Frau Laura, eine Dozentin für alte Musik, spielte Flöte. »Mein Lieblingskomponist ist Haydn«, sagte sie schüchtern zu mir, als fürchte sie, vor Bach damit nicht bestehen zu können. Ich redete ihr das überzeugend aus und freute mich über ihre Erleichterung. Beide Hainges waren bei den Sommerkursen nur Zuhörer. Sie bewunderten Künstler auf eine zurückhaltende Art, aber von mir waren sie richtig hingerissen. Ich im Gegenzug war hingerissen von ihrer Herzlichkeit. Für den Rest der Woche waren wir unzertrennlich. An einem hellen Abend nahmen sie mich im Auto zu einem Ausflug mit und erklärten mir, was ich so halbwegs sah. Einmal standen wir vor einer fast weißen, spiegelnden Fläche, ich erkannte die Umrisse von Palmen und Pinien, die Luft war erfüllt von Salz und federleichtem, glitzerndem Sprühregen. Alles wirkte märchenhaft. *»Are you able to see what is around you?«*, fragte Alan väterlich und legte mir seinen Arm um die Schulter. *»The Atlantic Ocean!«*

Da musste ich weinen, er zog meinen Kopf an seine Brust, und Laura streichelte mir den Rücken.

Solche Eltern hätte ich mir gewünscht! Und doch war ich nicht besonders traurig, als wir uns am Ende der Woche verabschiedeten. Ich fühlte mich so dankbar und anziehend und erwartungsvoll, dass ich sicher war, schon im nächsten Augenblick nicht minder wertvolle Leute kennenzulernen. Ich winkte den Hainges nach, schlenderte noch ein bisschen durch den Garten und trödelte dann ins Haus, um meine Sachen zu packen. Im Foyer wartete bereits meine Mutter. Sie wirkte verhärmt und einsam, fast krank. Sie hatte mir aus ihrem Ferienort an der Küste jeden Tag eine Postkarte geschickt, was ich übertrieben fand. Einmal schrieb sie: »Es ist schwer für mich, dich nicht nur räumlich so weit entfernt von mir zu wissen.« Ich hatte nicht geantwortet.

Natürlich bewegte ich mich von ihr fort. Ich wartete auf den Augenblick, da ich sie hinter mir lassen konnte, und hatte zwischendurch beinah gemeint, es sei so weit. Jetzt erkannte ich erschrocken, wie sehr sie an mir hing. Sie hatte ja nichts anderes. An eine Befreiung war nicht zu denken.

~

Ein drei viertel Jahr nach dieser Dartington-Woche rief Alan Hainge ganz aufgeregt in München an: Er habe von einer Wundertherapie erfahren, die Blinde sehend mache, insbesondere Leute mit Makula-Degeneration. Zeitungen berichteten von spektakulären Erfolgen. Die Wunderheilerin wohnte ausgerechnet in Alans Straße, sogar im Haus gegenüber, er habe schon mit ihr Kontakt aufgenommen. Er nannte es eine Fügung des Schicksals. »Die Therapie dauert ein halbes Jahr. Du kannst bei uns wohnen und einfach zu den Anwendungen über die Straße gehen.« Er war sogar bereit, mir den Flug zu bezahlen. Und weil gerade Semesterferien waren, brach ich sofort nach London auf.

Aus der Wunderheilung wurde dann nichts. Aber wegen ihr hatten Alan und Laura wieder Kontakt zu mir aufgenommen, deswegen denke ich bis heute mit Freude daran. Und die dadurch gefestigte Freundschaft mit den Hainges betrachte ich als einen der großen Glücksfälle meines Lebens.

Dieses Glück hatte damit begonnen, dass Alan unfreiwillig nach London zog, eben in die Straße in Hampton Heath, in der die Wunderheilerin wohnte. Sein Umzug hatte unmittelbar bevorgestanden, als wir uns in Dartington Hall trafen, Alan hatte ein paar Mal bedrückt davon gesprochen. Damals vergaß ich es sofort, da es mich nicht betraf. In Hampton Heath erzählte mir Alan nun die Gründe.

Er war bis zum Sommer Direktor einer *Comprehensive School*, einer Gesamtschule, gewesen und ins Erziehungsministerium gewissermaßen strafversetzt worden. Erster Grund: Er hatte seinen Lehrern die Prügelstrafe verboten. Die Prügelstrafe war in England noch erlaubt und üblich, deshalb beschwerten sich einige Lehrer über Alan beim Ministerium. Kurz darauf gab es an seiner Schule eine Schlägerei: Sechs Halbwüchsige traten mit Springerstiefeln einen siebten zusammen. Alan verbot das Tragen von Springerstiefeln, und als er kurz darauf Kids in Stiefeln auf dem Schulhof sah, verwies er sie der Schule. Ein Proteststurm von Eltern und Lehrern fegte ihn von seinem Direktorenposten, und er wurde auf einen Bürojob im Unterrichtsministerium versetzt.

Ich bewunderte ihn, aber er meinte nur beschämt, er hätte all das viel früher tun sollen. Und die Strafe sei ja nicht mal schlimm: ein ruhigeres Leben bei gleichen Bezügen, und London sei als Wohnort nicht zu verachten.

Dann stellte sich heraus, dass er die »Kinder« doch vermisste. Als Lehrer hatte er die Welt verbessern wollen, damit sie friedlicher würde, sagte er: In seiner Militärzeit habe er erfahren, wie nötig das war. In jedem Kind vermutete er einen heiligen Funken, den es zu nähren galt und der, wenn man ihn nicht nährte, verlosch. Nicht mal die Kids mit den Springerstiefeln verurteilte er. Er meinte, sie seien durch eine Schule der Gewalt gegangen, zu der nicht zuletzt die Prügelstrafe beigetragen habe, die er zu spät verbot. Er hatte sie relegiert, um einen Flächenbrand zu verhindern und seine Autorität zu retten. Dass sich dann so viele Leute, Schüler, Eltern, Lehrer, gegen ihn stellten, hatte ihn tief getroffen, nicht nur, weil sein Projekt der Friedenserziehung damit gescheitert war, sondern weil er sich auch persönliches Versagen vorwarf: Er hatte Frieden mit Härte erzwingen wollen und im Furor seiner moralischen Mission nicht bemerkt, wie ihm das Vertrauen seiner Mitarbeiter abhanden kam.

Da saß er vor mir, ein starker, mutiger, unabhängiger Mann, und quälte sich, weil er die Welt nicht hatte verbessern können. Es verschlug mir die Sprache. Ich war als reiner Tor durch Dartington Hall geirrt, und er las mich auf und machte sich Gedanken über mich, und nach nur einer Woche Bekanntschaft schenkte er mir so viel Vertrauen, dass er bereit war, mich für ein halbes Jahr in sein Haus aufzunehmen, um mein Augenlicht zu retten. Ich hätte ihm das alles sagen sollen und konnte es nicht, ich Idiot. Stattdessen fragte ich nur ungeschickt: »Warum tust du das alles für mich?«

Er drückte dann irgendwie kompliziert aus, dass er in mir den heiligen Funken glühen sehe wie noch bei keinem Kid zuvor. (Natürlich kannte er meine Geschichte.) Ihn rühre, dass ich durch die Musik gerettet worden sei und wie sehr ich schon jetzt mich dieser Rettung würdig erweise. Auch ihn habe die Musik gerettet, aber Vollendung werde er nicht erreichen, weder in ihr noch sonst irgendwo. Sie sei ihm nicht zugedacht, mir aber schon. Wenn er mir helfen könne, sei das für ihn der höchste Lohn.

Inwiefern hatte die Musik ihn gerettet?

Das war während des Krieges, beim Militär. Er sei Gott sei Dank nie in einer Schlacht gewesen, habe aber seit 1944 in Sizilien gedient und danach in Palästina. Sein »Sündenfall« sei in Sizilien gewesen. Er war moralisch verroht, obwohl er sich dagegen wehrte, zum Beispiel indem er immer Schubert-Noten im Tornister mit sich trug. Wie es dennoch dazu kommen konnte, dass er vom Lastwagen aus Frauen nachbrüllte, bei Ausgang mit den Kameraden soff und versuchte, die Hafennutten um ihre Zeche zu prellen, sei ihm immer noch ein schreckliches Rätsel. Er habe sich als »psychisch extraterritorial« erlebt. Wenn sogar ihm das passieren konnte, könne es jedem passieren, was keine Entschuldigung sei.

Dass dieser Mensch, den ich militärisch und moralisch zu den Siegern rechnete, so hart mit sich ins Gericht ging, verwirrte mich. Ich hatte ja bisher nur Vaters revanchistische Schwadronaden gekannt. Nun war der mir doppelt peinlich, nicht nur Verlierer, sondern auch noch unbelehrt. Alan meinte unaufgeregt, die Schicksale seien verschieden, die Menschen aber im Grunde gleich. Verfehlungen seien immer ein Unglück für den Verfehlenden und für niemanden ein Grund zu Triumph. Jeder müsse um seine eigene Seele kämpfen. Unschuldige gebe es nicht.

Nie hatte ein erwachsener Mann so mit mir gesprochen – so

ernst, so reif. Ich war hingerissen, von mir nicht weniger als von ihm: Solche Menschen konnte ich gewinnen kraft meiner Kunst. Und ich stand erst am Anfang!

Inzwischen, dreißig Jahre später, weiß ich, dass ich solche Menschen keineswegs gewinnen kann; schon, weil sie einfach zu selten sind. Er blieb der Einzige, um es genau zu sagen.

Zehn weitere Jahre fuhr ich zu den Sommerkursen nach Dartington Hall, jeden Sommer traf ich Alan und Laura wieder, und jedes Mal verstanden wir uns so mühelos, dass man uns nur die »three-nations-family« nannte. Danach lockerte sich der Kontakt, hörte aber nie ganz auf, auch dann nicht, als Alan und Laura sich scheiden ließen. Meine Dankbarkeit für Alan wuchs von Jahr zu Jahr. Letzten Sommer habe ich ihn noch einmal besucht. Er war inzwischen neunzig und lebte mit einer dreiundzwanzig Jahre jüngeren Frau, nebenbei gesagt seiner vierten, in einem Häuschen auf dem Land in der Nähe von Manchester. Körperlich war er in guter Verfassung, geistig vollkommen klar, nur etwas rührselig. Man konnte es eigentlich nicht verhindern: Schon beim Wort »Verdi« brach er in Tränen aus. »Ich liebe das Leben«, sagte er, »dabei ist mir alles misslungen. Wenn ich von vorn anfinge, würde mir wieder alles misslingen, aber wie gern würde ich … *it's such a miracle!*«

Auch ich wurde von Rührung übermannt.

»Was heißt misslungen … Allein, was du für mich getan hast … Ich war so ein Idiot! Ich hatte kein Herz! Ich mochte dich, aber ich vergaß dich sofort. Du kehrtest in mein Leben zurück und wolltest mein Augenlicht retten … Das konntest du nicht, aber das Licht meiner Seele hast du gerettet – denn für Menschen war ich blind, und wer das ist, verliert jede Hoffnung …«

»Mir ist aufgefallen, dass du langsame Stücke unwillig spieltest«, sagte er zögernd. »Technisch hattest du kein Problem damit, aber du fürchtetest ihren Ernst – du fürchtetest jeden Ernst. Du liebtest die Brillanz, weil sie auch ohne Gefühl wirkt.«

»Heute kann ich ernste Stücke spielen!«, sagte ich stolz und war, in der Mitte meiner Fünfziger, auf einmal wieder der junge Mann, der um die Zustimmung des älteren wirbt. Für sich selbst spielt keiner. Ich arbeitete an mir, um etwas geben zu können, und wenn keiner zuhörte, war alles umsonst. »Ich arbeite wieder an den *Goldberg-Variationen*!«, rief ich und muss zugeben, dass ich selbst von der Tiefe meiner letzten Interpretation beeindruckt war. »Nr. 25 zuletzt – vielleicht habe ich bis jetzt gebraucht, um es zu können. Ein langer Weg, der bei dir begonnen hat.«

(Du hast mir durch dein Schweigen, deine Liebe gezeigt, was mir fehlte. Ich habe immer nur für dich gespielt.)

»Möchtest du's hören?«, rief ich. »Soll ich?«

Er winkte ab, seine Augen röteten sich. »Bloß nicht! Ich würde davonfließen, fürchte ich.«

Er wischte sich mit dem Taschentuch eine Träne von der Schläfe und versuchte zu lachen. »O Gott, die Wunderheilerin, entschuldige! Ich hab's gut gemeint, aber es war eine Tortur …«

»Nein, es war wunderbar – es war wunderbar.«

~

Die Wundertherapie hätte darin bestanden, dass der Patient sich ein halbes Jahr lang täglich von Bienen in den Kopf stechen ließ. Die Therapeutin war eine Emigrantin aus Österreich, deren halbe Familie von den Nazis ermordet worden war. Alan klärte mich darüber auf. Es gebe nachvollziehbare Unverträglichkeiten, er hoffe, mildernd vorausgewirkt zu haben. »Am besten, du rufst sie am Montagmorgen an. Und sprich kein Deutsch, da reagiert sie allergisch.«

An ihrem starken österreichischen Akzent erkannte ich Mrs. Julia sofort, als sie am Telefon zu mir sagte: »Missis Tschulia is not ät hoom.«

*»Missis Julia says she is not at home, and she has a waiting list of ten years«*, berichtete ich Alan. Er lächelte, man müsse das verstehen, und rief sie gleich an. Am nächsten Nachmittag um fünf bekam ich meinen Termin.

Mich empfing eine kleingewachsene Mittsiebzigerin in geblümtem Kleid und Strickjacke mit grauem Haarknoten und schwarzen Augen hinter dicken Brillengläsern. Sie führte mich in einen vollgestellten Salon und beobachtete aufmerksam, wie ich mich zwischen den Möbeln bewegte. Dann saß ich auf einer tiefen Couch, während sie mit Bassstimme erklärte, dass sie ihre halbe Familie in

Auschwitz verloren habe und deswegen auf Deutsche schlecht zu sprechen sei. Ich versank noch tiefer in der weichen Couch. Mein Vater hätte ihr Mörder sein können und würde es ohne weiteres auch heute wieder werden, wenn sich die Gelegenheit böte. Meine Mutter hatte niemals auch nur einen halben Gedanken an fremdes Unglück verschwendet. Und ich, ich wäre zwar natürlich gegen Auschwitz gewesen, aber was hätte ich getan? Nichts, gestand ich mir ein. Ich hätte immerzu nur um das *Wohltemperierte Klavier* gekämpft und vielleicht darum, wieder sehen zu können. Warum also sollte diese Julia mich retten, nachdem ich sie ganz offensichtlich nicht gerettet hätte? Hatte ich überhaupt jemals irgendwen gerettet?, dachte ich, inzwischen schwitzend vor Scham und Schuld. Dann hörte ich Julia sagen, ihr gefalle, dass ich mich nicht entschuldigt hätte, denn das wäre Heuchelei gewesen, *hypocrisy*; und die seelische Verbindung zwischen Therapeut und Patient sei für eine solche Heilung ebenso wichtig wie die Bienen.

Julia ging hinaus, kehrte mit einem Glas zurück und erklärte: Die Idee der Therapie bestehe im allergischen Schock. Sie kreuze verschiedene Bienenstämme, um das passende Gegengift für meine Erkrankung zu erzeugen. Schon ihr Vater, ein Imker, habe für ein Wiener Krankenhaus Bienen für therapeutische Zwecke gezüchtet, damals zur Rheumaprävention.

Im Glas taumelten vier benebelte Bienen. Julia nahm mit einer Pinzette eine nach der anderen heraus und setzt sie mir an, zwei an jede Schläfe. Nach dem Stich zerquetschte sie die Bienen mit einer Patsche. Die Stacheln ließ sie zehn Minuten lang stecken, bevor sie sie mit einer Pinzette herauszog.

Bei jedem Stich sprang ich von der Couch hoch. Es war ein wahnsinniger, scharfer, brennender Schmerz, der übers Genick den Rücken hinabschoss, ich bekam eine Gänsehaut bis zum Gesäß. Als Julia mich zur Tür begleitete, taumelte ich wie zuvor die Bienen im Glas. »Nun, Darling«, sagt Julia beim Abschied, »ich würde dich nehmen. Die Therapie dauert bei einer Anwendung pro Tag ein drei viertel Jahr und kostet hunderttausend Mark. Nein, die erste Behandlung war gratis. Zur Animation.«

Am nächsten Tag erwachte ich mit Fieber. Ich hatte das Gefühl, die Stacheln steckten noch in meinen Schädelknochen und hätten sich entzündet. Wulstige Schwellungen gingen von den Schläfen bis zu den Schultern, ich konnte den Kopf nicht drehen und kaum schlucken. Sogar meine Augen waren zugeschwollen. Alan erschrak, als er mich sah, und da auch im Laufe des Tages keine Besserung eintrat, rief er besorgt Julia an.

Julia jubilierte: »Das ist ja eine phantastische Reaktion!«

Am nächsten Tag telefonierte ich mit Mama wegen der hunderttausend Mark. Natürlich lag das außerhalb unserer Möglichkeiten. Mama schien erleichtert und gab sich gleichzeitig empört. »Aber die muss dich gratis behandeln! Du bist doch ein Wunderkind!« Warum, dachte ich, sollte Julia mich gratis behandeln? Und warum verlangen das ausgerechnet ihre potenziellen Mörder von ihr? Ich fühlte eine Art Schwindel, ein ohnmächtiges Gewahrwerden auch meiner Verstrickung in Egoismus, Verantwortungslosigkeit und Verhängnis. Nicht mein Verdienst, dass im Augenblick gerade keine Katastrophe sich vollzog, an der ich mitschuldig geworden wäre.

Ich ging zu Julia und gestand ihr, ich hätte keine hunderttausend Mark. »Tut mir leid, Darling«, sagte sie und brachte mich vor die Tür. »Dann muss ich dich im Stich lassen.«

Auch die Lagunenkreuzfahrt beginnt mit Verspätung. Diesmal ist Claires Auftritt afrikanisch-bunt, wie ich den Entzückensrufen entnehme. Das Schiff ist zweistöckig und blütenweiß, aber sehr laut, es vibriert, schüttelt und stampft. Man muss das Gedröhn überschreien, denn alle Gäste sind unter Deck; es regnet. Ich höre Klagen über beschlagene Scheiben, einige Gäste wischen mit ihren Taschentüchern die Fenster, dann geben sie seufzend auf: Nebel über der Lagune. Ab und zu erzählt Claire per Lautsprecher, was wir nicht sehen: die Giardini mit der Biennale-Ausstellung; das historische Arsenal, nautische Waffenkammer der Stadt, wo Jahrhunderte lang Venedigs berühmte Flotte gebaut wurde; San Michele, die Friedhofsinsel mit den schwarzen Zypressen; und die Kristallinsel Murano. Der Leuchtturm von Murano zeigt sich kurz (Rufe: Hier! Le voilà! Look there!) und verschwindet im Nebel. Auf der Überfahrt nach Sant'Erasmo, der Gemüseinsel, wird wieder Essen aufgetragen, sieben Sorten Canapés und Gebäck in weißen Kartons, und wieder essen alle und trinken dazu Prosecco aus Plastikkelchen. Dann legt das Schiff an, und Claire verkündet: eine Stunde Pause in Burano.

Von der Insel Burano stammt der Komponist Galuppi! Auf dem Hauptplatz steht seine Statue, habe ich mal gelesen, ich muss unbedingt jemanden finden, der mich hinführt. Ich bitte verschiedene Partygäste, die sich aber als nicht ortskundig entschuldigen, und hänge mich dann bei einem Franzosen ein, der mir seiner großen Statur und seiner sonoren Stimme wegen gleich aufgefallen war. Aus der Nähe erkenne ich einen struppigen grauen Vollbart und schaumige Augenbrauen, tatsächlich sieht der Mann aus wie ein intellektueller Saddam Hussein. Saddam erzählt mir, dass er Filme über Künstler und über Essen dreht. Künstler filmt er lieber als Essen, aber, weil's schlechter bezahlt ist, seltener. Soeben hat er einen dreiundzwanzigminütigen Film über Annie Leibovitz fertiggestellt. »Ah«, sagt er, »I read that this is Galuppi Square. It shouldn't be far to the statue.«

Unsere Gesellschaft wandert träge über einen weiten Platz mit bun-

*ten Häusern. Weil Saddam Autorität ausstrahlt, folgen uns einige Leute, und nun stehen wir vor einem Sockel. »Is it him?«, frage ich nervös.*

*»Überlebensgroße Bronzestatue eines barocken Mannes mit Perücke«, erklärt Saddam trocken auf Englisch. »Baldassare Galuppi!«, liest er vor. Ich höre Rufe: »Wer? Qui? Who?« Und erzähle augenblicklich auf Englisch allen, die es hören wollen, von Baldassare Galuppi, 1706 bis 1785, der von Burano aus London und St. Petersburg erobert und zusammen mit Carlo Goldoni höchst innovative, ja geniale Buffoopern geschrieben hat, gar nicht zu reden von seiner feinen, furiosen Cembalomusik.*

*Das Publikum zerstreut sich. An Zigarren saugend, Proseccokelche in der Hand, schlendern sie in verschiedenen Richtungen über den weiten Platz davon, das kriege ich mit. Ich streichle den Fuß der Statue und rühme Saddam gegenüber Galuppis freien Geist und psychologische Finesse, als es wieder zu regnen beginnt.*

*Nach drei Minuten Weg verengt sich der Platz zu einer kleinen bunten Hauptstraße, über die unter Regenschirmen die Familien von Burano flanieren – diesen Eindruck bestätigt mir Saddam. Claires Gäste haben sich grüppchenweise unter die Vordächer der Restaurants und Cafés verteilt und nehmen wohl Espressi und Cappuccini zu sich. Heinz Morus kommt uns entgegen und grüßt fröhlich! Den hatte ich auf dem Schiff nicht entdeckt, ich freue mich, er läuft dann aber weiter. Sein Sohn erklärt mir, dass Heinz auf dem Weg zu »Giuseppe« sei, wo es den besten Lachsrisotto von Venedig gebe. »Für nur zwanzig Euro, der gleiche Risotto, der in Harry's Bar hundertzwanzig kostet!« Offenbar ist Heinz so geschäftig, weil er eben mal hundert Euro verdienen will, interpretiere ich. Diese Deutung ist zumindest für mich angenehmer als die, dass er mich meidet, und sie ist auch plausibel; denn hundert Euro bedeuten so einem zwar als Geld nichts, als Ausweis seiner Kennerschaft aber viel.*

*Saddam setzt mich unter ein Vordach neben ein munteres deutsches Paar, das Gänsestopfleber isst.*

*»Gänsestopfleber, lehnen wir die nicht ab?«, fragt die junge Frau.*

*Der Mann erklärt im Ton der Überzeugung: »Diese hier ist von glücklichen Gänsen!«*

*Alle frieren. Ich blase auf meine kostbaren Finger und trinke heißen Tee. Die Frau leiht mir ein Ende ihres langen, weichen Schals, ich wickle die Hände in den federleichten Stoff und danke ihr. »Wärmer als Pashmina«, sagt sie stolz. »Tobi, wie heißt denn diese Wolle noch?« Zu mir: »Eigentlich sind die verboten, weil sie von ganz kleinen toten Lämmchen sind. Obwohl, seh ich nicht ein, denn die Lämmchen sind ja schon tot!«*

*Ich versuche das Gespräch auf Musik zu bringen, aber der Mann hört am liebsten Phil Collins, und da ich in musikalischen Dingen intolerant bin, wechsle ich vorsichtshalber das Thema. Woher kennt er Claire? »Geld«, sagt er entwaffnend knapp. Hat er Vorlieben? Am liebsten segelt er. Aber er liest auch Bücher. Gerade hat er »Der Schatten des Windes« gelesen, »sogar verschlungen! Eigentlich mag ich keine Bestseller, weil ich nichts mag, was die Massen lesen, aber das war echt toll.«*

*Der Regen lässt nach, und auf einmal blinkt das nasse Pflaster im Sonnenlicht. Claire zieht in einem Pulk von Verehrern die Straße entlang zur Anlegestelle, und alle springen auf, werfen Geldscheine auf die Tische und folgen ihr.*

# Revolution

Die Begegnungen mit den Hainges waren so erhebend und befreiend, dass ich lange Zeit über meine Gefühle nur auf Englisch reden konnte, meistens übrigens in Selbstgesprächen. War das lächerlich? Natürlich war es lächerlich. Mir war ja meine Situation immer nur halb bewusst, und meine Befreiungsversuche ereigneten sich ziellos und eruptiv.

Der erste fand statt, als ich siebzehn war: die erste Reise ohne Mama, ein Klassenausflug, zwei Tage Venedig. Hin und zurück je eine Nacht im Zug, das war Gruppenatmosphäre mit Liedern und Klampfe, musikalisch kein Genuss. Aber zwischen Hin- und Rückfahrt eine Nacht im Hotel. Meine erste Nacht ohne Mama! Ich war verwirrt, unruhig, gequält, und auf einmal sah ich klar wie ein Spruchband einen Gedanken vor mir: Wenn ich jetzt hier heute keine Lösung finde, wird es nichts. So erschrocken war ich, dass ich abends lieber allein auf dem Zimmer bleiben wollte, um nachzudenken, als mit den anderen in die Trattoria zu gehen. Mein Klassenkamerad Ralf legte mir gönnerhaft das »Kommunistische Manifest« aufs Bett: »Falls du dich langweilst!« Die anderen lachten über diese Bemerkung. Ich dachte eine Weile darüber nach, warum das ein Scherz gewesen sein sollte, und öffnete das Buch.

*»Ein Gespenst geht um in Europa – das Gespenst des Kommunismus. Alle Mächte des alten Europa haben sich zu einer heiligen Hetzjagd gegen dies Gespenst verbündet, der Papst und der Zar, Metternich und Guizot, französische Radikale und deutsche Polizisten.«*

Das war der Duktus, den ich brauchte: entschieden, energisch, kraftvoll. Atemberaubend in seinen Folgerungen: *»Der Kommunismus wird bereits von allen europäischen Mächten als eine Macht anerkannt. Es ist hohe Zeit, dass die Kommunisten ihre Anschauungsweise, ihre Zwecke, ihre Tendenzen vor der ganzen Welt offen darlegen und* *dem Märchen vom Gespenst des Kommunismus ein Manifest der Partei selbst entgegenstellen.«*

*Es ist hohe Zeit! Vor der ganzen Welt!* Der heroische Klang elektrisierte mich. Die lapidare Logik faszinierte mich: *»Die Geschichte aller bisherigen Gesellschaft ist die Geschichte von Klassenkämpfen.«* Natürlich, wie hatte ich das übersehen können!

Damals sah ich noch gut genug, um das Büchlein in einer Nacht durchzulesen. Am anderen Morgen sprach ich mit tönender Stimme und erklärte der Klasse, wo's langging. Sie traute ihren Ohren nicht.

Ich kehrte nach München zurück und belehrte meine Mutter. Sie verspottete mich, aber ich gab kühl zurück, dass ich in einer so zurückgebliebenen bourgeoisen Atmosphäre nicht bleiben könne. Sie drohte mit Streichung des Taschengelds, wenn ich nicht zur Vernunft käme, aber über solche kapitalistischen Tricks war ich erhaben: Klassenkamerad Ralf hatte mir die Adresse einer maoistisch-leninistischen WG gegeben, wo ich ohne Miete unterkommen würde.

»Moritz, ich erkenne dich nicht wieder«, klagte Mama plötzlich.

»Das ist auch gut so.«

»Was willst du denn, was willst du denn?«

»Die Gesellschaft verändern«, sagte ich, »es ist weiß Gott höchste Zeit.«

Es war das Jahr 1968.

Aber bis zur Freiheit war es noch weit. Mama begriff, was es geschlagen hatte, und bot mir ihre Missionierung an. Damit hatte ich nicht gerechnet. Auf einmal gab es keinen Grund mehr auszuziehen, und irgendwie war das ja auch bequemer so. Außerdem tat Mama mir leid. Der kommunistischen Sache jedenfalls ließ sich mit ihrer Hilfe besser dienen: Sie besorgte in einer linken Buchhandlung preisgünstige Marx- und Lenin-Ausgaben aus der DDR und las sie mit mir. Später trat sie ebenso wie ich dem maoistisch-leninistischen Studentenbund bei und abonnierte die »Panzerfaust«, die sie allerdings, wenn ich außer Haus war, aus Angst vor dem Verfassungsschutz im Klavier versteckte. Ich komponierte Märsche, und sie verteilte meine Flugblätter. Eine perfekte Folie-à-deux.

Ich wusste von der Welt nur, dass alles außer der Musik schmierig und korrupt war. Und da ich anfing, mich nach der Welt zu sehnen, musste ich sie verändern, um an ihr teilnehmen zu können. Der nächste, der es zu spüren bekam, war der Onkel.

Onkel Alfred war Mutters älterer Bruder. Er war Junggeselle, suchte bei uns Familienanschluss und war früher zu allen Feiertagen angereist; wir nannten ihn einfach »Onkel«. Eigentlich vertrat er bei uns Vaters Stelle. Er beschenkte uns großzügig mit Sparbüchern, Diaprojektoren und sonstigem Luxus, niemand außer uns hatte sowas. Er fotografierte und filmte uns ununterbrochen. Damals arbeitete er als Gymnasiallehrer im Saarland und bewohnte eine große Etagenwohnung, deren Wände bepflastert waren mit Fotos von uns. Als ich elf war, ging er für sieben Jahre nach Bolivien. Nun kehrte er zurück und prallte auf mich, den frisch gebackenen Marxisten.

Ich staunte, wie blockiert er war. Dass er Haschisch und Rolling Stones nur aus der Zeitung kannte, hätte ich ihm noch durchgehen lassen, er hatte eben wichtige europäische Entwicklungen verpasst. Aber dass er die Weltrevolution ablehnte, fand ich bodenlos. Hatte er wirklich als Nutznießer einer brutalen südamerikanischen Diktatur, umsorgt von Dienstboten, in einer Villa gelebt und die verwöhnten Kinder einer feudalen Clique gepäppelt, während Indios in den Bergwerken der Hochebene Blut spuckten? Wie, er glaubte, dass Regimegegner in Kerkern »nicht sehr« gefoltert wurden? Was, die Eingeborenen seien noch nicht reif für die Demokratie? Ich war dem Onkel gewogen, aber nun musste ich ihm doch mitteilen, dass es mir peinlich war, mit einem solchen Erzreaktionär verwandt zu sein. Er zuckte. Überhaupt spürte ich etwas Gehemmtes, Versehrtes an ihm. Als ich noch einmal mit Mutter im Saarland war, lud er uns nur zu Kaffee und Kuchen ein, nicht zum Übernachten. An seinen Wänden hingen neben unseren viele neue Fotos, die Indioknaben zeigten. Mich fotografierte er nicht mehr. Den neuen Moritz wollte er nicht um sich haben. Sollte mir recht sein. Ich war für klare Verhältnisse.

~

Auf anderen Gebieten war ich für nicht so klare Verhältnisse. Als Musiker war ich ein dominanter Asket, als Sohn ein rachsüchtiger Sklave, als Revolutionär eine unlenkbar gewordene Rakete, ich barst vor Energie, aber ich studierte Kirchenmusik.

Wieso Kirchenmusik?

Darauf bestand meine Mutter. Ein angesehener Beruf mit Beamtenstatus, durch Blindheit nicht zu gefährden. Eine freie Künstlerlaufbahn konnte sich bei uns keiner vorstellen, auch ich nicht. Also folgte ich Mutter ohne Widerspruch zu einem Orgelprofessor, bei dem sie einen Termin ergattert hatte. Ich spielte ihm versponnen Bachs Choralvorspiel *Wer nur den lieben Gott lässt walten* vor und war halb geschmeichelt, halb erschrocken, als er sagte, mein Spiel sei »außerordentlich« und ich möge »unbedingt« nach dem Abitur zur Aufnahmeprüfung kommen.

Ich war mir der Ehre bewusst, aber ich fühlte mich als Betrüger. Zur Vorbereitung tat ich nur das Nötigste. Ich lernte Stimmführung, übte das Aussetzen von Chorälen, improvisierte Vorspiele, nahm halbherzig Dirigierstunden – aber auf der Orgel spielte ich nur Bach. Das Liturgische war mir fremd. Wozu Kirche? Ich wollte ja Revolution machen und habe mit Sicherheit in diesen zwei Vorbereitungsjahren mehr Demos und Spartakus-Treffen besucht als Gottesdienste. Bei der Aufnahmeprüfung fiel ich durch.

Als der Landeskirchenmusikdirektor anrief, um Mutter davon in Kenntnis zu setzen, war sie so schockiert, dass sie laut zu wimmern anfing. Sie bettelte ihn an, mich doch zu nehmen, sie sank buchstäblich am Telefon in die Knie – es war eine ihrer üblichen Peinlichkeiten, und ich war froh, dass er sie nicht sehen konnte. Immerhin schien er beeindruckt und lud uns zu einem Gespräch in sein Büro. Dort meinte er, dass ich in den musiktheoretischen Fächern sowie in Klavier überdurchschnittlich gut abgeschnitten hätte, und schlug ein Klavierstudium vor. Für den Kirchendienst fehle mir zu viel, da müsse ich mich mindestens drei Jahre vorbereiten. Ich könne aber ins Konservatorium gehen, dort seien die Anforderungen geringer.

Das Konservatorium nahm mich sofort. Ein bisschen beleidigt war ich: Es galt als normale Schule, nicht als Hochschule, man brauchte dafür kein Abitur und konnte mit sechzehn eintreten, und wer eine Stunde versäumte, musste eine schriftliche Entschuldigung der Eltern vorlegen.

Andererseits begann meine Laufbahn dort mit einem Erfolgserlebnis: Nach meinem ersten Gehörbildungsdiktat meinte der Lehrer, ich solle dableiben, gleich käme das dritte Semester. Noch eine Stunde später versetzte er mich ins fünfte und von dort direkt ins Abschlusssemester, an einem Tag. Noch vor meinen ersten Semesterferien absolvierte ich die Gehörbildungs-Abschlussprüfung. Ich hatte ein superfeines Gehör, erfuhr ich. Notenschreiben auch in normalen Notenzeilen konnte ich damals noch, ebenso mit der Lupe Noten lesen.

In allen Handwerksfächern lernte ich leicht. Herr Serfaus, der Lehrer für Musikgeschichte, erzählte so packend, dass ich manche Vorlesungen zweimal hörte. In Musiklehre las ich viele Lehrbücher zusätzlich und bekam mehr Punkte, als überhaupt ausgesetzt waren. Und das Tollste war die Musiktheorie bei Ernst von Samedan, einem Hindemith-Schüler. Dort waren wir nur zu fünft. Vor jeder Stunde rief er: »Nee, Kinner, och nee, ohne Kaffee kann ich nich!«, und schickte einen von uns runter zum Tchibo-Laden, eine Kanne Kaffee holen. Gebäck brachte er selbst mit, und so machten wir unsere Fugenexpositionen, Modulationen und Kontrapunktaufgaben auf dem Kaffeetisch zwischen Zuckerdosen und Kuchenkrümeln. Es war herrlich. Ohne mich eine Sekunde zu langweilen, erwarb ich ein reiches, solides Handwerkswissen, auf das ich mich bis heute verlassen kann.

Die künstlerische Seite war weniger befriedigend.

Das begann mit den Dirigierstunden. Der Lehrer, ein gut aussehender kleiner Mann von grenzenlosem Ehrgeiz, war bis auf die seltenen Tage, an denen ein Stardirigent schlechte Kritiken bekam, missgelaunt. Er erklärte den Studenten weder Schlagtechnik noch -bewegungen, sondern genoss ihr Versagen. Die Klasse war riesig, vierzig Studenten, glaube ich, kirchliche wie weltliche, man kam selten dran, aber wenn, wurde man coram publico vernichtet. »Bei Ihnen sieht's ja aus, als wenn Sie Topfdeckel hochheben. Was wollen Sie in der Musik, bleiben Sie doch am Herd!« Nach drei Semestern ging ich nicht mehr hin. Es war ja die Zeit, in der ich meinen Hirntumor simulierte, und diesen Tumor habe ich auch am Konservatorium fleißig eingesetzt. Vielleicht ließ der Mann mich ziehen, weil er dachte, ich lebe sowieso nicht mehr lang.

In Klavier unterrichtete mich Emil Korbin, ein düsterer Mann, der keinen Kontakt aufnahm. Er gab mir zwar am Ende des ersten Jahres eine Eins, aber ich bildete mir nichts darauf ein: Ich hatte überall Einser und Zweier, ich dachte, man studiert ja, weil man gut ist. Als ein Kommilitone mir sagte, dass eine Eins bei Korbin besondere Wertschätzung bedeute, war ich erstaunt. In der nächsten Stunde beobachtete ich ihn aufmerksam, spürte aber nur ein erloschenes, angewidertes Gesicht.

Orgellehrer Georg Porst, ein Franke aus Eichstätt, hat mich in fünf Jahren kein einziges Mal etwas Persönliches gefragt. Er kam herein, rief: »So, was hamma g'übt? Was hamma g'übt?«, und ich spielte los. Erklären konnte er nichts. Wenn ich schneller wurde, rief er: »Zu schnell!«, anstatt mir zu erklären, warum ich schneller geworden war. Sowas hat ja Gründe. Wenn man zum Beispiel weiß, in zehn Takten kommt eine schwere Stelle, dann steigt der Adrenalinspiegel, man nimmt Anlauf und verliert den Rhythmus. Man sollte aber das Gegenteil tun: genau da ganz stark zählen und versuchen, ein Drittel langsamer zu spielen, oder die Stelle gewissermaßen unter die Lupe nehmen und separat bearbeiten. Porst hatte nicht die geringste pädagogische Idee. Er ließ durchspielen, sagte hinterher: »Hier war's zu schnell, dort haben Sie as statt a gespielt«, und ließ mich wiederholen, also spielte ich's noch mal und hatte nichts gelernt. Ich wundere mich nicht, dass er verbiestert war. Ich wurde es auch. Ich war froh über jede Stunde, die ausfiel. Gott sei Dank hatte er Fisteln am Po und musste oft operiert werden. Wenn ich zu Hause einen Zettel von Mutter vorfand: »Herr Porst hat angerufen, die Orgelstunde morgen muss leider entfallen«, machte ich einen Freudensprung.

Dabei meinte er es nicht schlecht, und ich war ein schwieriger Schüler. Zum Beispiel verweigerte ich liturgisches Orgelspiel. Jedes Mal gab er mir das *Kyrie eleison* auf, und ich übte es nie. Was ich mochte, waren Choralvorspiele. Die schrieb ich mit Inbrunst, natürlich im Bach-Stil, und sogar dieser Zwieback hörte sie mit Andacht und unterbrach nie. Mein Trick war, so komplizierte Vorspiele zu erfinden, dass sie die Stunde ausfüllten und das leidige Liturgiethema nicht zur Sprache kam.

Liturgisches Orgelspiel fand in der Erlöserkirche an der Münchner Freiheit statt, immer um halb acht in der Früh. Für uns Schüler war's barbarisch. Wir mussten bei der Hausmeisterin klingeln und uns die Schlüssel holen, sie ließ uns spüren, dass sie es für Schikane hielt, und dann kletterten wir zur Orgel hoch und saßen bibbernd in Wintermänteln auf der Empore. Wenn ich gestanden hatte, dass ich schon wieder die Choräle nicht geübt hatte, herrschte dicke Luft, Herr Porst raufte sich die Haare und schrie: »Herr Pauer, Sie müssen des gönnen, des is a Gaddasdrofe!« Erst als nach fünf Jahren die Abschlussprüfung nahte, legte ich mich ins Zeug. Ein sehr guter neuer Dozent, der kaum älter war als ich, brachte mich liturgietheoretisch auf Vordermann. Die Praxis, na ja, die war eigentlich lächerlich. Drei Choräle musste ich vorspielen, und drei Choräle übte ich ein.

~

Mein übriges Leben war genauso verlottert. Ich wohnte bei Mutter, die immerhin meinen Stundenplan nicht mehr kontrollieren konnte. Für sie erfand ich Vorlesungen und Abendveranstaltungen, eigentlich war ich immer, wenn ich nicht übte, unterwegs. Frühestens um Mitternacht kehrte ich heim. Ich schlief bis elf, ließ mir von Mutter das Frühstück bringen, dann sah ich im Fernsehen die Spielfilme vom Vorabend, die das Österreichische Fernsehen mittags für Schichtarbeiter wiederholte. Von zwei bis fünf übte ich, dann besuchte ich einzelne Kurse, übte vielleicht noch zwei Stunden, und ab neun ging's auf die Piste. Jeden Abend verbrachte ich in einer anderen Kneipe.

In der »Schwarzen Kerze« suchte ich schwulen Anschluss. Auf den ersten Blick war's ein harter Laden mit schwarz lackierten Wänden und metallenen Lampenschirmen an Ketten. Tätowierte Männer in Lederklamotten redeten über Blumenzwiebeln und Kochrezepte, aber manchmal schnappte ich auch andere Gesprächsfetzen auf: über Klappen, Saunen, Darkrooms. Da traute ich mich nicht hin. Meine Unerfahrenheit überdeckte ich mit coolen Sprüchen: »Was ist der Unterschied zwischen Tumoren und Tunten? Tumore können gutartig sein!« Insgeheim suchte ich nach einem virilen, schon etwas ruhiger gewordenen Daddy, so ab dreißig. In meinen Träumen war er ernst, pflichtbewusst bis zur Zwanghaftigkeit und unbedingt hetero. Er wäre ein bisschen phantasielos und gehemmt, aber meine Originalität würde ihn überwältigen, sodass er mir – und nur mir – nahe sein wollte. Da diese Zielgruppe in der »Schwarzen Kerze« nicht verkehrte, ging ich jedes Mal allein nach Hause.

Mittwochs war das »Fichte« dran, eine Kleinkunstkneipe mit Klavier. Dort spielte ich auf und wurde freigehalten. Bald hatte ich ein Stammpublikum; ein Ehepaar kam sogar aus Augsburg. Da sich herumgesprochen hatte, dass ich gern Weizenbier trank, spendierte man mir Weizenbiere, die der Wirt aufs Klavier stellte. Wenn ich vom Spiel aufblickte, zählte ich die Halblitergläser, und wenn dort weniger als vier standen, war's ein schwacher Abend. In den Pausen baten Leute mich an ihre Tische. Ich plauderte drauflos und brachte sie zum Lachen, und das musste auch sein, denn Schweigen ertrug ich nicht.

Donnerstags überprüfte ich die Studentenkneipen. Und da erhielt ich auch die ersten Angebote, nur erkannte ich sie nicht. Einmal um ein Uhr nachts sagte vor dem »Penny-Salon« ein athletischer Sportstudent zu mir, er habe seine letzte U-Bahn nach Freimann verpasst, ob ich ihn nicht beherbergen könne. Ich sagte: »Das geht nicht, ich wohne daheim!« Er lachte: »Bei Mutti?«, und ich nickte betreten und ließ ihn stehen. Ein andermal lud mich ein hübscher Jungingenieur auf seine Bude ein und bot mir persischen Tee an – er war nämlich Perser und erzählte ziemlich interessant von seinem Land. Das war an einem heißen Tag, das Zimmer war eng, und auf einmal zieht er, der vor mir auf dem Schreibtisch sitzt, sein T-Shirt aus, und ich sehe vor mir seinen kräftigen olivfarbenen, behaarten Rumpf. Mir blieb der Atem weg, ich verabschiedete mich sofort, um mich nicht danebenzubenehmen, und er rief mir enttäuscht nach: »Aber der Tee ist doch gerade fertig!«

Das deutlichste Angebot kam von Gideon, einem glutäugigen Israeli, der von Frauen umschwärmt war. Mit ihm verbrachte ich viele

Abende, ohne mir was auszurechnen, denn er lebte mit einer Freundin zusammen, die ebenso schön war wie er, und war der Star einer brillanten Heterorunde, in der ich mich sowieso als hoffnungsloser Trabant fühlte. Eines Abends aber, als wir nur zu zweit waren, brachte Gideon das Thema auf schwulen Sex und wollte alles genau wissen, insbesondere über Oralverkehr. Auch das war im Sommer, am nächsten Tag würde ich nach Dartington fliegen; ich erzählte ein bisschen von den musikalischen Sommerkursen. Als wir auf der Straße standen, um uns zu verabschieden, sagte er: »Ich werde dich in England besuchen, und dort werden wir es tun.« – »Ja, wie schön!«, rief ich Trottel, »und viele Grüße an deine Freundin!« – »Die ist zu ihren Eltern gefahren«, sagte er, »ich bin Strohwitwer.« Nicht einmal das verstand ich. So war mir nicht zu helfen.

Freitag: Zellensitzung beim Marxistischen Studentenbund Spartakus. Wir diskutierten, entwarfen Propaganda, verabredeten uns zu Demonstrationen, ich komponierte auf Verlangen Revolutionsmärsche. Nicht ohne Mühe lasen wir uns durchs »Kapital«, das heißt, die Genossen lasen und interpretierten, und ich hörte zu und erklärte die schwierigen Stellen. Es gab ideologische Kämpfe. Die KPDML hatte sich von der KPD abgespaltet und war den chinesischen Kurs gegangen. Auch ich war beinhart für den chinesischen Kurs. Einmal meinte ein Kommilitone, den ich bekehren wollte, China sei doch so weit weg, und da sagte ich, für mich selbst überraschend: »Eben!« Ich erinnere mich aber, dass ich mich Jahre später wenig wunderte, als die Viererbande aufflog. Die Machenschaften der gestürzten Herrscherclique unterschieden sich in nichts von denen einer Bananenrepublik. Offenbar waren die Menschen auch in China so, wie ich insgeheim befürchtete.

Schließlich hielt ich es nicht mehr aus und begann, Kontaktanzeigen aufzugeben. Am Freitag erschien »Fortissimo«, unser Studentenblatt, und ich inserierte regelmäßig in der schwulen Ecke: »Solist, 23, sucht Begleiter.« Schon am Samstag trafen die ersten Zuschriften ein, und auf manche reagierte ich. Ich wurde unersättlich, denn meist blieb es bei einer Begegnung. Ich war stolz auf meine Effektivität. Auf sonst nichts.

~

So lebte ich dahin, belog Mutter, belog die Freunde, schwänzte Stunden, zog durch die Kneipen und vernachlässigte die Choräle, aber eins habe ich nie vernachlässigt, das war das Cembalo. Ich spielte jeden Tag, fuhr jährlich nach Dartington und erarbeitete immer neue Stücke, ohne zu wissen, ob ich je ein Cembalokonzert spielen würde. Mein großspuriges, brüchiges, von Angst, Gewissensbissen, Liebeskummer und Betrug überschattetes Leben fügte sich nur hier zusammen.

Eines Sonntags drei Monate vor der Abschlussprüfung, nachdem ich in einem jähen Bewusstsein von Versagen ganz schlecht geschlafen hatte, spielte ich auf dem Cembalo François Couperins *Barricades mistérieuses* und war mit einem Schlag so befreit und glücklich, als befände ich mich in einem anderen Leben. Nein, ich muss etwas weiter ausholen: Ich hörte die *Barricades mistérieuses* im Radio und dachte: Das kann ich aber besser.

Couperin schreibt sowieso eine betörend reine Cembalomusik, und die *Barricades mistérieuses* sind eins der schönsten Cembalostücke überhaupt mit ihren wunderbaren Harmoniefolgen, der dezenten Melancholie und dem eigenartigen Swing. Es ist leicht zu spielen bis auf den Anfang, wenn die linke Hand in nachklappenden Oktaven große Intervallsprünge und unangenehme Lagenwechsel zu bewältigen hat, immer mit eins fünf auszuführen. Später muss man die vielen Überbindungen und Pausen beachten, damit es kein fließender Brei wird, denn wenn das Metrum nicht klar verläuft, verpasst der Hörer die Harmoniewechsel. Diese Schwierigkeit ist aber gerade die Würze des Stücks, sie steigert noch den Genuss, ebenso wie die Vorhalte, die sich durch die Überbindungen ergeben. Nur wenn man diese Vorhalte akkurat auf der »eins und« bzw. der drei auflöst, ergibt sich die klare und trotzdem fließende Struktur. Der Cembalist im Radio aber betonte die Zählzeit vier, auf der meistens die höchste Note kommt. Ich konnte über solche Schlamperei nur den Kopf schütteln. Muss man nicht auch Hörern, die keine Noten mitlesen, die Struktur vermitteln? Natürlich ist das beim Cembalo nicht ganz einfach, weil das Instrument nur eine Klangebene hat, aber ein Proficembalist hat das verdammt noch mal zu können, sonst wär's ja keine Kunst.

Ein Proficembalist, ach ja.

Ach ja?

Ja!

Ich lud mich unter einem Vorwand bei Professor Schmidt ein, in dessen Haus ein Cembalo stand, das von Kommilitonen gelobt wurde. Dann fehlt mir ein Stück Erinnerung, und ich spiele dort die *Barricades.* Ich sitze an diesem Instrument, das besser ist als meins; es hat einen kräftigeren Bass und einen farbigeren Klang, und es gehorcht mir aufs Wort. In höchster Hingabe habe ich das Gefühl der vollkommenen Beherrschung, oder besser: des Verschmelzens; es klingt schöner, als ich jemals geglaubt hatte spielen zu können, und ich weiß, es ist keine Einbildung – ich habe das Geheimnis dieser Musik erfasst und stelle es mit absoluter Autorität dar. Dann blicke ich auf, der Professor und seine Frau stehen da mit offenen Mündern, und ich bin so erregt, dass ich mir den Deckel auf die Finger haue. Natürlich, ich habe die Orgel immer betrogen. Ich kannte mich bei ihr aus, wusste ihre Lieblingsstücke, ich hatte die Technik, das Wissen, die Geläufigkeit – aber ich war nur Funktionär, es war eine quälende Ersatzhandlung über fünf Jahre hinweg, mit Kunst hatte es nur äußerlich zu tun. Die wahre Kunst ist *das.*

~

Den Abschluss in Kirchenmusik betrachtete ich danach nur noch als Formalität. Als ich das Zeugnis abholte, pfiff ich vergnügt vor mich hin. Ich hatte bereits Ina Hammann angerufen, die berühmte Cembalistin und Professorin an der Musikhochschule, und einen Termin bei ihr bekommen.

»Und?«, fragte Mutter, »wo ist deine erste Stelle?«

»Ich habe keine.«

»Waaas?«

Sie hatte viel schlucken müssen während dieser Jahre, in denen ich mich immer weiter von ihr entfernte. Vielleicht hatte sie insgeheim auf ein gemächliches, würdevolles Leben als Kantorenmutter gehofft? Ich erschrak über ihre wieder hervorbrechende Vehemenz und ein weiteres Mal über meine Kälte.

»War also alles umsonst?«, schrie sie. »Was bist du denn jetzt, du bist gar nichts, gar nichts, das ist ja überhaupt nichts! Und ich habe dich fünf Jahre lang bekocht, deine Wäsche gewaschen, dein Zimmer geputzt, ich habe deine Anrufe verwaltet, deine Stipendien beantragt, auf ein eigenes Leben verzichtet, damit du mal ein Auskommen hast, und jetzt – NICHTS?«

»Ich werde Cembalo studieren«, sagte ich, »an der Musikhochschule.«

»Die haben dich nicht genommen, als du jung warst, warum sollen sie dich jetzt nehmen, wo du alt bist?«

»Ich habe mich entwickelt. Bei allen Auftritten habe ich hervorragend abgeschnitten.«

»Pah! Die haben bloß Mitleid mit dir, weil du blind bist!«

Ich verließ das Haus und fuhr mit der Eisenbahn zu Frau Hammann nach Freising. Ich sah damals vielleicht noch zehn Prozent, und fremdes Gelände setzte mich bereits unter Stress, aber an dem Tag fühlte ich mich unbesiegbar. Da dem Sieger immer geholfen wird, musste ich mich nicht mal durchfragen, sondern wurde von einer hilfsbereiten Frau direkt zu dem Reihenhaus geführt, in dem Ina Hammann mich erwartete. Ich spielte ihr das *Cembalokonzert d-Moll* von Bach vor und hörte ihr Lächeln, als sie sagte. »Ich bin kein Prophet, aber machen Sie auf alle Fälle die Aufnahmeprüfung.« Ich bekam sogar einen Kaffee: Sie, die weltbekannte Künstlerin und Professorin, bewirtete mich, den Novizen. Und sie stellte Fragen, als wäre ich ein Mensch! Wie berauscht fuhr ich nach Hause, übte, bestand.

Mutter sagte ich es erst, als der schriftliche Bescheid da war. Ich hatte alles vorbereitet. Eine Freundin, die in Amerika studierte, würde mich ein Jahr in ihrer Wohnung leben lassen, falls es Schwierigkeiten gab. Meinen Lebensunterhalt konnte ich durch Klavierstunden bestreiten.

Gewappnet trat ich Mutter entgegen. Ich rechnete mit Vorwürfen, Tränen, Zorn, aber nichts geschah. Sie sah von einem Buch auf und sagte: »Wenn du meinst.« So ist es ihr immer wieder gelungen, mich zu überraschen.

In der Nacht hatte ich einen Albtraum: Sie heulte minutenlang wie ein Tier. Oder war es Wirklichkeit? Ich erwachte schockartig, lauschte in die Stille und schlief unruhig wieder ein. Dann erhob sich nochmals Geheul, wahnsinnig, massiv, wie eine Halluzination. Ich saß aufrecht im Bett: Stille! Das Herz schlug mir bis zum Hals. Ich überlegte, ob ich rübergehen sollte, und traute mich nicht. Mein Pyjama war nass, die Brust wie lackiert von Schweiß.

*Die Nacht vor Claires Geburtstagsgala ist kalt, das Zimmer ungeheizt, die Bettdecke zu dünn, ich häufe alle Kleider über mich und friere trotzdem. Das Fenster lässt sich nicht schließen, die Flügel klappern im Wind, und irgendwo heult ein Ventilator. Ich erwache müde und verkrampft. Vom Frühstück ist mir übel. Meine Generalprobe im Festsaal wird ständig von Touristen, Köchen und Organisatoren gestört. Ich will bei der Rezeption um einen Schlüssel bitten, um mich einzusperren, und renne in der Eingangshalle gegen eine steinerne Säule, weil ich vor Zorn meinen Blindenstock vergessen habe. In dem staubigen Kabuff sitzt ein armenischer Student an einem Computerspiel, ich höre ihn hektisch klickern. Zu mir aber sagt er träge auf Englisch, man dürfe den Schlüssel zum Ballsaal nicht an Gäste ausgeben, und er selbst habe keine Zeit abzusperren, weil er arbeiten müsse. Hilft nichts, ich muss üben. Wieder hinauf – diesmal stolpere ich über eine hohe Steinschwelle – und ans Cembalo, aber ich spiele immer schlechter. Dann sind die Krachmacher weg, die nächste Gruppe geht immerhin auf Zehenspitzen, aber sie flüstert natürlich trotzdem, und ich fauche: »I want you to leave!« Es wird eine der miesesten Generalproben meines Lebens, den ganzen Nachmittag fühle ich mich wie vor einem Infarkt. Als der Cembalostimmer geht, will ich noch mal ran, aber nun werden bereits Stühle und Tische hereingetragen.*

*Verzögerungen vor einem Konzert sind immer belastend, und obwohl ich das bei dieser Klientel oft erlebe, habe ich mich nicht daran gewöhnt. Die Gäste kommen um sechs, ich soll um sieben spielen, stattdessen warten wieder alle auf Claire, und als die um Viertel nach sieben erscheint, gibt es erst Champagner und Häppchen in der steinernen Eingangshalle. Ab acht begeben wir uns nach oben und warten, während Claire noch einmal frisiert wird und sich nochmals umzieht. Dann müssen wir platziert werden – es gibt keine Tischkarten, Claire wandert zwischen den Gästen herum, greift einen nach dem anderen heraus und setzt ihn an einen der großen runden Tische, was nochmals eine drei viertel Stunde dauert. Die ganze Zeit tickt meine innere Uhr.*

*Ich habe mich punktgenau in Hochspannung gebracht, nun darf ich das Adrenalin einerseits nicht herunterfahren und andererseits nicht verpulvern; schließlich ziehe ich mich, schwach vor Müdigkeit und Erregung, in die Garderobe zurück und lege mich auf eine Liege, die so staubig ist, dass ich huste. Endlich geht es los. Mit dem Anfang (Bach, Sinfonia in D-Dur) bin ich nicht zufrieden, ich spiele zu schnell, fast hektisch, doch das Publikum habe ich damit erobert. Die beiden nächsten Stücke (Suiten von d'Anglebert und Jean-Philippe Rameau) sind unspektakulär anmutig, und es gelingt mir sofort, diese Atmosphäre herzustellen. Ich beschwöre ihre innige, betörende Erotik und fühle mich, als bewegte ich meine Finger in warmem Balsam. Schwerelosigkeit und Kraft verlassen mich auch in den folgenden rasanten Stücken nicht mehr, und ich spüre das Publikum mit mir atmen. Großer Applaus! Drei Zugaben muss ich spielen, die Franzosen sind das beste Cembalopublikum überhaupt. Claire umarmt mich und presst ihr Haupt gegen meine Wange – so heftig, dass ich glaube, sie weine, und so bebend, dass ihr Diadem meine Lippe aufkratzt.*

*Während des Festessens – hundert Gäste, zwanzig Kellner, sechzehn Gänge, eine Folter – sitze ich an Claires Tisch neben dem reizenden schwulen Sommelier und bin glücklich, als auf einmal ein junger Mann von hinten an mich herantritt und mir zuwispert: »Prinz Baldassare Ionesco wünscht Ihre Bekanntschaft zu machen!«*

*Der junge Mann (»Call me Jean-Luc«) führt mich zum anderen Ende des Saals, und dort hängt ein ausgemergelter Greis, der nur flüstern kann, in einem Rollstuhl, über den ich beinah stolpere. Er flüstert: »Votre jeu – c'est la vie!« – so leise, dass selbst mein scharfes Ohr es kaum vernimmt in dem Lärm zwischen dem elften und zwölften Gang. Der junge Jean-Luc, offenbar ein Diener, hält sein Ohr an den Mund des Prinzen und übersetzt mir in Zimmerlautstärke dessen Wunsch: ob ich ein privates Konzert »für uns« anhängen könne. Nächste Woche habe man im Palazzo Buontempo eine kleine private Feier, die mein Auftritt ohne Zweifel krönen würde.*

*»Es ist mir eine Ehre, Prinz«, antworte ich in meinem galantesten Ton auf Französisch (*Monsieur le prince; *ich weiß nicht, ob das korrekt ist, es fühlt sich exotisch an).*

*Mit brechender Stimme sagt er, ich könne mir aussuchen, ob ich da-*

*für nochmals anreisen oder die Woche über im Palazzo bleiben wolle. Man komme selbstverständlich für alle Kosten auf.*

*»Das kann ich im Augenblick nicht entscheiden, ich muss erst meine Termine überprüfen. Darf ich mich morgen mit Ihnen in Verbindung setzen?«, frage ich vorsichtshalber. Es kommt immer wieder vor, dass sich Wichtigtuer an Künstler heranmachen und etwas versprechen, was sie dann nicht halten und vielleicht auch nie halten wollten.*

*Der Greis nickt matt und röchelt: »Jean-Luc …!« Jean-Luc drückt mir ein samtiges Kärtchen in die Hand, mit erhabenem Wappen. Er übersetzt: »Good evening!«, und schiebt den Rollstuhl davon. Ich kehre an Claires Tisch zurück und halte das Ganze für einen Witz, aber kurz darauf kommt Jean-Luc nochmals vorbei und übergibt mir einen Umschlag. Der Umschlag enthält – Claire ist so nett, hineinzusehen – dreitausend Euro in bar und ein Kärtchen, auf dem geschrieben steht: »Für Ihre zwischenzeitlichen Auslagen.«*

# Hochschule

Endlich tat ich nur noch das, was mir bestimmt war. Ich lernte unermüdlich, erweiterte mein Repertoire, spielte Konzerte, hörte Spitzenorchester, prüfte selbstbewusst die berühmten Musiker, die uns unterrichteten, und schärfte mein Stilempfinden. Ich bekam beste Noten und hatte bereits selbst so viele Schüler, dass ich mich mit Leichtigkeit ernähren konnte.

Ganz nebenbei fiel mir im ersten Studienjahr meine große Liebe zu. Ich hatte nicht mehr damit gerechnet; ich hielt mich mit One-Night-Stands über Wasser und nahm an, dass das so bleiben würde. Die Hauptsache war ohnehin die Kunst. Ich hatte mich so sehr auf dieses Leben eingestellt, dass ich die Liebe zunächst gar nicht erkannte, obwohl er genau der Typ war, von dem ich jahrelang geträumt hatte: muskulös, breitschultrig, kräftiger Hals, Fußballerschenkel, dunkle Augen, schwarzer Vollbart; und natürlich hetero. Obwohl er nur zwei Jahre älter war als ich, wirkte er gesetzt, ernsthaft, zuverlässig.

Er gratulierte nach einem Konzert und ging dann mit in die Kneipe. Eine gemeinsame Bekannte hatte ihn mitgebracht, und wir sahen uns noch zweimal innerhalb der nächsten zwei Wochen. Auch das war im Sommer, wieder war ich auf dem Sprung nach Dartington, und auf einmal erklärte er fast schüchtern, dass auch er mit ebendieser Freundin die Sommerferien in England verbringen würde und bereit sei, mich bis Dartington mitzunehmen – es wäre ihm eine Ehre, gewissermaßen.

Im Auto! Das fand ich sensationell. Wir waren drei Tage unterwegs und übernachteten in Landgasthöfen, ich fuhr zum ersten Mal auf einer Fähre, und überall war Edgar der ritterlichste und aufmerksamste Begleiter, den man sich vorstellen kann. Ich war geschmeichelt, bestens aufgelegt, fröhlich, und drei Wochen später, als ich zurück in Deutschland war, erzählte mir die Freundin, Edgar habe die ganze Zeit von mir geschwärmt: wie genial ich sei, wie geistreich, wie inspirierend – er sei richtig von den Socken.

Kurz darauf rief er mich an, wir trafen uns, und als er mir strahlend, federnd, in engen Jeans und T-Shirt entgegenlief, verschlug es mir den Atem. Ich hätte nie gedacht, dass so ein Parademann an mir Interesse haben könnte, Genie hin oder her, denn Geist ist das eine und der Körper das andere, eben doch.

Bald sahen wir uns täglich. Er war Sachbearbeiter im Kultusministerium, gehobener Dienst. Bis zum Kultusministerium ging man von der Musikhochschule zehn Minuten, und bald speiste ich jeden Mittag mit ihm zusammen in der nahegelegenen Siemens-Kantine. Auch abends unternahmen wir viel, gingen in Konzerte oder ins Kino (von der ersten Reihe aus bekam ich zumindest einen Eindruck), und einmal, als es spät geworden war, lud er mich ein, bei ihm zu übernachten. Ich betrat seine Wohnung wie ein Heiligtum, obwohl nichts Besonderes dran war: sozialer Wohnungsbau für städtische Angestellte, achtundzwanzig Quadratmeter, eigentlich nur ein kleines Schlafzimmer und ein achtlos möbliertes Wohnzimmer mit einer Küchenzeile, die hinter einem Vorhang verborgen war. Edgar bereitete mir die Gästecouch und verschwand dann in dem kleinen Zimmer, und erst nach einer Weile – weil ich so aufgeregt war und nicht schlafen konnte – entdeckte ich seinen Pullover, der über eine Stuhllehne hing. Ich tauchte mein Gesicht hinein, inhalierte den wunderbaren männlichen Geruch und war glücklich.

Passiert ist weiter nichts. Ich traf mich gelegentlich mit Männern und stellte mir jedes Mal vor, es sei er, aber meine Sehnsucht stillte das nicht. Jede versehentliche Berührung von ihm ging mir durch und durch. Natürlich legte ich es auf Berührungen an. Ich übernachtete immer häufiger bei ihm und erzählte gerade dann, wenn ich schon auf der Couch lag, die interessantesten Geschichten, damit er noch blieb und sich zu mir setzte. Einmal strich er mir über die Wange und küsste mich aufs Haar, eher väterlich als erotisch, da lag ich entflammt die halbe Nacht wach.

Immerhin war's nicht aussichtslos: Er hatte weder das Selbstbewusstsein noch die Initiative, um mir etwas entgegenzusetzen, und ich dominierte ihn mit Leichtigkeit. Das war das eine. Dann war er schwer gehemmt und traute sich an Frauen nicht ran, das war das andere. Das Testosteron tobte. Irgendwann würde er's nicht mehr aushalten und fiele mir zu, daran glaubte ich fest.

Warum war er so?

Niemand hatte je etwas von ihm gehalten, niemand hatte ihn je um seiner selbst willen geliebt. Seine Eltern waren Zeugen Jehovas, erzählte er, sie hatten zwar von Liebe viel geredet, aber keine gehabt, weder füreinander noch für ihn. Zwei ältere Schwestern hatten ihn geschurigelt. So kam es, dass er, der mit vierzehn schon einen Bart hatte und mit seinen Samtaugen und Militärhemden aussah wie ein südamerikanischer Revolutionär, im Grunde ängstlich und labil war. Manchmal spürte ich, dass sich eine Frau für ihn interessierte, aber er merkte es nicht. Oder er merkte es und wollte sie nicht. Seinerseits schwärmte er für unerreichbare Frauen, die er an öden Sonntagnachmittagen von seinem Fenster aus auf der Straße beobachtete. Eine wollte er mir sogar zeigen, aber ich sah sie natürlich nicht. Er merkte sich das Auto, aus dem sie stieg, und klemmte nachts eine Rose unter den Scheibenwischer, und bald darauf einen Zettel, auf den er mit Rotstift »Ich mag dich« geschrieben hatte, aber ohne Namen und Telefonnummer. »Bist du verrückt?«, fragte ich. »Die muss dich doch für einen Sittenstrolch halten!« Er war betroffen. »Was soll ich tun?«, presste er hervor. »Ich muss, ich brauche, ich will eine Frau! Auf keinen Fall werde ich mein Leben in einer Schwulen-WG verbringen!«

Wir besuchten ein Pornokino. Dass es so was gab, hatte ich bis dahin nicht gewusst, ich kannte nur öde Sexfilme, aber Edgar war bereits versiert, er ging, wie er bei der Gelegenheit gestand, einmal pro Woche; nun nahm er mich zum ersten Mal mit. Ich war höchst stimuliert, obwohl die Männer in dem Film nicht besonders gut aussahen – man dachte damals, es käme nur auf die Frauen an. Aber ich genoss das rhythmisch-athletische Geschehen, stellte mir vor, ich sei die Frau, und spürte hoffnungsvoll Edgars Oberschenkel zittern.

~

Ich würde ihn kriegen! Ebenso sicher war ich, dass ich das Cembalo meines Lebens finden würde. Es wurde zur selben Zeit fällig. Mein zehn Jahre alter Erdmann-Kurz reichte nicht mehr aus, sein Anschlag war zu hart, der Klang zu blechern, das Spektrum zu schmal, auf ihm würde ich mich nicht vervollkommnen können. Ich machte mich also auf die Suche, befragte meine Professoren und Kommilitonen, begann auf Festivals zu fahren. Die Sommerakademie für alte Musik in Innsbruck schloss immer eine Instrumentenausstellung ein, da verbrachte ich ganze Tage, aber *mein* Cembalo war nicht dabei. Während ich suchte und probierte, wusste ich immer genauer, was ich brauchte: Mein Instrument wäre butterweich ohne Kraftaufwand zu spielen, sein Diskant schmeichelhaft und präsent, der Bass fundamental und tragend, aber nicht dominant. Auf den Ausstellungen stand es nicht, aber ich würde es finden; die zweite Wahl war nicht mehr gut genug für mich.

Auf Konzerten anderer Virtuosen lernte ich internationale Instrumente kennen. Das ultimative war »Dowd«, die Stradivari unter den Cembali. Leider kostete es hunderttausend Mark. Dann gab es den phantastischen Skowroneck aus Bremen, den mein Idol Bernard spielte, aber Skowroneck hatte damals eine Wartezeit von fünfundzwanzig Jahren. In Dartington und London hörte ich mich um – nichts. Eines Tages empfahl mir ein ehemaliger Schüler, der inzwischen selber Hauptfach Cembalo studierte, den Elsässer Régis Kühr. Alles, was Manfred davon erzählte, gefiel mir. Er selbst wollte hinfahren, um Kühr zu testen, auch er suchte dringend ein besseres Instrument, und so fuhren wir zu zweit nach Straßburg und besuchten Kührs Werkstatt in der Rue des Veaux.

Dort stand ein Cembalo französischer Bauart im Stil zweite Hälfte des 18. Jahrhunderts. Ich spielte ein paar Takte und wusste: Das ist es. So einfach kann es sein. Manfred erging es ebenso. 60 000 Mark! Keiner von uns hatte die. Wir liefen aufgeregt durch Straßburg und überlegten und beratschlagten, wir lachten über unseren Wahnsinn, und noch vor dem Abendessen standen wir wieder in der Werkstatt von Régis Kühr, und jeder unterschrieb einen Kontrakt.

Zu Hause machte ich mich sofort an die Beschaffung des Geldes. Ich verkaufte günstig den guten alten Erdmann-Kurz, das war die

Grundlage. Mein Bruder lieh mir 12 000 Mark, von denen ich jeden Monat 500 abstotterte. Tante Elisabeth, der ich schon mein erstes Klavier verdankte, zahlte mir mein ganzes Erbe vorweg aus. Ich nahm noch mehr Schüler an.

Régis Kühr begann das Cembalo im Herbst zu bauen, fertig war es im darauffolgenden April. Mehrmals fuhr ich hin, um an der Entstehung teilzuhaben. Im November war das Corpus fertig, noch ohne Saiten. Im Februar hatte es Saiten und Tastatur, aber noch keine Beine, und ich war so entzückt, dass ich auf alle Vorschläge des Vergoldungsmeisters einging, was zehntausend Mark zusätzlich kostete. Im April mietete Edgar einen Lieferwagen und fuhr mit mir nach Straßburg, um das Instrument abzuholen. Wir suchten ein Hotel, feierten im »Maison Kammerzell« vor und kamen am nächsten Morgen um zehn in die Werkstatt zur Übergabe. Es war ein frühlingshafter, sonniger Tag. In der Werkstatt, einem mittelalterlichen kleinen Gewölbe, war's so dunkel im Vergleich zu draußen, dass ich zuerst überhaupt nichts sah. Dann hörte ich aus der Ecke Kührs dezente, belegte Stimme: »Und, sind Sie aufgeregt?« – »O ja«, sagte ich, »ich bin sehr aufgeregt!« Wir unterhielten uns ein bisschen, schließlich sagte er in seinem schleppenden Elsässisch: »Ja, also hier steht das Instrument.« Inzwischen hatten sich meine Augen an das Halbdunkel gewöhnt, ich nahm bereits Umrisse wahr, und in diesem Augenblick flutete Sonnenlicht herein, und das Instrument begann zu funkeln. Ich erkannte die Intarsien in der Innenseite des Deckels und im Corpus, Lilienranken ganz rund herum, in echtem Gold! Zuerst also dieses Funkeln, und je mehr meine Augen sich gewöhnten, desto besser nahm ich auch das Rot wahr, das warme, edle Burgunderrot. Dann die Malerei an Seiten und Deckel, Stillleben im Straßburger Stil. Ich erkannte die Blumen, den Apfel mit der Fruchtfliege drauf – ich, ich Blinder erkannte die Fruchtfliege, die süßeste gemalte Fruchtfliege aller Zeiten! Ich sank auf den Klavierschemel und versuchte zu spielen, brachte aber vor Hingabe kaum einen Akkord zustande. Edgar umarmte mich, und ich habe fast geheult.

Am Nachmittag kam auch Manfred, um sein Instrument in Empfang zu nehmen. Kühr baute immer paarweise, und Manfreds war das Schwesterinstrument zu meinem. Nun staunte ich, wie verschieden die Instrumente waren, obwohl Maße, Holz und Saitenmensuren übereinstimmten – als hätte Régis unsere Charaktere eingefangen und in die Instrumente gesenkt. Manfred war ein ernster, überlegter Musiker, und entsprechend kühl, geradezu distanziert, klang sein Cembalo. Meines war wie ein Elsässer Gewürztraminer, fruchtig, von natürlicher Süße, voll Leidenschaft und Energie; seins ein Silvaner, herb, nicht liebenswürdig, kantig, kraftvoll. Als Farbe hatte Manfred übrigens Blau gewählt und viel weniger Goldintarsien als ich. Ein dunkles, vornehmes Blau außerdem, kein Vergleich zu meinem lebendigen, köstlichen Rot.

In den ersten Wochen habe ich mein Kühr mehr angebetet als bespielt. Ich stand morgens auf und streichelte es. Manchmal träumte ich, es sei verschwunden, und erwachte vor Schreck; so unwirklich kam mir vor, dass das jetzt meins sein sollte.

~

Edgar hatte ich inzwischen bekommen und wieder verloren. Das war die Ironie: Als er zu mir fähig wurde, wurde er auch zu Frauen fähig, und schon traf er eine für seine Pläne. Er hatte sie per Annonce kennengelernt und mir gleich gesagt, sie könne mir in nichts das Wasser reichen außer darin, dass sie eine Frau sei, aber ich müsse verstehen, dass er das brauche, er sei eben hetero. Ich stand Kopf. Er stellte sie mir vor: eine magere, willensstarke Cosima, die ihn Gott sei Dank lange hinhielt, und in dieser Zeit war er der beste Liebhaber, den ich je hatte: zärtlich, gierig, explosiv. Ich dachte, wenn ich ihn auf diesem Level halten könne, würde Cosima nicht lange währen, und tatsächlich gestand er einmal, nachdem er ihr nahegekommen war, dass es mit mir »mehr« sei. Aber er stellte sich auf sie ein und sie sich wohl auf ihn. Vor allem *wollte* er hetero sein, er redete sich das ein und behandelte mich immer schlechter. Ich meinerseits drohte, terrorisierte, schrie und erpresste, wie ich das von Mutter kannte – andere Mittel standen mir nicht zu Gebote, ich hasste mich selbst dafür. Ich fand Cosimas Telefonnummer heraus und wählte sie immer dann, wenn ich annahm, dass die beiden zugange waren, und tatsächlich erzählte mir Edgar entnervt, dass bei

Cosima, wenn sie verkehrten, dauernd das Telefon klingle; er hatte einen Rivalen in Verdacht, natürlich einen Rivalen um ihre, nicht um seine Gunst. Ich simulierte Mitgefühl. Aber ich wurde immer reizbarer, und schließlich war es so weit, dass er mich aufforderte, eine andere Bleibe zu suchen.

Ich fand ein Zimmer in einer Sannyasin-WG: Schwabinger Altbau mit hoher Decke und so groß, dass ein Cembalo leicht darin Platz fand. Zwar war der Erdmann-Kurz bereits verkauft und Kühr noch im Bau, doch der Platz war bereits geheiligt: Oft lief ich um mein imaginäres Instrument herum und stellte es mir aus jedem Winkel vor. In zweiunddreißig, einunddreißig, dreißig Tagen würde ich nach Straßburg fahren. Die Vorfreude auf Kühr half mir, über die Trennung von Edgar hinwegzukommen.

Dann kam Kühr, und ich liebte es. Musikalisch entwickelte ich mich mit Riesenschritten. Auf einmal konnte ich die französische Musik gewissermaßen ohne Akzent spielen, während ich vorher beim Versuch, ihren betörenden Klang zu erfassen, oft ins Manieristische geraten war. Natürlich spielte ich damals fast nur melancholische Stücke, aber die gelangen mir so bewegend, dass meine Trauer allmählich in Begeisterung umschlug – für die Franzosen, für Kühr, für mein Spiel. Und eines besonders erfüllten Abends tauchte Edgar wieder auf. Gerade hatte ich gedacht, ich müsste für meine missglückte Liebe eigentlich dankbar sein, da stand er vor meiner Tür und fragte verlegen, ob er reinkommen dürfe. Er füllte die Wohnung mit seinem hilflosen Begehren, das war so schmeichelhaft, dass ich tat, als merkte ich's nicht, um die Situation auszukosten. Er selbst hielt es dann nicht aus. Cosima hatte ihn verabschiedet, und er beantragte fast förmlich die Wiederaufnahme der geschlechtlichen Beziehungen. Ich triumphierte und verfiel ihm wieder. Zwar zog ich nicht mehr zu ihm, verfolgte aber wachsam die Ergebnisse seiner weiteren Bemühungen. Lief die Frauensuche schlecht, war er auf mich angewiesen und gab sich Mühe, lief sie gut, quälte er mich und sagte, er brauche das nicht, er täte es nur mir zu Gefallen, weil ich psychisch krank sei. So setzten wir jahrelang einander zu.

~

Alle rings um mich waren unterjocht von der Liebe, schien mir. Gab es keinen Weg, sich zu befreien? Die Musik half und half andererseits doch nicht; sie bot einen Ausdruck für das Unglück wie die Liebe, aber sie verstärkte beides auch, denn je besser sie es ausdrückte, desto tiefer war's einem bewusst.

Auf einmal sah ich überall Liebesdramen, sogar bei meiner Lehrerin Ina Hammann, die bekanntermaßen glücklich verheiratet war. In meiner Projektion liebte sie seit vielen Jahren hoffnungslos den Dirigenten Ewald Kaspar. Er hatte sie entdeckt und gefördert, er hatte sie auf diese Stelle gebracht, sie verehrte ihn und spielte das Cembalo in seinen Opernaufführungen. Er war ihr Leitstern, und wenn sie von ihm sprach, leuchteten ihre Augen. Ihre Freude gab sie an uns weiter: Sie war auf hinreißende Weise ebenso mütterlich wie mädchenhaft, beseelt wie begeisterungsfähig, in ihrer Kritik nie verletzend – die ersten beiden Jahre waren einfach herrlich. Dann, in den Ferien zwischen viertem und fünftem Semester, erlitt sie einen Hörsturz, und als sie zurückkehrte, war sie wie ausgewechselt. Vorher war sie jugendlich gewesen, schlank, beweglich, jetzt wirkte sie starr, wie betäubt. Binnen weniger Wochen waren ihre Haare grau geworden, die Gesichtszüge hart wie Holz. Vom Hörsturz war ein Tinnitus zurückgeblieben, ein Schwirren wie von einer Starkstromleitung in der Höhe des dreigestrichenen gis, leise, aber konstant. Dieses gis muss für Hammann, die das absolute Gehör hatte, eine zusätzliche Tortur gewesen sein. »Warum kann es nicht wenigstens der Kammerton sein?«, hörte ich sie einmal sarkastisch klagen.

Alle rätselten über den Grund des Zusammenbruchs. Ich brachte ihn natürlich mit Ewald Kaspar in Zusammenhang. Kaspar, der Musikdirektor der Staatsoper, war ein charismatischer Mann und ein suggestiver, mitreißender Dirigent, aber auch bekanntermaßen Alkoholiker. Seine Eskapaden – Affären mit Sängerinnen, schwere Besäufnisse – waren Hochschulgespräch. Sensationslust, Schadenfreude, die alte Frage um Kunst und Moral spielten hinein. Ist ein großer Künstler ein guter Mensch? Ja!, hofften die jungen Semester, die noch bessere Menschen als Künstler waren. Nein!, höhnten die mittleren, die bereits ahnten, dass es fast unmöglich war, auch nur eins von beidem zu sein. »Es schließt sich nicht aus«, meinte ich, der immer noch versuchte, das Private mit der Kunst in Einklang zu bringen. »Es schließt sich aus!«, behauptete Kommilitone Benno, ein nahezu perfekter Jungdirigent, der gern verruchter gewesen wäre, und erzählte, wie Kaspar kürzlich seine Studenten um fünf in der Früh telefonisch in die Hochschule bestellt und um halb sechs eine geniale Dirigierstunde abgehalten habe, torkelnd und lallend, aber künstlerisch vollkommen wach.

Einmal versuchte Professor Kaspar, die Hochschule über die Feuerleiter zu verlassen, weil er vergessen hatte, dass es einen Ausgang gab; er war aber so betrunken, dass er die Orientierung verlor und von der Feuerwehr geborgen werden musste. Hammann hatte darüber gelacht, aber als Kaspar bald darauf die Hochschule verließ, erlitt sie ihren Hörsturz. Ich stellte diesen Zusammenhang her, weil ich selbst mich einem Hörsturz nahe fühlte. Edgar nämlich hatte eine neue Geliebte. Und er wollte sie heiraten.

Sie hieß Vera, war dreiundzwanzig Jahre alt und eine Kollegin aus dem Kultusministerium, mittlerer Dienst. Sie wohnte in meiner Straße. Ich spickte in seinem Adressbuch, merkte mir Hausnummer und Stockwerk, ging sogar hin – ins Haus schräg gegenüber, in den obersten Stock – und sah sie zufällig ins Treppenhaus treten: eine Brünette, lyrisch, arglos, frisch, ich hatte ihr nichts entgegenzusetzen. Ihr Nachname war übrigens Frischleder, und natürlich musste ich geschmacklose Scherze darüber machen, aber sie kamen nicht an; im Gegenteil, Edgar bestätigte geradezu hingerissen, dass sie »sehr sinnlich« sei. Mich besuchte er in dieser Zeit höchstens einmal pro Woche, sie bis zu viermal. Ich beobachtete ihn vom Toreingang aus und glaubte zu bemerken, dass immer dann, wenn er dort war, in der rechten Mansarde das Licht anging und der Vorhang zugezogen wurde. Einmal verließ er mich im Streit, und ich war sicher, er würde direkt zu ihr gehen. Es war ein heller Sommerabend, und ich versuchte auszumachen, was drüben passierte, konnte aber weder Licht noch Vorhang erkennen, und dann wurde ich noch rasender, weil ich dachte, ihm ist nicht mal *danach*. Bestimmt beschwert er sich gerade über mich oder weint sich aus, und sie sagt: »Lass uns wegziehen in ein Häuschen im Grünen und Kinder haben.« Ich wollte auf die Straße laufen und jemanden beleidigen; dann aber setzte ich mich ans Cembalo und übte Bachs *Englische Suiten.*

~

Eines verzieh ich Hammann nicht, bei allem Mitgefühl: dass sie so harsch wurde. An Stilbewusstsein hatte es ihr immer gefehlt; das hatte ich hingenommen, solange sie uns mit intuitiver Musikalität anhörte und beriet, denn früher hatte sie eigenständige Interpretationen gutgeheißen. Jetzt forderte sie auf einmal Gehorsam. »Bei dieser Stelle müssen Sie aufs obere Manual gehen!« So klang das neuerdings.

»Warum muss ich?«

»Weil's schöner ist!«

Als ich zu diskutieren begann, wurde sie unleidlich. Ich ärgerte mich. Auf dem Heimweg führte ich im Stillen erregte Dispute mit ihr: Cembalo ist nicht Orgel, man wechselt nicht einfach mittendrin das Manual! Man kann ja auch bei einem Streichquartett nicht einfach sagen: So, ab hier werden die beiden Geigen durch Flöten ersetzt!

Bei der nächsten Stunde sagte ich mit gepresster Stimme: »Ich habe gelernt, in Suiten heiße es: ein Satz, ein Affekt. Also heißt es auch: eine Klangfarbe, ein Timbre!«

»Wo haben Sie das gelernt?«

»In alten Quellen zur Musikästhetik des 17. Jahrhunderts«, sagte ich sorgfältig. »Zum Beispiel François Couperin, *L'art de toucher le clavecin.*«

Sie war konsterniert. Dann griff sie zum letzten Humor, der ihr noch zu Gebote stand: »Schluss! Keine Diskussionen mehr, sonst komm ich mit dem Hacklstecken!«

Inzwischen studierte ich seit vier Jahren bei ihr und bereitete die Abschlussprüfung vor, ich war dreißig Jahre alt und wusste, was ich wollte. Jeder Stil hat eigene Möglichkeiten und Verpflichtungen; wer die Verpflichtungen nicht akzeptiert, wird die Möglichkeiten nicht ausschöpfen können. Das wurde mir seltsamerweise bewusst, während ich mit meiner quälenden Abhängigkeit von Edgar rang. Der Umkehrschluss lautete nämlich: Wer die Verpflichtungen akzeptiert, ohne die Möglichkeiten nutzen zu können, hat in der Kunst nichts verloren. Diesen Satz übertrug ich ohne Weiteres auf die Liebe und sprach es laut aus: Ich habe in der Liebe nichts verloren. Noch half mir die Erkenntnis nicht; allein bei dem Gedanken, Edgar zu verlieren, wurde mir schwindlig. Nur in der Kunst war ich stur wie ein Panzer.

Ich stellte mein Programm fürs Abschlusskonzert zusammen und wollte so spielen, wie ich es für richtig hielt, nicht nach Hammannschem Pauschalsound. Zäh erkämpfte ich mir Freiräume und machte, da meine Lehrerin empfindlich war, uns beiden das Leben schwer.

Zum Beispiel brauchten wir für die Abschlussprüfung einen Komponisten des 17. Jahrhunderts, einen Vor-Bach. Ich übte eine Frescobaldi-Toccata ein und spielte sie vor. Hammann blätterte hilflos in den Noten.

»Ja, welche Toccata war das denn jetzt?«

»Ich hab sie Ihnen doch aufgeschlagen!«

Bei den Toccaten improvisierte man zu Frescobaldis Zeit den ersten Dreiklang, es gab gewisse Floskeln, mit denen man sich frei einfädelte, der Komponist verließ sich dabei auf den Musiker; schließlich war das noch nicht die Epoche der Klassik, wo jeder Schnaufer vorgeschrieben ist. Hammann wusste einfach nicht genug über die Notation dieser Zeit, und ich hatte sie vorgeführt. Ich spürte ihren Unwillen, aber auch ihre Ohnmacht. Zu anderen Studenten konnte sie sagen: »Wenn's Ihnen nicht passt, können Sie ja gehen!« Das hat sie sich bei mir nicht getraut, auch wenn sie mich nie lobte. Ich muss für sie furchtbar gewesen sein. Ich war's ja auch für mich.

~

Einmal, auf dem Weg an einem mehrstöckigen alten Wohnblock vorbei, schlüpfte ich plötzlich in eine offene Haustür, fühlte die kalte, muffige Luft des Treppenhauses und hörte hölzerne Stufen knarren. Wie von einem Magnet gezogen lief ich alle Treppen hinauf, fünf Stockwerke. Oben versuchte ich im Halbdunkel die Türschilder zu lesen – ich wollte wissen, ob der oberste Stock bewohnt war. Er war es, und während ich konfus herumtappe, stoße ich mit den Füßen an eine weitere raue, nach Harz und Staub riechende Stiege. Die hat kein Geländer und ist so steil, dass ich mich mit den Händen festhalten muss. Oben stoße ich gegen eine Decke oder – beim Klopfen gibt es einen hohlen Klang – Falltür. Plötzlich wird mir übel. Mit zitternden Beinen und nassen Händen trete ich, eher rutschend als kletternd, den Rückzug an. Auf der breiten normalen Treppe geht es leichter, vierter Stock, dritter, zweiter. Ab der Beletage gibt es sogar den üblichen rauen Teppich, mit Metallstangen fixiert. Eine dieser Stangen hat sich gelockert, der Teppich gibt unter meinem Fuß nach, Schweißausbruch. Draußen neben der Haustür übergebe ich mich. Ein regnerischer später Aprilnachmittag, Leute eilen vorüber, niemand nimmt von mir Notiz. Ich schleppe mich in eine Telefonzelle und will Edgar anrufen, aber er ist nicht da, und was soll ich ihm auch sagen? Ich wollte mich gerade umbringen?

Ich will mich natürlich nicht umbringen, aber in jede offene Haustür zieht es mich hinein. Es ist eine fixe Idee: Ich muss ein möglichst hohes Haus finden, von dessen Dach ich mich stürzen kann, wenn ich's nicht mehr aushalte. Wenn ich dieses Haus habe, kann ich mich ja immer noch entschließen, nicht zu springen. Manchmal, wenn ich hart und erfolgreich geübt habe, lache ich über diese Idee, aber sie gewinnt immer mehr Macht über mich, und ich übe mit immer weniger Erfolg. Edgar liest einen Krimi mit dem Titel: »Ich bin ein Toter auf Reisen«, und ich bekomme einen solchen Wutanfall, dass ich das Buch in den Müll werfe. Später mache ich ihm den Vorwurf, er wolle mich in den Wahnsinn treiben, aber er weiß nicht, wovon ich rede. Ich schreie, und er sagt: »Aber du bist ja schon wahnsinnig!«

Da begreife ich, er hat recht. Ich muss Hilfe suchen. Eine Freundin kennt eine Psychologin und gibt mir die Telefonnummer. Gerade habe ich mit einer Scarlatti-Sonate wieder mal Hammann gedemütigt. Es gibt im Bass dieser Sonate schroffe, schnarrende Klänge, die Kastagnetten imitieren, und oben eindeutige Flamenco-Melodien, da habe ich kräftig registriert und schnell gespielt. Hammann rief: »Langsam! Da muss man das leiseste Register ziehen, denken Sie daran, Scarlatti! Stellen Sie sich einen verliebten Italiener vor!« Ich antwortete: »Wieso verliebt, und wieso Italiener? Das ist im spanischen Stil geschrieben, wenn man's langsam spielt, geht der Charakter verloren.« Ich war stolz erregt, weil ich das Ding so runterrattern konnte und weil es in dem Tempo so unverschämt fetzig klang. Ganz klar, so musste es sein! Dann kam ich zu mir und sagte leise in die dunkle Wolke vor mir, in der ich Hammann vermutete: »Entschuldigen Sie bitte.« Sie ließ mich ziehen. Ich lief als Sieger auf die Straße hinaus.

Vielleicht geht's auch ohne Psychologin?, dachte ich. Schließlich wollte ich ja Revolution machen, und Psychologen sind, das weiß jeder, Agenten des Kapitals. Warum soll ich mir meine Ideale zerstören lassen? Es ist ein warmer Frühsommerabend, der Himmel noch hell, die Luft weich. Ich werde im Englischen Garten spazieren gehen. Aber vorher muss ich noch eben in dieses Treppenhaus.

Eine halbe Stunde und drei Treppenhäuser später war ich wieder zu Hause und rief die Psychologin an. Eigentlich sei sie auf Monate ausgebucht, sagte sie, aber als sie hörte, dass ich Musiker sei, gab sie mir einen Termin am nächsten Morgen um acht.

Die Praxis war am Elisabethplatz in einem Altbau, oberster Stock! – das kam mir wie Hohn vor. Ich stürmte hinein, noch außer Atem, weil es keinen Lift gab, und schimpfte: »Ich bin übrigens Kommunist und verlange, dass Sie das respektieren. Ich wünsche keine kapitalistische Gehirnwäsche!«

Ich hörte die Psychologin lächeln. »Nun setzen Sie sich her. Haben Sie das Haus gut gefunden? Sie bewegen sich erstaunlich sicher, wie viel sehen Sie, haben Sie gesagt?«

»Zehn Prozent!«, stieß ich hervor.

»Wie kann ich mir das vorstellen?«

»Etwa so: In zehn Metern Entfernung sehe ich einen Fußball so, wie Sie ihn in hundert Metern sehen.«

»In hundert Meter Entfernung sehe ich überhaupt keinen Fußball.«

»Jetzt kommen wir der Sache näher!«

Sie lachte. Sie hatte eine tiefe, warme Altstimme, die tatsächlich beruhigend wirkte, aber wahrscheinlich war das eine Masche. Ich wiederholte meine Forderung: Keine kapitalistische Gehirnwäsche!

Sie sagte: »Wenn die politischen Ideen substanziell sind, also Teil Ihres Selbst, dann werden sie sich noch vertiefen und an ethischer Qualität gewinnen. Wenn sie aber nur Kompensation sind, werden sie das erste sein, das von Ihnen abfällt.«

Darauf ließ ich mich ein, denn ich war überzeugt, sie würden sich vertiefen. Tatsächlich verschwanden sie im ersten Jahr.

~

Frau Limani war damals in den Fünfzigern und sah auch danach aus: ein bisschen rundlich, nicht straff. Aber ihre Stimme klang jugendlich, obwohl sie so tief und melodiös war. Diese Stimme hat mir jedes Mal starken Eindruck gemacht: Ihre Frische bedeutete Neugier, Anteilnahme, Erstaunen, ihre Sattheit Reife und Geduld. Bis heute erfüllt mich die Erinnerung an diesen Klang mit Hoffnung.

Wovor fürchtete ich mich? »Angst ist umgedrehte Wut«, erklärte sie.

Ich war mir keiner Wut bewusst, außer auf mich selbst. Vielleicht war das das Schlimmste? Ich hatte Temperament und Talent, setzte aber beides nur ein, um meine Umwelt zu tyrannisieren. Ich hatte was zu bieten, klar, aber ich verlangte immer Applaus und Aufmerksamkeit; wenn sie ausblieben, wurde ich panisch. Der einzige Mensch, den ich liebte, floh vor mir. Die einzigen beiden Menschen, die beständig meine Nähe suchten, stieß ich zurück.

»Wer sind die?«

»Der Onkel und meine Mutter.«

»Auf welche Weise suchen sie Ihre Nähe?«

»Der Onkel macht ständig Geschenke. Und Mutter will immer meine Wäsche waschen.«

Ich sah Mutter kaum noch. Eigentlich fand ich es erniedrigend, sie nur zu besuchen, um schmutzige Wäsche vorbeizubringen, aber sie bestand darauf. Wenn ich zu ihr kam, spürte ich ihre Einsamkeit und Bitterkeit und ergriff nach wenigen quälenden Minuten die Flucht. Sie hatte ihr Leben für mich aufgeopfert, und alles, was sie von mir in die Hand bekam, waren verschwitzte Hemden, stinkende Socken und dreckige Unterhosen. Als in meiner Straße ein Waschsalon eröffnet wurde und ich Mutter erklärte, ich würde in

Zukunft selber waschen, schrie sie erstickt: »Also nicht mal dafür bin ich noch gut genug!« Mir fiel ein, wie sie am Telefon vor dem Orgelprofessor gekniet und als Löwenmutter um mich gekämpft hatte. War ich nicht ein Verräter? Und sollte ich eine Wut auf sie haben – wär ich's nicht doppelt?

»Sagten Sie nicht, sie hat Sie geschlagen?«

»Ja, das hat sie. Sie war überfordert. Sie kam nicht mit uns zurande.«

»Schlug sie mit Gegenständen oder mit der Hand?«

»Mit allem, was ihr in die Hand kam. Kochlöffel … Sie brachte Stöcke von Spaziergängen mit, dann ahnte ich bereits, es war wieder fällig. Sie zerschlug die Stöcke auf unseren Körpern. Und nicht der Schmerz war das Schlimmste, sondern das Geschrei – ihres, nicht unseres – und der starre Ausdruck in ihrem Gesicht, voll Lust – wie eine Wahnsinnige. Sie ist krank. Sie hätte mich vernichtet, ich weiß das. Nun habe ich mein Talent und konnte mich befreien – aber ich setze es nur als Waffe ein. Ich sollte Mutter damit helfen, stattdessen bestrafe ich sie. Und das fällt auf mich zurück.«

»Ich würde sagen, dass Kinder ihre Eltern nicht retten können. Wie, denken Sie, sollte das gehen?«

»Ich weiß es nicht. Sie erstickt an ihrer Wut und ist dabei so … verzweifelt einsam. Sie hätte mich gern dabei, damit ich zusehe, wie sie ihre Zeit vernichtet. Wenn ich das tue, vernichte ich aber meine eigene Zeit.«

»Wie wäre ihr zu helfen?«

»Keine Ahnung. Manchmal denke ich, ihr Wahnsinn schützt sie auch. Wenn sie sich von dem befreien würde, bliebe, glaube ich, nur eine leere Hülle.«

»Was wäre entstanden ohne diesen Wahn?«

»Keine Ahnung.«

»Halten Sie für möglich, dass ein Nichtkünstler ein erfülltes Leben führt?«

»Nein.«

Jetzt mussten wir beide lachen.

~

Der Onkel war auf den ersten Blick großzügig und freundlich. Jedes Jahr fuhren wir mindestens zweimal zu ihm, und wahrscheinlich gern. Dort war's ordentlich, stimmungsvoll, sentimental, ganz anders als bei uns. Und nebenbei auch edel: geschmackvolles Mobiliar, weiche Bettwäsche, teure Geschenke, Ausflüge. Er gaukelte uns das intakte Zuhause vor, nach dem wir uns sehnten.

Aber auch er trug einen Zorn in sich; keinen explosiven wie seine Schwester, sondern einen schwelenden, giftigen, der freilich nicht weniger zerstörerisch war. Woher rührte der? War die Königsberger Offiziersfamilie schuld? Die autoritätsverseuchte Generation? Das gottverlassene Volk? Der Onkel ließ sich nicht in die Karten gucken, er neigte durch sein ängstliches Wesen und als Schwuler jener Epoche ohnehin zur Verstellung. Aber seinen Zorn spürte ich. Er galt den Schwachen (die noch schwächer waren als er) und – leider – den Schwulen. »Manchmal denke ich, er hat mich gehasst«, sagte ich zu Frau Limani, »obwohl ihm das wahrscheinlich nicht bewusst war. Er umwarb uns ja, er überschüttete uns mit Geschenken. Aber das tat er, weil er sonst niemanden hatte. Auch der gemeinste Diktator muss sein Volk in Dankbarkeit wiegen, damit es ihn nicht durchschaut. Und damit er selbst sich einbilden kann, der Gute zu sein.«

»Sie erzählten von den Knabenfotos in seinem Haus. Haben Sie eine Pädophilie bei ihm gespürt?«

»Nein, überhaupt nicht. Also, die Fotos zeigen natürlich eine Tendenz, aber ich glaube, dass er nie irgendwas davon ausgelebt hat. Unsere körperliche Nähe hat er nie gesucht.«

Die Therapiestunde war zu Ende, aber auf dem Heimweg schoss plötzlich eine Erinnerung in mir hoch wie ein Geysir – so heiß und heftig, dass ich schwankte und mir übel wurde vor Hass.

Sie betraf die erste offene Attacke des Onkels gegen mich. Ich war zehn oder elf Jahre alt, und er unternahm mit uns eine Rheinschifffahrt. Das war nach dem ersten Augenarztbesuch, und Mutter erzählte ihm auf diesem Schiff bekümmert, dass mein Augenlicht so schlecht sei. Onkel Alfred lachte: »Neinnein, der will nur nicht, der ist störrisch, das kenn ich von meinen Schülern.« Als wir auf eine Anlegestelle zufuhren, befahl er mir, eine Tafel am Ufer zu lesen, vielleicht das Ortsschild, ich weiß nicht, was für eine Tafel das war. »Ich sehe nichts«, sagte ich. – »Jetzt lies halt vor!« – »Ich kann's nicht lesen!« – »Lies!!« – »Aber es geht ja nicht!«, und da ohrfeigte er mich. Er hatte das noch nie getan; ich hatte nicht damit gerechnet und nicht ausweichen können; ich spürte es krachen und eine summende Taubheit in der Nase. »Lies!«, herrschte er mich an. Und schon kam der nächste Schlag, wieder mit dem Handrücken. Ich war so schockiert, dass ich starr stand und überhaupt nichts mehr sah, seine Hand kam aus dem Nichts. Krach! »Lies!« – Krach! Krach!, ich weinte, und einzelne Leute riefen: »Los, richtig! Der will bloß nicht!«

»Hilfe!«, schrie ich.

»Wie?«, fragte Frau Limani.

»Ich hätte ›Hilfe!‹ schreien sollen auf dem Schiff. Es war doch Folter! Das Schlimme war, dass ich es zwar so empfand, aber nicht denken durfte, denn der Onkel meinte es ja gut – es war höchstens ein Missverständnis … das Schlimmste war nicht die physische Misshandlung, sondern der Verrat.«

»Hat der Onkel es später eingesehen?«

»Bestimmt nicht. Einmal nahm er mich mit zu einem befreundeten Augenarzt, und der sagte zu mir: ›Sie gucken ja wie ein Hund!‹ Ich legte immer den Kopf schief, weil ich ja nur mit den Netzhauträndern sah. Damals war ich vielleicht vierzehn. Der Onkel lachte sein fröhliches, infames Lachen, schlug dem Arzt auf die Schulter und sagte zu mir: ›Ist er nicht ein netter Kerl?‹ Warum netter Kerl, wenn der mich einen Hund nennt? So eine Sau.«

~

Als mein Talent entdeckt wurde, legte der Onkel zum ersten Mal in seinem Leben Leidenschaft an den Tag – und zwar die Leidenschaft, es zu zerstören.

Mutter sagte zu ihm: »Stell dir vor, unser Moritz ist ein Wunderkind!«

»Wunderkind, Moritz? Das gibt es nicht, das kann ja gar nicht sein!«

Drei Monate nach meiner Entdeckung waren wir bei ihm im

Saarland zu Gast, und er hatte bereits einen Kollegen, den Musiklehrer, herbestellt, damit der mich anhörte. Der Kollege sagte: »*Wohltemperiertes Klavier*, das kann jeder!« Heute würde ich sagen, er war eifersüchtig, er konnte bloß ein bisschen Geige, gerade für Schubert hat's gereicht. Und dieser Dilettant erzählte nun dem Onkel, was der hören wollte, und der Onkel lief zur Hochform auf: Das würde nie was mit der Musik, meine Eltern sollten ihr Geld sparen. Später setzte er Mutter zu, ich müsste ins Blindenheim. Sie wehrte sich. Wir Jungen waren schon im Bett, aber Kurt lauschte durchs Schlüsselloch. Als er zu mir zurückschlich, weinte er. »Der Onkel will dich weggeben!« Ich versuchte ihn zu beruhigen: Ich fühlte mich bereits, mit meinem neu entdeckten Talent, auf der sicheren Seite und fürchtete ein Internat nicht. Aber Kurt war untröstlich, er weinte, bis er keine Luft mehr bekam. Erst später begriff ich, dass er viel verzweifelter war als ich: Er hatte Angst, mit Mutter allein zu bleiben. Armer Kurt.

Ein Jahr später kam der Onkel nach München, um meine Fortschritte zu begutachten. Damals lernte ich gerade Regers Bearbeitung von Bachs *d-Moll-Orgeltoccata*, und er schrie: »Nicht so laut, nicht so laut, nein, das ist zu laut!«

Ich verteidigte mich: »Das steht so in den Noten … ein *fortissimo* mit fünf f.« Ich wünschte, ich hätte es stolzer gesagt, aber ich war selber erschrocken; ich hatte immer noch nicht begriffen, dass er mein Feind war.

Er wich zurück: »Ja, das kann ich doch nicht wissen, ich bin doch kein Fachmann!«

Warum tust du dann so?, hätte ich antworten sollen und konnte nicht, und er bekam wieder Oberwasser und sagte: »Na los, Moritz, vielleicht kannst du auch was Dezenteres.«

Danach ging er für sieben Jahre an die deutsche Schule nach Bolivien. Als er zum ersten Mal Heimurlaub bekam, spielte ich bereits Orgel. Oh, das wollte er natürlich dringend hören, unseren kleinen Moritz an dem großen Instrument! Mutter führte ihn in die Kirche, in der ich übte, aber dort hat er, wie ich später erfuhr, nur heftig auf sie eingeredet, ich sei überhaupt nicht begabt, und sie solle mich auf keinen Fall Musik studieren lassen.

»Eine miese, fette kleine Schwuchtel«, sagte ich zu Frau Limani. »Dass er unglücklich, feige und unbegabt war, dafür kann er nichts. Aber dass er kein Mittel scheute, um einen zu vernichten, der nicht so unglücklich, feige und unbegabt war, das verzeihe ich ihm nie.«

Frau Limani schwieg einige Minuten; wie mir schien, beeindruckt. Ich hörte sie lächeln. Sie murmelte etwas vor sich hin. »Die Menschen …«

»Was sagen Sie?«

»Mir fiel ein Satz ein. Nicht von mir, sondern von Theodor Reik, einem Freud-Schüler … nur eine Wendung … Aber ich sollte, glaube ich, nicht …«

»Doch, bitte!«

Sie lächelte widerwillig. »… die Menschen … armselige und beschränkte, dem Untergang geweihte Wesen, nur fähig, selbst zu leiden und andere leiden zu machen.«

~

Teil der Abschlussprüfung würde ein öffentliches Konzert sein. Das Programm verlangte ein zyklisches Werk von Johann Sebastian Bach, einen Komponisten des 17. Jahrhunderts, einen der Scarlatti-Schule, einen Engländer der elisabethanischen Ära und ein zeitgenössisches Werk. Ich hatte mir das Meiste schon zusammengesucht: eine *Fantasie* von Giles Farnaby, *Pavane und Gaillarde* von William Byrd, *Danse Triste* vom Organisten des Wiener Stefansdoms, Peter Planyavsky, schließlich drei Stücke des Franzosen Jacques Duphly und drei Sonaten von Antonio Solér. Beim zyklischen Bach zögerte ich ziemlich lang, weil alle diese Werke mir gleichermaßen verlockend vorkamen, dann entschied ich mich für die große *Partita Nr. 4 D-Dur*, weil sie so lang und so schwer war.

Als ich nun die Partitur aufschlug, brach mir der Schweiß aus. Das Stück hat sieben Sätze und dauert mit allen Wiederholungen etwa vierzig Minuten. Mein Meisterklassen-Mentor Bernard hat später gesagt: Um die großen Bach-Partiten einzustudieren, brauchst du ein Jahr, dann musst du zwei Jahre damit leben, bevor du sie öffentlich spielst, alles andere wäre Hochstapelei. Mir blieb ein halbes Jahr bis zur Prüfung, von Liegenlassen konnte keine Rede sein, und auch wenn ich Bernards Diktum damals nicht kannte, merkte ich rasch, ich war sehr, sehr spät dran.

Auch Bach war spät dran mit seiner Partita – seine ganze Kunst war entweder zu früh oder zu spät und oft beides; vielleicht hat mich das verlockt. Die Partita erschien 1731, als der galante Stil sich in Europa bereits durchgesetzt hatte. Eigentlich hielt Bach nichts vom galanten Stil, musste aber mittun, um im Gespräch zu bleiben. Alle Komponisten produzierten damals im aktuellen Stil Hausmusik und ließen sie auf eigene Kosten drucken in der Hoffnung, mit Subskriptionen das Geld wieder reinzukriegen. Um also seine Bereitschaft zur Gefälligkeit zu zeigen, nannte Bach die Partita »Allerlei Ergötzlichkeiten und Galanterien von denen französischen Manieren« und bot formal genau das, was verlangt war: eine repräsentative Ouvertüre, bei der man sich den Einzug des Hofes vorstellen konnte, und alle bekannten und beliebten Tanzsätze. Alles in Rhythmus und Gestus perfekt, in der Erfindung einzigartig, aber – ABER eben alles viel zu groß, zu tief, zu schwer. Eine Partita war der Bestimmung nach Hausmusik: Die Laien kauften sie zu ihrer Übung und Erbauung. Ich malte mir aus, wie Bachs Zeitgenossen die Noten der »Ergötzlichkeiten und Galanterien« daheim aufs Cembalo stellten und reihenweise in Ohnmacht fielen: Das war kein Gezirpe, sondern kraftvoll durchdrungene Polyphonie. Ich glaube nicht, dass es damals in Europa mehr als zehn Leute gab, die das spielen konnten. Das Stück wurde ein Riesenflop.

~

Ich erinnere mich an Stunden, nach denen ich vor Scham am liebsten unter Frau Limanis Tisch gekrochen wäre. Ich kämpfte so hart mit den Tränen, dass ich rot anlief. Frau Limani sagte: »Kämpfen Sie nicht. Weinen ist gesund. Gehen Sie nach Hause und weinen Sie dort, wenn's Ihnen leichter fällt. Aber es muss sein, das muss alles raus.«

»Ich löse mich auf!«, schluchzte ich.

»Nein, im Gegenteil. Das, was Sie auflöst, fließt ab, und das, was Sie ausmacht, fügt sich wieder zusammen.«

Ich ging nach Hause und weinte. Wieder hatte ich das Bedürfnis, mich wie ein Kind unter dem Tisch zu verkriechen. Ich dachte: Welchen Schutz gibt mir ein Tisch? Es war so lächerlich, dass ich im Schluchzen lachen musste.

Zu dieser Zeit suchte ich keine Treppenhäuser mehr auf. Ich fand mich noch hässlich und erbärmlich, aber nicht mehr zerstörenswert. Die Nichtigkeit überfiel mich, wann immer ich mich weiter als einen Meter von meinem Instrument entfernte. Sie war schmerzhaft, aber sie höhlte mich nicht mehr aus.

Eines Tages, am Ende einer Stunde, fragte mich Frau Limani, ob mich schon mal jemand gefilmt hätte. »Der Onkel, als wir Kinder waren«, sagte ich. »Auf Super-8.«

»Hätten Sie was dagegen, gefilmt zu werden?«

»Nein, wieso?«

»Ich habe diese Stunde aufgenommen«, sagte sie verlegen. »Nicht ganz korrekt – aber wenn ich's Ihnen vorher gesagt hätte, wären Sie befangen gewesen. Kommen Sie mit rüber, damit wir uns den netten Kerl mal anschauen können!« Sie schloss die Videokamera an ihren Fernseher an, und ich sah – flimmernd, aber erkennbar – mich. Ich sah nicht so schlimm aus, wie ich gefürchtet hatte. Braune Locken, eine hohe Stirn – eigentlich ganz normal. Das Gesicht konnte ich nicht erkennen. Aber die gute Figur. Ich holte tief Luft. »Ein attraktiver junger Mann!«, rief sie. Ich konnte es nicht fassen: Sie hatte recht.

~

Wenn ich normal oder sogar hübsch aussah, warum wollte Edgar mich dann nicht? Dieses Problem war noch zu lösen. Eigentlich erwartete ich von Frau Limani, dass sie meine Partnerschaft reparierte.

»Was hält Sie bei ihm?«, fragte Frau Limani.

Was hielt mich? Sex gab es kaum noch. Gute Gespräche hatte es nie gegeben. Je älter er wurde, desto trüber und schwerfälliger wurde sein Wesen. Er hatte sich auf lebenslanges Beamtentum eingestellt, verdiente ordentlich, war zuverlässig, ohne Ehrgeiz. So, wie er sich äußerlich beschied, musste er sich innerlich bescheiden: Seine Neugier nahm ab. Im Schatten seiner Selbstbescheidung wuchs unauffällig ein Neid auf Leute, die sich nicht beschieden. Von jedem Konzert kam er unzufriedener nach Hause.

Zu Frau Limani sagte ich: »Ich habe immer gedacht, ich sei das Problem. Aber vielleicht ist er das Problem?«

Sie lächelte. »Möglicherweise gibt es eine Unverträglichkeit. Aber Vorsicht! Das ist nicht seine Schuld. Lassen Sie ihn leben.«

~

Eines Abends besuchte ich ihn. Er hörte Händel, wie immer, und wie immer bat ich ihn, den Plattenspieler auszumachen, denn Hintergrundmusik mag ich nicht, und Händel ging mir auf die Nerven. Edgar stellte die Musik aus und holte eine Flasche Sekt. Ich nahm seine Behäbigkeit wahr. Er ging wie ein Roboter, es bewegten sich nur die Beine, der Rumpf blieb starr.

Er goss Sekt ein und erzählte, dass er heute zum Verwaltungsoberamtsrat in A13 befördert worden sei. Fünfzehn Jahre im gehobenen öffentlichen Dienst.

»Wie war das Konzert?«, fragte ich.

Vorige Woche hatte im Odeon der Geiger Jakob Feller gastiert, auf den ich seit langem neugierig war. Ich hatte nicht mitgehen können, weil ich erkältet gewesen war. Meine Karte hatte Edgar – kleiner Stich – an seine Vera weitergegeben.

»Es war nett«, sagte er.

»Geht es etwas genauer?«, fragte ich scharf.

Er zuckte die Achseln. »Man kann's auch anders spielen.«

Vor einigen Jahren noch hätte er feurig das Programm geschildert und jedes ihm erkennbare Detail der Interpretation. Jetzt wusste er nichts mehr zu sagen. Vielleicht kriegte er gar nichts mit? Fachlich war er sowieso schwach, dafür konnte er nichts. Schlimmer aber war: Er fühlte auch nichts mehr. Er hatte seine Empfänglichkeit eingebüßt und warf das dem Künstler vor. Seine Geste forderte zu einer komplizenhaften Bestätigung seiner Überlegenheit auf, aber sie kam aus Angst und Ungenügen, und ich weigerte mich, sie zu bestätigen.

»Was hat er gespielt?«, fragte ich.

Wieder Achselzucken. »Ein Bach-Programm.« Geste: Das Übliche.

*»Partita E-Dur, Solosonate g-Moll, Chaconne …«*, zählte ich auf.

»Wenn du's weißt, was fragst du dann«, gab er zurück.

Ich stellte mir vor: eine geniale Musik. Ein junger Geiger, der die Chance seines Lebens erhält und sein Letztes gibt. Und ein träger Bürger, der nie was riskiert hat. Der gibt sich überlegen, weil er unberührt nach Hause geht. Für solche Leute werde ich spielen, von ihrem Wohlwollen hänge ich ab. Ich merkte, wie Wut in mir aufstieg. Sie ballte sich in meiner Brust zu einem schwarzen Kern von der Dichte und Härte eines Projektils. Ich war nur noch die Ummantelung dieses Projektils. Gleich würde es abgeschossen. Der Treffer würde ihn und meinen Traum von ihm zerschmettern.

»Ich hatte auf ein Anzeichen einer Gemütsbewegung gehofft«, sagte ich.

»Bitte geh mir nicht auf die Ketten. Du verlangst von mir, dass ich mich immer im Staub wälze, wenn der Name Bach fällt. Aber Bach ist nun mal *dein* Hausgott, nicht meiner.«

»Deiner ist Händel.«

»Na und?«

Ja, Edgar war wie Händel!, wurde mir bewusst. Stattlich, repräsentativ, konventionell, ohne harmonische Überraschungen, du hörst vier Takte und weißt, wie's weitergeht: sauber arrangiert, geschmackvoll, aber äußerlich. Bloß keine echte Empfindung! Ich weiß nicht, ob Händel jemals traurig oder wütend war. Seine Rachearien, ach Gott! Damals brauchte jede Oper mindestens eine Rachearie, und natürlich lieferte Händel diese Rachearien, bis zu drei pro Stück. Aber man hört bei ihm ums Verplatzen keinen Zorn, sie sind halt laut, bewegt und schnell, na und? Händel kannte gar keinen Zorn! Er simulierte!

»Was starrst du mich so an?«

Ich weiß nicht, wie ich ihn anstarrte. Ich wollte ihn beleidigen, aber was konnte er dafür?

An Händel gefiel ihm die äußere Bewegung bei innerer Sicherheit: Er wusste, von dieser Musik würde er nie alarmiert oder aufgewühlt werden. Dass er Gefühl nicht suchte, war ihm nicht vorzuwerfen. Was ich ihm vorwarf, war sein Bedürfnis nach Simulation von Gefühl. Auf einmal dachte ich: Seine Unbeweglichkeit rettet ihn. So wie die Raserei Mutter rettet. Beide bekämpfen die Ahnung ihrer Nichtigkeit. Beide versuchen, den eigenen Panzer zu veredeln, Mutter mit ihrem Opferkitsch, Edgar mit seiner intellektuellen Attitüde. Es ist Unsinn, dem Menschen die Maske vom Gesicht reißen zu wollen. Der Mensch ist die Maske.

Edgar ging zum Plattenspieler und bückte sich – er legte den Tonarm auf eine bestimmte Stelle, und noch bevor er die Lautstärke hochfuhr, verstand ich, was seine Antwort war. Das berühmte Larghetto aus *Xerxes*, »Ombra mai fu«.

»Das ist schöne Musik!«, rief er mir zu. »Du wirst sie mir nicht vermiesen!«

»Klar, sehr schön. Aber die Melodie ist von Bononcini.«

»Du lügst! Händel hatte es nicht nötig, Melodien zu klauen!«

»Wieso? Das haben damals alle Komponisten gemacht, auch Bach. Es war nicht ehrenrührig«, erklärte ich scheinheilig. »Vielleicht wussten die Hörer des Larghettos damals sogar, dass es die Bononcini-Schnulze war, und freuten sich, dass Händel ihnen die Gelegenheit gab, sie noch mal zu hören! Es war ja vor der Erfindung des Plattenspielers«, legte ich nach.

Das war nicht so gerecht gemeint, wie ich es vorbrachte. Natürlich hat auch Bach sich Melodien geborgt, aber nur zur Übung, für formale Tests, und nie in seinen berühmten Werken. Wenn er aber ein ganzes Stück adaptierte, nannte er erstens immer die Vorlage und konnte sie zweitens oft überbieten. Händel nicht, und deshalb gönnte ich niemandem das Argument »Denk doch nur an das schöne Larghetto!«.

»Du mit deiner unerträglichen … Arroganz!«, sagte Edgar.

~

Später in der U-Bahn dachte ich an die *Johannespassion*. Dieser Anfang – ein scheinbar harmloser vierstimmiger Satz, nur Streicher, zwei Oboen, sonst kein Orchester. Aber die innere Bewegung! Eine unaufhaltsame Welle, die aus der Stille entsteht und auf dich zukommt, die Passion in ihrer Unausweichlichkeit und Gewalt. Nach diesem langen, spannungsreichen Aufbau bricht die Welle mit dem Einsatz des Chores, einem schrillen Ausruf: »Herr!«, der eigentlich Anrede meint und doch den Verlust schon ahnt, ein Hymnus aus

Furcht und Liebe, dessen Intensität sich im folgenden Chorsatz bis zur Unerträglichkeit steigert. Händel mit seinen Mammutensembles und seinen Blecharmeen erzielt nicht annähernd diese Wirkung. Bei Bach denkt man, er greife ins Herz der Musik selbst. Das schafft man nur, wenn man vollkommen frei und ohne Angst in sein eigenes Herz greift.

~

»Und, haben Sie ihn leben lassen?«, fragte Frau Limani, als ich ihr erzählte, dass ich mich von Edgar getrennt hatte.

»Fragen Sie lieber, ob er mich hat leben lassen.«

»Klingt dramatisch.«

»Er hat mich rausgeschmissen.«

»War es schlimm?«

»Es war …« Ich musste nachdenken. Ich dachte die ganze Zeit darüber nach. »Es ist schlimm. Aber was blieb mir übrig?«

»Was blieb *ihm* übrig?«

Ich dachte immer noch nach.

»Er behauptet, das Rezitativ aus der *Chromatischen Fantasie und Fuge* stamme nicht von Bach. Wenn ich das schon höre! Wer sonst außer Bach hätte in einer so ungewöhnlichen Harmonik schreiben können? Dass gerade die, denen überhaupt nichts einfällt, sich anmaßen … Jemand, der Händel anbetet … also wirklich. Das ist doch der Gipfel!«

~

Die *Partita Nr. 4 D-Dur* hat sieben Sätze, alle nach Tanzformen im französischen Stil. Sie beginnt mit einer umfangreichen Ouvertüre in der Tradition von Lully, die ein ganzes Orchester mit Pauken, Trompeten, Streichern, Oboen, Fagotten nachahmt und im punktierten Rhythmus gehalten ist, als begleite sie den Einzug einer adeligen Gesellschaft in den Tanzsaal. Dieser Teil wird zweimal gespielt, dann schließt sich eine schnelle Fuge im Neunachteltakt an, ziemlich knifflig, mit Einlagen, die Instrumentalsoli imitieren. Es folgen noch mal der langsame Teil und noch mal die Fuge. Zehn Seiten hat diese Ouvertüre, die Wiederholungen nicht gerechnet: Sie dauert, wenn man sie richtig spielt und nicht runterrasselt, bereits über zehn Minuten.

Der erste Tanzsatz ist eine Allemande im empfindsamen Stil, sehr anmutig, in fließenden Sechzehnteln mit chromatischen Vorhalten, sogenannten Seufzermotiven. Diese Seufzermotive in einer Allemande sind ebenso ungewöhnlich wie die konsequente Polyphonie, die Neigung zum Dissonanten und die raffinierte Harmonik. Auch diese Allemande ist mit vier Seiten ungewöhnlich lang.

Ihr folgt eine schnelle, bewegte Courante, die in diesem komplexen polyphonen Stil besonders schwer zu spielen ist. An ihr begriff ich: Bach *wollte* galant sein, er hat's ernsthaft versucht. Er hat nur nicht bedacht, dass seine Käuferschaft vor lauter Kontrapunkt die Eleganz übersah. Diese Courante ist Knochenarbeit fürs Hirn, rhythmisch vertrackt, sehr unangenehm zu greifen. Gut gespielt ein Klassestück, wirkungsvoll, phantastisch, rassig. Aber so schwer. Die Franzosen und Italiener selbst der polyphonen Ära haben nichts so Durchdrungenes geschrieben wie Bach in seiner galantesten Zeit.

Als nächstes kommt eine Sarabande im Dreiertakt, aber so langsam im Tempo und mit solchen Melismen, dass man den Sarabandenrhythmus nicht darstellen kann: ausufernde Zweiunddreißgstel- und Sechzehntelketten, die Sarabandenform dient nur noch der Tempo- und Taktangabe, sonst hat es nichts mehr mit einem Tanz zu tun.

Die folgenden Sätze – ein sehr elegantes Menuett, ein schnelles Air, das sich eher orchestral gebärdet – sind ebenfalls knifflig, aber etwas kleiner im Format als die ersten Stücke. Den Schluss macht eine brillante italienische Gigue, eine richtige konsequente Fuge in schnellen Sechzehntel-Dreiergruppen, sie verlangt ein sehr hohes technisches Niveau. Offenbar hat Bach, der selbst alles spielen konnte, nicht einschätzen können, wie schwer das war, und schoss sich damit ein dickes kommerzielles Eigentor.

~

Jetzt war das Stück mir anvertraut, wobei ich nicht wusste, ob ich mehr Gebender oder Empfangender war. Empfangender, klar: Ich hielt ein tiefes, integres Kunstwerk in den Händen, das sich um nichts scherte, das in seinem monströsen Formwillen alles Karrierekalkül und alle kaufmännische Vernunft seines Schöpfers außer Kraft gesetzt hatte. Schon indem ich das erkannte, hatte ich am Triumph des Geistes teil. Gebender würde ich dadurch werden, dass ich die Verantwortung für dieses Wunderwerk übernahm und es so kompromisslos, wie es war, interpretierte. Aber wenn ich auch nur halb so viel geben wollte, wie ich empfing, hatte ich eine Menge Schwierigkeiten zu meistern, objektive wie subjektive.

Objektive: die Technik. Zunächst die unglaublich schweren Griffe und Fingerwechsel. Dann ist das Stück vom Rhythmus her in sich zerrissen, sodass man Mühe hat, es organisch und einheitlich schön zu spielen. Man darf die Zerrissenheit nicht offenbar werden lassen und nicht im Tempo schwanken. Schon die Ouvertüre, die vom Gestus her gravitätisch angelegt ist, beginnt mit Läufen der linken Hand über unangenehme Akkorde mit üblen Sprüngen. Man muss das flüssig spielen, darf aber nicht zu schnell werden, denn wenn man zu schnell in die noch schneller angelegte Fuge gerät, ist nichts mehr zu retten, man landet unweigerlich auf den falschen Griffen, und die Sechzehntelketten kollabieren und schnurren zusammen wie zerreißendes Gummi. Davor fürchtet man sich schon beim ersten Akkord.

Hat man diese Ouvertüre überlebt, ist der Puls auf hundertachtzig, und man muss ihn runterfahren, ohne an Spannung zu verlieren. Die folgende Allemande ist nämlich zwar vergleichsweise erholsam, wirkt aber ohne Elastizität und Eleganz witzlos. In der Courante wiederum gibt es sperrige Griffe, auch noch kombiniert mit Imitationen, und die Stimmführung ist sehr komplex. Die Gigue zuletzt mit ihrem schnellen Tempo muss man durchpeitschen wie eine Tarantella und trotzdem ganz klar im Rhythmus bleiben. Wenn der Interpret das alles technisch packt, wenn er außerdem über diese absolute durchgehende Polyphonie hinweg die Charaktere der verschiedenen Teile rüberbringt – den pompösen der Ouvertüre, den ruhigen, schweren der Allemande, den zickigen der Courante, den leidenschaftlichen der Sarabande und so weiter – und den leichten, luftigen Charakter einer Suite bewahren kann, dann ist er dieser Musik würdig. Sonst nicht.

Zur objektiv so begründeten Angst kam die subjektive, dass Hammann meine Interpretation nicht billigen würde. In stilistischen Fragen waren wir uns ja nie einig gewesen, und nichts von dem, was sie mir zu Artikulation, Phrasierung und Manualwechseln empfahl, hatte ich übernommen. Im Unterricht folgte ich ihr, um meine Kräfte zu schonen, zu Hause aber studierte ich es so ein, wie ich es für richtig hielt, und genau so würde ich es in der Prüfung spielen. Wie würde sie reagieren? Als Fachlehrerin durfte sie die Diplomprüfung ihres eigenen Schülers zwar nicht benoten, aber sie saß in der Jury und konnte Stimmung machen. Würde sie mich verteidigen, wenn ich danebenhaute? Und selbst wenn ich ordentlich spielte, aber bei der Jury schlecht ankam – was würde Hammann tun? Je näher der Termin rückte, desto ängstlicher wurde ich. Das Einzige, was mich zuversichtlich stimmte, war, dass ich die Prüfung auf meinem wunderbaren Kühr spielen durfte.

~

Am Morgen der Prüfung war ich so nervös, dass ich meinen Kaffee neben die Tasse goss. Régis Kühr, der angereist war, um sein Instrument bei dieser Premiere zu betreuen, half mir beim Aufwischen. Um zehn Uhr klingelten die Spediteure. Wir fuhren mit ihnen in die Hochschule und stellten das Cembalo auf. Kühr verabschiedete sich. Vor dem Konzert und in der Pause würde er das Instrument selbst stimmen. Inzwischen konnte ich mich einspielen und hatte Gelegenheit, mich an die Akustik des Konzertsaals zu gewöhnen.

Eigentlich wollte ich das ganze Programm durchspielen, aber ich schmiss schon beim ersten Stück, und dann wurde es immer schlimmer. Wiederholung ausgelassen, extreme Temposchwankungen, Rhythmuswechsel nicht kontrolliert, verspielt, schließlich sogar Noten vergessen – ein Albtraum. Ich brach ab. Während ich fassungslos mit hängenden Armen dasaß, hörte ich auf einmal die Stimme meiner Kommilitonin Gertrud neben mir. »Wie läuft's?«

»Überhaupt nicht!«, keuchte ich: »Das gibt ne Katastrophe! Ich kann's ja gar nicht!«

»Was genau kannst du nicht?«

»Zum Beispiel dieses hier!« Ich spielte ihr eine Phrase aus Solér vor, die ich gerade fünfmal hintereinander geschmissen hatte, und spielte fehlerfrei.

»Brüderchen, du machst dich verrückt. Komm mit mir Kaffee trinken!«

Nach dem Kaffee schickte sie mich nach Hause, und ich schlief sogar ein bisschen. Dann lenkte ich mich mit Ritualen ab: ging zum Friseur, rasierte mich, kleidete mich an. Die schwarze Hose und das schwarze Tudorhemd mit den bauschigen Ärmeln hatte ich extra für dieses Ereignis gekauft – bisschen lächerlich, weiß ich heute, aber ich denke, ich sah gut aus. Ich schlüpfte in die Slipper, versuchte, meinen Anblick im Spiegel zu rekonstruieren, und brach einigermaßen zuversichtlich auf.

Das Konzert sollte um sieben beginnen. Um halb sechs hatte Régis Kühr das Instrument stimmen wollen, damit ich mich einspielen konnte. Aber er fing mich auf der breiten Freitreppe zur Hochschule ab und erklärte händeringend, er könne nicht in den Saal, weil eine andere Prüfung noch lief. Entsetzlich. Wir warteten und machten einander verrückt. Die andere Prüfung endete erst um sieben, dann stimmte Kühr das Instrument, so schnell er konnte, während ich mich in meiner Garderobe zerfleischte. Um halb acht holte er mich. Das Publikum wartete draußen, ich sollte genug Zeit zum Einspielen bekommen. Ich setzte mich hin, spielte die ersten Takte, und plötzlich fiel die Aufregung von mir ab, und ich war bereit und sagte, wir könnten beginnen.

Die schönen, melancholischen Elisabethaner gestaltete ich ohne Virtuosität, die dort auch nicht verlangt wird, aber mit viel Empfindung und Ausdruck. Dann kam als Höhepunkt des Programms vor der Pause die große, schwere Partita. Es lief perfekt! Schon nach der Ouvertüre rief der Präsident: »Bravo!«, und nach der Gigue gab's langen, wilden Beifall. Erst jetzt, da alles überstanden war, brach mir der Schweiß aus. Als ich von der Bühne zur Garderobe lief, war ich tropfnass, mir schien, ich würde mit meiner glitschigen Hand an der Türklinke abrutschen. Ich musste dann aber gar keine Klinke anfassen, alle Türen sprangen vor mir auf, ich lief durch ein Spalier von leuchtenden Gesichtern. Freunde strömten in die Garderobe und redeten begeistert auf mich ein. Régis Kühr, der mich bis dahin ja nie wirklich gehört hatte, stammelte mit seinem süßen Akzent: »Abär – das ist – das iist wie Güstav Leonhardt!« Auch Hammann war plötzlich da, so beweglich und munter wie in ihren besten Tagen, und rief: »Moritz, GANZ schön, GANZ schön, SUPER!« Sie verjagte die Gratulanten: »Jetzt lasst doch den Mann in Ruhe, er muss sich konzentrieren!« Als sie ging, rief sie: »Ich freu mich schon auf den zweiten Teil!«, und da wusste ich, dass ich gewonnen hatte.

Eine Woche nach der Kür spielte ich mühelos die drei Pflichtstücke, eine Toccata von Matthias Weckmann und zwei schwere Scarlatti-Sonaten. Zwei Tage danach durfte ich Ina Hammann nach der Note fragen. Ich rief sie von einer Telefonzelle aus an. »Ganz toll!«, sagte sie, »Sie kriegen *mit Auszeichnung*!«

Mit einer Auszeichnung darf man ein zweisemestriges Meisterklassenstudium anhängen, an dessen Ende ein besonders schweres Abschlusskonzert steht. Wer das schafft, bekommt von der Jury das Meisterklassendiplom verliehen, darf sich Meister oder Maestro nennen und ist zertifizierter Spitzencembalist.

Drei weitere Wochen später holte ich im Sekretariat die Urkunde ab. Sie sah imponierend aus, ein großes Pappblatt mit lauter Wappen und einer verschnörkelten Überschrift: »Künstlerisches Staatsdiplom«. Ich hatte in allen Fächern eine Eins: Gehörbildung, Akustik, Instrumentenkunde, Generalbass, Kontrapunkt, Harmonielehre, Tonsatz, Analyse, Musikgeschichte, Klavier Pflichtfach, Clavichord. Die Sekretärin sagte ergriffen: »Das ist das beste Staatsdiplom, das ich je überreicht habe, und ich bin seit sechsundzwanzig Jahren hier!«

Diplome machen auf die meisten Menschen mehr Eindruck als die Leistung, die dahintersteckt. Edgar kam mit Blumen und einer Flasche Champagner und knarzte, er hoffe, ich sei ihm nicht böse. Mama freute sich, dass sie »anscheinend doch alles richtig gemacht« habe. Und der Onkel wurde ganz devot, als meine Mutter ihm die Urkunde zeigte. Von da an hieß es immer: »Spiel mir was, oh, wie ist das schön, oh, ich wusste immer, dass aus dir was wird!«

Mir sollte es recht sein. Es gewinnt nur, wer verzichten kann. Schon hatte ich vierzehn Konzerte in meinem Terminkalender, und ich schwor mir, nie mehr von irgendwas oder irgendwem abhängig zu sein. Ich brauchte niemanden. Freilich, manchmal fehlte mir die Ansprache. Einmal ging ich zum Abendessen zu »Giuseppe« – Abendessen in guten Restaurants leistete ich mir jetzt gelegentlich –, und weil ich allein war, hatte ich Noten mitgenommen, die ich zwischen den Gängen lernen konnte. Monteverdi-Motetten, keine Taschenbuchausgabe, sondern die große, gebundene Partitur – auch solche Dinge leistete ich mir. Es ist ein mehrchöriges Werk von bereits barock prachtvollem Klang. Während ich voller Genuss die Riesenakkolade betrachtete, drehte ich mir eine Zigarette. Das Selberdrehen hatte ich mir in meiner armen Zeit angewöhnt; ich rauchte Kette. Auch jetzt war ich so gierig auf den ersten Zug, dass mir die Hände zitterten, während ich mit der Zunge den Papierrand befeuchtete. Ein paar Krümel »Javaanse Jongens« fielen auf die Noten, und auf einmal schämte ich mich und dachte: Ausgerechnet du willst unabhängig sein, ein Süchtiger! Ich sah die wunderbaren Noten auf dem Tisch, die schon in meinem Kopf zu klingen begannen, und auf ihnen das vulgäre Kraut, und da schüttete ich den Tabak zusammen mit dem feuchten Papier zurück in den Beutel und bat Giuseppe, ihn in den Müll zu werfen.

# Chromatische Fantasie und Fuge

*Im Palazzo komme ich inzwischen gut zurecht. Schöne Überraschung: Der brummige armenische Student, der mich gestern so abblitzen ließ, hat heimlich vom Balkon des Ballsaals aus das Konzert gehört und sich als Fan geoutet. Auf einmal ist er die Hilfsbereitschaft selbst. Er zieht zwei zusätzliche Wolldecken aus meinem Schrank und zeigt mir, wie man das Fenster schließt: Die Flügelkanten liegen nicht asymmetrisch aufeinander, sondern haben Mittelleiste und Rinne, man muss sie gleichzeitig schließen. Ich hätte das nachts ertasten können, kam aber im Stress nicht auf die Idee.*

*Dann bitte ich ihn, den Ventilator auszuschalten, der immer noch irgendwo heult. Er sagt, er höre nichts. Also durchsuchen wir den Palazzo gemeinsam, ich biete mein Ohr, Mischa sein Auge, so was schweißt zusammen. Ich merke mir, dass im Hauptteil des Gebäudes, wo ich untergebracht bin, der Boden Parkett, Teppich, Stein ist, in der anderen Hälfte aber und in den oberen Stockwerken Linoleum. Den Ventilator finden wir im dritten Stock in einer Gemeinschaftstoilette. Früher wohnten in diesen Schlafsälen Jungseminaristen, erklärt Mischa, heute gelegentlich Studentengruppen, aber die letzte sei gestern abgereist.*

*Zuletzt zeigt er mir, wo ich mich diese Woche ernähren kann. Es ist nicht weit: Vom Eingang aus rechts den Kanal entlang bis zu einem kleinen Platz. An dessen rechter Seite erhebt sich eine mehrstöckige Wand, die Fassade der Carmini-Kirche, wie ich erfahre. Links an diesem Portal muss ich vorbei und dann nach wenigen Metern wieder links. Das ist bereits der Beginn eines sich weitenden riesigen Platzes, in dessen Mitte ein würfelartiges Gebäude steht. An beiden Flanken des Platzes reiht sich ein Lokal ans andere: ein kleines Café, wo ich morgens Cappuccino trinken und ein süßes Teilchen essen kann, außerdem jede Menge Restaurants, Imbissbuden und Studentenkneipen. Campo Santa Margherita, merke ich mir, damit ich notfalls nach dem Weg fragen kann. Ich erkenne sogar Bäume. Ja, sagt Mischa, das Sestiere heißt Dorsoduro, harter Rücken, hier sitze man nicht auf Pfählen, sondern auf Erde. Früher sei's ein Armeleuteviertel am Rande einer Müllkippe gewesen, dann hat man die Müllkippe versenkt, und heute schlägt hier das Herz des studentischen Venedig. Ich fühlte mich sofort wohl. Wenig Gedränge, keiner hetzt, man hat genug Platz auszuweichen. Der Boden besteht aus glatten, harten Steinen, wenig Unebenheiten, das ist gut, mein Blindenstock hurrt darüber wie über Parkett. Ich versuchte mir die Umrisse der Häuser einzuprägen – nicht ganz leicht, denn wenn sich die Beleuchtung ändert, wirkt alles wieder anders. Ich muss also möglichst viele Winkel aufnehmen und dabei mögliche Veränderungen einrechnen. Trainingshalber machen wir den Weg zweimal, beim zweiten Mal gehe ich bereits voraus und brauche Mischa nur zur Vergewisserung, das dritte Mal versuche ich es allein. Als ich den Weg vom Palazzo zum Campo binnen fünf Minuten gefunden habe, steht wieder Mischa neben mir und bekennt, er sei mir unauffällig gefolgt, damit nichts schief gehe, aber ich sei ja ein Genie. »Musst du denn nicht arbeiten?«, frage ich geschmeichelt. Nein, heute sei sein freier Tag. Da bin ich noch geschmeichelter, lade ihn in eines der Cafés ein und schäkere ein bisschen. Ich nehme an, dass er lange Wimpern hat.*

*Es ist sogar warm heute, Leute sitzen im Freien, Tauben fliegen als knatternder Schwarm vor uns auf.*

# Erste Schritte

Ich habe nicht gezählt, wie viele Konzerte ich gegeben habe. Es müssen zwischen zwei- und dreitausend gewesen sein, und bestimmt tausendmal war die *Chromatische Fantasie und Fuge* dabei.

Sie wird ja manchmal *Traumatische Fantasie und Fuge* genannt, weil sie als so schwer gilt, und man ordnet sie zusammen mit den Rachmaninow- und Liszt-Klavierkonzerten dem Schwierigkeitsgrad 6 zu, der Königsklasse. Ich habe das nie verstanden, ich spielte sie ja schon in meinem zweiten Klavierjahr. Vielleicht war sie einfach meins. Schon als ich zum ersten Mal den Titel las, flog ich auf sie zu. Dieser Titel, die drei Worte! Chromatisch bedeutet, dass immer wieder um einen Halbton nach oben oder unten von der bestehenden Tonart abgewichen wird. Fantasie klingt nach Freiheit und Feuer, Fuge aber im Gegenteil nach strenger Logik und Konsequenz. Was für eine Kombination!

Fuge war damals für mich die wichtigste Gattung überhaupt; ich dachte in Fugen. Welches Thema ich auch hörte, ich baute sofort eine Fuge daraus. Es ist einfach zu verführerisch: Du hast ein Thema und spielst es durch. Wenn es vorbei ist, kommt eine zweite Stimme dazu wie beim Kanon mit dem gleichen Thema, nur – anders als beim Kanon – auf einem anderen Ton, zum Beispiel eine Quinte höher. Während die zweite Stimme das Thema spielt, läuft die erste Stimme in einem eigenständigen, kontrastierenden Material weiter, dem Kontrapunkt. Wenn die zweite Stimme das Thema durch hat, übernimmt es die dritte, wieder auf einem anderen Ton, und die zweite Stimme spielt den Kontrapunkt, während die erste Stimme eigenständig weiterläuft und die Harmonie vervollständigt. Wenn die vierte Stimme kommt, spielt die dritte den Kontrapunkt, und danach erscheint oft das Thema noch mal in der ersten Stimme, damit auch die vierte den Kontrapunkt spielen kann. Immer zitiert eine Stimme irgendwo in einer bestimmten Tonart das Thema, während eine im Kontrapunkt weiterläuft, bis das Material ausgeschöpft ist. Am Ende gibt es noch eine dramatische Steigerung, meistens mit einem sogenannten Orgelpunkt, also einem langen ausgehaltenen Ton im Bass, über dem sich die Stimmen in einem dramatischen Höhepunkt vereinigen. Ein großartiger, durchgestalteter Riesenaufbau aus einer minimalen Einheit, ohne Überfluss, ohne Beiläufigkeit: Schon das Bauprinzip ist unglaublich reizvoll! Ich war mal mit einem Bühnenbildner befreundet, einem eigenbrötlerischen jungen Holländer, der Baukräne liebte. Wenn der irgendwo einen Kran erblickte, blieb er wie angewurzelt stehen und starrte ihn an. Manchmal holte er mitten auf dem Gehweg Stift und Block raus und fing an, das Teil zu zeichnen, die Freunde scherzten: je erigierter der Kranausleger, desto heftiger. Alle machten sich lustig, nur ich nicht, obwohl es für mich am schwierigsten war: Ich war ja bei unseren Spaziergängen selbst oft in Gedanken, und wenn ich nicht rechtzeitig merkte, dass Mathijs zurückblieb, war er für mich verloren, während die Sehenden bloß den nächsten Kran ausmachen mussten, um zu wissen, wo der Mann zu finden war.

So erging es mir bei Fugen, und als ich mit vierzehn zum ersten Mal den Titel *Chromatische Fantasie und Fuge* hörte, lief ich sofort zur Musikhandlung Hieber, um mir die Noten zu kaufen. Noch im Geschäft schlug ich sie auf und überflog die ersten drei Seiten. Mein Herz hüpfte: lauter Zweiunddreißigstelläufe und Sechzehntel-Triolenketten, pechschwarz, wild, explosiv! Ich rannte nach Hause und setzte mich ans Klavier. Herrlich, herrlich geht sie los, mit einem Lauf über beide Hände, als rissest du einen Vorhang auf. Dann noch einen Vorhang mit einem zweiten Lauf. Alle Läufe sind über beide Hände verteilt. Wüste Triolenketten mit einer Aneinanderreihung von verminderten Septakkorden. Der verminderte Septakkord war das Dissonanteste, was es bis Wagner überhaupt gab, Beethoven hat ihn prominent verwendet, deutlich etwa am Ende des »Gewittersturms« in der Pastorale, wenn der Blitz einschlägt. Bach aber raspelt die verminderten Septakkorde rauf und runter in gleißenden Kaskaden; die ersten drei Seiten sind fast nur Läufe. Ich spielte das Stück gleich von vorn bis hinten durch, stolperte begeistert durch die rätselhafte chromatische Fantasie, genoss die großformatige dreistimmige Fuge und die Zwischenspiele mit den Dreiklangsbrechungen. Ach, und Trillerketten gab es in der Fuge vom Feinsten! Trillerketten, die waren meine Wonne.

Damals, als Junge, fand ich die Fantasie einfach geil. Ihre Tiefe und Originalität ahnte ich nicht, ich donnerte hindurch, konnte sie im Nu auswendig und spielte sie wenige Wochen später zum ersten Mal im Konzert. Selbst mit so einer unausgereiften Interpretation erntete ich Beifallsstürme. Das Stück zieht, merkte ich, immer. Es hat einen enormen zirzensischen Effekt: Das Publikum sieht, wie deine Hände ineinandergehen, und wird vom Sturm der Töne umgeblasen.

~

Nicht, dass ich auf Dauer damit zufrieden gewesen wäre. Immer wieder grübelte ich über Stellen nach, die sich mir nicht erschlossen. Zum Beispiel der Mittelteil des Stücks, die Fantasie, schien mir im Vergleich zur großartig sprühenden Fuge ruppig und sperrig. Warum steht *Recitativo* darüber? Das ist ein Begriff aus der Oper. In Rezitativen wird die Handlung vorangetrieben, während sie in den Arien stehen bleibt. Aber was bedeutet dieses Element in der absoluten Musik, wo es keinen Text und keine Handlung gibt?

Eines Tages kam ein Anruf aus dem Betriebsbüro des Stadttheaters Basel: Ein Disponent mit netter, etwas tuntiger Stimme fragte, ob ich die *Chromatische Fantasie und Fuge* zusammen mit einer Uraufführung bei ihnen spielen wollte.

Damals war ich einundzwanzig und im dritten Semester Student der Kirchenmusik. Wer kannte mich in Basel?

Ein Münchner Komponist habe mich empfohlen, Carlo Sowieso, klärte der nette Disponent mich auf.

»Womit hat er mich gehört?«, fragte ich geschmeichelt.

»Das hat er nicht verraten. Er sagte nur, dass Sie blind sind und jede Musik sofort auswendig können. Sie sollen ohne Noten spielen.«

»Was hat der junge Komponist mit der *Chromatischen Fantasie* zu tun?«

»Er will sie als Teil eines Avantgarde-Projekts. Während Sie spielen, gibt es eine Pantomime mit einer Ballerina und einem Gipslöwen. Dann kommt ein Stück aus seiner eigenen Feder, Cembalo mit perkussiven Elementen. Zuletzt wird das Cembalo zertrümmert«, kicherte er. »Gesamtdauer sechzig Minuten.«

»Das Cembalo wird zertrümmert?«, fragte ich verblüfft.

»Ein Scherz. Aber ich glaube, es wird eine Art Freak Show. Honorar gibt es übrigens auch nicht, jedenfalls nicht von uns. Die beteiligte Sängerin will Ihnen dreihundert Franken aus eigener Tasche zahlen. Ihr ist das Stück gewidmet.« Ich hörte sein Kopfschütteln.

»Was haben Sie damit zu tun?«

»Fast nichts. Es ist eine Experimentierreihe, Nachtfoyer. Das riskieren wir viermal im Jahr an einem letzten Samstag des Monats um zweiundzwanzig Uhr dreißig. Weil das Stück szenisch gedacht ist, müssten Sie ein paar Tage früher anreisen und mit der Sängerin proben. Eine Probenpauschale gibt es nicht, aber die Fahrtkosten übernehmen wir. Übernachtung privat.«

»Wie denn privat? Ich kenne niemanden in Basel.«

»Bei einer Mäzenin. Auch die Sängerin und der Komponist wohnen dort.«

Ich ließ mir die Noten schicken. Sie waren geistvoll gesetzt, parodierend epigonal, immerhin rhythmisch interessant, was auf dem Cembalo ja eine Herausforderung ist. Es ging um den Kampf zwischen Kultur und Natur. Eine virtuose Sängerin mit Diamanttönen wird in den Abgrund der Fleischeslust gerissen, ich glaube, es endet im Urwald, und das Schwerste war, sich all die Klapper-, Pfeif- und Trommelgeräusche zu merken, auf die mein Spiel reagieren musste. Sie werden von der Sängerin erzeugt. Auf dem Höhepunkt schlägt die Sängerin auf das Cembalo ein und stößt rhythmische Schreie aus im dreigestrichenen Cis, na ja, dann kommt noch eine virtuose Passage, in der das Cembalo die Kultur überwindet, sich sozusagen aus einem abgezirkelten französischen Garten in einen Wildpark verwandelt, dann in Sternenhaufen, tja. Ich sagte zu, schon um die Sängerin kennenzulernen, die all das konnte. Nein, das stimmt nicht. Ich platzte vor Neugier. Mein erstes Gastengagement! Fremde Stadt, weg von Mutter, weg von der Kirchenmusik! Theaterkünstler! Ein origineller schwuler zynischer Disponent! Und, vor allem: eine Mäzenin! Mäzene kannte ich nur aus Büchern, es waren unendlich reiche Leute, die Künstler förderten, um ihrem Leben einen Sinn zu geben. Ich würde Cembalo spielen! Nicht Orgel, nicht Klavier, sondern Cembalo! Vielleicht würde die Mäzenin mich adoptieren? Dann könnte ich gleich in Basel bleiben, mit dem schwulen Disponenten zusammenziehen und eine Virtuosenkarriere starten.

Bis zum Probenbeginn waren es noch drei Monate. Carlos Stück konnte ich bald auswendig, es ging dort mehr um Akkuratesse als um Tiefe. Viel härter arbeitete ich an Bach.

In Basel holte mich die Sängerin, sie hieß Luna, am Bahnhof ab. Sie war fünfundvierzig Jahre alt, groß und kräftig, und sprach mit tiefer Stimme. Ich wunderte mich über ihren klingenden Alt, da sie ja diese vielen hohen Cis singen sollte, aber sie sagte, ihre Stimme hätte einen Umfang von drei Oktaven. Sie strahlte Umsicht und Selbstbewusstsein aus. In ihrer Gegenwart würde mir nichts passieren.

Vom Bahnhof aus fuhren wir ziemlich lang mit einer Trambahn bergauf zum Haus der Mäzenin. Es lag an einer Ausfallstraße auf einem großen abschüssigen Grundstück und war einst, bevor der Hügel von der Stadt geschluckt wurde, ein Bauernhaus gewesen, erklärte mir Luna. Die Familie hatte es damals als Wochenend- oder Sommerhaus genutzt. Drei Töchter waren die Erbinnen, und weil sie sich über seine Bestimmung nicht einig waren, stand es leer. Eine der drei war die Mäzenin. Sie hatte früher eine Schwäche fürs Theater gehabt, deshalb bot sie die Zimmer gastierenden Theaterkünstlern zum Freundschaftspreis an. Ein solcher Künstler, ein über siebzigjähriger ehemaliger Schauspieler, der sich Happy nannte, war dort hängen geblieben und hütete als Faktotum das Haus.

Wir durften zwei Schlafzimmer und das Bad im ersten Stock benutzen sowie unten die Küche und den Flur, der gleichzeitig das Treppenhaus war. Unter der Treppe stand ein rissiger hölzerner Tisch mit ungepolsterten Holzstühlen, und an diesem Bauerntisch aßen wir Butterbrot und Wurst und tranken Valpolicella aus einer

Dreiliterflasche. Wir verstanden uns auf Anhieb. Auch Happy, der alte Schauspieler, war dabei, hoch erfreut, Gesellschaft zu haben, und erzählte Theateranekdoten.

Ich schlief in einem Kinderzimmer mit knackenden Möbeln. Wind rüttelte an den Fenstern. Am andern Morgen war ich zerstochen. Luna betrachtete die linienartig angeordneten Stiche an meinem Arm und sagte: »Flöhe. Hatte ich auch. Hier ist Salbe.«

Luna wohnte seit vier Wochen in dem Haus, da sie in Basel auch eine Henze-Produktion probte. Sie war Amerikanerin, spezialisiert auf moderne Musik und dadurch zwangsläufig viel allein unterwegs. Das Stück war ihr gewidmet. Sie hatte dem Komponisten Carlo diese Uraufführung vermittelt und organisierte von der musikalischen Leitung über Kostüme und Choreografie bis zur Beleuchtung alles selbst.

Sie war eine imponierende Gestalt. Einen Meter achtzig groß und von der Statur eines Stahlarbeiters, hatte sie eine Riesenstimme und das absolute Gehör, dazu einen musikalischen Verstand und eine Neugier, wie ich sie unter Sängern nie erlebt hatte.

Ab dem nächsten Tag um neun haben wir geprobt. Luna forderte vollen Einsatz. Ich gab ihn gern, gleichzeitig beunruhigte mich diese Mühe für eine Musik, die meiner Meinung nach keine Zukunft hatte. Einmal sagte Luna, sie habe soeben eine Serie Herodias in Zürich abgelehnt, denn mit der klassischen Oper wolle sie nichts mehr zu tun haben, die sei billig, die Sitten schmierig, und sie lehne es ab, weiter mit Hochstaplern und Stümpern zusammenzuarbeiten.

Ich fühlte mich wie ein Greenhorn. Wenn ich, damals schmal und beinah schmächtig, in Lunas Schlepptau durchs Theater stolperte, hörte ich Leute lachen. Ich war zu beschäftigt, um mich zu ärgern: Ich übte, probte, übte. Einen Tag gab Luna mir frei für die *Chromatische Fantasie.* Ich spielte sieben Stunden. Danach dachte ich, ich könnte mal den netten Disponenten begrüßen, mit dem ich telefoniert hatte. Ich fragte mich mit einiger Mühe zu seinem Büro durch, traf ihn aber nicht an. Seine Mitarbeiterin erklärte: »Er lässt sich verleugnen.« Nur einmal, am drittletzten Tag, kam er in meine Nähe; ich erkannte ihn an der Stimme. Er sprach mich aber nicht an, sondern redete am anderen Ende des Foyers mit jemandem, was störte und vielleicht auch so beabsichtigt war. Er sagte: »Schade, dass der Blinde so'n Schrott spielen muss.«

Vorletzter Tag: Um elf Uhr erster Durchlauf ohne Unterbrechung, nachmittags Memorieren daheim, nachts Hauptprobe mit Licht, am nächsten Morgen Generalprobe, Mittagessen bei einem billigen Italiener, danach musikalische Korrekturen. Übrigens war der Komponist Carlo nicht angereist, und zwar wegen eines häuslichen Skandals: Er war soeben unehelich Vater geworden, und die Geliebte hatte an all seine Familienangehörigen einschließlich Gattin Geburtsannoncen geschickt, auch in seinem Namen. Nun musste er Feuer löschen und konnte nicht weg. Luna schüttelte den Kopf: Zu unehelichen Kindern wolle sie nichts sagen, aber die Endproben des eigenen Stücks versäumen, das sei unprofessionell.

Samstagnacht um halb elf fand die Premiere und einzige Aufführung statt vor fünfzig Leuten, die ausdauernd applaudierten. Luna war glücklich und ein bisschen schuldbewusst, weil sie zwei Fehler gemacht hatte, die nicht mal ich bemerkt habe (ich habe fünf Fehler gemacht, die wahrscheinlich jeder bemerkte, der die *Chromatische Fantasie* schon mal gespielt hat). Nachts leerten wir daheim zu einem letzten Butterbrot den Rest der Dreiliterflasche, am anderen Morgen reiste ich ab. Happy weinte. Luna brachte mich zum Bahnhof. Zum Abschied habe ich sie umarmt. Im Zug, während ich meine Flohstiche blutig kratzte, sann ich über Lunas Kompromisslosigkeit nach, mit Respekt, aber auch Angst. Wie einen Schatten spürte ich im Hinterkopf die Möglichkeit, dass mir Ähnliches blühen könnte. Und ich wusste nicht, was schlimmer war: die Vergeblichkeit dieses exklusiven Künstlertums oder die große Einsamkeit, die es verlangt.

Und die Mäzenin?

Die Mäzenin tauchte ein einziges Mal auf, am Vorabend der Premiere. Sie trat von der Gartenseite her in den Flur, wo wir am besagten Bauerntisch Kaffee tranken, wir hatten ihr Klopfen nicht gehört. Plötzlich stand sie neben dem Tisch und begrüßte uns höflich, aber zerstreut, als habe sie uns nicht erwartet. Wir sollten uns nicht stören lassen, sagte sie, sie müsse nur eben den Heizungszähler ablesen, und lief mit schweren Schritten weiter in den Keller. Wir sahen ihr neugierig nach: eine große, braun gebrannte, faltige Frau um die fünfzig mit hängenden Schultern. Sie selbst sah mich nicht an. Viele Leute denken, ich hätte eine schwarze Wand vor Augen, aber das ist falsch: Selbst wenn ich Gesichter nicht erkenne, spüre ich Ausdruck und Ausstrahlung, und ich bemerke auch, ob jemand meinen Blick sucht. Sie tat es nicht.

Andererseits: Warum sollte sie? Wahrscheinlich wollten alle was von ihr, und sie war dauernd auf der Flucht. Als sie aus dem Keller zurückkehrte, boten wir ihr von unserem Kaffee an, und sie lehnte ab. Immerhin stand sie ein paar Minuten am Treppengeländer und erzählte, wie viel sie zu tun habe, und dass ihre Freundin morgen mit ihr in unsere Premiere kommen wolle, sie selber aber abgeneigt sei, weil sie mit moderner Musik nichts am Hut habe. Dann ging sie.

Abends, als wir nach der Hauptprobe mit der letzten Trambahn den Hang hinauffuhren, sagte ich zu Luna: »Ich glaube, du solltest ihr Freikarten hinterlegen.«

»Wem?«

»Der Mäzenin.«

»Ich denke nicht daran. Hätte sie es gewünscht, selbstverständlich. Aber sie hat ja unsere Musik auch noch geschmäht.«

»Geschmäht ist übertrieben. Sie sagte, sie hat damit nichts am Hut.«

»Und warum redet sie so, wenn sie in Wirklichkeit Freikarten will?«

»Vielleicht hat sie sich geniert?«

»Es war eine Machtdemonstration. Sie denkt, ich bin ihr eine Wohltat schuldig, auch wenn sie mich beleidigt.«

Die Trambahn hielt knirschend. Wir gingen über das nasse Kopfsteinpflaster zum Haus, und ich musste mich so stark auf den Weg konzentrieren, dass unsere Unterhaltung abriss.

Daheim verabschiedete ich mich sofort, um schlafen zu gehen. Auf der Treppe drehte ich mich noch mal um. »Und wenn es so ist? Ist sie nicht unsere Mäzenin?«

»Ich zahle dreißig Franken pro Person für diese Stadtrandbude mit feuchten Matratzen, in denen Flöhe nisten. Ich schulde ihr nichts. Warum soll ich ihr ins Blaue Freikarten beantragen? Am Ende muss ich mich noch rechtfertigen, weil die keiner holt.«

Die Mäzenin kam zur Premiere, wie angekündigt zu zweit. Nachher stellte sie mich ihrer Freundin als »den Virtuosen Moritz« vor und gratulierte zu meinem »silbrigen Spiel«. Ich dankte ihr für die großzügige Aufnahme in ihrem Haus und lobte sie als Wohltäterin der Kunst, aber sie winkte ab. Sie wirkte verstimmt.

Am nächsten Tag fuhr ich im Zug nach München zurück. Der Waggon roch nach versengtem Öl, ich saß allein in einem überheizten Abteil und bekam aus irgendeinem Grund Nasenbluten. Währenddessen hielt der Zug auf freier Strecke, und die Landschaft verdüsterte sich. Ich hörte fernes Donnergrollen, wandernd, von verschiedenen Seiten. Vielleicht, dachte ich, muss ich jetzt hier verbluten? Um mich abzulenken, dachte ich an die *Chromatische Fantasie*, und auf einmal fiel mir ein, dass ich dieses Recitativo viel gesanglicher gestalten muss. Unten ist der Generalbass, oben die Gesangslinie, klar! Ich spielte es sofort im Geist durch und war wieder entzückt von den kühnen, fast spätromantisch anmutenden chromatischen Rückungen: Nach etlichen ungewöhnlichen Modulationen von d-Moll nach Es-Dur über eine rezitativische Passage unversehens in den Sekundakkord der Doppeldominante – Wahnsinn! Zwischendurch immer wieder fragende und ratlose Episoden in der Oberstimme. Am Ende noch mal so ein Septakkord mit einem irrsinnig brutalen Lauf und dann eine lange, klagende melodische Phrase, die sich in einer Reihe verminderter Septakkorde nach unten schraubt. Es wirkt wie Resignation, und so endet das Rezitativ: ganz verhalten in D-Dur. Unglaublich, unglaublich schön.

Einige Wochen später telefonierte ich mit Luna, um zu fragen, ob es irgendein Echo auf unseren Abend gegeben habe. Nein, kein Echo. Ein Kurzartikel in der Basler Zeitung, ohne Wertung. Keine Anschlussaufträge. In meiner Verlegenheit begann ich, ihr meine musikalischen Erkenntnisse mitzuteilen. Sie sagte zerstreut: »Ja … ja …« und erzählte, dass es noch eine unerfreuliche Korrespondenz mit der Mäzenin gegeben habe.

Mit welcher Mäzenin?

Ach, der Mäzenin! Die hatte ich schon wieder vergessen gehabt.

Es sei um Geld gegangen, ausgerechnet, sagte Luna grimmig: Die

Mäzenin verlangte auf einmal für meine Übernachtung sechzig statt dreißig Franken, weil ich formal nicht Gast des Theaters, sondern nur »Hilfskraft« von Luna gewesen sei. Außerdem hätte ich beim Duschen den Vorhang nicht richtig zugezogen und dadurch einen Wasserschaden verursacht. Luna antwortete ihr, die Flurdecke unter dem Bad sei schon vorher schimmelig gewesen, was auf undichte Kacheln schließen lasse. So ging es ein paar Mal hin und her, sogar die Flöhe kamen zur Sprache, worauf die Mäzenin mit einer Verleumdungsklage drohte. Zuletzt – nach einem Insektenstichgutachten und einer Arztrechnung wegen Schimmelallergie – trennte man sich mit einem Kompromiss, und ich halte für möglich, dass die beiden Frauen einander bis heute hassen.

Was hatte diese Mäzenin von uns?, frage ich mich inzwischen. Nichts. Die Musik war ihr fremd, und Lunas Verachtung muss sie gespürt haben. Das einzige für sie Greifbare wäre das Privileg gewesen, an der Abendkasse mit ihrer Freundin zusammen die Freikarten entgegenzunehmen, unter bewundernden oder auch neidischen Blicken der anderen Konzertbesucher: Oh, die gehört dazu!

Um dieses Vergnügen hatte sie sich durch ihre Mäkelei gebracht. Mir schien: eine mit ihrem Leben unzufriedene Frau, die sich irgendwie aufwerten wollte. Weil ihr nichts Aufwertendes einfiel, behalf sie sich, indem sie uns abwertete, nachdem sie uns mäzenatisch gekauft zu haben glaubte. Da hatte sie freilich die Rechnung ohne Lunas Stolz gemacht. Was folgte, war die Blamage vor der Freundin an der Abendkasse (»Freikarten, für …? Nein, tut mir leid!«), ein Streit um Geld, das sie nicht brauchte, und dieser sinnlose, peinliche, bittere Briefwechsel.

~

Einige Jahre und zwölf *Chromatische Fugen* später wurde ich, dank meines Diploms mit Auszeichnung, Meisterschüler von Gilles Bernard.

Bernard war ein Amerikaner aus New Orleans, lebte aber schon seit Jahrzehnten in Lyon und reiste einmal im Monat für ein Dreitagesseminar nach Salzburg, um seine Schüler öffentlich in einem Konzertsaal des Mozarteums zu unterrichten. Diese drei Tage bedeuteten für uns Schüler Hochspannung: Man konnte jederzeit aufgerufen werden und musste dann imstande sein, sofort alles zu aktivieren, was man je gelernt hatte. Wenn man einen einzigen Akkord ohne Konzept und Imagination spielte, spürte er es. Sein Klangsinn war legendär. Französischer Musik verlieh er bei aller Geschmeidigkeit und Eleganz ein Geheimnis, das uns verzauberte. Wer ihn fragte, wie er das mache, bekam zur Antwort, dass das kein Thema zu sein habe: Wer nicht die Seele der Musik mit seiner eigenen Seele in Verbindung bringe, spiele zwangsläufig Klischees. Technische Vollkommenheit war Grundvoraussetzung, kein Ziel. Es gelte in die Tiefe der Musik einzugehen, dorthin, wo der Spieler das Instrument vergisst.

Auf keinen Fall wollte er Kopien von sich züchten. Keinem von uns hörte man an, dass er Bernard-Schüler war, und wir verehrten ihn nicht zuletzt dafür. Dabei war unsere Freiheit nicht nur Geschenk, sondern auch Verpflichtung: Verpflichtung zu einer Spiritualität ohne Routine, zu einer Substanz ohne Tricks. Wenn Bernard merkte, dass es jemandem an musikalischer Persönlichkeit fehlte, verlor er das Interesse sofort. Er wurde nie laut, aber wenn er mit seiner belegten Stimme fragte: »*Is this your first Frescobaldi-Toccata?*«, war das, als übergieße er einen mit Salzsäure. Der Betreffende konnte nur noch seine Koffer packen.

Einmal sagte ein Kommilitone mit gepresster Stimme zu mir: Ein solches Leben, das sei die Kunst nicht wert. Was für ein Leben?, fragte ich. Na, so eins, wie Bernard es führe. Er lebe allein in einer großen alten Wohnung mit seiner Instrumentensammlung, niemand wolle mit ihm zu tun haben. Ein unattraktiver ältlicher Mann, pedantisch, geizig, offenkundig glücklos schwul. Ich wusste, dass Bernard in einer speziellen Szene keineswegs glücklos verkehrte, fühlte mich aber nicht berufen, hier Partei zu ergreifen, obwohl ich diesen hübschen, gescheiten Kommilitonen – er hieß Marcel – selber gern geliebt hätte. Leider war er von der Idee besessen, Bernard zu erlösen. Eines Tages kam er nicht mehr. Es gab ein Gerücht, er sei von einem Dach gesprungen und habe sich beide Beine gebrochen, jetzt sitze er »wegen Liebeswahn« in der Psychiatrie. Ich halte das für möglich.

Musikalisch habe ich enorm von Bernard profitiert. Alle meine Lieblingsstücke erarbeitete ich mit ihm neu. Und natürlich war auch die *Chromatische Fantasie und Fuge* dabei. Fantasie heißt auf italienisch Vorstellungskraft, lehrte er. Das Wort bedeutet also keinesfalls, dass man machen kann, was man will, sondern das Gegenteil: Gerade in der freien Form brauchst du eine ganz feste Konzeption. Fantasie heißt nicht wuchern, sondern planen. Nicht mal improvisieren kann man ohne genaue Vorstellung. Die *Chromatische Fantasie* ist aus Improvisationen entstanden, eine vereinfachte Fassung hat sich erhalten. Wahrscheinlich hat Bach einmal besonders kühn chromatisch improvisiert und dann die interessanteste, am weitesten entwickelte Improvisation aufgeschrieben. Sie wurde Vorläuferin der Fantasien von Bachs Söhnen und durch deren Vermittlung die unübertroffene Paradefantasie des Sturm und Drang.

Je mehr Seiten des Stücks ich entdeckte, desto erfüllter war ich. Es gewann an Frische, wenn man es nicht als kalkulierten Reißer spielte, sondern als das Wagnis, das es bei seiner Entstehung gewesen war; zum Beispiel durch die ungeheure harmonische Kühnheit der Fuge. Ihr Thema war, als Antwort auf das Ende der Fantasie, mit chromatischen Halbtönen ungewöhnlich lang: a′, b′, h′, c″ (hierauf kurze Bestätigung c″, h′, c″), dann eine kleine Sext runter zu e′ und wieder rauf: f′, fis′, g (in dem Augenblick denkt man, man wäre in e-Moll), dann weiter in Achteln g′, fis′, g′, a′ aufs b′ (statt h′): Wer es zum ersten Mal hört, hat keine Ahnung, wo es harmonisch hinläuft. Es besteht ja nicht aus Akkorden, sondern nur aus einer Linie. Wenn das Thema durch ist, kommt der Kontrapunkt in *concitato*-Rhythmen, die gehetzt klingen, und es wird immer dramatischer, allein schon im harmonischen Verlauf. Keine harmonische Erwartung wird erfüllt, außer ganz am Anfang bei der sehr schönen Überleitung über die Dominante nach F-Dur. Dann aber geht's plötzlich nach e-Moll, h-Moll, sogar fis-Moll. Immer expansiver und wilder wird das Material behandelt, bis es in einer dramatischen Akkordfolge mit oktavierten Bässen nach einem radikalen Abschlusslauf abrupt, beinahe schroff endet.

Das ist das Wunderbare an der guten Musik: Je mehr du über sie weißt, desto mehr kann sie dir geben. Und je mehr sie dir gibt, desto reicher wird dein Spiel. Sogar Bernard war von meiner neuen Interpretation beeindruckt und sagte mit seiner engen, heiseren Stimme, er schätze sich glücklich, mit mir arbeiten zu dürfen, und sei sicher, ich würde eine großartige Karriere machen. Als daher mein Fachbereichsleiter mich fragte, ob ich mit der *Chromatischen Fantasie und Fuge* im Rahmen der Reihe »Musik und Kritik« im Leopold-Mozart-Saal auftreten wollte, sagte ich selbstbewusst zu.

~

»Musik und Kritik« war ein Salzburger Experiment, das in diesem Wintersemester eben erst angelaufen war: Renommierte Musikkritiker waren zu Mozarteums-Auftritten eingeladen. Sie sollten gleich nach unseren Konzerten eine Blitzkritik schreiben und sie mit dem Publikum diskutieren. Wir Ausübenden würden die Praxis der professionellen Kritik erfahren, erleben, wie sie zustande kam, und lernen, damit umzugehen. Mich hatte man ausgewählt, weil ich einer der Ältesten und Reifsten war, denn zu meinem Termin hatte der Wiener Musikpapst Adalbert Engel zugesagt, da wollte das Mozarteum sich nicht blamieren.

Was für eine Chance, und dann auch noch mit der *Chromatischen Fantasie*! Das Bewusstsein, für einen solchen Kenner zu spielen, befeuerte mich. Ich würde meisterhaft dem Meisterkritiker vorspielen, und zwar ein Meisterwerk. Ich fuhr mit dem Zug nach Salzburg und ging zuerst zum Hotel »Markus Sittikus«, in dem ich immer wohnte, weil es genau zwischen Bahnhof und Mozarteum liegt. Auf der Zugfahrt hatte ich ohne Unterlass memoriert, aber jetzt war ich so aufgekratzt, dass ich noch wie von einer Schnur gezogen in die Altstadt und sogar den Mönchsberg hinauflief. Es war ein stürmischer Novembertag, Wolken schossen über mich hinweg. Auf einmal riss der Himmel auf und beleuchtete in der Ferne vereiste Gipfel, die unter dem dunklen Himmel wie weiße Panzer glänzten. Kontraste sehe ich immer gut, aber so ein scharfes Bild war mir lange nicht geschenkt worden, es kam mir vor wie eine Verheißung. Als ich unten in der Stadt das windverzerrte Klimpern des Glockenspiels hörte, überlagert vom Wummern der Domglocken und den dunklen, rufenden Schlägen von Sankt Peter, fühlte ich mich wirklich wie am Vorabend des Ruhms, und mir schossen lauter Superlative durch den Kopf: explosivste erhaltene Barockfantasie!, dramatischster Entwurf! Ich ahnte die Rezension voraus: »Moritz Bauer hat den exakten Willen der Fantasie ebenso erfasst wie ihre entfesselte Radikalität. Eine echte Entdeckung!«

Als ich, wieder im Hotel, an der Rezeption meinen Schlüssel holen wollte, hörte ich einen Mann, der kurz vor mir eingetroffen war, im gedehnt nasalen Wiener Ton sagen: »Eengl, bittschön, da is a Ziimmer für mich reserviert!«

»Doch nicht etwa Adalbert Engel?«, fragte ich.

Er wandte sich mir zu.

»Haben wir schon die Ehre gehabt?«

»Ich bin Ihr Opfer von morgen!«, platzte es aus mir heraus.

»Sehr erfreut«, sagte er. »Machen Sie sich keine Sorgen, i hab noch niemand g'fressen.« Er gab mir die Hand und ging auf sein Zimmer. Ein unauffälliger Mann, nicht besonders groß, nicht dick, nicht dünn, ein bisschen fleckig kam er mir vor – gar nicht schneidig oder arrogant, wie man sich einen Starkritiker vorstellt, sondern leutselig, volkstümlich, bescheiden.

Am nächsten Morgen trafen wir uns nicht im Hotel, denn ich frühstückte schon um sieben und ging um acht ins Mozarteum, um mich warmzuspielen. Das Konzert sollte um elf Uhr vormittags beginnen, trotzdem war der Leopold-Mozart-Saal, der zweihundertfünfzig Zuschauer fasste, schon seit Wochen ausverkauft.

Ich spielte gut. Nicht überragend, am Anfang war ich etwas nervös, aber dann immer besser, das Rezitativ mit neunzig Prozent und die Fuge mit hundert. Lauter, langer Beifall. Nicht so heftig, wie ich erwartet hatte, das beunruhigte mich, aber ich dachte, das Publikum ist so neugierig auf den Kritiker, dass es sozusagen den Konzertteil abkürzen will.

Dann gab es eine Viertelstunde Pause, damit Engel seine Kritik schreiben konnte. Und nach der Pause las er diese Kritik vor.

Jaa, sagte er, also der Moritz Bauer spielte die Fantasie so und so, ... Minuten, er verwendete folgende Registrierung ... Im Rezitativ hat er folgendes Tempo gewählt und so registriert. Die Fuge ...

und so fort. Meine Interpretation charakterisierte er nicht. Er ließ auch im Unklaren, ob es ihm gefallen habe.

Schweigen im Saal.

Ein Student meldete sich. »Sie legen sich ja gar nicht fest. Haben Sie keine Meinung zu seinem Spiel?«

»Bitte sehr, dort der Herr!«, antwortete er nach einigen Sekunden. Ich begriff, dass er die Frage nicht beantworten wollte und deshalb den nächsten Diskutanten aufrief. Aber der wollte dasselbe wissen: »Haben Sie es gut oder schlecht gefunden, und aus welchem Grund?« Ein dritter: »Sagen sie mal was Konkretes. Zum Beispiel zur Fuge!«

Pause. »Ja, also zu der Fuge, da hab i mir nix weiters notiert …«

Unmut kam auf.

»Dann sagen Sie was zur Fantasie!«

Armer Engel. Ich hörte ihn blättern. »Jaa, also das kann i jetzt net richtig lesen!«, und so weiter. Er wand sich und hatte nichts zu sagen. Die Studenten fingen an zu lachen. Das Publikum war auf meiner Seite, natürlich, es bestand fast nur aus Studenten und Angehörigen, und wahrscheinlich hatte er mit deren Neugier und Respektlosigkeit nicht gerechnet, er kam ja aus der Hauptstadt, wo ihm alle die Füße küssten.

»Man erfährt aus Ihrer Kritik nichts, was nicht im Konzertführer steht«, rief eine Studentin. »Warum soll man Sie denn lesen?«

»Ja, wissen S', Sie können ja froh sein, dass ich überhaupt im Konzert war, viele Kollegen gehen ja gar net hin. Und manche schreiben trotzdem was!« Das war sicher als Scherz gemeint, aber es zündete nicht. Jemand rief: »Buh!«, andere schlossen sich an, es wurde richtig laut. Ich wunderte mich, dass der Mann nicht von der Bühne ging. Aber er blieb stehen und lächelte freundlich, als wisse er, dass man mit jungen Leuten Geduld haben muss. Als der Protest abgeflaut war, sagte er: »Sie möchten, dass ich Farbe bekenne, na gut, dann tu ich's: Das war halt a normale, durchschnittliche Interpretation, und ich wollte den Herrn Bauer schonen. I maan: dass die *Chromatische Fantasie* an effektvolles Stück is, wiss ma ja.« Ins Schweigen hinein ging er ab. Das Publikum war so verblüfft, dass es nur einzelne Buhs gab, und auch das erst, als er schon verschwunden war. Da fühlte ich mich dann doch ein bisschen besudelt.

~

Geknickt war ich nicht. Wenn ich meine Karriere nicht mithilfe der Presse machen konnte, würde ich sie ohne Presse machen. Später, nachdem ich das Meisterklassendiplom erhalten hatte, nahm ich auch nicht an Wettbewerben teil. In Wettbewerben musste man einerseits (für die gelangweilten Spezialisten) »originell« und andererseits (für Agenten und Masse) »bühnenwirksam« sein. Eine Demonstration von Sound und Technik auf Kosten des Inhalts aber fand ich frevelhaft. Ich war überzeugt, dass Qualität sich durchsetzt.

Tatsächlich lief es gut. In meinem Kalender standen viele Termine. Schon während meines Studiums spielte ich in Schulen, Kirchen, Kulturzentren, kleinen Sälen. Als Bernards Meisterschüler trat ich in großen Sälen in kleinen und mittleren Städten auf, bald darauf in großen Städten verschiedener Länder. Meine Honorare kletterten von tausend auf dreitausend, dann auf bis zu achttausend Mark. Ich lebte nicht mehr in WGs oder den vorübergehend freien Zimmern reiselustiger Freunde, sondern in einem Haus der Blindengesellschaft e.V. Diese Wohnung hatte nur anderthalb Zimmer, aber sie beherbergte mein Cembalo, meine Noten, meine Schlafcouch und mich, das ging. Übrigens habe ich mehrmals versucht, eine größere Wohnung zu bekommen, aber als Blinder *und* Musiker ist man chancenlos: Musiker üben, und Blinde, heißt es, lassen ihre Wohnung verwahrlosen. Schließlich gab ich auf. Da ich viel erlebte und Auslauf hatte, reichte es, und natürlich war durch die billige Miete Geld für andere Vergnügungen frei. Ich zog mich gut an, aß in teuren Restaurants und hatte viele Freunde.

Natürlich gab es Irritationen. Die Kunstwelt, als Marxist ahnte ich es ja, ist keine Spielwiese, auf der inspirierte Künstler eine dankbare Menschheit beglücken, sondern ein Markt, auf dem mehr oder weniger fixe Händler die Bedürfnisse eines sprunghaften Publikums bedienen. In jenen Jahren entwickelte sich ein Cembaloboom, keiner weiß, warum. Wo ein Boom ist, ist Geld, und wo Geld ist, wird darum gerauft. Kurz nachdem das »Festival für Alte Musik« mich zu meinem offiziellen Münchner Debüt im Kleinen Odeon-Konzertsaal engagiert hatte, unter anderem für die *Chromatische Fantasie*, rief mich eine Konzertagentin Niffer an und fragte aufreizend unschuldig: »Sie wissen schon, dass am Tag Ihres Debüts in München noch ein anderes Cembalokonzert stattfindet?«

Ich hatte es nicht gewusst und fragte meinen Veranstalter, warum man sich nicht abgesprochen habe. Er sagte: »Frau Niffer hat dieses andere Konzert überhaupt erst angesetzt, nachdem sie von unserem erfahren hat!«

»Warum?«

»Sie strebt ein Monopol in Alter Musik an. Sie hat irgendeinen Durchgriff ins Kultusministerium, daher das Geld. Aber machen Sie sich bitte keine Sorgen, welchen Cembalisten hätten Sie zu fürchten?«

Ich fürchtete keine anderen Cembalisten, aber sogleich Frau Niffer. Denn sie hatte mich selbst bereits anzuwerben versucht und dabei durchaus sachkundig meine Kunst gelobt. Ich hatte abgelehnt, nicht, weil ich was gegen sie hatte, sondern weil ich mit einem anderen Agenten im Gespräch war. Wenn Frau Niffer mein Talent schätzte, warum wollte sie mich dann schädigen? Hatte sie mich, als sie lobte und warb, belogen? Rächte sie sich für die Zurückweisung? Oder wollte sie einfach den Konkurrenten vom Markt drücken, egal, wie gut sie ihn fand? Half Qualität in diesem Geschäft so wenig? Galten Respekt und Fairness nichts?

Kurz darauf ließ sie mich wissen, dass sie für ihr Konzert ausgerechnet meinen Meister und Mentor Bernard engagiert habe. Ein leicht durchschaubares Manöver: Sie wollte den Schüler mit dem Lehrer ausstechen. Mit guter Aussicht auf Erfolg: Natürlich war Bernard viel berühmter als ich und im französischen Repertoire mit Sicherheit auch besser. Aber warum gab er sich für so was her? Er hatte doch vor meinem ersten Frankfurter Konzert noch Empfehlungsbriefe an die wichtigsten Zeitungen geschrieben. Hatte er mich damals reingelegt? Schon wuchs in mir die übliche Künstlerparanoia, die ich bei so vielen älteren Kollegen beobachtet hatte: Angst, Ohnmacht, das Gefühl, Spielzeug von Abzockern zu sein, Misstrauen sogar gegen Förderer und Freunde. Ich hatte diesen

Wahn immer verachtet; nun, schon in meinem zweiten Profijahr, war ich selbst so weit. Nachdem ich mich einige Tage gequält hatte, rief ich Bernard an und erklärte ihm die Misere.

Er reagierte höchst nobel. Ja, er sei mit der Agentur Niffer im Gespräch, habe aber nicht gewusst, dass ich am selben Tag in München spiele. Selbstverständlich werde er frühestens zwei Tage nach mir auftreten, sein Vertrag sei noch nicht unterzeichnet.

Er hielt Wort. Für meinen Tag engagierte Frau Niffer dann einen jüngeren Virtuosen, Marc Bills, einen schwulen Ledertyp mit Ketten und Stiefeln, Scarlatti-Spezialist. Musikalisch fürchtete ich ihn nicht. Aber mich beunruhigte weiterhin die Idee, dass ich eine Feindin hatte. Ein Künstler braucht vor allem eiserne Nerven, lernte ich. Wer die nicht hat, ist mit all seinem Talent und seiner Leidenschaft verloren. Während ich angespannt, aber konsequent mein Programm übte, rief mich Frau Niffer an und sagte: »Passen Sie auf, es nähert sich eine Grippewelle!«

Meine Nerven waren nicht eisern. Ich erwachte nachts mit Herzklopfen, lag wach, war am nächsten Tag nicht fit, machte mir Sorgen und schlief noch schlechter. Ich bekam Schweißausbrüche und Kopfschmerzen. Die Grippewelle gab es wirklich, ich hörte davon im Radio und ließ keine Besucher mehr zu mir aus Angst, mich anzustecken.

Zur Vernunft brachte mich ein grässlicher Zufall: die Reaktorkatastrophe von Tschernobyl. Auf einmal dachte ich: Die Welt fliegt in die Luft, Menschen und Tiere werden verstrahlt, und du regst dich auf wegen einer Grippewelle. Wen interessiert dein Cembalokonzert? Was soll überhaupt die Musik? Ich schlief erschöpft und grimmig ein. Am anderen Morgen stand ich auf, frühstückte lange und hing meinen Gedanken nach: endlich mal nicht üben – kein Konkurrenzkampf mehr, kein Stress. Ich streichelte zärtlich meinen Régis Kühr, na ja, er stand halt da, und ich liebte ihn, und ich spielte ein bisschen auf ihm, und schon war ich durch mein ganzes Programm. Was konnte ich anderes tun? Ich sagte das Konzert nicht ab. Ich dachte: Wer in diesen Zeiten Cembalo hören will, ist selber schuld. Eine Woche später war mein Konzert. Ausverkauft, vierhundert Hörer, Zusatzbestuhlung auf der Bühne! Zu Frau Niffer und ihrem Marc Bills kamen hundert. Von Tschernobyl redete niemand. Ich setzte mich an meinen Kühr und vergaß die Wärme, die Kälte, die Welt. Magie: wenn alles um dich versinkt und du mit höchster Klarheit und Anspannung einem Wunder dienst. Während du übst, kämpfst du um Kondition, Motorik, Gedächtnis, Durchdringung, Interpretation. All das musst du im Konzert abrufen können, wenn auch nur ein Prozent fehlt, bist du blamiert. Und doch ist das alles nicht genug. Du musst im Augenblick der Höchstleistung noch frei in der Empfindung sein, damit die Musik dich ergreift. Wenn du das Wunder nur zeigen willst, ohne es zu verkörpern, spürt auch das Publikum es nicht.

Dröhnender Applaus, Getrampel. Drei Zugaben. Die Leute brüllten sich heiser. Dann liefen wir hinaus, eine elektrisch warme Nacht empfing uns, und ich ging mit drei Blumensträußen im Arm in einem Pulk von Freunden und Verehrern zum »Augustiner« feiern.

*Am Mittwoch ruft Jean-Luc an, der Prinz habe ein Instrument für mich ausgesucht, ob ich es morgen prüfen möchte. Selbstverständlich möchte ich es prüfen, schon weil ich neugierig bin auf meine geheimnisvollen Gastgeber und auf den Ort, an dem ich spielen werde. Aber unsere Fahrt scheint ganz woanders hinzugehen, nämlich zu einer Garage am Rand der Insel, wo wir ein Auto besteigen. »Fahren wir nicht zum Prinzen Baldassare?«, frage ich.*

*»Nein, wir fahren zur Cembalowerkstatt.«*

*»Wie heißt sie?«*

*»Luigi Veltroni.«*

*»Nie gehört.«*

*»Ein Geheimtipp.«*

*Wir sitzen auf der Rückbank eines weichen, leisen Wagens mit hellen Ledersitzen, so viel kann ich erkennen. Der Mann am Steuer ist, meine ich, uniformiert. Zwischen ihm und uns eine Glasscheibe.*

*Jean-Luc ist einen halben Kopf größer als ich, sehr schlank, schmal, beweglich und hat einen kleinen Kopf mit einem seltsam unplastischen Gesicht ohne Ohren. Wenig Haar. Seine Ausstrahlung ist intelligent, die Stimme kompakt und kräftig, obwohl er wenig spricht. Seine Antworten stößt er hervor wie Schüsse, seltsam bei seinem gesellschaftlichen Umfeld und dem Milieu, dem ich ihn ohne weiteres zuordne (schwul). Alter: Mitte, Ende dreißig.*

*Ich muss rausfinden, was mit ihm los ist. Versteht er etwas von Musik?*

*»Prinz Baldassare hat also kein Cembalo im Haus?«*

*»Nein.«*

*»Warum nehmen Sie nicht das, auf dem ich im Palazzo Zenobio gespielt habe? Der Vermieter ist Venezianer, ich habe mit ihm gesprochen, als er das Instrument stimmte. Er war sehr kompetent.«*

*»Der Prinz mietet keine Instrumente.«*

*»Er könnte dieses kaufen.«*

*Keine Antwort.*

*»Hat es Ihnen nicht gefallen?«*

*»Doch … Ich hätte nicht gedacht, dass ein Cembalo so schnell repetieren kann.«*

*»Das«, jetzt muss ich lachen, »liegt nicht am Cembalo, sondern am Cembalisten.«*

*Jean-Luc schweigt.*

*Wenn er sich wundert, wie schnell das Instrument repetiert, warum gönnt er es mir nicht? Warum will er, der offenbar nichts davon versteht, mir ein anderes aufdrängen, eine No-Name-Kiste aus der Provinz?*

*»Sind Sie Musiker?«, frage ich.*

*»Nein. Wenn Sie jetzt entschuldigen wollen, ich muss arbeiten«, sagt er und zieht tatsächlich etwas aus einer Aktenmappe, ich höre Papier rascheln. Mir ist mulmig. Andererseits denke ich: Dreitausend Euro Spesen für eine Woche, das ist okay, und wenn das Honorar im richtigen Verhältnis dazu steht, muss ich Jean-Luc und seinen Prinzen ja nicht mögen.*

*Wir sind gut zwei Stunden unterwegs. Zuerst Autobahn, dann Landstraße, deutlich bergauf, zuletzt sogar Serpentinen, ich schwanke nach links und rechts. Die Farbe draußen wechselt, zwischendurch war es dunkel, nun wird es hell und immer heller, sind wir über der Baumgrenze? Der Wagen hält, und als der Chauffeur die Tür öffnet, strömt eisige Luft herein. Würzige Bergluft! Wind. Geruch von Kaminfeuer. Der Boden unter meinen Füßen gibt nach und knirscht – Schnee! Überall Schnee, der in der Sonne blitzt, es ist so hell, dass ich geblendet bin. Jean-Luc greift meinen Oberarm und drückt mich vorwärts, das mag ich nicht, es ist besser, sich einzuhängen als geschoben zu werden, und ich befreie mich; ich merke aber, wie stark er ist, trotz seiner Tänzerfigur.*

*Dann betreten wir eine Werkstatt, in der es nach Holz, Leim und Farbe riecht, und werden von einem kleinen alten Mann mit verqualmter Kleidung begrüßt. Er spricht, als habe er kaum Zähne, und in so starkem Dialekt, dass ich nur das Wort »Maestro!« verstehe. Signor Luigi wird mir als Besitzer der Werkstatt vorgestellt. Er mümmelt und schnaubt. Jetzt weiß ich, dass diese Leute mich zum Narren halten. Na, auf einem Dilettantencembalo werde ich nicht spielen. Dann nehme ich meine dreitausend Euro und zische ab.*

*»Was hat er gesagt?«, frage ich auf Englisch Jean-Luc.*

*»Sie sollen spielen. Dort steht das Gerät.« Gerät! Wieder Jean-Lucs Polizeigriff. Alles äußerst unangenehm.*

*Ich setze mich an das Instrument und spiele ein paar Takte. Ja …*

*Ja. Die Welt wippt unter mir weg. Das ist es. Ich spiele los und kriege noch mit, wie neben mir der kleine Signor Luigi zu strahlen beginnt. Jeder Impuls von mir wird Klang, ich prüfe alle Register, genieße den federleichten Anschlag, den vollen Bass, den funkelnden Diskant und höre erst auf, als Jean-Luc mir seine Hand auf die Schulter legt.*

*»Unglaublich!«, sage ich. »Der klingt ja wie der Dowd im Salzburger Mozarteum!«*

*Signor Luigi lächelt mit seinen verbliebenen Zähnen: »Den Salzburger Dowd habe ich gebaut!«*

# Routine

Ich spielte bei Festivals und Konzerten in Innsbruck, Straßburg, Brescia, Paris, in Amsterdam, Kopenhagen, Saragossa, Venedig, Rom. Ich spielte gern in fremden Städten. Überall wurde ich bestens betreut: am Bahnhof oder Flughafen abgeholt, mit dem Taxi ins Hotel gebracht, abends in exquisite Restaurants geführt. Ehrerbietige Kulturdamen oder schüchterne Musikstudenten warteten darauf, mich zu zerstreuen, falls ich mich langweilte, und blieben in erreichbarer Ferne, wenn ich Ruhe brauchte. Vor den Auftritten stand ich unter Spannung und bekam wenig mit. Aber am Tag danach ließ ich mich gern durch die Städte führen. Ich war dann entspannt, meistens zufrieden, und jedenfalls zu erschöpft, um üben zu können. In dieser leichten Betäubung, die der großen Anstrengung folgt, gab ich mich den neuen Eindrücken hin, fühlte den Hall riesiger Kathedralen, genoss den Klang fremder Sprachen und das energische Gewimmel in legendären alten Städten. In den ersten Konzertjahren, als ich noch Farben sah, prägte sich mir vor allem das Licht ein: das hellblaue, flüssige Licht in Oslo, das blaue Winterlicht zwischen den dunklen Alpenwänden in Innsbruck, das orangefarbene in Paris, das heiße, braune, diesige in Rom. Später die Klänge: das Klappern von Geschirr auf den Caféterrassen der Pariser Boulevards, die murmelnden Brunnen von Rom, das Hupen und Knattern in Madrid.

Überall traf ich freundliche Menschen, die die Musik liebten, und etliche von denen schätzten auch mich. Ich wurde getragen. Ich hatte keinen Agenten, dennoch gab es immer genug Anfragen und Einladungen, ich musste mich nicht bewerben. Ich musste nicht mal besonders planen, alles ergab sich von selbst. Einmal am Ende einer langen Konzertserie fühlte ich mich so müde, dass ich am liebsten an einen Strand gefahren wäre, statt zu Hause neue

Stücke zu lernen, und spürte für einen Moment Ernüchterung: Urlaub ist für Leute, die nichts sehen, schwer zu organisieren, ich hatte mich nicht kundig gemacht und nichts beantragt und war allein. Ich erzählte das ohne besondere Absichten beim Wein nach einem Konzert – es war in der Stadt Cardiff –, und der nette Veranstalter, selbst Musiker, nannte mir einen Ort in der Türkei, der unter englischen und türkischen Künstlern als Geheimtipp galt. Auch dieser Musiker wollte dort Urlaub machen und versprach, mich am Flughafen abzuholen und eine hübsche Pension für mich zu buchen. Schon war mein Problem gelöst. Der Ort war wunderbar: Die Einheimischen waren freundlich und vornehm, die Unterkünfte sauber, das Essen gut, die Urlaubsgäste bunt und interessant. Zehn Jahre lang bin ich jeden Sommer hingefahren und würde es vielleicht immer noch tun, wenn nicht der ganze Ort schließlich von einer englischen Hotelkette aufgekauft worden wäre.

Ganz nebenbei knüpfte ich auch an diesem Urlaubsort wertvolle Kontakte. Einmal sprach ich am Strand mit einer türkischen Dame über Musik, und sie rief aus: »Ach, Sie sind Cembalist? Kennen Sie zufällig Moritz Bauer?« – »Ja.« – »Oh!«, rief sie ehrfürchtig, »meinen Sie, Sie können einen Kontakt herstellen?« Diese Dame war die Kulturreferentin von Istanbul, und sie engagierte mich vom Fleck weg für ein Konzert, übrigens an meinem vierzigsten Geburtstag, im Taksim-Kongresspalast vor tausendzweihundert Leuten, Honorar viertausend Dollar.

»Tausendzweihundert Besucher für ein Cembalokonzert?«

»Oh, was meinen Sie! Unsere Oberklasse fühlt europäisch. Die Türken sind verrückt nach klassischer Musik!«, sagte sie bescheiden. »Sie werden hier im Radio niemals erleben, dass der Ansager italienische Satzbezeichnungen falsch ausspricht.«

Sie hatte nicht zu viel versprochen. Mein Konzert war ausverkauft. An allen Bushaltestellen hingen Poster von mir mit der Aufschrift: »Musik aus der Zeit des Sonnenkönigs«. Ich wurde am Flugplatz von einem Fernsehteam empfangen, wohnte vier Tage in einem Luxushotel und hatte ein Auto mit Chauffeur zur Verfügung. Der Cembalostimmer war einen Meter neunzig groß, ein unerhört muskulöser, attraktiver Mann. In solchen Augenblicken bedauerte ich, dass ich so viel üben musste.

~

Freilich konnte ich an Kollegen immer wieder sehen, was passiert, wenn man nicht so viel übt. Wie rasch büßt man die Technik ein, das Feuer! Sieben Stunden pro Tag sind das Mindeste, aber die pure Zeit macht es nicht: Wer zu locker übt, verliert die Tiefe, wer sich verbeißt, die Empfänglichkeit. Wie verarbeitet man Fehler? Was tun, wenn die Spannung fehlt? Wie erhält man sich die Frische in Stücken, die man vorwärts und rückwärts beherrscht? Unaufhörlich bedient der Künstler die komplizierte Maschinerie seines Talents und füttert sie mit dem Kraftstoff des Lebens, den er sich selbst versagt. Manchmal wurde auch ich mürbe. Dann rief ich mir die Schicksale von Weggefährten ins Gedächtnis, die solchen Anwandlungen nachgegeben hatten. Freund Friedemann zum Beispiel war Vater von fünf Kindern, unterrichtete am Gymnasium und spielte nur noch ganz oberflächlich. Das gab mir zu denken. Bis dahin hatte ich gedacht, man könne vielleicht die Fingergeläufigkeit verlieren, niemals aber das Gespür. Jetzt sah ich, dass mit der körperlichen Fitness auch die künstlerische verloren gehen kann, also die Bereitschaft und Fähigkeit, eine Musik bis an die Grenzen seiner Empfindungsfähigkeit auszuloten.

Immerhin war Friedemann nicht unglücklich geworden, er liebte seine behagliche Ehe und die Kinder. Bei Freund Chris, einem Jazzer, war's schlechter gelaufen. Chris hatte aus Einsamkeit eine Kellnerin geschwängert und das Kind nicht ernähren können, er wurde Handlanger in einem Musikarchiv, und der Kummer zerfraß seinen Magen. Inzwischen hat Chris nur noch ein Viertel davon und muss im Sitzen schlafen. Wo bleibt man, wenn weder die Liebe noch der Verzicht auf sie glücklich macht?

~

Ein gewisser Bert rief an: Er sei gerade in München, ob er mich besuchen dürfe.

Er hatte mich vor einem halben Jahr nach einem Konzert in Köln angesprochen und schöne Komplimente gemacht: Wie farbig mein Spiel klinge, überhaupt nicht starr und blechern, was bis dahin sein Vorurteil gegen Cembalo gewesen sei; es sei ihm ein Mirakel, wie man auf nur einer Klangebene die rhythmische Struktur so gut vermitteln könne, und so fort. Ich hörte das alles doppelt gern, weil er hetero war: Er wollte nichts bei mir erreichen, sondern bewunderte wirklich meine Kunst, dachte ich. Also erklärte ich ihm freigiebig, dass der Cembalist mit agogischen Mitteln artikuliert, feinsten Tempoveränderungen; das Geheimnis sei, dabei den vorgegebenen Rhythmus zu erhalten. Ist man zu diskret, verwischt die Struktur, übertreibt man, wird's verwackelt und manieristisch.

Bert war fünfunddreißig, ein kräftiger Mann, etwas kahl, lebte mit seiner Freundin zusammen und hatte eine Klavierdozentur an der Musikhochschule Köln, was aber schlecht bezahlt und langweilig war, weshalb er sich verändern wollte. Mit einer Professur hatte es bislang nicht geklappt. Aber Journalismus käme in Frage. Oder vielleicht eine Konzertagentur? Ob ich ihn bei alter Musik beraten würde? Er war damals sogar am nächsten Tag zum Frühstück ins Hotel gekommen, und wir redeten stundenlang.

Als er mich nun, ein paar Monate später, in der Pienzenauer Straße besuchte, wirkte er weniger aufgeschlossen. Beruflich hänge er fest, privat ebenfalls, kurzum, er war gereizt. Übrigens kam er eine Stunde zu spät, was ich ihm übel nahm, und verlangte Alkohol, den ich nicht hatte. Weil es schon auf sechs Uhr ging, beschlossen wir, in ein Lokal zu gehen. Dort wurde er lebhafter. Ich bemerkte, wie gierig er die jungen Frauen ansah. Er gab zu: Es brodle ihm im Schritt. Seine Freundin halte ihn kurz, weil sie geheiratet werden wollte, »ist ja wohl eher kontraproduktiv!«, stieß er hervor. In dieser Notlage sei ihm kürzlich was passiert: Nach einer Party hatte er plötzlich ne Kleine in der Mangel (ich versuchte, es mir bildlich vorzustellen), dummerweise ohne Kondom. Kurz darauf rief sie an, sie müsse dringend mit ihm sprechen, und er hatte entsetzlich gefürchtet, sie werde ihm ein Kind anhängen. Dann habe sie sich aber nur nach ihm »gesehnt«, was denke sich die? Er atmete tief durch. Nun war das Eis gebrochen, und wir unterhielten uns so gut, dass er nicht zum nächsten Freund weiterzog, sondern den anrief, er möge doch zu uns stoßen.

Der Freund, ein dreißigjähriger Regisseur, kam zu zweit: Auch er hatte Besuch, von einem Opernsänger aus Hamburg. Der Sänger war Tenor, groß mit Bauch, etwas ungepflegt. Er hatte eine kräftige, edle Stimme, allerdings ein schnelles, beinah flatterndes Vibrato, das mich irritierte, weil ich annahm, dass die Stimme beschädigt sei. Tatsächlich gastierte er nicht in München, sondern in Augsburg, wo er als Erster Geharnischter in der *Zauberflöte* einsprang, und machte sich um seine Karriere Sorgen. Der Regisseur wiederum kämpfte um Aufträge, er hätte was in Ulm machen sollen, aber der Intendant hatte ihn reingelegt und so weiter, es war die übliche Künstlermisere, allen außer mir stand das Wasser bis zum Hals, und ich hörte sie reden und wunderte mich nicht. Die Kunst macht alle fertig. Talent reicht nicht: Du musst dir die Bedingungen für deine Arbeit selbst schaffen. Und hier, das wurde klar, haperte es bei allen dreien.

In eine Pause hinein sagte gedankenverloren Bert, der Pianist: »Die Kleine da vorn, die würd ich gern knallen.«

Horst, der Sänger, erregte sich über die Kellnerin, weil sie ihm zur zweiten Portion Pommes schon wieder Ketchup statt Mayo gebracht und dann auch noch eine flapsige Antwort gegeben hatte. »Auch die würd's mal dringend brauchen«, knurrte er ihr hinterher. »Der würde ich mal die Möpse langziehn!«

Fredi, der Regisseur, besiegelte den Eintritt ins harte Männergespräch mit einer Geste, die ich nur durch das mit Verzögerung ausbrechende Gelächter bemerkte. Der Anschluss war daher unklar.

»Du etwa nicht?«

Fredi kicherte: »Wie du weißt, haben wir unterschiedliche Präferenzen.«

Alle bis auf mich waren inzwischen beim vierten Bier. Als Horst hinausgegangen war, um etwas davon abzulassen, fragte ich Fredi: »Hat er ein Stimmproblem oder ein Seelenproblem?«

»Privaten Stress, glaube ich. Horst ist glücklich verheiratet und hat zwei kleine Kinder, aber wann immer er von zu Hause fort ist, besucht er Etablissements. Jetzt hat ihm seine Frau im Hotel eine Nachricht hinterlassen, sie fahre übers Wochenende mit den Zwillingen an die Ostsee, was bedeutet, er kommt morgen in ein leeres

Haus. Er fürchtet, dass sie ihm seine Ausritte übel nimmt. Also, ganz so glücklich ist die Ehe offenbar doch nicht.«

Horst kehrte an den Tisch zurück und begann, von seinen Bordellerlebnissen zu erzählen. Zweimal hatte er's in den drei Tagen zwischen Proben und Aufnahmen geschafft. Das eine Etablissement war ein Pornokino. Da zahlte man zehn Mark Eintritt, und die Frauen kamen zu einem und erledigten es am Platz für einen geringen Aufpreis: zwanzig Mark für Französisch, zehn fürs Übliche (er brauchte andere Begriffe).

Fredi kommentierte: »Du kannst dir ausmalen, was das für Frauen sind! Horst bevorzugt die niedrigen Kategorien.«

Das andere war ein richtiges Bordell. Eintritt fünfzig Mark, unalkoholische Getränke gratis, und alle Damen liefen nackt rum, aber nur zum Anschauen. Der Akt kostete zusätzlich sechzig Mark.

Man erging sich in Details, jeder hatte was beizutragen. Sie schwollen an und wollten es allen zeigen, im Zustand der Geilheit fühlten sie sich unbesiegbar. Vielleicht ist diese gefühlte Macht sogar der Witz? Unzufrieden in der Liebe, kommandiert von ihren Chefs, erniedrigt von der Kunst, hielten sie ihre Biergläser fest und rühmten sich ihrer Erregung, deren Gewalt tatsächlich zum Fürchten war. Ich kannte das. Harte Männergespräche ähneln einander, sie kommen mit wenigen Wörtern und Wendungen aus, und ich freute mich jedes Mal, wie wenig genügt, um Männer auf Touren zu bringen. Nur ganz selten musste ich unauffällig nachhelfen. Meistens saß ich als stiller Genießer dabei und stellte mir vor, sie reden über mich.

~

Einige Tage später rief Fredi, der Regisseur, an und erklärte, wie froh er sei, mich kennengelernt zu haben. Er kicherte ein bisschen, als sei er verkatert. Ich lud ihn ein, und er kam sofort und redete mit mir über Kunst. Erst nach drei Stunden erwähnte er das Männergespräch, das ihm nun peinlich zu sein schien, und fragte, ob ich mich ausgeschlossen gefühlt hätte, ich sei doch offenbar schwul.

Wie gut, dass Künstler in dieser Hinsicht so offen sind! Wäre er Ingenieur oder Jurist gewesen, hätte ich mich noch lange nicht outen dürfen, Heteros fühlen sich ja manchmal abgestoßen. Nun konnte ich unbefangen antworten: »Keineswegs, aus dem Mund so attraktiver junger Männer höre ich das gern!«

Mir schien, dass er errötete. Ich versuchte zu erraten, wie er aussah. Schwarzer Schopf, gedrungen, so viel nahm ich wahr. Ich fragte mich, ob seine Arme behaart seien. Insgesamt regte er mich an, die kleine Heteroschlampe. Beim fünften Bier kürzlich hatte er gesagt, er könne siebenmal pro Nacht, woraus ich schloss, er steht auf dem Schlauch. Das war meine Chance. Meine Schwäche für Heteros hat sich nie gegeben.

Er ging dann, besuchte mich aber bald wieder, weil er sagte, er könne von mir so viel über Kunst lernen. Ich belehrte ihn freigiebig. Er war alert und originell, wir lachten viel, und beim vierten Treffen kamen wir zur Sache. Auch er glaubte, dass Schwule miteinander nur anal verkehren können, ein weit verbreitetes Vorurteil. Ich klärte ihn auf und brachte unauffällig das orale Thema ins Spiel. Er lachte krampfhaft, war neugierig, einsam, unruhig und so weiter, und nun war ich am Ziel. Er zog sich aus und blieb stehen in seiner männlichen Herrlichkeit, jetzt nicht mehr kichernd, sondern herausfordernd, trotzig, auf einen Punkt konzentriert. Auch das kannte ich: Er wollte die Kontrolle behalten, ich musste unten bleiben, ich durfte ihn nicht mit den Händen berühren, das ist am Anfang bei fast allen so. Danach war er verwirrt und bewegt. Ich ließ ihn in Ruhe, beobachtete, wie langsam der Verstand wieder hinauf Richtung Hasenherz stieg, begegnete seiner aufwallenden Verlegenheit, indem ich ihm einen Kaffee brühte, und sagte: »Lass uns in Verbindung bleiben. Wir machen's aber so, dass du dich meldest!« Das sagte ich immer, denn nicht wenige meiner Heteros waren verheiratet, und es war ganz wichtig, dass sie sich in Sicherheit fühlten.

Er ging. Die meisten von denen sah ich nie wieder, aber manche eben doch, und einer, ein Turnlehrer namens Nick, wurde richtig zärtlich und besuchte mich danach noch viele Jahre lang.

~

Auch auf dem Höhepunkt meiner Karriere blieb ich in der Sozialwohnung der Blindengesellschaft in der Pienzenauer Straße. Das war einerseits Schicksal, andererseits Bequemlichkeit: Sie war billig, während ich übte, bestand die Welt sowieso nur aus dem Cembalo und mir, und für die Stunden der Muße brauchte ich keinen Blickfang, keine Bücher, kein Spielzeug. Auslauf fand ich bei meinen Konzerten. In guten Jahren war ich drei Monate unterwegs.

Die privaten Konzerte haben mir besonders viel Freude gemacht. Ich kam dort leichter in Kontakt mit dem Publikum und konnte hinterher mit den Leuten reden, außerdem genoss ich die großen, eleganten Häuser. Ich spielte auf dem Landgut eines westfälischen Rübenbarons zur Konfirmation der ältesten Tochter; bei einer feinen schwäbischen Bankierswitwe, die selber ernsthaft Cembalo spielte; zu Weihnachten bei einem Bischof; bei einem Porzellanmagnaten zur Präsentation einer »Classic Line« (ich glaube, es ging um viereckige Teller). Einmal spielte ich in Südfrankreich zu einer Hochzeit, und das war besonders schön, weil der Hausherr und Vater des Bräutigams mich sozusagen auf Händen trug, überall herumführte und fast nur mit mir sprach. Seine Familie schien ihn zu hassen, obwohl er ein interessanter Mensch war und viel von Musik verstand.

Das Landgut lag anderthalb Kilometer vom Meer entfernt und war so groß, dass man von einem Ende zum anderen eine halbe Stunde lief. Das Herrenhaus im maurischen Stil stammte aus dem 19. Jahrhundert. Alle Wände waren weiß gekachelt, ebenso die sieben Meter hohe Mauer, die es gegen das Nachbargrundstück abschirmte. Nirgends hing ein Bild. Der Hausherr, ein pensionierter Architekt, erklärte mir die baulichen Finessen. Die beiden Natursteintürme hatten Wendeltreppen ohne Geländer, weshalb ich nie in den ersten Stock kam. Es gab fünf Dienstboten, die das alles in Ordnung hielten und dauernd geküsst wurden. Vierzig Logiergäste. Eine Köchin. Mein Gästezimmer ging auf eine Terrasse mit einem zweihundert Quadratmeter großen Swimmingpool hinaus. Auch dieser Pool war weiß gekachelt, weshalb ich einmal fast hineinfiel. Sein Wasser wurde zu gleichen Teilen aus Meer- und Süßwasser gespeist und hatte immer eine Temperatur von neunundzwanzig Grad.

Eigentlich war das Anwesen um eine wundervolle uralte Pinie

herumgebaut, erklärte der Hausherr. Sie blühte immer noch. Spezialisten von der Universität waren gekommen, um ihr Alter zu schätzen. Er hatte ihnen aber verboten, den Stamm anzubohren. Ein Professor hatte den Stamm angeblich stundenlang untersucht, bevor er verkündete: 475 Jahre. Der Hausherr führte meine Hand an die lebendige Borke dieser Pinie, und wir beide erschauerten.

So gingen wir in Gesprächen auf und ab. Terrassen und Vorplatz waren mit mehrfarbigen losen Kieseln bestreut, deren Komposition mir beschrieben wurde. Der Hausherr lief barfuß und sah beim Reden zu Boden, manchmal bückte er sich und ordnete einzelne Kiesel neu. Wenn wir die Kiesel und Kacheln verließen und den Park betraten, trug er Slippers. Die Wege bestanden aus Waldboden mit Piniennadeln und Wurzeln, und ich hängte mich ein, damit ich nicht stolperte. Dort erzählte er mir von seinem Unglück. Kurz gesagt war es so, dass alle dort einander hassten. Die Hochzeit, auf der ich spielen sollte, war nicht etwa die seines Sohnes, sondern seines Stiefsohnes, von dessen Mutter er ebenfalls geschieden war. Auch die Schwiegertochter stammte aus einer Bruchehe. Ihre verfeindeten Eltern waren aus Australien angereist; man hatte sie an verschiedenen Enden des Hauses unterbringen müssen. Die Braut wiederum war sauer auf mich, weil der Schwiegervater gesagt hatte, wenn er schon eine Million Francs für eine Hochzeit zahlt, bestimmt er auch das Musikprogramm. Der Stiefsohn hatte von ihm gefordert, dass er seine Lieblingshaushälterin wegschicke, der er unterstellte, sie habe es auf das Familienvermögen abgesehen. Und so fort. Zur Hochzeit kam der Hausherr aus Protest in Shorts und weigerte sich, einen Toast auszusprechen. Schließlich hielt der australische Brautvater eine depressive Rede: Er bewundere die beiden Kids aus *broken families* für ihren Mut zu diesem Schritt, zumal für solche Kandidaten die Prognosen ja extrem schlecht seien. Die Zeremonie war wenig feierlich: Das Paar unterschrieb einen Zettel in der Bürgermeisterei, anschließend gab es ein Mittagessen. Ich war nicht dabei, sondern bekam es von meinem gestressten Gastgeber erzählt und fand es unerhört spannend.

Am Abend fand eine Party mit hundertzwanzig Gästen statt. Mein Konzert war der Auftakt. Der Hausherr, der sich geweigert hatte, dem jungen Paar zu gratulieren, hielt eine lange und ehrende Einführungsrede auf mich. Dann spielte ich auf seinen Wunsch die *Chromatische Fantasie* und kam überraschend gut an. Nur die vom Jetlag gezeichneten Brauteltern aus Australien schliefen an verschiedenen Seiten des Auditoriums wie von Kugeln getroffen, mit offenen Mündern.

Auch das erzählte mir der Hausherr, als er mich am nächsten Tag zum Flughafen brachte. Er wirkte gleichermaßen erschöpft und aufgewühlt. Bevor ich die Sperre durchschritt, steckte er mir einen Brief zu, wobei er murmelte: »… erst im Flugzeug zu öffnen!« Ich dankte erfreut, da ich an einen größeren Geldschein dachte. Es war dann aber ein Brief, den ich natürlich nicht lesen konnte: Ich erkannte nur mit Mühe eine wilde Handschrift. Mir fiel ein, dass die Partituren der Musik so viel harmonischer waren als die des Lebens und dass man hier wahrscheinlich von einer Wechselbeziehung sprechen müsse, weshalb es nicht gut war, immer nur an der Oberfläche des Lebens zu bleiben, wie ich es tat. Aber was, wenn dieser Mann mich liebte? Er war, bei aller Sympathie, ja gar nicht mein Typ! Oder wollte er nur meinen Rat? Da musste ich erst recht versagen! Mehrmals holte ich diesen Brief heraus, hielt ihn mir vor die Schläfe, erfasste mit dem Netzhautrand das wüste Muster und steckte ihn wieder weg. In Frankfurt musste ich umsteigen und warten; ein Angestellter brachte mich zum Anschlussgate, wo ich länger zu warten hatte und wieder den Brief betrachtete. Dann wurde ich plötzlich aufgeschreckt und ins Flugzeug geführt, und zu Hause habe ich ihn nicht mehr gefunden, er muss irgendwo zwischen Flugzeug und Pienzenauer Straße verloren gegangen sein.

~

Diesmal München, Vernissage in der Villa eines Geschäftsmannes. Ein Chauffeur holte mich ab und brachte mich nach Grünwald. Ich versuchte mich zu orientieren, aber auf einmal steuerte er nach rechts, und wir sanken in eine riesige Tiefgarage hinab. Von dort aus führte ein langer breiter, hell erleuchteter Gang zwischen großen beleuchteten Flecken hindurch ins Haus – dreiundzwanzig Meter war er lang, wie mir der Chauffeur erzählte. Die schimmernden Flecken seien Ölbilder im Wert von etwa dreißig Millionen – sein Chef wisse nicht wohin damit, deswegen hingen sie unter der Erde. Ich sagte, ich fände das in Ordnung, schließlich käme der Chef ja jeden Tag auf dem Weg zur Arbeit dort vorbei. Ach nein, meinte er: Erstens fahre der zur Arbeit nicht weg, sondern habe sein Büro im Haus, und zweitens stünden seine Autos in einer anderen Garage, diese hier sei nur für Besucher und Geschäftspartner. Woher das Geld? Das wusste der Chauffeur nicht genau, er sagte nur, ein wahnsinniger, riesiger, unüberschaubarer Reichtum. Ja doch, reiches Erbe, aber entschlossen verwaltet und vermehrt: Firmenanteile, Aktien, Hotels, Golfplätze, Privatflugzeuge, Côte d'Azur, Florida, Hawaii.

Der Chef war ein schlanker Mann von vielleicht fünfzig, distinguiert, ein Star, ganz was Edles. Er gab mir kurz die Hand – es war, als fasste ich an einen Elektrozaun – und ging. Ich musste mich einspielen, deswegen war ich schon um fünf Uhr nachmittags gekommen, aber ein paar persönliche Worte hätten mich doch gefreut. Während ich in einer Lounge von der Größe eines Tennisplatzes übte, hörte ich, wie Dienstboten auf Zehenspitzen ein Büfett aufdeckten unter Anleitung eines flüsternden Kochs. Ich war so beeindruckt von der Szenerie, dass ich mich nicht beschwerte, außerdem war ich künstlerisch in der Form meines Lebens, und bestellt war wieder die *Chromatische Fantasie und Fuge*, die ich im Schlaf beherrschte. Als ich fertig war, führte der Koch, der auch eine Art Majordomus zu sein schien, mich hinaus in einen kleinen Garten, setzte mich neben einen Springbrunnen und servierte mir Häppchen auf einem glänzenden Tablett. Noch zwei Männer, offenbar Chauffeure von Gästen, warteten da, die gern geraucht hätten, aber nicht durften. Als er weg war, flüsterte der eine Chauffeur dem anderen etwas zu, und sie entfernten sich unauffällig. Nach Nikotin riechend kehrten sie zurück. Ich stellte mir vor, wie sie heimlich in einem toten Winkel bei den Mülltonnen ihre Gesichter in die vier Meter hohe Buchsbaumhecke drückten und den Rauch auf die Straße pusteten.

Es waren die letzten ruhigen Minuten vor dem großen Fest. Kurz plauderte ich mit dem Koch, der mir gleich gut gefallen hatte: ein robuster Mann mittleren Alters, ein bisschen grimmig, aber mit Humor. Ich fragte ihn, ob er wisse, warum sein Chef ausgerechnet dieses Stück gewünscht habe, das für eine Vernissage ja sehr anspruchsvoll sei. Er lächelte: »Unser Chef, der kennt sich aus. Und er tut gern Leute verblüffen.«

Auf einmal setzte emsiges Laufen und Scharren ein. Der Chef kam eine Freitreppe herab. Der Koch eilte ins Haus. Die Chauffeure hatten sich in Luft oder Rauch aufgelöst. Ich hörte die klirrende Stimme des Chefs: »Ja, sind Sie von allen guten Geistern verlassen!«, und ein unterwürfiges Flüstern. Später schlich ich auf die Toilette – ich hätte nicht schleichen müssen, es war grotesk, aber ich fühlte mich unbehaglich und war dann direkt froh, als es dort nach Blumen duftete, nach frischen, lebendigen Blumen. Ich wollte sie berühren und tastete die Fensterbank ab und fühlte tatsächlich mit Herzklopfen die kühlen, zarten Blüten. Etwas später hörte ich den Chef auf seinem Erkundungsgang die Toilettentür öffnen und schnauzen: »Werfen Sie das Gemüse raus, die sollen zu Hause scheißen!«

~

Für diesen Auftritt bekam ich zehntausend Mark, mein bis dahin höchstes Honorar. Und während ich auf eine Anschlusseinladung des Grünwalder Eisprinzen hoffte (es kam keine), rief ein unbekannter Mann an und verkündete mit Trompetenstimme, er habe mich bei jener Vernissage erlebt, und ich sei unzweifelhaft ein Genie. Ich amüsierte mich über das Wort »unzweifelhaft«. Ob ich ihm die Ehre gäbe, zu seinem Geburtstag in seinem Salzburger Stadthaus zu konzertieren, fragte er.

Das hat mir gleich gefallen: dass er selbst anfragte und nicht durch eine Sekretärin. Alphamänner haben ja oft ein sehr anspruchsvolles Selbstbild und fühlen sich schon durch eine ganz normale Absage geschändet. Dieser hier aber fragte unbefangen werbend, fast stürmisch, und es war klar, dass er nicht locker lassen würde. Er nannte sogar seinen Vornamen: »Ich bin Heinz Morus«, das ist mir immer noch im Ohr.

Einen Monat später fuhr ich nach Salzburg und spielte bei ihm.

Er wirkte so vital, wie er am Telefon geklungen hatte: ein gedrungener sechzigjähriger Mann mit einer beeindruckenden graublonden Mähne und einem bunten Seidenschal um den Hals. Er hatte unter buschigen Brauen große, leuchtende Augen; er breitete die Arme aus und bewegte sich zielstrebig, mit großen Schritten. Zuerst hielt ich ihn beinah für einen Künstler. Nur seine Rede verriet, dass er es nicht sein konnte: Sie war zu großflächig, zu naiv, zu wenig abgebrüht. Aber seine Begeisterung steckte an.

Er stellte mich seiner Familie vor. Die Frau, klein, rundlich, großes Gesicht, feste Stimme, und die beiden Söhne von achtzehn und fünfzehn Jahren sprachen Deutsch mit schwäbischem Akzent. Später erfuhr ich, dass sie im Herbst 77 als Kapitalisten vor der RAF nach Österreich geflohen waren. Sie residierten in einem dreistöckigen Barockpalais, dessen Wände mit Bildern regelrecht bepflastert waren, nicht betupft wie die beim Eisprinzen. Auch Morus war Kunstsammler, entnahm ich den bewundernden Gesprächen der Gäste: Die ganze inzwischen millionenschwere Avantgarde der Siebzigerjahre klebte an seinen Wänden. Die Gäste (»Herr Generaldirektor X mit Frau, Herr Stadtdirektor Y, Frau Professor Z«), förmlich und elegant, entsprachen aufs Angenehmste meiner wachsenden Sehnsucht nach Bourgeoisie. Ich wanderte zwischen ihnen herum und delektierte mich an den ausgetauschten Höflichkeiten. Dann stieß ich in einem hinteren Teil des Saales neben einer marmornen Theke auf ein paar nur teilweise elegante und auch nicht beflissene ältere Männer. Das waren die inzwischen millionenschweren Avantgardisten.

Bevor ich mit denen ins Gespräch kommen konnte, wurde ich zu meinem Instrument geführt, und Heinz Morus kündigte mich reizend pompös an. Ich war bestens aufgelegt und spielte eines meiner technisch saubersten Konzerte. Das Publikum erwies sich als zäh, aber ich kriegte es rum, und am Ende forderte es sogar Zugaben. Dann stand ich glücklich in einer Schar von Gratulanten und trank Champagner, es folgte eine ungeheure Schlemmerei, und alles war so unkompliziert und genussvoll, dass ich noch bei meiner Heimreise am nächsten Tag vor Energie summte. Geballte Lebensfreude!, dachte ich, als ich mich am Nachmittag wieder an mein Cembalo kettete. Bald erschien mir dieser Ausflug wie ein Traum.

~

Ich sehnte mich nach einer Familie, wurde mir bewusst. Ich hätte gern zu jemandem gehört. Ich erwog, zu den Meinen wieder Kontakt aufzunehmen. Jahrelang hatte ich sie gemieden, weil ich sie einfach zu belastend fand. Aber inzwischen war ich ja ein gefeierter Virtuose, selbstständig, selbstbewusst; was hatte ich von ihnen zu fürchten? Vielleicht könnte ich ihnen sogar etwas geben, selbst wenn ich nichts bekam. Ich war vierundvierzig Jahre alt. Es war doch an der Zeit, miteinander in Frieden zu leben, dachte ich.

Als erstes rief ich Mutter an. Sie sagte: »So, der Moritz? Es ist doch gar nicht Weihnachten?« Ich zog meinen elegantesten Anzug an und brachte ihr Kuchen von Dallmayr, dennoch hämmerte mein Herz, als ich die Treppen zum sechsten Stock erklomm. Die Fenster schienen beschlagen, die Luft immer noch stickig vom Angstschweiß meiner Kindheit. Als ich Mutter begrüßte, klang meine Stimme eine Terz höher.

Ich wurde aber unerwartet freundlich empfangen. Es gab Kaffee, sie sprach von ihrer Knieoperation, und ich bekam sogar Gelegenheit, von Familie Morus zu erzählen. Sie reagierte nicht darauf, unterbrach aber auch nicht. Als ich geendet hatte, setzte sie wieder ein, nun mit gepresster, flirrender Stimme, es war, als hätte sie meine Rede nur genutzt, um sich aufzuziehen. Sie sagte: »Wieso kannst du eigentlich so gut üben, wo du dich jede Nacht in der Kneipe besäufst und bis mittags schläfst?«

»Wie kommst du denn darauf?«, rief ich aus – nicht abgeklärt, wie ich mir das vorgenommen hatte, sondern empört. »Was fällt dir ein?«

»Ja, wie soll ich denn wissen, wie du lebst, wir sehen uns ja kaum!«

Ich begriff, dass das ihre Art der Kontaktaufnahme war: Sie konnte nur in Vorwürfen denken. Ich versuchte, ruhig zu erklären, wie ich lebe – kein Saufen, kaum Kneipen; üben, nachdenken, gelegentlich Spaziergang im Park, um was anderes zu fühlen als ein Zimmer mit Instrument und grauen Gardinen.

»Ja, Männer denken immer nur an sich«, warf sie ein.

»Männer müssen ihren Lebensunterhalt verdienen.«

»Alles Angeberei. Männer sind versoffen, verhurt und bösartig. Ohne Männer gäbe es keinen Krieg! Wenn wir Frauen nicht alles aufrechterhalten würden ... Ich weiß gar nicht, warum ich immer diese saublöden, unverschämt frechen Zumutungen von diesen gottverdammten Kerlen ertragen muss, die die Welt verpesten«, legte sie los, und ich wusste, sie würde nicht mehr aufhören, es war dieselbe Arie wie seit Jahren, um kein Komma verbessert, immer auf demselben einzigen Ton, ich schätze, dem zweigestrichenen Cis. Ich blickte mich um. Die Wohnung, in der die Horrorszenarien meiner Kindheit stattgefunden hatten, erschien mir plötzlich puppenhaft klein. Mutter selbst war puppenhaft klein, eine von Hass entstellte Zwergin, eingesponnen in einen Kokon aus Wut. Ob ich da war oder nicht, spielte keine Rolle. Ich ging.

~

Auch meinen Bruder hatte ich in den letzten Jahren kaum getroffen. Kurt hatte, solange wir zu Hause wohnten, zunehmend mit mir rivalisiert, was ich verstehe: Er neidete mir die Sonderstellung und suchte fieberhaft meine Schwächen. Nach meinem Coming-out war ich für ihn nur noch »der perverse Schwule«, und ich ärgerte mich, auch wenn ich dachte: Na, du wirst es nötig haben! Tatsächlich blieb seine Orientierung lange unklar. Während ich längst mein eigenes Leben führte, wohnte er, der Ältere, zu Hause, wusste nicht, wohin mit sich, und kämpfte um Mutters Achtung, die er nicht bekam. Nach der Bundeswehr studierte er technisches Zeichnen und wurde am Tag seiner Abschlussprüfung, mit fünfundzwanzig Jahren, von einem Ethiklehrer entjungfert. Erst dann zog er aus und suchte sein Unglück.

Mit seiner Homosexualität kam er lange nicht ins Reine. Einmal lud ich ihn in ein Schwulenlokal ein, da begann er plötzlich zu schimpfen, das sei ja eine zynische Fleischbeschau, hier bleibe er keine Minute länger, »wie konntest du wagen, mich in diesen Puff zu schleppen«, und so fort. Es war ein ausgesprochen kultivierter Laden mit intellektuellem Publikum, aber ich konnte Kurt nicht davon überzeugen; er rannte wie von Furien gehetzt davon. Später erfuhr ich, dass er zwischen Perioden lähmender Trauer Anfälle von Geschlechtswut bekam und in einer einzigen Nacht nacheinander fünf Männer abschleppte. Weil er ein ausgesprochen schöner Mann war, fand er immer Anklang.

Aber das war, wie gesagt, Jahre her, und ich wollte ja Frieden schließen. Also lud ich ihn zu mir zum Abendessen ein.

Er antwortete am Telefon mit matter, gequälter Stimme, und das war gut: In seinen gehetzten Phasen war er schwerer zu ertragen. Ich musste ihm sogar zureden. Dann aber kam er.

Er sah sich in der Wohnung um und sagte: »Wie schmutzig es hier ist.«

»Heute war die Putzfrau da«, sagte ich.

»Entweder betrügt sie dich, oder sie taugt nichts.«

Ich war selbst nicht von ihr überzeugt, aber da ich das Resultat nicht sah, hatte ich mich abgefunden; wichtiger war, dass sie meine Wäsche bügelte. Mir fiel ein, dass ich sie am Mittag, als ich vom Einkaufen zurückkehrte, auf dem kleinen Balkon rauchend angetroffen hatte. »Müssen Sie nicht arbeiten?«, hatte ich gefragt. – »Ist alles schon sauber!«, antwortete sie.

Wir setzten uns zu Tisch. »Der Salat ist welk!«, sagte Kurt.

»Das kann nicht sein, der ist aus der Tüte.«

»Eben.«

Dann behauptete er, dass der Käse schimmelig sei. Ich war aber ziemlich sicher, dass ich ihn erst vor drei Tagen gekauft hatte. »Was heißt ziemlich?«, fragte Kurt.

»Geh mir nicht auf die Nerven. Ich muss mir sieben Millionen Noten und siebzig Termine merken, da ist für solchen Käse kein Platz«, kalauerte ich unfreiwillig. Also, der Abend wurde ein Desaster. Zuletzt fand Kurt noch in seinem Apfel einen Wurm, und damit erschütterte er mich zutiefst, denn Obst und Gemüse kaufte ich bei einem besonders netten Türken, und wenn ich Kurt glaubte, hatte der mir schlechte Ware angedreht, was eine noch unerträglichere Vorstellung war als die, dass Kurt mich belog. Ich sagte also, dass ich den Sauberkeitsfanatismus eines Mannes, der auf Klappen rumreibt, verdächtig fände, worauf Kurt mir vorwarf, ich wolle ihn vergiften. Ich riet ihm, psychiatrische Hilfe zu suchen. Er belegte mich mit Schimpfworten und ging.

Insgeheim war ich froh, dass ich als Beleidigter zurückgeblieben war: So hatte er selbst mir bewiesen, dass ihm nicht zu helfen war, und ich konnte mir einreden, ich hätte getan, was ich konnte. Nur: Die ganze Wahrheit war das nicht. So arme, verletzte Menschen setzen sich ja immer rasch ins Unrecht, man muss sie nur machen lassen, dann ist man fein raus.

~

Besser gelang mir die Versöhnung mit Vater; sie war einfacher, weil ich ihm moralisch nichts schuldete. Ich schrieb ihm einfach eines Tages einen Geburtstagsbrief.

Er war so erstaunt, überhaupt von mir zu hören, dass er mich umgehend zu seiner Geburtstagsfeier einlud. Ich stellte fest, dass er es nach der Scheidung von Mutter sehr gut getroffen hatte: Er lebte inzwischen als Pensionär bei einer freundlichen, steinreichen Witwe, die ebenfalls trank, allerdings nur quartalsweise. Nebenbei gesagt war diese Irmi außer mir und einer Freundin, die ich mitgebracht hatte, bei dem Geburtstag sein einziger Gast. Zu viert gingen wir in ein Gourmetlokal, das natürlich Irmi bezahlte. Aber Vater wirkte gesund, gepflegt, duftete nach teurem Parfüm, parlierte souverän mit meiner Freundin Linda und war überhaupt nicht peinlich; wir saßen um den Tisch und scherzten, als wären wir eine Familie. Ich konnte kaum glauben, dass das der abgezehrte, zapplige Mann war, der vor dreißig Jahren in unserem Kinderzimmer Blut erbrochen hatte. Er schien es selbst kaum zu glauben. »Moritz hatte es nicht ganz leicht«, sagte er würdevoll zu Irmi. Aber es gab keine Hasstiraden gegen Mutter. Später luden die beiden mich gelegentlich zu sich nach Hause ein und waren immer unkompliziert nett. Ich sah Vater sein Glück an. Gegenüber Irmi entwickelte er sogar etwas wie Fürsorge: Wenn sie auf Dröhnung war, kochte er für sie, und ich habe ihn dort nie grob oder gemein erlebt.

Manchmal dachte ich, er sei einfach ein harmloser Zeitgenosse, der nur seine Ruhe wollte und durch böse Zeitläufte und eine schwierige Gattin verdorben worden war. Andererseits: Wozu soff er dann? Verdankte er seine Harmlosigkeit nicht nur dem glücklichen Umstand, dass er nichts leisten musste und jederzeit besten Sprit bekam? Wäre nicht die ganze Menschheit unter solchen Bedingungen harmlos? An diesem Punkt meiner Überlegungen packte mich unversehens eine Kinderwut. Ich erinnerte mich an die blöden Witze, mit denen Vater meine drohende Blindheit kommentierte. »Ihr braucht nichts zu sehen, solange ihr eins begreift: Augen zu – was ihr jetzt seht, gehört euch. Augen auf! Was ihr jetzt seht, gehört mir.« Es gab auch handfestere Scherze, solche aus dem sadistischen Soldatenrepertoire: Er spannte Stricke in unserer Wohnung, über die ich stolperte, und höhnte: »Guck halt hin!« Noch der ärmste Versager hat das Bedürfnis, über Schwächere zu triumphieren, deswegen sieht die Welt so aus, wie sie ist. Von wegen harmlos. Jetzt kam er zu allen meinen Münchner Konzerten (in der Regel kurz vor Schluss), um im Foyer den stolzen Vater zu geben: »Das ist mein Sohn, das ist mein Sohn, das ist mein Sohn!«

An dieser Stelle warf ich mir pflichtgemäß Selbstgerechtigkeit vor. Etwa so: Nichts von dem, was mich überlegen machte – Freiheit, Traumberuf, reiches Land –, verdankte ich mir selbst. Man darf Schicksale nicht vergleichen. Ausschlaggebend ist, wie einer sich selbst erfährt, und Vater war am ausnahmsweise gnädigen Ende. Sein Suff betäubte das Bewusstsein eines Versagens, das nach Frau Limanis Vermutung viel schwerer und umfassender war, als ich mir vorstellen konnte.

Es gab keine Lösung. Ich hätte Vater nichts von dem sagen können, was mich bewegte, also verbarg ich meinen periodischen Groll, verzieh nicht, blieb aber auch nicht fern. Wenn ich nun hinging, dann wegen Irmi, die ich wirklich mochte, redete ich mir ein. Naja, und ein bisschen wegen der Delikatessen, die ich dort bekam. In einer anderen Ecke meines Gehirns, nicht ganz eingestanden, mochte noch das Interesse lauern, Vaters Verfall zu beobachten. Falls dem so war, machte Vater mir allerdings einen Strich durch die Rechnung.

Irmi war fröhlich, großzügig und witzig. Sie hatte mal Schauspielerin werden wollen, aber ihr Vater, ein Bankdirektor, hatte andere Pläne. Ihr komödiantisches Talent war noch erkennbar. Wenn sie kabarettreif von ihren Begegnungen mit Gesellschaftsdamen, Bankern, Altoffizieren, Gärtnern und Putzfrauen erzählte, lachte ich Tränen. Und ganz nebenbei gab es bei ihr immer sehr gut zu essen. Sie kochte zwar nicht selbst, ließ aber auf großen Tabletts Speisen von Feinkost Käfer kommen.

Nur einmal habe ich sie richtig betrunken erlebt. Sie lallte: »Ich habe leider ein Alloholproblem.«

Ich sagte: »Ich weiß.«

»Woher weißssu das?«

»Na, das habe ich beobachtet.«

Das hat sie richtig getroffen. Sie riss sich aus ihrem Rausch hoch und sagte bewegt: »Das weißt du und verachtest mich nicht?«

»Nein.«

Immer dachte ich, ich müsste mich mal in Ruhe mit ihr unterhalten, ohne die Kommentare meines Vaters, ohne Sportschau im Hintergrund. Ich wollte wissen, was sie wirklich von Vater dachte und wie sie ihr Schicksal sah. Aber ich meinte, es sei noch Zeit. Als Vater einmal zu einem Klassentreffen nach Gießen fuhr, verbrachten Irmi und ich einen beinah innigen Abend. Doch befragte sie unerwartet so aufmerksam und feinfühlig mich, dass ich ins Erzählen kam und versäumte, selber Fragen zu stellen.

Kurz darauf, mit zweiundsechzig Jahren, erlitt sie einen Schlaganfall und war halbseitig gelähmt. Durch Abstinenz und Krankengymnastik, kurz: mit Willenskraft hätte sie sich wieder hochgebracht, aber da haperte es eben. Ein weiterer Schlaganfall vier Jahre später streckte sie vollends nieder. Danach konnte sie nur noch den Kopf bewegen. Sie wurde gefüttert, gewaschen, gewindelt und saß im Rollstuhl. Alkohol trank sie nicht mehr. Sie sagte: »Wenn man bedenkt, dass ich ohne Saufen gesund geblieben wäre, hätte ich's billiger haben können.«

Vater hielt zu ihr. Bald darauf zogen sie an den Tegernsee in eine betreute Luxuswohnung. Dort habe ich sie, weil die Fahrt so umständlich war, nur noch zweimal besucht. Ich erinnere mich an eine Fensterfront bis zur Decke, durch die die Sonne schien, und einen Rundblick auf blaue Hügel. Der Fernseher lief, und Vater trank von morgens bis abends.

Es ging ihm gut bis zuletzt. Er starb mit fünfundsiebzig an einem Herzinfarkt, als er zu Fuß ins Dorf ging, um Zigaretten zu kaufen.

~

Als Heinz Morus wieder anrief, jubilierte ich. Wieder gab es ein Konzert in Salzburg, wieder holte der ältere Sohn mich vom Bahnhof ab, und wieder stand Morus mit ausgebreiteten Armen im Portal. Ich hätte ihn beinah umarmt.

Wieder gab es ein rauschendes Fest. Und als hätte auch er mich vermisst, bot er mir ein Gästezimmer in seinem Haus an. Ich frühstückte am anderen Morgen mit der Familie, als gehörte ich dazu. Als ich abreiste, hatte ich bereits den nächsten Termin.

~

Morus arbeitete nicht. Auch er hatte sein Vermögen geerbt, trachtete aber nicht wie der Grünwalder Eisprinz danach, es zu vermehren, sondern gab es mit vollen Händen aus, besuchte Pferderennen in Japan, spielte Roulette in Hongkong, jagte Bären in Kanada und verehrte eine Operndiva in New York. Gelegentlich unternahm er Kunstreisen in verschiedene europäische Kulturregionen. Dann lud er für ein paar Tage alle seine Künstler nebst Gattinnen nach Südengland, Nordspanien oder Umbrien ein, wo man in klimatisierten Bussen mit Ledersitzen von Luxushotel zu Luxushotel fuhr, Konzerte besuchte, Museen und Schlösser besichtigte und zweimal täglich in Gourmetrestaurants tafelte. Abends stieß noch ein Sommelier dazu, der fünfzehn aufs Menü abgestimmte Weine verkosten ließ. Auch ich durfte mit, und ich ließ keinen Museumsbesuch aus: Ich sah die Kunstwerke natürlich nicht, aber ich spürte die Räume und Gegenstände, empfand optischen Reiz und genoss es, die Diskussionen der Künstler anzuhören – auch wenn ich ihre Meinungen nicht beurteilen konnte, genoss ich den Sound von Ernsthaftigkeit und Professionalität.

Natürlich war immer auch Heinz' Familie dabei. Die Frau machte sich nichts aus Kunst und hielt zu allen Distanz, blieb auch beim Sie. Die Söhne, damals noch Schüler, machten sich ebenfalls nichts aus Kunst, schienen mich aber zu mögen, vielleicht, weil ich ihnen im Alter am nächsten stand. Sie behandelten mich respektvoll-familiär wie einen älteren Bruder, vertrauten mir ihre Nöte an und halfen mir in meiner Behinderung. Beide waren ohne Dünkel.

~

Ich dachte, mehr Glück kann man kaum haben: nicht nur Auftritte und Reisen, sondern sogar Familienanschluss. Während unserer guten Zeit spielte ich jeden Monat mindestens einmal in der Salzburger Residenz. Ich konzertierte zum siebzigsten Geburtstag des Hausherrn und zur Verlobung des älteren Sohnes; ich schrieb für Heinz Festreden zu musikalischen Anlässen, und einmal übernahm ich sogar den Eröffnungsvortrag zur Vernissage des Malers Kaupka; der Künstler selbst hatte mich darum gebeten mit der Begründung, meine »erahnte« Erkenntnis seiner Kunst sei für ihn wertvoller als die Phrasen der Sehenden. Zwar hielt ich für möglich, dass er mich für einen Werbecoup missbrauchte, aber es machte trotzdem Spaß.

Die frühesten Reden entwarf ich im Kopf. Wenn ich fertig war, sprach ich sie in Morus' Münchner Büro auf Band, worauf Heinz mit mir in einem Sternelokal speiste, während seine Sekretärin die Rede tippte. Wenn wir satt und zufrieden zurückkehrten, um noch im Büro aus ballonartigen Gläsern einen Cognac zu trinken, las mir Frau Gutmeier das Manuskript vor und nahm meine Korrekturen entgegen.

Dann hörte ich von phantastischen elektronischen Entwicklungen – von Computern mit spezieller Blindensoftware, die Texte stark vergrößern und sogar vorlesen konnten, auf Anfrage buchstabengenau. Es gab Scanner, die Texte erkannten und ebenfalls vorlasen – man musste bloß die offenen Seiten auf eine Glasscheibe legen. Mit dem vielen Geld, das ich damals verdiente, leistete ich mir diese Geräte und einen jungen Mann, der mich einwies. Das Resultat übertraf alle Erwartungen: Die Welt, die sich Prozent für Prozent vor mir verschlossen hatte, sprang wieder weit auf. Ich las Bücher über Musikgeschichte und Philosophie und sogar Romane und verschlang mit Entzücken die neuesten Forschungsergebnisse über

Bach. Den ganzen Tag freute ich mich auf diese abendlichen Lesestunden. Manchmal fühlte ich mich wie vor einem Rendezvous.

Bald darauf bat mich Heinz, vor gemeinsamen Festspielbesuchen die Runde in die bevorstehenden Opern und Konzerte einzuführen – er hatte bemerkt, wie gern seine Künstler mir zuhörten, wenn ich über Musik sprach. Ich tat es gern, schon weil ich selbst dabei eine Menge lernte. Ich arbeitete die Vorträge immer genauer aus, und einige wurden gedruckt. Inzwischen hatte ich einen Schreibmaschinenkurs gemacht und tippte selbst. Schreiben war anders als Diktieren, und es war sowieso anders als Musizieren. Die Sprache verhielt sich unerwartet – wie ein Kristall, stelle ich mir vor, den man in den Fingern wendet.

Am wertvollsten war sicher mein elektronisches Vergrößerungsgerät. Ich legte Partituren unter eine Kamera, und die Noten erschienen zigfach vergrößert auf einem Monitor. Meine Augen wurden immer schlechter, aber die Maschine hielt mit. Inzwischen – ich sehe noch ein halbes Prozent – füllt ein Akkord den ganzen Bildschirm. Wenn ich ein neues Stück lerne, ziehe ich das System Akkord für Akkord unter der Kamera durch, versuche, die musikalische Struktur zu erfassen, und präge sie mir ein. Dann spiele ich's am Cembalo durch, vergleiche das Gespielte mit dem Notenbild, analysiere meine Fehler, damit ich sie nicht wiederhole, und gehe zum nächsten System. Hundert Musikstücke habe ich auf diese Weise schon einstudiert. Welches Glück, in einer Zeit solcher Entwicklungen blind zu sein! Alles passte genau: Ich lernte immer neue Stücke kennen und hielt doch mein Gehirn von den Bildern frei. Manchmal überlege ich mir, was geschähe, wenn ich wieder sehen könnte – immerhin sind ja auch Ärzte erfindungsreich. Dann aber denke ich, was würde aus meiner Kunst, wenn ich nicht mehr auswendig spielen müsste? Ich weiß ja, wie's klingt, wenn die Kollegen an den Noten kleben. Kein schöner Anblick, hätte ich fast gesagt.

*Der Prinz will einen Dowd kaufen! Wozu, für ein einziges Konzert? Oder soll ich regelmäßig für ihn spielen? Das wäre natürlich … Das wäre die Rettung. Wie hatte er nach meinem Konzert gesagt? Votre jeu, c'est la vie! Das ist zwar Kitsch, aber vom Kitsch lebt man leichter als von der Kunst. Also wenn …*

*Wir tauchen vom Bergdorf wieder hinab durch den Wald in die Ebene, ich sitze neben dem schweigenden Jean-Luc, und meine Phantasie fliegt. Sollte ich auf diesem wunderbaren Instrument spielen, mein Gott, mein Gott, dann wäre alles möglich. Signor Luigi hat gesagt, der Prinz habe das Instrument selbst ausgesucht, also versteht er was von der Sache, egal, wie kitschig er sich, vielleicht in einem Augenblick der Schwäche, ausgedrückt hat. Mein Spiel ist das Leben. Für den Prinzen und mich. Und das Strahlen des Cembalobauers ist für den Cembalisten sowieso das höchste Lob.*

*Auch von Jean-Luc geht ein Strahlen aus, aber ein düsteres, irritierendes. Als er zu reden beginnt, klingt er sarkastisch. »A nice Aria you did – Eine nette Aria haben Sie eben gespielt.«*

*Nett? Die Aria aus den* Goldberg-Variationen*? Darauf antworte ich nicht.*

*»Haben Sie die* Goldberg-Variationen *drauf?«*

*»Ich habe sie sechsmal im Konzert gespielt.«*

*»Wann war das letzte Mal?«*

*»1988.«*

*Jean-Luc pocht mit den Fingern an die Scheibe, die uns vom Chauffeur trennt, und das Auto hält. »Wir trinken was!«, kommandiert Jean-Luc.*

*Es scheint eine Stammkneipe von ihm zu sein, denn er wird sofort überschwänglich begrüßt, kippt schnell hintereinander mehrere Gläser und wird gesprächig. »Puh«, redet er wie erlöst, »meine Freunde sagen: Nur ein betrunkener Jean-Luc ist ein guter Jean-Luc!«*

*»Woher kommen Sie? Sind Sie Franzose oder Italiener?«*

*»Ich bin eine gesamteuropäische Fehlkombination. Gebürtiger*

*Schweizer, im Tessin aufgewachsen. Ich spreche sechs Sprachen, am schlechtesten Deutsch. Einige Zeit habe ich die internationalen Tourneen des Wiener Bachchors organisiert, dafür hat's gereicht. Und aus der Zeit sind ein paar Sätze aus der* Johannespassion *haften geblieben.« Er zitiert sorgfältig und akzentfrei: »Es gibt ein Gesetz, und nach diesem Gesetz muss er sterben.«*

*»Was haben Sie danach gemacht?«*

*»Ich hatte – einen Unfall. Etwas mit Flammen«, sagt er. Er greift meine Hand und führt sie an seine linke Wange, seinen Hals. Die Haut ist dort kühl und trocken, von glatten Wülsten überzogen, das Ohrläppchen wie angeschmolzen.*

*»Was ist passiert?«*

*Er wirft meine Hand beiseite. »Es hat mit dem Prinzen zu tun. Felice, noch einen!«*

*Jetzt sind wir beim Thema. Ich muss behutsam fragen. »Woher kommt der Prinz?«*

*»Seine Eltern sind aus Rumänien. Ganz großer Adel! Wenn Rumänien eine Monarchie wäre, wäre er der König. Die armen Rumänen!«, platzt es aus ihm heraus.*

*»Er ist sicherlich in Rente«, taste ich weiter.*

*»Was heißt Rente? Sein ganzes Leben ist Rente!«, prustet er.*

*Er ist nun ziemlich außer sich. Ich versuche zu erahnen, wo der Chauffeur steckt. Aber der Raum scheint bis auf uns und den Kellner leer zu sein.*

*Jean-Lucs Handy klingelt, übrigens mit einem Bach-Jingle (Bourée I aus der* 2. Englischen Suite*), und nun höre ich auf einmal eine ganz andere Stimme, nuanciert, geschmeidig. »Ja, das Instrument gefällt ihm – sehr gut, hat er gesagt. Ja, selbstverständlich kann er die* Goldberg-Variationen.*«*

# Maestro

Natürlich war es nicht immer leicht mit Familie Morus. Zum Beispiel belastete mich ihre notorische Unpünktlichkeit. Ich bereitete Konzerte wochenlang vor und war auf den Punkt fit: Für jedes Hauskonzert erarbeitete ich ein neues Programm. Ich verband dabei das Angenehme mit dem Nützlichen: Erstens lernte ich neue Stücke leichter auf einen konkreten Termin und ein Publikum hin, zweitens registrierte Morus genau, ob ich in Hochspannung war oder nicht. Meine Aufregung schmeichelte ihm. Ich erfuhr, dass er einmal einen Cembalisten verjagt hatte, weil er dessen Routine als mangelhafte Ehrung verstand. Ich war also vor jedem Konzert nervös und litt darunter, dass keines pünktlich begann. Oft war das Haus voller Gäste, die herumschlenderten, in der Hollywoodschaukel am Schwimmbecken Cocktails schlürften oder sich die Bilder im Haus oder die Skulpturen im Garten erklären ließen. Erst wenn der Koch – jedes Mal ein anderer eingeflogener Gourmetkünstler – das Essen für fertig erklärte, kam Bewegung in die Gesellschaft. Spielte ich vor dem Essen, waren sie unruhig. Spielte ich hinterher, schliefen sie im Sitzen ein. Da sie sich angewöhnten, stundenlang zu tafeln, überredete Heinz mich, zwischen den Gängen kurze Stücke oder einzelne Sätze zu spielen. Das schmerzte zwar, ich akzeptierte aber, als er einen Tausender Schmerzensgeld zugab.

Einige Male spielte ich allein für Familie Morus Stücke, die Heinz sich wünschte, und er hörte aufmerksam zu. Nur pünktlich war er auch dann nicht, und ebenso kam es vor, dass er Sekunden, bevor ich zu spielen begann, aufsprang und trompetete: »Moritz, Lieber, ein Künstler deines Formats darf einfach keine solchen Schuhe tragen!« Schon zerrte er mich in das teuerste Schuhgeschäft von Salzburg und kaufte mir Lackschuhe und, einmal in Stimmung gebracht, auch noch italienische Edeltreter und zuletzt bei einem Konfektionär einen Konzertsmoking und einen Fischgrätsakko für je zehntausend Schilling.

~

Interessanter war es mit Morus' Künstlern, auch wenn es einige Jahre dauerte, bis ich mit ihnen näher in Kontakt kam. Ich sah sie ja nur bei den jährlichen Luxusreisen, und da waren wir als Pulk unterwegs, sodass sich tiefere Gespräche nicht ergaben. Zudem hatte Morus seine Herde im Griff: Er sah alles, war überall, dachte sich Überraschungen aus, organisierte perfekt: Natürlich standen wir vor dem neuen verschnörkelten Silberschuppenmuseum von Bilbao nicht in der Schlange, sondern wurden an einem Nebeneingang empfangen, und natürlich führte uns nicht eine Museumsfachkraft, sondern der Dekan der kunsthistorischen Fakultät, während das Normalpublikum in gebotener Entfernung raunte und eine Führerin angesichts der berühmten Männer vor Ehrfurcht in Ohnmacht fiel. Also, Morus bot eine Menge. Er bot es für uns. Er warb, schmeichelte, kaufte, schenkte, pries – er wollte, dass es allen gut ging, aber wir sollten auch wissen, dass es uns seinetwegen gut ging.

Die bildenden Künstler waren mindestens in seinem Alter, im Durchschnitt zwanzig Jahre älter als ich, und zeigten das Selbstbewusstsein von Generaldirektoren. Freilich hatten sie nichts Klirrendes, Äußerliches. Sie redeten sparsam, wirkten oft geistesabwesend und strahlten dennoch Kraft und Konzentration aus. Mir imponierten sie enorm.

Manchmal blitzte zwischen ihnen die professionelle Rivalität auf, ohne die Großkünstler wahrscheinlich nie reüssieren werden. Adam Kaupka sagte: »Hast du die neue Ausstellung von Lio Postel gesehen? Also, wir sind befreundet, aber – kannst du vergessen.« Lio Postel sagte: »Hast du Adams neue Ausstellung gesehen? Also, wir sind befreundet, aber – kannste vergessen.« Das war ohne Schärfe vorgebracht, eher mit freundlichem Knurren. Manchmal kamen sie mir vor wie mächtige, satte alte Löwen, die einander in Ruhe lassen, weil sie längst alles erreicht haben, was alte Löwen im Leben erreichen können. Sie waren so zufrieden, dass sie sogar Morus als Dompteur unter sich duldeten, einfach im Bewusstsein, dass sie ihn mit einem einzigen Prankenhieb erledigen konnten.

~

Am schnellsten in Kontakt kam ich mit Lio Postel, dem einzigen, der gern redete. Nicht zuletzt deshalb war er auch der Umstrittenste unter ihnen. Er war mit vierundsechzig Jahren der Jüngste, schlank, gepflegt und ausgesprochen schick. Begonnen hatte er als Grafiker und sich dann »das Öl erkämpft«, wie sein Kollege Martin Holzheu nicht ohne Verachtung sagte: Große Formate in Öl sind die Königsdisziplin, so wie in der Musik die Sinfonie, stellte ich mir vor. Holzheu hielt Postel für einen Hochstapler, der die große Form nur simulierte, ohne die Substanz dafür zu haben, und nannte ihn einen Intellektuellen, was für ihn ein Schimpfwort zu sein schien. Postel wiederum war stolz auf seine Intellektualität, schlug sich aber mit dem Grafikerstigma herum. Öffentlich galt er viel. Jedes Jahr entwarf er ein Outfit für sich, das er bis zum Jahresende durchhielt, je nach Wetter in Seide, Leinen oder Kaschmir: senffarbene Dreiteiler mit karminroten Nadelstreifen etwa oder Gehröcke mit breiten schwarz-silbernen Längsstreifen. Sogar Modejournale diskutierten diese Einfälle. Postel besaß hundert Anzüge, einen Butler und fünf Limousinen. »Nicht schlecht für einen Grafiker, oder?«, spottete er.

Einmal saß ich bei einem Abendessen neben ihm und durfte eine Serie seiner mehr oder weniger pointierten Kurzvorträge genießen. »Die Kunstausbildung in Deutschland ist schlecht«, dozierte er, der Berliner Kunstprofessor. »Die Studenten sind vereinsamt, orientierungslos, verträumt und schwach. Nach dem Examen fallen sie aus allen Wolken, weil sie plötzlich auf der Straße sitzen, wo sie doch gedacht hatten, jetzt werden sie berühmt. Viele enden in der Psychiatrie.«

»Wie kommt es dazu?«

Er zuckte die Achseln. »Christliche Leidensideologie vielleicht. Sie bilden sich ein, dass man leiden müsse, um ein großer Künstler zu werden. Um Künstler zu werden, braucht man aber zunächst mal starken Willen und stabilen Fleiß, keinen Masochismus. Leiden für die Kunst klingt pathetisch, ist oft aber einfach korrupt: Sie machen sich vor, wenn sie nur ordentlich leiden, werden sie berühmt, und der Ruhm wird sie für alles entschädigen. Wenn das einmal gedacht ist, ist das Leiden schon ohne Pathos, ein banaler Betrug. Irgendwann wird ihnen das klar. Die Banalität ihres Opfers treibt sie in den Wahnsinn, nicht das Opfer selbst.«

Er redete dann noch von vielen anderen interessanten Sachen, aber meine Gedanken schweiften ab, weil ich damals sehr verliebt war.

~

Ich war verliebt in einen Tiefbauingenieur namens Linus, der meine Wege eigentlich nur kreuzte, weil er arbeitslos war. Er war ein schöner Mann, gehemmt, seiner nur halb bewusst. Ich litt ein bisschen, und dann bekam ich ihn, und er wurde auf einmal so leidenschaftlich, dass ich es fast mit der Angst bekam. Jeden Morgen musste ich mir das Cembalo erkämpfen, weil er dann seine besten Stunden hatte. Das heißt, auch nachmittags und abends waren seine besten Stunden, aber morgens lief er, vielleicht im Wettstreit mit dem Cembalo, zur Hochform auf. Ich durfte ihn nicht entmutigen und mein Spiel nicht vernachlässigen, also war ich froh, als er dann wieder Arbeit fand. Unterm Strich war er wundervoll: Stark und heftig und hemmungslos, und noch nach einem Jahr hätte ich beinah eine weitere Morus-Tour abgesagt, weil ich einerseits nicht ohne ihn sein wollte und andererseits glaubte, Morus einen schwulen Partner nicht zumuten zu können.

Denn eines schien klar, obwohl nie darüber gesprochen wurde: Morus' Herde war eine Testosteron-Herde. Es wäre unter Morus' Würde gewesen, ein paar Löwinnen zu dirigieren, es mussten Löwen sein. Die Künstler durften ihre Gattinnen mitbringen, aber Gatten nicht.

Nun stieß ich also wieder zum Morus-Clan, diesmal in Salzburg zu den Osterfestspielen, und spielte in seinem Hause zum ersten Mal seit Längerem wieder die *Chromatische Fantasie und Fuge* und war so glücklich und geladen, dass mir Funken aus den Fingern sprühten und sogar die alten Männer nach Zugaben riefen. Anschließend kam die Gattin des Malers Kaupka zu mir und lobte mich und konnte das genau begründen. Sie war Italienerin, bisher hatte ich sie eher als kapriziöse Gesellschaftsdame erlebt, aber sie besaß einen unbestechlichen Musikverstand, und wir unterhielten uns den ganzen Abend und waren miteinander hochzufrieden. Gegen Mitternacht, als ihr Gatte hinzutrat, um sie ins Hotel zu führen, sprach sie sogar spontan die Einladung aus, meine Sommerferien auf ihrem Landgut im Süden von Rom zu verbringen. Ich war entzückt, gleichzeitig musste ich an Linus denken, und dann beichtete ich ihr kurzerhand, dass ich verliebt war, und zwar in einen Mann. Sie fragte: »*Where is the problem? È la più bella manifestazione dell'amore!*« Und Adam Kaupka neben uns sprach in seiner aparten polnisch-deutschen Grammatik: »Seien Sie froh, es Sie nicht mit Frauen zu tun haben – viel zu anstrengend!«

~

Adam Kaupka malte seit Jahrzehnten in römischen Ziffern Datumsangaben auf drei Meter hohe monochrome Leinwände, die sich unmerklich in der Farbtönung veränderten, wenn ich richtig verstanden habe. Jeden Tag kam ein Datum hinzu, und das letzte würde seinen Tod bezeichnen, zumindest seinen finalen geistigen oder handwerklichen Zusammenbruch. Auf ihn malte er hin, er wäre der Höhepunkt des Thrillers, den sein Werk bedeutete. Adam sah aus wie ein siebzigjähriger Prinz Eisenherz mit riesigen hellgrünen Augen, Ponyfrisur und schulterlangem weißem Haar – ich weiß das, weil er mir einen Katalog mit Selbstporträts geschenkt hat, die ich von meiner Lesemaschine vergrößern ließ. Ich war hingerissen: So hatte ich mir einen buddhistischen Heiligen vorgestellt.

Tatsächlich besaß der stille, zierliche Kaupka große Willenskraft: Als junger Mann war er vor dem Stalinismus geflohen und hatte in verschiedenen westeuropäischen Metropolen gehungert und studiert. Berühmt geworden war er von Deutschland aus, nicht zuletzt mithilfe von Heinz Morus, doch er war Kosmopolit, hatte in London und Paris gelebt und besaß seit Jahren ein Landgut bei Rom, wo er an der Kunstakademie gelehrt hatte. Dort durfte ich nun meine Ferien verbringen.

Das Landgut bestand aus einem dreistöckigen Herrenhaus und einem langen Wirtschaftstrakt, an dessen Ende ein kleineres Gästehaus angebaut war. Der Wirtschaftstrakt beherbergte drei Ateliers und war so lang, dass Adam den Gang hatte fliesen lassen, damit man ihn auf einem kleinen Roller überwinden konnte. Auch ich bekam so einen Roller und glitt bald stolz und sicher an Adams autobiografischen Formaten vorbei.

Vom Herrenhaus führte eine Freitreppe auf eine große Terrasse, an die sich ein lang gestreckter Garten anschloss. Rechts des Gartens stand, leicht ansteigend, ein uralter Wald, den ich rauschen und knacken hörte, links, etwas tiefer, eine Streuobstwiese. Fast alle Mahlzeiten nahmen wir auf der Terrasse ein; es regnete nie. Morgens pflückte Linus die Feigen von den Bäumen, und wir frühstückten bis zehn oder elf. Vormittags lagen wir Limonensaft schlürfend auf Liegestühlen unter Bäumen, nachmittags im Bett, abends vertilgten wir auf der Terrasse die von Amalia Kaupka bereiteten Festmähler, und natürlich tranken wir trockenen Weißwein bis Mitternacht. Gerade war die Hochzeit der Glühwürmchen. Sie leuchten, erklärte Adam, auf der Suche nach Partnern, und obwohl das eine Riesenpaarerei war, blieben immer noch Myriaden Suchende übrig, die außer Rand und Band wie winzige Fackeln umherschossen, das ganze Wäldchen ein Funkeln und Flimmern, sogar ich habe das gesehen. Im Liebestaumel verfingen sie sich in unseren Haaren und fielen auf unsere Teller. Was für ein Fest! Zwei Wochen lang höchster Sommer, nachts sirrten Mücken und bellten Hunde, morgens krähten Hähne, abends tobten die Glühwürmchen, und immer war es heiß, heiß zum Umfallen, sengend heiß, zu heiß, um auch nur eine Uhr zu tragen. Wir besorgten uns kurze Hosen auf dem Samstagsmarkt und hörten auf, Strümpfe zu tragen, dann verzichteten wir darauf, die Schnürsenkel zu binden, zuletzt liefen wir barfuß, und mehr als ein T-Shirt und Boxershorts brauchte man nicht mal nachts auf der Terrasse.

Adam besaß auf einem weiteren Hügel fünf Kilometer entfernt noch ein kleineres Haus, das früher eine Dependance dieses Gutes gewesen war. Der Grund dazwischen war verkauft, aber die Dependance wurde gehalten, weil man von dort aus das Meer sah. Ab und zu fuhren wir zum Picknicken hin. Dann lud man Viktualien und Flaschen in einen Geländewagen und kurvte über steinige, staubige Wege einen Hügel hinauf, auf dessen Rückseite das Haus lag. In der Ferne, tief unter uns, ahnte ich das gleißende Meer.

Es begann ein Auspacken, Möbelrücken, Gemüseputzen und Geschirrklappern, und weil ich für all das nicht brauchbar war, ging ich durch den kleinen, vor Trockenheit knisternden Garten. Auf der Rückseite des Hauses stand ich auf einmal vor einem weißlichen, seufzenden Tier. Aus seiner Größe, dem Atem und dem süßlichen Geruch schloss ich, dass es ein Pferd sein müsse. Ich rief Linus, und er bestätigte es mir.

Linus sagte, dass es erbärmlich mager sei und zerstochene Lippen habe. Offenbar fraß es Disteln, nachdem es die letzten harten Grashalme aufgegessen hatte, oder es war alt und krank. Ich schwatzte Amalia Kaupka ein bisschen Brot ab, und darauf stürzte es sich.

Das Pferd gehöre zum Nachbargut, erklärte Adam. Das Nachbargut verkam, weil die Erben miteinander so zerstritten waren, dass sie nicht mal die gleiche Luft beim Notar atmen wollten. Deswegen lebte dort nur noch der Verwalter, ein roher Mensch, der schon mal einen Affen an der Kette hatte verhungern lassen, als er seine Frau ins Krankenhaus begleitete. Das Ehepaar sei früher nett gewesen, jetzt, im Alter, war der Mann jähzornig und die Frau dement. Weil man sich unter Nachbarn verständigen muss, ging Adam hin. Als er zurückkam, erzählte er von Niedergang: Die ehemals schöne, rassige Verwalterin sitze mit leerem Blick da; wenn sie sich rühren wolle, befehle der Mann: »Setz dich, Nora!« Wenn sie das Zimmer wechselten, sagte er: »Komm mit, Nora!« Folge sie nicht gleich, werde er streng. Zu Adam sagte er: »Früher war sie eine so starke Frau, aber jetzt? Was für ein Jammer!« Als Pflegerin und Haushälterin hatte er eine vierzigjährige Rumänin eingestellt, aber sie floh nach kurzer Zeit. Gerade war eine neue Rumänin eingetroffen, ein trauriges zwanzigjähriges Mädchen. »Wie lang wird die bleiben?«, fragte Adam. Antonio sagte: »Die bleibt jetzt immer bei mir!«

Amalia Kaupka war nicht mitgegangen: »Mit primitiven Menschen will ich nichts zu tun haben!« Stattdessen kochte sie mit

Hingabe, und als Adam zurück war, tafelten wir, was die Tischplatte hielt – gegrillte Zucchini und Auberginen, marinierte Steinpilze, Wachtelbrüstchen, Linguini in einer Trüffel-Olivenöl-Sauce und frisch geraspelten Alba-Trüffeln, Saltimbocca von der Perlhuhnbrust mit Petersilienwurzeln und Steinpilzrisotto, Birnen-Schokoladen-Auflauf mit Birnenschnaps-Zabaione und Walnusseis, alles überreichlich, zu trinken gab es gekühlten Gavi, dann einen Cabernet-Sauvignon, zuletzt Dessertwein mit Gewürzkeksen. Längst war es Nacht, Grillen sägten, und in einigen Metern Abstand strich das hungrige Pferd um uns herum und scharrte an den Disteln. Weil wir übermütig waren, fütterten wir es mit den übriggebliebenen Trüffellinguini, tatsächlich tauchte es seine Schnauze in die ölige Schüssel. Es muss sich furchtbar den Magen verdorben haben, denn als es uns das nächste Mal sah, ergriff es die Flucht.

Erst Wochen später fiel der Groschen: Die Zeitungen schrieben darüber, Kaupkas hatten bei Tisch davon gesprochen, und auch wir selbst hatten es gespürt, aber luxuriös gefunden: Es herrschte eine Hitzewelle, die Weiden waren verdorrt, und das Vieh hungerte. Warum haben wir nicht einfach ein paar Säcke Hafer gekauft? Ich meine, ich konnte natürlich nicht, selbst als Sehender hätte ich nicht gewusst wo. Aber, das werfe ich mir vor: Ich kam nicht mal auf die Idee. Wir waren berauscht von Sinnlichkeit und Überfluss, Linus überglücklich, dass er mich mit keinem Instrument teilen musste, und ich völlig verblödet vor Lust. Wirklich, einen großen Teil des Tages verbrachten wir im Bett, duschten kalt, erhitzten uns, schliefen aneinandergeschmiegt, erwachten vor Begehren, und bei unserer Abreise vom Bahnhof Latina verabschiedete sich Adam mit einem Radio-Eriwan-Witz: »Können Männer miteinander Nachkommen zeugen? – Im Prinzip nein, aber die Versuche dauern an.«

~

Lio Postel fragte: »Du hast dein Staatsexamen in einem Renaissancehemd gespielt?«

»Na, eine homosexuelle Diva wird sich ja wohl aufdonnern dürfen!«

»In einem *Renaissance*hemd an einem Cembalo mit *Barock*bemalung?«

Jetzt wurde ich verlegen. »Ich wusste halt nichts von diesen Sachen. Aber Hauptsache ist doch, ich habe gut gespielt!«

Ironisches Knurren.

»Kommt es aufs Kostüm mehr an als auf die Kunst?«, fragte ich.

»In der gesellschaftlichen Praxis: ja.«

»Also du kostümierst dich, um …«

»… um die Meute zu beeindrucken«, sagte er schnell und trocken. *Piano sforzato*, und es wirkte: Wir atmeten tief durch. Beide schätzten wir die Adlerperspektive, wobei Lio der bedeutend bessere Flieger war. Ich versuchte, von ihm zu lernen.

»Ich war bekanntlich nur Grafiker, ich musste mir was ausdenken. Außerdem ist es bei uns anders als bei euch. Die Musik ist demokratisch: Du kannst als Musiker dein Publikum mitreißen, und wenn es dich will, kriegt es dich. Dagegen ist der Wert unserer Kunst virtuell: Kein Mensch außer ein paar Sachverständigen kriegt sie zu Gesicht, und diese Figuren – Sammler, Galeristen, Journalisten – entscheiden über dein Schicksal. Wenn du die nicht überzeugst, gibt es dich nicht.«

»Wie hast du sie überzeugt?«

»Zunächst mal mit einem schlichten weißen Leinenanzug, den ich im Secondhand-Laden kaufte.« Ich spürte den Schimmer von Lios Porzellanzähnen. »Spaß beiseite. Unsere Szene gehorcht weniger ihrem Kunstverstand als einer Binnendynamik. Das heißt, der Galerist muss Bilder nicht mögen, sondern verkaufen. Auch der Kurator muss sie nicht mögen, sondern Kritiker beeindrucken. Kritiker wiederum brauchen, um in ihrem Metier zu überleben, Anerkennung nicht von Künstlern, sondern von den anderen Kritikern, deshalb passt jeder genau auf, was die sagen. Er kann als einzelner klug und kunstsinnig sein, aber er wird kein Urteil abgeben, mit dem er allein steht. Es nützt nichts, wenn so einer dich privat schätzt: Er wird nie was für dich riskieren. Warum, übrigens, sollte er? Was riskierst du für ihn?«

»Was hast du gemacht?«

»Ich habe zunächst Fehler gemacht. Ich hielt mich an die Unabhängigen, die mit dem Mut zum unpopulären Urteil. Aber die kommen nicht hoch. Dann hielt ich mich an die Kampfrüden. Die sind am gierigsten und daher am ehesten berechenbar. Du musst nur wissen: Du köderst sie nicht mit Kunst, davon sind sie übersatt, sondern mit Erfolg.«

»Beispiel?«

»Du brauchst eine mehrschichtige Strategie. Zum Beispiel beginnst du mit dem Meinungsführer A. Das ist ein Museumsdirektor in den Fünfzigern, ein jugendlich wirkender, aber ständig beleidigter Mann, der in dem Gefühl, nicht weit genug gekommen zu sein, das ganz Große will. Du beobachtest: Er will nicht nur das ganz Große, sondern er will es jetzt! in seinen Händen, sofort! und deklariert ein paar aktuell erfolgreiche Künstler dazu, die das aber gar nicht hergeben, weil im Augenblick das ganz Große fehlt. A argumentiert also vorsichtshalber nicht sachlich, sondern pathetisch: X ist der Mann der Zukunft! Seit Y malt, ist in der Malerei nichts mehr, wie es vorher war! Und natürlich ist das Unsinn, denn in der Kunst ist alles wie immer, es gibt eine Leinwand und Farbe und mehr oder weniger Talent, und immer viel Vergeblichkeit. Trotzdem liest die Kunstwelt A's Katalog ohne zu lachen, und einige Sammler kaufen prompt für hohe Summen X und Y aus Angst, es gehe was an ihnen vorbei. Aber eine Powergroup, die einen anderen Künstler puscht, verweigert Y den von A anvisierten Kunstpreis, und nun ist A wieder beleidigt, denn er wollte ja zusammen mit X und Y den Himmel ersteigen. Ich sehe ihn also leiden und denke, du willst Größe, Freundchen, kannst du haben, deine Art von Größe schüttle ich aus dem Ärmel. Was du brauchst, ist ja nicht Kunst, sondern Aura, und die kann man erzeugen: Du gibst die Macht, ich die Argumente, so kommen wir miteinander ins Geschäft.«

An dieser spannenden Stelle spürte ich Heinz Morus' Pranke auf meiner Schulter und hörte die fröhliche Trompetenstimme. »Großer Meister, du musst mir aus der Klemme helfen!« Und Morus musste ich natürlich folgen, deshalb habe ich nicht erfahren, wie Lio sich den Direktor A geschnappt hat.

~

Heinz Morus' Klemme bestand darin, dass er eine dreißig Jahre jüngere Opernsängerin verehrte. Um ihr nahe zu sein, wollte er für sie ein rauschendes Geburtstagsfest in Venedig ausrichten, und sie hatte schon zugesagt. Er würde eine Rede halten, in der er Mara Berzona in die Nähe der Callas rückte. Die Rede sollte, da ihm die Termini der Musik fehlten, ein Professor schreiben, der aber auf einmal doppeltes Honorar verlangte. »Es geht nicht ums Geld«, sagte Heinz, »sondern ums Prinzip!«, und da ich wusste, welches Prinzip gemeint war, nickte ich.

»Machst du's, Moritz?«, fragte er fast flehend. »Ich bezahle dir die Arbeit und alle Spesen. Denn natürlich kommst du mit uns nach Venedig.«

»Venedig? Klar, mache ich!«

Die Berzona kannte ich aus dem Radio. Sie war eine gute Sängerin, virtuos, kraftvoll und, wie es hieß, eine sehr schöne Frau. Freilich gehörte sie nicht in die Nähe der Callas: Sie hatte vielleicht das bessere Material, aber kein Herz, und gestaltete nicht, sondern führte nur aus. Da ich mir aus Belcanto sowieso wenig machte, betraf sie mich nicht. Nun, als Ghostwriter, musste ich mir was einfallen lassen. Unter diesem Druck wurde ich ungnädig. Berzona konnte sehr laut und hoch pfeifen, aber laut und hoch pfeift auch eine Atombombe, die aus dem Flugzeug geschmissen wird, und ich unterstellte ohne Weiteres, dass Heinz Morus weniger auf Berzonas Kunst als auf ihre spezielle Erotik angesprungen war.

Berzona hatte mit siebzehn als *Parsifal*-Blumenmädchen an der Met debütiert, worauf sich der Dirigent in sie verliebte. Den hat sie auch geheiratet, obwohl er vierzig Jahre älter war, und er hat sie nicht verschlissen, sondern sorgfältig aufgebaut. Inzwischen war sie Witwe und ein Weltstar. Sie hatte es nicht nötig, in die Nähe der Callas gerückt zu werden. Wenn ich das tat, log ich nicht für sie, sondern für Morus.

Also log ich für Morus. Nicht nur aus Freundschaft, gestand ich mir ein, sondern im eigenen Interesse: Heinz war so erfüllt von der Berzona, dass er seit Monaten kein Cembalo mehr hören wollte, und ich musste ihm was bieten; wenn nicht Musik, dann Loyalität. Ich dachte: Er will keine Größe, sondern Aura. Kannst du haben,

Heinz, bitte sehr, du gibst das Geld, ich die Argumente, so kommen wir wieder ins Geschäft.

Es funktionierte noch besser, als ich gedacht hatte. Bei dieser Unternehmung hat die Berzona es sich nämlich mit Heinz verscherzt, weil sie maßlos war. Sie redigierte seine Gästeliste und strich die meisten seiner Freunde raus, darunter auch mich, was Heinz peinlich war. Sie bestimmte auch die Tischordnung, wünschte für sich und ihre Freunde ein Separee und stellte die Bedingung, nicht belästigt zu werden. Das alles erfuhr ich von Lio Postel. Heinz sollte bloß zahlen, was Lio wunderte, der meinte, die Berzona besäße längst mehr Geld als ihr Mäzen. Bei der Party schritt sie auf einem roten Teppich an allen vorbei, ohne nach links oder rechts zu sehen, und speiste am besagten separaten Tisch mit ihren eigenen Gästen, sieben alten Männern, die in sie verliebt waren. Sie redete mit niemandem sonst und tanzte nur mit ihren Kindern. Nach eineinhalb Stunden sagte Lio Postel, das sei ihm zu blöd, und ging, gefolgt von allen anderen bildenden Künstlern aus Morus' Entourage. Heinz, der mit diesem Fest auch seinen Künstlern hatte imponieren wollen, fühlte sich blamiert. Er rief mich am nächsten Tag reumütig an, dankte für die schöne Rede und sagte, wie viel es ihm bedeute, mit mir befreundet zu sein. Bald engagierte er mich auch wieder für ein Konzert. Lio Postel wurde mein Haupt-Karriereberater. Wir spielten das Große Kulturspiel, und nichts konnte uns was anhaben.

~

Aber auch so etwas gab es: Nach einem Besuch brachten meine Gäste – um mir zu helfen, aber leider ohne es zu sagen – die Gläser in die Küche, wo ich sie beim Saubermachen vom Tisch fegte. Als ich die Scherben zusammenkehrte, verletzte ich mich am Zeigefinger. Es war nur ein winziger Schnitt, den ich sorgfältig verpflasterte. Da ich aber eine wichtige Konzertreise vor mir hatte und viel übte, sprang er wieder auf und entzündete sich. Der Arzt befahl – »wenn Ihnen was an dem Konzert liegt« – acht Tage Spielpause.

Ich war in guter Verfassung, eigentlich drohte keine Gefahr. Nervös machte mich nur, dass ich so viele Ideen hatte, die ich nicht ausprobieren durfte. Ich platzte fast vor Unruhe. Eines Abends floh ich zu meinem Kollegen Boris.

Boris war Pianist und Professor an der Musikhochschule, außerdem ein Bekannter aus der Szene. Mit ihm konnte man gut reden, und seit ihn sein Lebensgefährte Arthur verlassen hatte, nahm er sich auch Zeit. Er kochte ein vorzügliches *Pollo tonnato*, wir tranken viel Wein dazu und redeten über das, was uns interessierte.

»Swjatoslaw Richter, ja: *Bilder einer Ausstellung*, die 58er-Aufnahme. Als ich das hörte, habe ich erst begriffen, wie's gemeint ist. Aber wenn man weiß, wie's klingen muss, kann man's noch lange nicht spielen. Es ist eine Demütigung, die Welt mit Leuten zu teilen, die umso vieles besser sind als man selbst. Es gibt welche, die spielen einfach in einer anderen Liga.«

»Wie rettet man sich in unserem Beruf, wenn man seine Grenzen erkennt?«

»Man kann seine Seele verkaufen.«

»Aber wer will die?«

Melancholische Minute. Rasche Überleitung von den großen zu den mittleren Talenten. Wir nahmen uns alle vor.

»U? Das ist chinesischer Zirkus. Der weiß nicht, was er spielt. Bei Mendelssohn ging's gerade so, da hat er sich ans Orchester rangehängt, und sein Züchter V dirigierte und hielt ihn an der Hand. Aber Beethoven war eine Katastrophe. Da muss das Klavier dem Orchester was entgegensetzen, und er hat ja nichts.«

»V hätte weiter Klavier spielen sollen, statt Dirigent zu werden. Ein Potenzial wie Pollini, aber er übt zu wenig.«

»W war mal toll! Mit neunzehn spielte er wie ein Genie, später ist er versandet. Kürzlich hörten wir ihn im Autoradio mit dem ersten Klavierkonzert von Tschaikowski, da spielte er flach wie ein Amateur, ohne Eier, wir waren erschüttert.«

»Hast du X' neue Klaviereinspielung der *Goldberg-Variationen* gehört?«

Ich war nicht gegen *Goldberg* auf dem Klavier. Dieser Einspieler aber hatte Oktavverlegungen vorgenommen, um das Ineinandergreifen der Hände zu vermeiden, und gab diese Vereinfachung als schöpferische Vertiefung aus, das warf ich ihm vor.

Boris fragte: »Was ist mit Glenn Gould?«

Glenn Gould hatte die Noten nicht umgeschrieben. Er hatte die beiden Hände getrennt aufgenommen, beide Partien übrigens mit der Rechten eingespielt. Doch mehr als das störte mich sein Exhibitionismus. Boris sprach von »Charakter«, ich von Wichtigtuerei auf Kosten des Kunstwerks.

Er: »Wer so interessant ist, darf sich wichtig machen.«

»Wer die Musik unwichtig macht, um selbst interessant zu wirken, ist ein Schwindler.«

»Er macht sie doch nicht uninteressant?«

»Doch. Affig und manieriert.«

»Du bist bloß neidisch.«

Schon stritten wir über musikalische Ethik und redeten uns die Köpfe heiß, bis uns ein stürmisches Klingeln an der Haustür unterbrach.

Herein stürzte Martina, eine gute Freundin. Sie fiel Boris schluchzend um den Hals und rief etwas von einem Unfall. Grauenhaft, entsetzlich; Boris' ehemaliger Lebensgefährte Arthur im Krankenhaus; Tränenschwall – nein, o Gott. Die Beine. Nein, geh nicht hin, Boris, er liegt im Koma. Aber die Eltern – in diesem Kaff, Thüringen, wie hieß es nur?

Nun stammelten beide und redeten durcheinander. Ich saß betroffen daneben, verstand nichts, fürchtete zu stören und wollte mich verabschieden, aber da riefen sie: »Neinnein, bleib da!«, und schienen sogar froh zu sein, dass ein Unbeteiligter dabei war, oder was man so nennt.

Martina war eine dicke, kraftvolle, großherzige Frau, die immer weite afrikanische Gewänder mit bunten Mustern trug, sogar jetzt: gelb, mit riesigen orangenen Flecken. Von Beruf war sie Modedesignerin. Früher hatte ich sie oft bei Arthur und Boris angetroffen. Als die Männer sich trennten, ergriff sie nicht Partei, sondern hielt mit beiden Kontakt.

Arthur war ursprünglich ihr Kollege gewesen und hatte in der Modebranche eine so rasante Karriere gemacht, dass ich ihn fast nur an- oder abreisend erlebt habe. Ich erinnere mich an eine Glatze, schwarze Augen hinter einer schmalen Kastenbrille, körperliche Behendigkeit und eine wahnsinnige, allerdings ungezielte Intensität, er sprang umher wie ein voll aufgedrehter Gartenschlauch, dessen Ende man nicht zu fassen kriegt. Bei der ersten Begegnung war ich fast atemlos gewesen von seiner Erotik. Dann fiel mir auf, wie viel Lüge in der Brillanz verborgen war; nicht einmal taktische Karrierelüge, sondern ganz sinnlose, leichtfertige, von der er selbst nicht zu wissen schien: Er erzählte zum Beispiel, er sei in Los Angeles geboren, während er bekanntermaßen aus einem Dorf bei Gotha stammte, und so fort. Ich nahm das als Symptom einer Gleichgewichtsstörung zur Kenntnis, die mich nicht betraf.

Bei einer Party – ich saß in Arthurs Nähe an der kurzen Seite eines langen Tischs, an dessen anderem Ende Boris saß – sprudelte er ebenfalls, und alle waren entzückt, bis er auf einmal in Boris' Richtung schrie: »Hör sofort auf, schlecht von mir zu reden, du Sau!«

»Boris hat nicht von dir geredet«, sagte ich in das betretene Schweigen hinein.

»Ach was, ich kenn ihn besser, ich sehe ihm das an!«

Noch am selben Abend entschuldigte er sich: »Tut mir leid, dass ich so einen Scheißcharakter habe!«

Es klang so zerknirscht und flehend, dass ich Boris fast wieder beneidete, denn mein Linus entschuldigte sich nie. Wenn der nach einem Streit Frieden suchte, ging er einfach zur Tagesordnung über und erzählte ausführlich, was er im Radio gehört hatte. Mich strengte das an: Ich kam mit Scarlatti im Hirn und wurde sofort mit Bayern 3 übermüllt. Deswegen war ich heute auch nicht zu ihm, sondern zu Boris gegangen. Mit Linus verkehrte ich nur noch sporadisch auf der Basis wachsamer Langeweile.

»Arthur schnupfte Koks«, erklärte Boris jetzt. »Am Anfang hat es ihn befeuert, und ich konnte dem was abgewinnen. Aber dann wusste er oft nicht mehr, was er tat. Zuletzt war's extrem belastend. Ich muss selber froh sein, dass er davon ist.« Seine Stimme zitterte.

Auch mit allen anderen gemeinsamen Freunden hatte sich Arthur verkracht. Martina war der einzige Mensch, der mit ihm zurechtkam, seine letzte Vertraute. Und so war er auch gestern Nacht unangemeldet bei ihr aufgekreuzt, bleich, schwankend, schwitzend. Es gehe ihm nicht gut, hatte er gesagt, ob sie Schmerzmittel im

Haus habe, danke, nein, keinen Arzt, er brauche Erholung. Sie hatte ihn in ihr Gästebett gelegt und war am nächsten Morgen (»Geh nur«) früh zur Arbeit gefahren. Mittags fand sie ihn bewusstlos. Sie schlug die Bettdecke hoch und sah das blutige Leintuch. Krankenhaus, Not-OP, sie hatte gewartet und gewartet und schließlich als angenommene Lebensgefährtin von einem Chirurgen die düstere Nachricht entgegengenommen, dass man Arthur beide Beine amputiert habe.

»Sepsis infolge eines Risses in der Darmwand«, hatte der Chirurg gesagt. »Was wissen Sie über seine sexuellen Gewohnheiten?«

Sie wusste wenig.

»Haben Sie mal von FF oder Fist Fucking gehört?«

Nein.

»Es handelt sich um die anale Penetration mit der Faust.«

»Kennt *ihr* das?«, fragte Martina jetzt erschüttert uns.

Natürlich. Wir hatten zwar nicht alles ausprobiert, aber mit Sicherheit von allem gehört. Beide kannten wir Leute, die nach Verletzungen des Schließmuskels inkontinent geworden waren, Boris einen, ich zwei. Sie gaben das verständlicherweise nicht zu, man merkte es aber, spätestens dann, wenn Not an der Windel war. Kein Anlass zur Schadenfreude. Ich selbst war damals noch viel zu geknechtet, um auf irgendwas verzichten zu können, und dass ich auf solche Praktiken nicht stand, war nicht mein Verdienst.

Arthur hatte die Schwere seiner Verletzung nicht realisiert, zuerst wegen Kokain, dann aus Scham. Später stellte sich heraus, dass er ganze zwei Tage allein in seiner Wohnung verbracht hatte, bevor er zu Martina ging. Was wir an diesem Abend nicht wissen konnten: Aus seinem Koma ist er nicht mehr erwacht. Er starb zwei Monate später.

Erst auf dem Heimweg von der Klinik fiel Martina ein, dass man Arthurs Eltern benachrichtigen müsse, und sie lief direkt zu Boris. Er sollte es tun.

Arthurs Eltern waren katholische Schlesier, die in Thüringen lebten. Arthur hatte ihnen seine Homosexualität immer verheimlicht und ab und zu hübsche Freundinnen aus der Modebranche präsentiert; sie waren stolz auf ihn. Zuletzt besuchte er sie einige Male mit

Martina, die er wirklich mochte, und Martina hatte gehört, wie Arthurs Mutter ihrem Sohn zuwisperte: »Deine Braut muss aber was tun gegen ihre Adipositas!«

Boris krächzte: »Ist es nicht Pflicht der Klinik ...?«

»Ich weiß nicht, wie das Kaff heißt ... Du hast doch die Nummer!«, schluchzte Martina.

Boris wich zurück, als Martina ihm den Hörer reichte, und murmelte etwas von peinlichen Thüringen-Besuchen, bei denen er den kernigen Kameraden hatte geben müssen. Dann kamen beide auf mich: Ich sollte ... nein, nicht die Schlechtmeldung überbringen, sondern den Eltern nur die Nummer der chirurgischen Intensivstation geben.

Ich weiß nicht, warum ich mich darauf einließ. Ich war, weil ich Arthur nur oberflächlich kannte, im Augenblick der Ruhigste von uns dreien, hatte im Tumult die Beweglichkeit meiner Zunge wiedergefunden und fühlte mich gleichzeitig seelisch betäubt genug, um die Fassung zu wahren. Übrigens war ich auch erschöpft: Es dämmerte bereits, eine Kirchturmuhr schlug sieben – wir hatten die ganze Nacht geredet.

Martina wählte die Nummer und reichte mir den tränennassen Hörer. Es meldete sich ein älterer Mann – schwerfälliger Bariton mit Nebengeräuschen, vielleicht Asthma –, und erst später wurde mir bewusst, dass ich gleich, nachdem ich die biedere Stimme gehört hatte, unter einem Schock stand, der sich sofort auf den Mann übertrug, auch wenn seine erste Antwort konventionell war.

»Guten Morgen, mein Name ist Moritz Bauer, ich bin ein Bekannter Ihres Sohnes ...«

(Anschluss zu schnell) »Ah, wie schön, dass Sie anrufen! Vielleicht können Sie uns was erzählen, wir haben lange nichts von ihm gehört!«

»Ich, also ... Ich habe leider eine schlechte Nachricht ...«

(rasch) »Er ist doch nicht krank?«

»Ähm ... ja, doch ...«

(alarmiert) »Wo ist er?«

»Im Schwabinger Krankenhaus ...«

(Aufschrei) »O Gott! – Mutti, da ist ein Freund von Arthur! Es ist was Schlimmes passiert! – Ein Autounfall?«

»Nein, aber – also, er wurde operiert …«

»Aber …« (Stammeln) »Er – war doch immer so gesund?«

~

Ja, und wenige Tage später – der Finger war verheilt – flog ich nach Australien und gab drei wirklich gute Konzerte.

In Sydney:

Louis Couperin (1626–1661), *Suite en sol mineur*
Johann Jakob Froberger (1616–1667), *Toccata I in a-Moll*
François Couperin (1667–1733), *Huitième Ordre (2. Buch)*
Benedetto Marcello (1686–1739), *Sonata in sol minore*
(Pause)
Johann Sebastian Bach (1685–1750), *Chromatische Fantasie und Fuge*
Georg Philipp Telemann (1681–1767), *Fantasie in E-Dur*
Giovanni Benedetto Platti (vermutlich 1700–1763), *Sonata op. 2 Nr. II in in do minore*

In Canberra:

Alonso de Mudarra (1510–1580), *Fantasia II*
John Dowland (1562–1626), *Pavana Lachrymae* in der Bearbeitung von Giles Farnaby (1560–1640)
Johann Jakob Froberger (1616–1667), *Toccata III in sol maggiore*
Élisabeth-Claude Jaquet de La Guerre (1664–1729), *Suite II en sol mineur*
J. S. Bach, Aus dem Wohltemperierten Klavier Band 1, *Präludium und Fuge in D-Dur* und *Präludium und Fuge in d-Moll*
(Pause)
Antonio Vivaldi (1678–1741), *Concerto op. IV Nr. 1, für Violine, Streicher und Basso continuo* in der Fassung für Cembalo mit 2 Clavieren von Johann Sebastian Bach
Johann Adolf Hasse (1699–1783), *Sonata 1 in si bemolle maggiore*
Baldassare Galuppi (1706–1785): *Sonata in do maggiore*
Johann Christian Bach (1735–1782): *Sonate op. 17 Nr. 4 in G-Dur*

In Brisbane:

J. S. Bach, *Sinfonia in D-Dur BWV 29a*

Jean Henry d'Anglebert (1628–1691): *Suite Nr. 2 g-Moll*

J. S. Bach, Aus dem Wohltemperierten Klavier, Band 1:

*Praeludium et Fuga a 4 voci fis-Moll*

*Praeludium et Fuga a 3 voci G-Dur*

*Praeludium et Fuga a 4 voci g-Moll*

*Praeludium et Fuga a 3 voci B-Dur*

*Praeludium et Fuga a 5 voci b-Moll*

(Pause)

Baldassare Galuppi »Il Buranello« (1706–1785): *Sonata a-Moll, Sonata F-Dur*

Friedrich Wilhelm Marpurg (1718–1795): *Sonata Nr. 1 C-Dur*

Georg Christoph Wagenseil (1715–1777): *Divertimento C-Dur*

~

In Brisbane setzte ich mich ins Flugzeug nach Montreal, um dort das letzte der drei Programme, dem ich den Titel »Übers Erkennen und Empfinden« gegeben hatte, zu wiederholen. Beim Start, im Flugzeug ironischerweise, fiel mir ein, dass der Augenblick kommt, da der Seiltänzer sich fragt, was er dort oben eigentlich mache. Dann stürzt er normalerweise. Es gelang mir aber, den Gedanken zu verdrängen, bevor wir die Reiseflughöhe erreicht hatten.

~

»Wie schätzt du deine eigene Arbeit ein?«, fragte ich Lio Postel.

»Hoch«, sagte er ohne zu Zögern. »Hoher professioneller Standard, ja. Das Weitere … nun, ich leiste mir den Luxus, mir darüber keine Gedanken machen zu müssen.«

»Gibt es bei euch eindeutige Kriterien?«

»Na klar, genau wie bei euch. Künstler wissen Bescheid.«

»Aber ihr seid euch nie einig.«

»Doch, eigentlich schon. Wir neiden einander bloß den Erfolg. Ich denke, künstlerisch haben wir unsere große Zeit hinter uns. Aber wir bedienen den Markt. Das müssen wir, denn Hungerleider will keiner mehr sein.«

»Setzt sich Qualität immer durch?«

»Nein, keineswegs. Das ist ja, was ich sage.«

Ich verfluchte ausnahmsweise meine Blindheit. Bildende Kunst hatte ich zuletzt im Gymnasium wirklich sehen können, ich erinnerte mich an Fotos nackter Marmorstatuen in unserem Griechischbuch, die ich weniger als Kunst denn als Körper wahrgenommen hatte, und an ein paar meterhohe Rubens-Tableaus mit quellenden rosa Frauenleibern in der Alten Pinakothek, vor denen beim Klassenausflug meine Mitschüler in Wallung gerieten. Ach ja, van Gogh fiel mir noch ein: die grellen Farben, die nervösen Striche, die schwirrende Luft. Über den hatte der Zeichenlehrer einen bewegenden Diavortrag gehalten.

»Was ist mit van Gogh?«, fragte ich.

»Lass es mich so erklären: Die Voraussetzungen für aktuellen Erfolg waren damals nicht anders als heute: vierzig Prozent Show, vierzig Prozent Beziehungen, zwanzig Prozent Talent. Und schon damals klang das ausgewogener, als es war, denn wer keine Show macht, kriegt auch keine Beziehungen, es sei denn, sie wären ihm angeboren. Van Gogh fehlten also achtzig Prozent, denn wer braucht einen ungewaschenen syphilitischen, saufenden, autistischen Flegel? Sein Selbstmord kehrte das Verhältnis um, weil es eine phantastische Legende lieferte und weil natürlich der Flegel selbst nicht mehr störte: berserkerhafte Arbeit, kein Bild verkauft, Selbstverstümmelung im Wahn, Blutspritzer im Weizenfeld – ein echter Thriller, den versteht jeder. Wer heute ein Van-Gogh-Original kauft, erwirbt damit auch einen Teil des Mythos vom verkannten Genie. Übrigens hat das am Ende seines Lebens sogar mein Freund Jörn begriffen: Durch die Koksnummer mit den fünf Prostis hat er seinen Marktwert verzehnfacht.«

»Gibt es Ausnahmen?«

»Man kann Glück haben, aber das ist wie ein Sechser im Lotto. Sieh dir unseren Michel an!« Auch Michel gehörte zu Morus' Kollektion, aber er war anders: ein proletarischer Typ, bullig, athletisch. Da er an den Luxusreisen nicht teilnahm, kannte ich ihn kaum. Lio Postel klärte mich auf: Michel habe zwanzig Jahre lang in einem Kelleratelier Skulpturen aus Metallteilen geschweißt, die er auf Schrottplätzen sammelte. Kaum einer wusste von diesen Plastiken, kein Galerist wollte sie haben. Sein Geld verdiente Michel als Tennislehrer. Tagsüber keuchte er über den Tennisplatz, abends schweißte und hämmerte er in seinem Keller. Wenn der Keller voll war, fotografierte Michel sein Werk und verschickte Mappen, auf die er keine Reaktion bekam. An einem Sonntag wuchtete er es in einen alten Lieferwagen und fuhr wie ein Hausierer nacheinander zu drei Galerien, die vor Jahren mal was von ihm genommen hatten. Die Galeristen versteckten sich, wenn sie den klapprigen Wagen nur von Ferne sahen. Michel kehrte in seinen Keller zurück und demontierte die Skulpturen, um Platz für neue zu schaffen. Am Montagmorgen stand er wieder auf dem Tennisplatz. »Der Künstler als Sisyphus«, spottete Lio. »Und das wäre ewig so weitergegangen, wenn nicht Heinz Morus eines Tages auf die Schnapsidee gekommen wäre, Tennisstunden zu nehmen. Morus konnte einen Topgaleristen von Michel überzeugen, und der Rest ist bekannt. Versteh mich recht«, fuhr er fort. »Michel hat's verdient. Aber was für ein Raubbau.«

~

Mit Michel habe ich dann das Gespräch gesucht und überraschend einen netten schwulen Kollegen gefunden. Er verriet mir, dass er Morus' Kulturausritten nicht aus Desinteresse fernbleibe, sondern aus Diskretion: So wie ich nahm auch er an, dass schwule Partner »in diesem Rahmen unerwünscht« seien, freilich ohne dass Familie Morus jemals »schlecht über diese Sache gesprochen« hätte. Michel legte Wert auf die Mitteilung, dass er seine Veranlagung nicht verheimlicht habe; er sei bloß »nicht gefragt worden«, und das sei »wahrscheinlich besser so«.

Wirklich nah bin ich ihm nicht gekommen, denn er lebte zurückgezogen im Tölzer Voralpenland mit einem langweiligen fünfzigjährigen Schriftsteller, der zudem wegen einer Krankheit, ich glaube Parkinson, etwas immobil war. Aber einmal lud Michel mich doch nach Hause ein. Er hatte von dem Geld, das er dank Morus verdiente, einen alten Bauernhof gekauft und zeigte mir stolz eine Scheune voller Schrottskulpturen. Die Skulpturen konnte ich nicht sehen; ich hatte die Anmutung einer schweigenden, würdevollen

Kunstarmee. Ich fragte: »Stellen die Menschen dar?« Er antwortete: »Zum Teil. Die meisten sind Tiere. Das, was vor dir steht, ist eine Giraffe.« Ich griff ins Leere. »Du hast in einen Fleck gegriffen!«, sagte er mit rätselhaftem Stolz.

Die eigentliche Sensation aber war: Der Mann führte eine vollkommen glückliche Schwulenehe. So etwas hatte ich bisher nicht gekannt: ohne Ödnis, ohne sichtbare Rollenverteilung. Ich meine, auch bei Schwulenpaaren kennt man ja die tütelige Mutti und den Pascha, der sie anherrscht: »Die Milch ist sauer!«, worauf sie schuldbewusst zu flattern beginnt. Nicht so bei Michel.

Der Partner, er hieß Ekki, war ein langer, dünner Mann, erfolgloser Autor pessimistischer Romane und daher etwas säuerlich, aber in Bezug auf Michel von gleichmäßig beseelter Zärtlichkeit. Er zitterte, wohl wegen seiner Krankheit, sacht vor sich hin. Der kräftige Michel hakte ihn unter und drückte ihn mit einer gewissen Begeisterung an sich. Überhaupt berührten sie sich bei jeder Gelegenheit.

Michels Bauernhof lag am Osthang eines Hügels. Es war Spätherbst, die Sonne sank früh, und gegen Nachmittag packte das Paar einen Picknickkorb und zog mit mir die Hügelkuppe hinauf, um die letzten Sonnenstrahlen einzufangen. In einer von Michel gezimmerten Laube deckte Ekki den Tisch und entkorkte den Wein, Michel schnitt Brot und Wurst, und die ganze Zeit redeten sie in Diminutiven: »Willst du ein Scheibchen Brot, Schatz? Soll ich noch ein Fläschchen Wein holen?« Es ging zu weit, trotzdem war ich von Neid erfüllt. Meine Liebe zu Linus war verflogen, zuletzt hatte ich fürchten müssen, der Mann würde mein Cembalo anzünden. »Wann habt ihr zuletzt gestritten?«, fragte ich Michel und Ekki.

»Wir?« Amüsiert begannen sie nachzudenken. Es fiel ihnen nichts ein.

»Wie macht ihr das?«, fragte ich ungeduldig. »Wie geht das?«

»Das geht eigentlich überhaupt nicht«, sagte Michel würdevoll. »Das wirkliche Leben ist nicht so; das ist wie in Ekkis Romanen. Aber du siehst, Ekki, wir fallen schon unangenehm auf, wir müssen uns vor unserem Gast ein bisschen zusammenreißen. Schluss mit Brötchen und Weinchen; ich schäle dir jetzt einen Apfel!«

# Musikalisches Opfer

*Warum gerade die* Goldberg-Variationen?

*Es sei ein Wunsch des Prinzen, antwortet Jean-Luc kühl.*

*Ich erkläre, dass mein letzter* Goldberg-*Auftritt fast zwanzig Jahre zurückliegt. Ich könne dieses schwere Stück unmöglich in drei Tagen ausspucken, ich sei schließlich keine Jukebox. Ich werde, fürchte ich, laut. Das Herz schlägt mir bis zum Hals. Ich bin bereit, auf der Stelle abzureisen.*

*»Wie lang würden Sie brauchen, um wieder fit zu sein?«, fragt er. Er hält mich offenbar für eine Art Sportler.*

*»Prinz Baldassare würde es nicht erleben«, sage ich sarkastisch.*

*»Also drei Wochen.«*

*Diese Antwort verblüfft mich. Meint Jean-Luc, dass der Prinz in drei Wochen stirbt?*

*»Wenn Sie sich nur darauf konzentrieren? Wir würden Ihnen den Aufenthalt hier finanzieren, falls Sie nicht in Ihre Heimat zurückkehren wollen.«*

*Blitzschnell überlege ich, ob ich es irgendwie schaffen kann. Hier in Venedig völlig ungestört noch dreieinhalb Wochen üben, nicht unterrichten, nicht reden, nicht streunen, nur Kunst. Ich habe die letzten Monate an den Variationen gearbeitet, aber eher symbolisch und mit halber Kraft, da ohne konkreten Anlass. Hätte ich das ganze Stück denn überhaupt im Kopf? Einige Passagen brausen mir schon jetzt durchs Hirn, aber der ganze Riemen? Mein Laptop habe ich wie immer auf Reisen dabei, vielleicht findet sich die Partitur im Internet? Hm … wahrscheinlich kann ich auch durch wiederholtes Durchspielen den Notentext zurückgewinnen … Ja … Ich spüre den gewaltigen Sog des Werks, aber auch die ungeheure Anstrengung. Das alles für einen offenbar kranken, wankelmütigen Mann und seinen höchst dubiosen Sekretär?*

*Dann denke ich an die dreitausend Euro Spesen, die ich hier für eine Woche bekommen habe.*

*»Warum wurde das Konzert am Sonntag abgesagt?«, frage ich, um Zeit zu gewinnen.*

*»Nicht nur das Konzert, das ganze Fest musste entfallen. Die Gesundheit ist fragil.«*

*»Und in drei Wochen wird ein neues Fest angesagt? Ist das nicht ein ungeheurer Aufwand?«*

*»Ein Fest ist für uns kein Aufwand. Wir haben Routine.« Jean-Luc bringt es fertig, solche Sätze ohne Ironie auszusprechen.*

*»Was mache ich, wenn auch das nächste Konzert ausfällt?«*

*Er zieht einen Umschlag aus der Brusttasche. Ich höre Geldscheine knistern. »Dies wird Sie hoffentlich entschädigen. Aber wir haben natürlich Verständnis, wenn Sie es nicht riskieren …«*

*Riskieren? So etwas darf nur ich aussprechen, aus seinem Mund ist es Hohn.*

*»Was liegt dem Prinzen so sehr an den* Goldberg-Variationen*?«, frage ich hektisch.*

*Er hebt die Arme. »Keine Ahnung, was dem Prinzen liegt und warum. So«, kurze Pause, »es wird Zeit für mich, ich habe um drei einen Tisch im Café Florian reserviert. Vielleicht möchten Sie mich begleiten? Ich lade Sie zu einem Imbiss ein. In der Zwischenzeit können Sie überlegen, und wenn Sie unserem Arrangement nicht zustimmen, helfe ich Ihnen, die Heimreise zu organisieren.«*

*Arrangement … immer diese Irritationen. Aber ein Imbiss im Café Florian ist verlockend, also willige ich ein.*

*Bei diesem Ausflug stelle ich fest, dass Jean-Luc doch ein bisschen Deutsch spricht. »Es gibt ein Gesetz, und nach diesem Gesetz muss er sterben«, das kannte ich schon; und drei Repliken kommen jetzt dazu, übrigens alle akzentfrei. Die erste betrifft eine kranke Taube auf dem Markusplatz. Sie kriecht über den Boden und schafft es nicht davonzufliegen, als mein Blindenstock sie trifft; ich spüre den weichen Widerstand und den erbärmlich schwachen Flügelschlag in meinem Handgelenk wie ganz geringen Strom. »Was war das?«*

*»A dying pidgeon«, antwortet er sachlich und fügt auf Deutsch hinzu: »Tod in Venedig.«*

*Die zweite Replik, schon im Café Florian nach drei Gläsern Campari, betrifft den Prinzen: »Ein Degenerat.«*

*Die dritte Jean-Lucs Funktion beim Prinzen. »Ich bin sein Schwanzhalter.«*

# Krise

Heinz Morus mochte nicht, wenn seine Künstler zu eng miteinander wurden. Alles sollte über ihn laufen, und wenn er sich missachtet fühlte, bekam er autoritäre Rappel. Einmal bat mich Adam Kaupka, zu seinem Fünfundsiebzigsten vor einem internationalen Publikum in Zürich zu spielen. Heinz aber setzte plötzlich am selben Tag eine andere Veranstaltung in Zürich an und behauptete, mit mir zu rechnen. Ich sagte, ich sei bei Kaupkas im Wort, worauf er mir Undankbarkeit vorwarf. Je näher der Termin rückte, desto dringlicher wurde er. Zuletzt riefen er und Kaupkas Frau Amalia abwechselnd bis zu fünfmal am Tag an. Amalia sagte, ich solle mir nichts gefallen lassen, hatte aber selbst noch keinen Saal gefunden – ich gewann den Eindruck, dass ihr Wunsch, mich Morus abzuwerben, größer war als ihr Interesse an meinem Spiel. Warum sollte ich mich in einem mir ohnehin unverständlichen Machtkampf verheizen lassen? Als die Kaupkas eine Woche vor dem Konzert noch immer keinen Saal hatten, sagte ich Morus zu und begann, zumindest erleichtert über das Ende der Ungewissheit, meinen Koffer zu packen.

Drei Stunden vor meiner Abfahrt zum Flughafen klingelte das Telefon. Heinz Morus.

Er sagte: »Großer Meister, ich finde, du solltest das Konzert absagen.«

»Wie bitte? Wegen dir habe ich den Kaupkas abgesagt!«

»Du wirst es sicher anderswo los. Und sei es bei uns in Salzburg.«

»Was heißt loswerden? Was heißt anderswo? Bei uns ist es nicht wie bei bildenden Künstlern, kriegst du das Bild da nicht unter, hängst du's dorthin! Wir arbeiten auf Termin, das ist Nervensache, und so darf man mit uns nicht umspringen!«

»Na, alter Knabe, beiß die Zähne zusammen, Augen zu und durch!«

»Aber warum nur! Konntest du mir das nicht früher sagen?«

»Weißt du, wir haben den Raum überschätzt, alles ist viel kleiner, das Cembalo würde nur stören«, und so weiter.

Ich war so erregt und wütend, dass ich die ganze Nacht aufrecht im Bett saß. Gegen Morgen entschloss ich mich, Morus den Laufpass zu geben, und schlief endlich ein. Als ich erwachte, wurde mir klar, dass ich damit nicht nur die Hälfte meines Einkommens einbüßen würde, sondern auch mein Publikum und meine neuen Freunde. Eine unzuverlässige Familie, dachte ich, ist immer noch besser als gar keine. Ich grollte noch ein wenig, aber als einen Monat später Heinz Morus wieder anrief, war ich erleichtert.

Um das ausgefallene Programm hat er übrigens nie gebeten. So sprunghaft und kindlich er oft wirkte, in den Gesten der Macht kannte er sich aus. Ich war abhängig geworden. Adam Kaupka aber hatte Morus durch seine eigenwillige Züricher Aktion so imponiert, dass Morus ihm bald darauf einen Urlaub in einem kastilischen Schlosshotel schenkte.

~

Verstand Heinz was von Musik? Nun, nicht wirklich. Er hatte eine Anmutung, so wie ich eine Anmutung empfing von den Bildern in den Museen, die ich nicht sah. Wir beide folgten beim Betrachten eher unserer Sehnsucht als den Kunstwerken. Das war ein – natürlich legitimer – Ausdruck unserer Defekte. Ohne Defekte keine Sehnsucht nach Kunst, also auch keine Kunst. Uns beiden hielt ich zugute, dass wir unsere Defekte zu überwinden versuchten, auch wenn wir den Künstlern nicht ganz gerecht wurden.

Freilich geht es in der Kunst selten nur um Kunst, und in der Sehnsucht nach ihr erst recht nicht. Mit Morus verglich ich mich nur als Konsument, den Cembalisten Moritz sah ich in einer anderen Sphäre. Der Künstler, trotz aller Seitenmotive wie Routine, Eitelkeit, Ruhmsucht und so weiter, sollte sich auf den Kern seines Metiers konzentrieren können, sonst stürzt er ab. Der Konsument kann nicht stürzen, deswegen muss er sich nicht konzentrieren, und wenn seine Nebensehnsüchte – Prestigestreben, Identifikation mit dem Erfolg – nicht mehr befriedigt werden, wird ihm die Kunst rasch zu anstrengend.

Dass Morus' Liebe zu meiner Kunst erlahmte, spürte ich schneller als er selbst. Natürlich, er wurde alt. Mir schien, er höre die zarten Töne des Cembalos nicht mehr.

Seine Familie langweilte sich ohnehin. Solange er vital war, hatte er sich darüber hinweggesetzt, aber inzwischen war er über siebzig und kämpfte an allen Fronten mit Verlusten, die viel schwerer wogen als ich. Seine gesellschaftliche Stellung zum Beispiel hatte gelitten. Stars und Honoratioren sagten immer öfter ab, zuerst die überregionalen, dann auch die Salzburger. Wem konnte er mit mir noch imponieren? Einmal nach einem Konzert hörte ich einen seiner Gäste zu Frau Morus sagen, so ein eintöniges Gezirpe gäbe es nicht mal auf seinem Gut in der Provence. Der Mann war betrunken, klar – die zivilisatorische Übereinkunft in solchen Kreisen verlangt ja, dass man sich lieber zu Tode langweilt, als sein Unverständnis zuzugeben. Aber ich war doch erschüttert, zumal mich die Gastgeberin nicht verteidigte. Ich gestand mir auch ein, dass es nur ein mittelmäßiges Konzert gewesen war, und versuchte mich mit den einschlägigen Suren zu beruhigen: Immer Höchstleistung geht nicht, Künstler ist keine Maschine, Darbietung jedenfalls absolut professionell – nichts half. Gedemütigt schlich ich durch die Säle auf der Suche nach Heinz Morus und fand nicht mal einen Bekannten, den ich um einen Suchblick bitten konnte. Während ich schlich, überlegte ich, was ich Morus sagen sollte, und war gerade zur Überzeugung gekommen, dass es kindisch sei, mein Leid zu klagen, als ich plötzlich vor ihm stand. »Ah, Moritz, großer Meister!«, sagte er matt. »Na, zumindest Meister«, legte ich los und konnte nicht mehr bremsen: »Andere Leute hier vergleichen mich zu meinen Ungunsten mit provenzalischen Grillen!« Immerhin war mir ein scherzhafter Ton geglückt, aber das erhoffte Lachen blieb aus, und leider auch die Empörung. Ich war sogleich beschämt. Was für eine Dummheit, Heinz eine Kritik an mir auch noch zuzutragen – ihm, der mangels eigenen Urteils für Kritik so empfänglich war! Ich rede mich um Kopf und Kragen, dachte ich und war einige peinigende Augenblicke so sehr mit mir selbst beschäftigt, dass ich auf seine Reaktion nicht mehr achten konnte. Auf einmal nahm er in einer impulsiven, zuckenden Bewegung meinen Kopf in seine fleischigen Hände und küsste mich auf die Wange. Es war so herzlich und menschlich, dass mir die Tränen kamen. Aber dann dachte ich: Wenn er so verständnisvoll ist, muss er selber Probleme haben.

~

Bei einem Morus-Fest drei Monate später erfuhr ich: Er war in der Tat geschäftlich in Schieflage geraten. Lio Postel (wer denn sonst) hatte das herausgefunden und wusste noch mehr; er berichtete es uns Künstlern mit gedämpfter Stimme neben dem Springbrunnen. Es ging um Börsenspekulationen. »Er steht Kopf!«, formulierte Lio spitz, und da standen auch wir Kopf, es war, als führe ein eisiger Windhauch durch unsere Schar. Ich hörte den achtzigjährigen Großkünstler Martin Holzheu ausrufen: »Und was wird aus uns?«

Ich begriff: Auch die bildenden Künstler mit ihren Villen und Gütern hingen immer noch an Morus' Tropf. Ihr Marktwert basierte darauf, dass Morus jeweils zum Höchstpreis ihre neuen Werke kaufte. Das hatte er nun schon seit zwei Jahren nicht mehr getan.

Auch der abgeklärte Lio wirkte unruhig. Den ganzen Abend suchte ich eine Gelegenheit, mit ihm allein zu sprechen. Als es mir endlich gelang, war er sogar angetrunken, was ich bei ihm noch nie erlebt hatte. »Nur, weil …?«, fragte ich. »Nein«, sagte er, »nicht nur. Die Gesamtkonjunktur ist schlecht.«

»Was ist mit der kläffenden Meute?«, fragte ich.

»Welche kläffende Meute?«

»Die Presse, die du dominierst.«

»Ah, du meinst meine Freunde A, B und C – nun, die warten ab. Wenn ich falle, werden sie sagen, ich sei immer schon überschätzt gewesen, und wenn ich's überstehe, werden sie meinen Rang als Klassiker bestätigen.«

»Euch kann doch gar nichts passieren!«, sagte ich.

»Da irrst du«, sagte er. »Wer hoch fliegt, fällt tief. Man ist entweder eine Null oder ein Star, dazwischen gibt es nichts.«

Ich glaubte ihm nicht. Aber ich spürte seine Verkrampfung. Der elegante, hochgewachsene Mann saß verdreht wie eine Spirale vor mir und zitierte düster seinen Lieblingsdichter Tschechow: »Unter solchen Bedingungen hat das Leben des Künstlers keinen Sinn, und je talentierter er ist, desto absurder und unverständlicher wird seine Rolle, da er zur Belustigung eines unsauberen Raubtiers arbeitet und die bestehende Ordnung unterstützt.« Dann ging er noch eine Flasche Champagner holen.

Später erfuhr ich von Adam Kaupka, dass zur gleichen Zeit ein Privatmuseum, in dem zwei Postel-Bilder hingen, Bankrott gemacht habe. Vor Angst, sein Werk könne als Konkursmasse unter den Hammer geraten, hatte Lio sich eine Million Euro zusammengepumpt und beide Bilder durch einen Strohmann erworben. Der versteckte sie auf einem Speicher, damit Lios Preis stabil blieb.

~

Fast alle Konzertsolisten übernehmen irgendwann eine Professur. Das ist gerecht und sinnvoll, ihnen gegenüber, damit sie nach nervenaufreibenden Konzertjahren einen Rückhalt bekommen, und den Studenten gegenüber, die von den Meistern am meisten lernen können. Auch ich hatte so geplant. Eigentlich wartete ich darauf, meine alte Lehrerin Hammann zu beerben. Als aber in den Neunzigerjahren die Cembalokonjunktur unerwartet schnell und stark nachließ, sah ich mich nach anderen Möglichkeiten um. Ich hörte von einer Vakanz in Freiburg und bewarb mich dort. Als Freiburg nicht antwortete, versuchte ich es in Innsbruck. Innsbruck bestand aber auf Vom-Blatt-Spielen, was ich physisch nicht leisten kann, deshalb zog ich zurück. All das hätte mich skeptisch stimmen können, aber ich sah immer noch keinen Grund, warum es mit München nicht klappen sollte. Und eines Tages war es so weit: Ina Hammann ging in Pension. Ich stellte sofort Bewerbungsunterlagen zusammen und reichte sie ein. Der Empfang wurde bestätigt, dann hörte ich nichts mehr. Ein Jahr später erzählte mir ein Schüler, dass bereits Professorenvorspiele stattgefunden hätten. Ich war nicht mal zum Interview geladen worden.

Heinz Morus, der Gute, verschaffte mir binnen einer Woche einen Termin beim Personalchef.

Der Beamte wirkte aufgeräumt und kompetent. »Ja, es gab Vorspiele«, sagte er, »doch wir haben uns für niemanden entschieden, weil wir uns nicht einig sind: Im Kultusministerium wollen einige die Professur halbieren, andere wollen sie ganz abschaffen.«

Ich sagte: »Eine halbe Professur wäre für mich perfekt, da könnte ich leichter konzertieren.«

»Ah, das trifft sich, das wäre ja genau das, was wir suchen, und Ihre Unterlagen sind ja fabelhaft! Am besten wenden Sie sich an Professor Kölbl, den Direktor Ihrer Fachabteilung. Er ist auch in der Berufungskommission.«

Kölbl kannte ich aus meiner Kirchenmusikzeit. Er hatte damals am Konservatorium Tonsatz gelehrt und meine Abschlussfugen benotet, alle mit Eins. Als er mich damals auf dem Gang sah, war er auf mich zugeströmt und hatte hellauf begeistert von diesen Fugen gesprochen. Jetzt, zwanzig Jahre später, stand er wie ein Monument in seinem Direktorenbüro und begrüßte mich ironisch, etwas herablassend.

»Kennen Sie mich noch?«, fragte ich.

»Ja natürlich, wie schön, ich habe ja damals Ihre Fugen so geschätzt, tja, wirklich bemerkenswert. Was kann ich für Sie tun?«

»Ich habe mich vor einem Jahr für die Cembaloprofessur beworben und nichts von Ihnen gehört, nun wollte ich mich nach dem Stand der Dinge erkundigen.«

Er sagte: »Stimmt, ist nicht ganz die feine englische Art, ich hätte was von mir hören lassen müssen.« Dann schwieg er. Ich hörte, wie er sich am Ohr kratzte, ratterratterratter. Pause. »Es haben schon Vorspiele stattgefunden.«

»Warum wurde ich nicht zum Interview gebeten?«, fragte ich.

»Das kann ich Ihnen nicht sagen, weil ich nicht in der Berufungskommission war.« (Es hat mich immer erstaunt, mit welcher Leichtigkeit die mächtigen Leute lügen, obwohl sie es eigentlich nicht müssten.)

»Haben Sie denn mit der Kommission nicht gesprochen?«

»Äh, ja, also die Kommission hat Sie offenbar nicht für geeignet gehalten.«

»Warum nicht? Von den Herrschaften war nie einer in einem Konzert von mir.«

»Ja aber Herr Bauer, Sie haben doch das Augenproblem, wie wollen Sie denn unterrichten, Sie können ja nur Stücke lehren, die Sie selbst im Repertoire haben!«

»Das sind achtzig Stunden, und neue kommen ständig dazu. Geben Sie mir irgendein Stück, ich spiele es Ihnen binnen einer Woche vor.«

»Sie müssten doch auch Prüfungen protokollieren, wie wollen Sie denn das tun, wenn Sie nicht mitschreiben können? Das ist doch ein großes Handicap!«

»Ich unterrichte seit Jahren. Wenn mir ein Student eine zehnsätzige Suite vorspielt, kann ich ihm anschließend nicht nur alle falschen Töne sagen, sondern auch alle Fehler in Tempo, Phrasierung und Artikulation. Sie dürfen mich gern auf die Probe stellen.«

Er schüttelte den Kopf und wurde allmählich ungnädig. »Wenn wir mal wegen Studentenüberschusses einen Hilfsprofessor brauchen, dann werden wir uns vielleicht an Sie wenden. Auf Honorarbasis«, sagte er.

Als ich ging, folgte er mir zur Tür. »Jetzt sage ich Ihnen etwas, was ich eigentlich gar nicht sagen dürfte, aber: Bewerben Sie sich nie mehr an einer deutschen Musikhochschule! Als Blinder haben Sie keine Chance. Lassen Sie's, vergessen Sie's, Sie würden sich nur verletzen.« Lachte, klopfte mir auf die Schulter und schob mich raus.

Ich war wie vor den Kopf geschlagen. Gar nicht so sehr, weil meine Lebensplanung über den Haufen geworfen worden war, denn einem besseren Mitbewerber hätte ich mich ohne Zorn gebeugt. Fatal war die Begründung. Jahrelang war ich davon ausgegangen, dass ich es mit Spitzeneinsatz und Spitzenleistung schon schaffen würde, und nun stellte sich heraus, als Blinder hatte ich keine Chance, egal was ich tat.

Den Direktor übrigens traf ich Jahre später auf einem Empfang wieder. Damals war er bereits Pensionär, und mit dem Amt war auch seine Überheblichkeit verschwunden – falls er sie nicht nur kurzfristig abgelegt hatte, weil er neben mir Heinz Morus stehen sah. Jedenfalls begrüßte er mich fast ehrerbietig und erzählte Morus, wie sehr ihn früher am Konservatorium meine Fugen begeistert hätten; er begann sogar eine zu singen. Hatte der Autoritätsverlust ihm seine Empfänglichkeit zurückgegeben? Oder ging er einfach den üblichen Weg des Kulturstrebers: am Anfang neugierig, offen, beeindruckbar, in der Zeit seiner Prosperität heuchlerisch und brutal, und zuletzt wieder mild? Auf einmal erschien er mir nett und sogar ein bisschen tragisch, ein Popanz, dem man den Stöpsel gezogen hat. Pech für mich freilich, dass ich zum falschen Zeitpunkt auf ihn angewiesen war.

~

Keiner von uns konnte erklären, warum in den Neunzigerjahren das Interesse für Cembalomusik schwand. Lag es an der Wende? An den Computern? Am Internet? Wo blieben die neugierigen jungen Leute? Waren sie vom Pop verschluckt worden? In den Discos ertaubt? Oder hatte man sich einfach sattgehört? Lio Postel, mein Karriereberater, rezitierte genüsslich seine Denksätze: »Die Jugend ist wie immer. Der Mensch bleibt sich gleich. Keine Sehnsucht wird von ihrem Gegenstand dauerhaft befriedigt, denn jede Sehnsucht geht über ihren Gegenstand hinaus. Irgendwann ist jede Mode durch, daran ist keiner schuld.«

»Aber Cembalo ist keine Mode!«

»Jede Kunst ist Mode. Wenn sie Qualität hat, kommt sie vielleicht wieder. Fürs Cembalo sehe ich gute Chancen. Die Frage ist nur, ob du das erlebst.«

Lio Postel hatte gut reden: Die Krise unseres Mäzens war überstanden. Morus hatte Lios Schulden bezahlt, und Lio bewegte sich wieder souverän, als flösse warmes Gold durch seine Adern.

Übrigens hatten wir alle am neuen Geldsegen teil. Morus lud uns zu einer Kreuzfahrt an die Côte d'Azur ein und drehte dionysisch auf wie in seinen besten Tagen: überschüttete uns mit Trüffeln und Champagner, führte uns durch die elegantesten Meilen aller Hafenstädte und in die berühmtesten Restaurants, schenkte seiner Frau einen Picasso, kaufte Boehlers Installation und Holzheus aktuelle Farbflächen, versprach eine Luxusvernissage für Kaupkas neue Serie in Paris. Für mich wollte er die Münchner »Philharmonie« mieten. »Welche Philharmonie?«, fragte ich. Dieses Gespräch fand unter Deck statt vor einer Theke aus lackiertem Edelholz, hinter der ein Barmann eine zischende Espressomaschine bediente, und ich merkte, dass Heinz mich nicht verstand. Er hatte, wie sein Sohn mir flüsternd erklärte, einen Hörsturz erlitten.

Ich prasste entschlossen mit, hielt aber nicht lange durch. Als ich viel zu früh betrunken in duftenden weichen Leintüchern lag, begann sich alles zu drehen, und mein Herz raste. Ich meinte starken Wellengang unter dem Boot zu hören und sogar ein mächtiges Plantschen und Rauschen, aber als ich an Deck taumelte, gab es weder Regen noch Sturm; das Boot lag unerschütterlich fest vertäut hinter einer weißen Mole im Hafenbecken, die Luft war weich, Lampions schwangen sacht an einem Seil, und vom zwanzig Meter entfernten Bug her hörte ich Gläserklirren und Gelächter. Ich erbrach über Bord ins schwarze Wasser. Dann kehrte ich zitternd in die Kajüte zurück, duschte, suchte im Schrank saubere Kleider und hangelte mich ängstlich an der Reling entlang zur Feier – ich fürchtete mich auf einmal, allein zu sein.

Die Bilder sind auf ihre Maler nicht mehr angewiesen, dachte ich: Sie hängen an fremden Wänden und beeindrucken ihr Publikum schon durch den Mäzen, der wiederum durch sie Macht und Größe verströmt. »Links sehen Sie eine Skulptur von Advokat, dem Turner-Preisträger, und hier Boehler, für dessen *Exsultance* soeben in New York zwei Millionen geboten wurden – ich habe ihn übrigens bereits 1970 entdeckt, als Boehler noch nicht Boehler war, und für diese wundervolle Statue – aber verraten Sie's keinem – nur fünfzigtausend bezahlt!«, erzählte Heinz im Vorübergehen, und wenn nach durchschnittlich fünf Minuten die Besucher stehen blieben und begannen, Heinz' Ingenium zu preisen, hatte sich die Sache für ihn gelohnt. Meine Kunst war verwundbarer, denn sie wirkte nicht im Vorübergehen: Man musste sich hinsetzen, man brauchte Ruhe, Konzentration, Geduld und – leider – auch Grips.

»Oho, Moritz, wieder an Deck, auferstanden von den Toten!«, krähte Heinz vergnügt, als er mich sah. »Na los, stoßt mit mir auf unseren großen Meister an – auf den lieben Moritz, auf den lieben Moritz!« Schon hielt ich ein Glas Champagner in der Hand, spürte das Klackern anderer Gläser gegen meins, hörte Hochrufe. »Wo ist Lio?«, keuchte ich.

»Hier!« Lios sichere, golddurchpulste Hand an meinem Ellbogen.

Er führte mich beiseite, und ich erklärte ihm alles.

Er sagte: »Du hast recht.«

Da war ich noch erschütterter. »Ihr habt gut reden!«, rief ich. »Wen deine Grafiken langweilen, der schaut halt nach drei Sekunden weg und bestaunt nur noch deinen Aktienkurs. Aber für mich braucht man mindestens dreißig Minuten Konzentration, und wer ist denn heute noch imstande …«

»Na klar, Cembalo ist ein Minderheitensport. Andererseits: Wenn du den Zustand unserer Welt betrachtest, mal ehrlich, wie wichtig ist da Sport überhaupt?«

»Das tröstet mich nicht!«

»Was willst du?«

»Gerechtigkeit!«

»Beachte«, sagte er, »dass es Gerechtigkeit nicht gibt. Du willst die kleine Gerechtigkeit, die jeder will – Belohnung für sich –, aber das ist keine. Schon die mittlere Gerechtigkeit würdest du nicht wollen, denn dazu gehört der Konzertmeister von Minsk, der in Wuppertal auf der Straße fiedelt. Und die ganz große Gerechtigkeit – nun, die müssen wir alle fürchten. Die würde uns vom Platz fegen.«

Mir brach wieder der Schweiß aus.

»Tja«, sagte er. »Der Begleiter des Künstlers ist die Panik.«

*»You are a king, and I want to be your knight«, hat der nette armenische Student Mischa zu mir gesagt und ist verschwunden. Seine Kollegen, die abwechselnd das Rezeptionskabuff bewachen, sagen, er sei durch eine Prüfung gefallen und müsse jetzt büffeln. Ich verstehe das. Aber seit zehn Tagen habe ich keine Ansprache mehr.*

*Ich stehe morgens um sieben auf, laufe zu dem kleinen Café auf dem Campo Santa Margherita und nehme dort im Stehen mein Frühstück zu mir, einen Cappuccino und ein Hörnchen. Dann kehre ich in den Palazzo zurück und übe die* Goldberg-Variationen. *Inzwischen habe ich den Schlüssel zum Ballsaal und kann mich einsperren, deswegen werde ich zumindest nicht gestört.*

*Es ist aber auch so ein unendlicher Kampf.*

*Ich habe Jean-Luc zugesagt, weil ich auf einmal eine Vision von dem Stück hatte, oder sagen wir: den Schimmer einer Vision. Sie war nicht scharf und konkret wie die Visionen meiner guten Zeit, aber ähnlich verlockend. Ich fühlte mich wie ein Polarforscher aus einem meiner Jugendbücher, der auf einer Expedition unerwartet die Chance erhält, zum Pol zu laufen, obwohl eigentlich nicht das geeignete Wetter dafür ist und der Proviant zu knapp. Aber der Forscher ahnt plötzlich den Weg. Er späht in den frostigen Nebel und schüttelt den Kopf, aber die Idee gewinnt einen Sog, und er läuft los. So habe ich es gemacht.*

*Zumindest ungefähr so. Natürlich werfe ich mich nicht kopfüber ins Notengetümmel, ich bin ja kein Hochstapler. Während Jean-Luc im Café Florian seine Witze machte, suchte ich in meinem Hirn eilig und durchaus gestresst die Partitur zusammen und stellte fest, dass ich sie würde rekonstruieren können, auch wenn einzelne Systeme und sogar Seiten noch fehlten. Wichtiger war: Ich spürte in meinen Nerven ihren inneren Verlauf. Vor allem aber spürte ich etwas Neues, Herausforderndes darin, etwas, das nur ich sah, das von mir – gerade von mir – gestaltet werden kann und muss. Das ist es, was ich Vision nenne. Eine Vision kann täuschen, natürlich. Es gibt Haupt- und Nebentäuschungen, es gibt sogar Scheintäuschungen, und wir müssen sie alle abarbeiten. Jede*

*Gestaltung eines so großen, tiefen Werks ist eine Selbsterkundung. Erst wenn man sich über jedes Zweiunddreißigstel Rechenschaft ablegen kann, ist man reif.*

*Das Risiko besteht also vor allem in der Kürze der Zeit. Denn ich muss ja meine Vision, falls sie denn stimmt, auch noch realisieren, Takt für Takt.*

*In der Praxis sieht das so aus, dass ich die Spesen für die nächsten drei Wochen nicht anrühre, damit ich sie schlimmstenfalls zurückzahlen kann. Ich lebe sparsam wie ein Einsiedler. Tag und Nacht schwirren mir die* Goldberg-Variationen *durchs Hirn, reißen mich in die Höhe und schmettern mich zu Boden. Bisher ist es mir nicht gelungen, mir das Stück anzuverwandeln. Ich kann es zwar verwalten und gewissermaßen mit angezogener Handbremse ausführen, aber ich bin es nicht. An manchen Tagen arbeite ich mich zentimeterweise vorwärts und spüre, wie Takt für Takt in mich eingeht; an anderen Tagen kann ich nur kopfschüttelnd mein Gestochere mit dem Schwung und der Gewissheit vergleichen, die ich früher besaß. Dann rufe ich mir frühere Durststrecken ins Gedächtnis, die ich überwand. Noch ist nicht alles verloren. Wer etwas riskiert, kann scheitern. Aber wer nichts riskiert, scheitert, zumindest in der Kunst, in jedem Fall.*

*Ich übe also zunächst mit zwei kurzen Pausen ab acht Uhr früh sieben Stunden. Um drei besorge ich mir auf dem Campo mein Mittagessen. Übrigens haben wir jetzt oft Hochwasser, eine Sirene kündet es an. Die Fondamenta vor dem Zenobio ist immer als Erstes überschwemmt, vielleicht weil der schwere Kasten sie niederdrückt. Ich erkenne die Pfützen, weil sich in ihnen der Himmel spiegelt. Dann muss ich warten, bis die Flut zurückgeht, oder ich bekomme nasse Füße. Vorgestern bin ich zwar trocken zum Campo Santa Margherita gekommen, aber nicht mehr zurück. Ich habe dann einen kurzen Spaziergang in unbekanntes Gelände gemacht, höchst vorsichtig, aber erfolgreich. Das war so ermutigend, dass ich am nächsten Tag den Weg noch einmal ging. Ich musste über eine kleine Brücke, die ich nur als konische weiße Form über einem dunklen Streifen ahnte, aber auf einmal fühlte ich den Weg, lief mutig darauf zu und war schon auf der anderen Seite. Wenn die Kunst so einfach wäre!*

*Noch etwas Schönes ist passiert: Ich traf in einem Innenhof eine kleine Hundefamilie. Eigentlich habe ich mich in diesen Innenhof verirrt, aber dann stieß ich gegen eine Bank und setzte mich hin, um auszuruhen. Dieser Innenhof ist das Revier einer Hundemutter und ihrer drei Welpen. Die Mutter hat eine ähnliche Farbe wie das Pflaster, weshalb ich sie nicht erkennen kann. Sie kam aber von selbst, ließ sich streicheln und presste mir ihre magere Schulter gegen das Knie. Die Welpen waren hell und gepunktet, die sah ich als hüpfende, purzelnde Flecken. Sie tollten um uns herum, und ich spürte den unwiderstehlichen Zauber beginnenden Lebens. Auch dorthin habe ich gestern wieder gefunden und bilde mir sogar ein, die Welpen hätten mich erkannt, so vergnügt quietschten sie.*

*Nachmittags im Hotel lege ich mich ein bisschen hin, um auszuruhen, dann übe ich nochmals bis neun. Daran, dass ich das schaffe, merke ich, dass ich doch künstlerisch in Bewegung bin. Auf Dauer würde mich dieses Pensum umbringen, aber bis zum Konzert halte ich hoffentlich durch. Wenn ich nach dieser zweiten Einheit allein zum Campo Abendessen gehe, zittere ich vor Erschöpfung.*

# Parkett

Es gab immer weniger Konzerte, und sie wurden immer schlechter bezahlt. Ich unterrichtete längst nicht mehr nur Cembalo, sondern auch Klavier und Theorie. Mit Kollegen, die ebenfalls gefährdet waren, und einigen Funktionären gründete ich eine Gesellschaft für alte Musik. Wir wollten uns einmal im Jahr treffen, uns über musikalische Entwicklungen austauschen und Konzepte entwickeln, wie wir unsere Interessen im Kulturleben besser vertreten können – Kommunikation, Transfer, wie das inzwischen hieß.

Einmal traf ich auf einem Festival meinen alten Meister Bernard. Er kam auf mich zu und rief: *»Maurice! How good to see you!«* Er kannte mich noch! Ich hatte ihn natürlich nicht gesehen, er hätte vorbeigehen können, aber er sprach mich an und freute sich, das tat gut. Wir tranken Cappuccino und unterhielten uns herzlicher als jemals zu unserer gemeinsamen Zeit. Bernard erzählte, dass auch er seit Mitte des Jahrzehnts keine Soloplatte mehr aufgenommen habe; Cembalo sei einfach out. Er spielte nur noch im Continuo-Apparat bei exklusiven Opernaufnahmen.

»Versuchen Sie, eine CD zu machen«, riet er mir. »Wie gut auch immer Sie spielen, die Leute vergessen Sie. Eine CD wäre zumindest der Beweis, dass es Sie gab.«

Darüber haben wir eine ganze Weile diskutiert. Von bekannten Werken riet er ab: »Wenn nicht eine potente Plattenfirma Sie auf den Markt drückt, haben Sie keine Chance. Und möglicherweise würde noch von Ihnen erwartet, dass Sie möglichst exzentrisch spielen, um aufzufallen.«

Damals faszinierte mich die Sonatenliteratur zwischen Bach und Mozart. Die alten Cembalokompositionen waren inzwischen bekannt: Bach, die frühen Franzosen, die Stücke aus dem Dreißigjährigen Krieg mit ihren mystischen Klängen. Aber die frühklassischen Sonaten nicht. Auf einmal dachte ich, dass hier eine Aufgabe für mich liegen könnte. Diese Musik war peppig, quirlig, frisch. Ich entwarf sogleich ein Konzept: zeigen, wie ungemein kreativ das jeweils gleiche Formmodul gestaltet worden war. Schöne, zugängliche Musik, auch noch philosophisch-gesellschaftlich relevant! Vielleicht könnte ich eine Pilot-CD anbieten und, wenn die Idee einschlug, die ganze Sonatenliteratur nachliefern.

Kein Produzent biss an.

In diesem Sommer spielte ich in Amsterdam vierhändig mit Barbara, die ebenfalls Bernard-Meisterschülerin gewesen war und mir ein tolles Aufnahmeteam empfahl. Also nahm ich auf eigene Kosten in Holland diese CD auf, in einer kleinen Kirche mit hervorragender Akustik, mit einem wunderbaren Team, unterstützt von Barbaras Künstlerohr. Auf diesen »Brillant Harpsichord Sonatas« versammelte ich meine Lieblingssonaten von Galuppi, Pescetti, Platti, Manfredini und d'Anglebert.

Finanziert habe ich die Aufnahme selbst; ich kündigte dazu einen Bausparvertrag, mit dem man in München inzwischen kaum mehr ein Badezimmer hätte kaufen können. Und noch etwas habe ich mir geleistet, zum Wohlfühlen für mich und zur Ehrung von Kühr: Ich spielte die CD auf meinem eigenen Cembalo ein, das ich dafür von München nach Holland bringen ließ. Allein dieser Posten verschlang zehntausend Mark. Aber Barbara hatte mir erzählt, dass Régis Kühr sich vor zwei Jahren wegen Depressionen erhängt habe, und ein bisschen tat ich es auch für ihn: Sein edles Cembalo hatte die besten Augenblicke meines Lebens begleitet, und ich habe ihm das nie deutlich genug gesagt. Nun dachte ich, die CD könne ebenso eine Erinnerung an ihn sein wie an mich.

~

Das Echo blieb aus. Geantwortet haben – brieflich – zwei französische Rezensenten, was mich natürlich freute, denn in Frankreich hat das Cembalo einen viel höheren Stellenwert als bei uns, und die Kritiker kennen sich wirklich aus. Der eine hatte nach einem Pariser Konzert von mir geschrieben: »Moritz Bauers Klangempfinden ist unglaublich. Er erzeugt eine Klangvielfalt und einen Nuancenreichtum, den man beim Cembalo nie vermuten würde, und Eleganz und weltmännisches Timbre seines Spiels machen ihn für mich zum wahren Botschafter der französischen Cembalomusik.« Der andere, ein Starkritiker, hatte mich nach demselben Konzert mit Komplimenten überschüttet und jahrelang mit mir korrespondiert. Jetzt antworteten sie übereinstimmend, meine CD sei toll, aber man könne sie nur lancieren, wenn ich einen offiziellen Vertreter für Frankreich hätte. Den hatte ich nicht.

Ein Wiener Redakteur, der im Radio eine renommierte Alte-Musik-Reihe verantwortete, ließ sich die CD schicken und meldete sich nicht mehr. Als ich nach einigen Wochen anrief, sagte er: »Was meinen Sie, wie viele CDs auf meinem Tisch liegen? Hundert? Zweihundert? Und dann muss ich Ihnen noch was sagen: Das Publikum will kein Cembalo mehr, höchstens als Teil eines Trios. Schon dann schalten die Hörer reihenweise ab.«

»Sogar Sie, ein öffentlich-rechtlicher Kultursender, gehen nach Einschaltquoten?«

»Tja, tut mir leid. Ein schönes Hobby haben Sie. Ein schönes Hobby, aber teuer, sehr teuer.«

~

Ich kramte in meinem Gedächtnis nach alten Verbindungen. Einige Exkommilitonen tauchten häufig in Kulturberichten auf, und ich erwog, unauffällig wieder Kontakt zu knüpfen. Freilich schämte ich mich auch. Sie würden es merken, und mir fiel ein, wie Morus' Künstler mal sozusagen mit Fingerspitzen den Fall eines Malers erörterten, der Sozialhilfe hatte beantragen müssen. Holzheu meinte zu wissen, dass der Mann Alkoholiker war.

»Nichts ist monokausal«, bemerkte Lio Postel. »Trotzdem, es ist schade um meinen Freund Heribert.«

»Er hat ein paar beachtliche große Formate in Grau gemalt.«

»Aber ob das das ganz große Ding war …«

»Was ist schon das ganz große Ding.«

Dann wechselten sie das Thema in einer lautlosen Übereinstimmung, die sich aus Sattheit, heimlicher Furcht und dem generösen Bewusstsein zusammensetzte, dass die Künstlerexistenz eben gefährlich ist.

~

Im Radio wurde eine Musikpreisverleihung für einen schwedischen Filmkomponisten angekündigt. Mein ehemaliger Kommilitone Enrico Schur sollte die Laudatio halten, und ich dachte, ich gehe mal hin, vielleicht erinnert er sich und kann was für mich tun. Enrico war zu unserer gemeinsamen Zeit ein ewig bekiffter Achtundsechziger gewesen, gescheit, sehr links, im Unterricht lustlos. Nun war er dick, kahl, alert, tüchtig, Präsident der Musikakademie, Professor für Musikgeschichte, Mitglied in neun Jurys, ein Multifunktionär. Seine Autorität hatte er dadurch erworben, dass er zu jedem Jubiläum eines unangefochtenen Komponisten ein Buch veröffentlichte, in dem er elegant die Erkenntnisse etablierter Musikwissenschaftler über diesen Komponisten verknüpfte. Ferner hielt er gerne bei Preisverleihungen Lobreden, damit er immer in der Nähe des Erfolgs zu sehen war.

In seiner Laudatio an den schwedischen Preisträger erklärte Enrico Schur, dessen Leistung für die Musikgeschichte unserer Zeit entspräche dem Wandel des Klangideals der Gotik zu dem der Renaissance – »von der Herbheit der Quartenklänge zur Weichheit der Dreiklangsharmonik«. Er sprach genüsslich und ein bisschen humoristisch, als glaube er selbst nicht ganz, was er sagte. Auf mich wirkte das wie eine Einladung zu gemeinschaftlicher Hochstapelei, und der Gestus bedeutete Rückversicherung: Wenn ihr's glaubt, seid ihr selber schuld. Ich stellte mir vor, wie Enrico vergnügt die andächtigen Gesichter musterte, um dann fast prustend nachzulegen: »… und dem Stilwandel vom Barock zur Klassik mit deren Bevorzugung schöner, einfacher Melodik zuungunsten der komplizierten polyphonen Satztechnik.« Durch das Publikum ging ein Raunen, und Enrico lachte herzlich, als wolle er sagen: »Nicht schlecht, was?« Dann wurde auf einer Leinwand ein Filmausschnitt gezeigt mit der Breitwandmusik, die letztes Jahr den Oscar bekommen hatte, und schließlich trat der schwedische Komponist ans Pult, bedankte sich auf Englisch und wies schüchtern auf seine sieben Sinfonien hin, die er eigentlich als sein Hauptwerk betrachte. Preisübergabe, Applaus, ein Stück tatsächlich ambitionierte Kammermusik des Komponisten, die leider schlechter war als die Filmmusik; dann stürzte sich das Publikum aufs Büfett.

Büfetts sind nicht gut für Blinde, ich würde mit den Fingern in die Schüsseln langen, deswegen hoffte ich, dass jemand mich erkennen und mir helfen würde. Aber keiner sprach mich an. Um Zeit zu gewinnen, ging ich auf die Toilette; da ich mit dem Saal seit Jahrzehnten vertraut war, fand ich sie mühelos. Und als ich mir danach die Hände wusch, merkte ich an seinem vergnügten Gruß an einen Dritten, dass ausgerechnet Enrico Schur neben mir stand. »Enrico?«

»Moritz, na so was! Schön, dass du da bist!«, rief er. Natürlich war das gelogen: Hätte er sich gefreut, hätte er selbst mich angesprochen. Er tat es aber nicht. Von mir war in den letzten Jahren wenig die Rede gewesen, und der Funktionär ist ständig auf der Hut vor Bittstellern. Schon schämte ich mich und versuchte deshalb, ein möglichst würdevolles Sachgespräch einzuleiten. »Was du in deiner Laudatio gesagt hast – meintest du das ernst? Epochale Entwicklungen sind doch immer geistig vorbereitet und werden dann von einem Individuum umgesetzt. Man kann doch auch nicht sagen, Händel hätte die Barockmusik oder Mozart die Klassik erfunden!«

»Der alte Moritz, noch genauso unerbittlich wie früher!«, lachte er. »Immer alles sofort klären, und sei es auf der Toilette. Komm, lass uns draußen einen Sekt trinken!«

Draußen verschwand er im Gewühl und kehrte nicht zurück.

Mich sprach dann aber doch noch jemand an, ebenfalls ein Exkommilitone, inzwischen Professor für Tonsatz. Er hieß mit Nachnamen Punkt, und wir nannten ihn, musikalisch nicht ganz korrekt, Kontrapunkt, weil er immer gegen alles war. Er sagte: »Was meinst du, ist unser guter Enni verblödet oder einfach gewissenlos? Wie kann er diesen total überschätzten Medienfifi mit Mozart vergleichen?«

Da begriff ich den Sinn dieser Veranstaltung und schämte mich.

Das Libretto lautete: RUHM.

Lobredner: Ich präsentiere euch ein Genie. Ich kenne mich da aus.

Preisträger: Ich kann's besser, aber keiner will es hören. Deswegen schreibe ich fürs Kino Seifenmusik, und eure Prämie betrachte ich als Entschädigung.

Musik: Tut, was sie kann. Will tatsächlich keiner hören.

Publikum: Wir ehren den großen Künstler.

Fachleute (Kollegen, Kontrapunkt, ich): Wir sind dagegen. Das Ganze geht gegen die Ehre der Kunst.

Vorhang.

Die Partitur der Veranstaltung offenbarte tiefer liegende Motive. Untertitel: GEMEINSAMER LUGGESANG.

Enrico: Na, Genie ist sicher übertrieben, aber den Oscar-Preisträger durften wir uns nicht entgehen lassen. Für München und mich ist er gut, und wer für mich gut ist, den finde ich auch gut.

Komponist: Filmmusik ist eigentlich nicht so schlimm. Immerhin gibt's dafür einen Haufen Kohle.

Musik: Tut, was sie kann, kann aber bei Weitem nicht so viel, wie sie tut.

Publikum: Wir sind dabei und lieben den Erfolg.

Lästerer: Wir sind neidisch und haben eine Wut, aber das Büfett lassen wir uns nicht entgehen.

Warum funktionierte das so reibungslos? Weil alle ihre eigentlichen Motive leugneten oder nur in verkitschter Form ausstellten, ihre Sensationslust als Neugier, ihre Passivität als Demut, ihre Eitelkeit als Dienst. Sie wollten ja voneinander profitieren, und der größte Feind der Verständigung ist bekanntlich die Wahrheit. Bei diesem abgeschmackten Szenario hatte ich mitgewirkt, und dann noch in dieser Rolle; was für ein Tiefpunkt. Wir Lästerer gehörten dazu wie die leidenden Fans im Fußballstadion. Ohne Verlierer keine Gewinner, ohne Angst kein Triumph. Wir schafften die Grundierung von Fanatismus, die der Sache erst Effekt verlieh.

~

Kannte ich überhaupt einen aufrichtigen Menschen? Doch! Mein ehemaliger Musikgeschichtsprofessor Bonnier war so einer. Ihn anzurufen schämte ich mich nicht. Ich erinnerte mich an seine grüblerische Nervosität. Eigentlich war er ein Philosoph, der unaufhörlich nachdachte und seine Gedanken, noch während er sie formulierte, bereits in Frage stellte. Einige Studenten ärgerte das, und wenn Bonnier sich selbst mit den Worten unterbrach: »Aber ob das wohl stimmt?«, verdrehten sie die Augen; sie wollten Ergebnisse, nicht Erkundungen.

Ich jedenfalls habe Bonnier verehrt. Er stellte das Thema über sich selbst und schonte sich nicht. In jedem seiner Sätze spürte man die Liebe zur Musik, und es machte mich stolz, dass er jahrelang regelmäßig in meine Konzerte kam und Bewunderndes sagte. Als er in Pension ging, hörte er auf, Konzerte zu besuchen. Es hieß, er sei krank. Er ließ mich aber weiterhin bei Gelegenheit grüßen. Als ich ihn jetzt anrief, lud er mich sofort ins Hofgartencafé ein.

Er war immer versponnen gewesen. Auch jetzt saß er in sich gekehrt am Rand des Kiesfeldes, ohne auf sich aufmerksam zu machen, und ich erkannte ihn nur daran, dass er den Beginn des Bach-*Konzerts für vier Cembali und Streicher in a-Moll nach Vivaldi* vor sich hin pfiff. Nachdem er mich begrüßt hatte, bestellte er fünf Stück Kuchen, und während ich meine Misere schilderte, aß er ohne Unterlass und fütterte Spatzen, die ich tschilpen hörte. »So, du bekommst das, weil du so mutig bist«, sagte er zu ihnen. »Aber warum bekommt er nichts? Das wäre ungerecht! Na, nicht raufen, einer nach dem anderen.« Während der ganzen Zeit aß er Kuchen um Kuchen, worauf ihm schlecht wurde und er plötzlich aufschrie: »Aber vielleicht ist Kuchen für die gar nicht gesund? Vielleicht bringe ich sie um?«

»Ach was«, sagte ich, »Spatzen, die stecken das weg!«

Er war aber so erschüttert, dass er fast geweint hätte.

~

Johann und Maria vom Stockwerk unter mir luden einige Nachbarn zu ihrem fünften Hochzeitstag ein.

Ich hielt sonst wenig Kontakt zu meinen blinden Mitbewohnern. Maria hatte ich vor Jahren kennengelernt, weil wir für denselben Metzger schwärmten.

Im Tengelmann bedienten an einer langen Fleisch- und Wursttheke drei oder vier Verkäufer, und ich stand immer bei diesem an. Er war in meinem Alter, ein mittelgroßer, schlanker Mann mit tief liegenden blauen Augen, der Ernst und Gewissenhaftigkeit ausstrahlte und dabei von einer hinreißenden halb bewussten Erotik war. Natürlich hetero, keine Chance, ich himmelte ihn halt ein bisschen an, das war schön, und schließlich fiel mir Maria auf, die ihn ebenfalls anhimmelte. Sie war kleiner und jünger als ich, ich hatte sie nie zur Kenntnis genommen, erst über diesen Metzger kamen wir miteinander ins Gespräch. »Johann heißt er, und er ist Witwer!«, wisperte sie mir eines Tages aufgeregt zu. Das hatte sie irgendwo aufgeschnappt.

Maria war damals Mitte dreißig und litt wie ich an Makula-Degeneration, aber ihre Krankheit war viel aggressiver verlaufen. Sie beklagte sich nicht. Ihr Vater, ein Förster, hatte sich besonders um sie gekümmert, sie in den Wald mitgenommen und ihr die Bäume und Tiere erklärt. Maria liebte immer noch die Natur und zwitscherte wie ein Vogel. Bis in ihre Zwanziger hatte sie sogar an Wanderreisen teilgenommen, aber dann erblindete sie ganz.

Eines Tages verschwand Johann. Maria wartete und sehnte sich. »Ich will ja gar nichts von ihm, ich will ja nur bei ihm einkaufen!«, sagte sie verzweifelt. Dann erfuhr sie, dass Johann, der Diabetes hatte, selbst binnen eines drei viertel Jahres erblindet war. Aus Angst um seinen Arbeitsplatz hatte er nie was gesagt, bis er sich eines Tages fast den Finger abschnitt. Als Maria ihn zu suchen begann, lebte er bereits im Bildungszentrum für Blinde und Sehbehinderte in Veitshöchheim, wo er ein Mobilitätstraining absolvierte und vergeblich die Punktschrift zu lernen versuchte. Maria fuhr sofort zu ihm. Er erklärte traurig: »Bei mir ist das Licht ausgegangen.« Maria fragte ängstlich nach seinen weiteren Plänen, und da in denen nur eine erwachsene Tochter in Ansbach vorkam, die ihn nach Ende der Umschulung wenig begeistert bei sich aufnehmen würde, erklärte sie ihm kurzerhand ihre Liebe.

Er zog zu Maria, und ab und zu traf ich die beiden beim Einkaufen. Johann trug einen Rucksack und schaffte es, dieselbe spröde Ritterlichkeit auszustrahlen wie zuvor, obwohl er immer noch ziemlich hilflos war. Maria aber strahlte vor Stolz, als müsse jeder sie um diesen gut aussehenden Mann beneiden. Ins Gespräch kamen wir nicht mehr. Diese kleine Party war die erste seit ihrer Heirat.

Als weitere Gäste wurden mir vorgestellt: der Informatiker Anton, Jenny, die Zeugin Jehovas, und Isolde, eine ehemalige Journalistin, die nach einem Autounfall erblindet war. Da sie alle überhaupt nichts sahen, hatten sie auch kein Licht angeknipst. Als ich um welches bat, stellte sich heraus, dass die Deckenlampe im Wohnzimmer defekt war. Wir saßen im Stockdunklen.

»Hat die Putzfrau nichts bemerkt?«

»Nein, die kommt ja tagsüber.«

»Seid ihr zufrieden mit ihr?«, fragte ich.

Maria: »Sie ist nett.«

Johann: »Hübsch, glaube ich.«

Maria: »Er hält alle jungen Frauen für hübsch.«

Isolde, die Journalistin: »Endlich mal einer, den Blindheit glücklich macht.«

Johann: (ächzt)

Maria: »Mein Schatz.« (Kussgeräusch.) »Ich muss wieder in die Küche.«

Isolde: »Ihr habt aber nicht die Bereshta aus Albanien, oder? Die hat mir meinen Ring geklaut. Das heißt, sie hat ihn gegen einen billigen ausgetauscht, ebenfalls mit Noppen, aber ganz leicht, wie Blech. Meine Freunde sagen, das ist einer aus dem Kaugummiautomaten.«

Anton, der Statistiker: »Nein, ich habe eine Liesa. Die zieht immer die Stecker aus den Dosen.«

Wir beklagten unsere Ohnmacht. Mieterhöhung war angedroht, was tun? Isolde beschwerte sich darüber, wurde aber auf den Mietspiegel hingewiesen. In München explodierten die Mietpreise, da ging's uns noch gut. »Nicht mehr lang!«, bemerkte Anton sarkastisch. »Ich rate, Rücklagen zu bilden.« Maria arbeitete als Telefonistin bei der Post, Anton, Isolde und Johann bekamen eine kleine Rente, Jenny, die Zeugin Jehovas, lebte nur vom Blindengeld. Große Sprünge konnte keiner machen. Schlimmer aber war für alle, die früher gesehen hatten, der Kontrollverlust. Hier hatte jeder was beizutragen.

Kürzlich hatte die Hausverwaltung an allen Kellerabteilen Brandschutztüren angebracht, auf unsere Kosten, aber ohne uns zu fragen.

Jenny hatte eine Abfuhr erhalten, als sie den Hausmeister bat, ihre Wasserhähne zu entkalken. Er meinte, sie solle sie halt in Essig legen. Aber sie besaß keinen Schraubenschlüssel und hätte auch nicht gewusst, welche Größe man braucht.

Isolde hatte sich erkältet, weil plötzlich das Warmwasser ausging, während sie sich die Haare wusch. Zwar waren wir auf die Installationsarbeiten schriftlich hingewiesen worden, aber nicht in Braille, keiner konnte es lesen. Isolde rief empört die Hausverwaltung an. Die Verwalterin sagte: »Wieso, kalt duschen ist doch viel gesünder!«

Maria kehrte aus der Küche zurück. »Ich bringe den Kuchen, Vorsicht, lasst mich durch!«

Stühlerücken.

Isolde: »Selbst gebacken?«

Maria: »Sowieso.«

Jenny: »Ich habe die Nüsse geraspelt.«

Anton: »Was gibt's denn Feines?«

»Schokokuchen mit Nüssen und Rum.«

Anton: »Ich wollte doch abnehmen.«

Maria: »Moritz?«

»Hier.«

Marias Hand fand meine Schulter und wanderte den rechten Arm hinab. »Hier, das Feuerzeug. Zündest du die Kerzen an?«

»Wo stehen sie?«

»Mitten auf dem Tisch, in einer Reihe.« Zu den anderen: »Ich tue euch auf. Gabel ist auf drei Uhr, Kuchen auf sechs, Sahne auf zwölf. Und passt auf, dass ihr die Kerzenleuchter nicht umwerft.«

Ich: »Wie viele Lichter sollen's denn werden? Ich bin jetzt bei vier.«

»Fünf«, sagte Maria feierlich. »Für jedes Jahr eine.«

~

An meinem fünfzigsten Geburtstag rief Mutter an, ich solle zu ihr kommen. Auch Kurt sei bestellt.

Ich fuhr hin. Unser letztes Treffen lag vier Jahre zurück. Die Wohnung war unverändert. Eigentlich hatte sich dort seit meinem Auszug nichts getan. Ich erkannte unsere alten Möbel, die matten

Rauchglaslampen, die staubigen Gardinen. In diesem traurigen Käfig saß Mutter und beschimpfte Kurt, der wie vor vierzig Jahren gelähmt in der Ecke saß und wahrscheinlich an den Nägeln kaute. Auch der Kittel, den sie anhatte (dicke braune Punkte), und ihre Schminke schienen aus den Siebzigern zu stammen: in ihrer Grellheit Vitalität behauptend, aber eigentlich wüst, zerstörerisch, wie Balken über dem Gesicht.

Unser letztes Treffen hatte mit Beleidigungen geendet, und so setzte dieses ein. Mutter sprach in Monologen. Sie schimpfte auf unseren Vater und auf alle Männer, dann auf eine Freundin, in der sie sich getäuscht hatte, sowie auf alle früheren entschwundenen oder vertriebenen Freundinnen. Wir ließen es über uns ergehen. Wir kannten die Arie zum Erbrechen und wussten, dass es zwecklos war, Einspruch zu erheben.

»Es geht um Folgendes«, sagte sie unvermittelt.

Es ging um Folgendes: Sie hatte für mich und Kurt, als wir studierten, Bafög beantragt und bekommen, dreihundertfünfzig Mark im Monat für jeden. Diese siebenhundert Mark hatte sie auf Sperrkonten eingezahlt und dann als Dauerauftrag an sich selbst überweisen lassen. Kurt und ich haben von diesem Geld nie was gesehen. Ich gab schon als Student Unterricht und ernährte mich selbst, und nach dem Studium habe ich erst recht nichts gebraucht. Inzwischen hatten sich mit Zinsen fünfzigtausend Mark angesammelt.

Mutter teilte mit, sie könne uns dieses Geld nicht auszahlen. Sie brauche es für sich, Einspruch sei zwecklos: Sie habe in der Zeitung über einen Präzedenzfall aus Koblenz gelesen, da hatte ebenfalls eine Mutter Geld ihrer Söhne für sich selbst verwendet und vor Gericht Recht bekommen. Sie hielt mir den Zeitungsartikel vors Gesicht.

Das nun fand ich empörend. Ich wollte das Geld nicht, ich hatte nie danach gefragt, aber die Geste war für mich wie eine Ohrfeige. Schon spürte ich Wut in mir hochkochen, aber ich schwieg und schluckte sie runter, während Mutter fortfuhr: »Also, ich hole das jetzt vom Konto, und was bei meinem Tod übrigbleibt, kriegt Kurt, denn der hat ja weniger als Moritz.«

Damit war der formale Teil beendet, und sie fing wieder an zu monologisieren. Über das Leben und die Männer, der Krieg geht nur von Männern aus, die Männer sind das Übel der Welt, Frauen waren immer die sanfteren und besseren Wesen, und die Männer sind eben so. Ich merkte auf bei dem Satz: »Das einzig Gute, das ich vollbracht habe, ist, dass meine Söhne schwul sind.«

»Ach, das war dein Verdienst?«, fragte ich. »Wie hast du das denn gemacht?«

»Ich habe euch nicht zu Männern erzogen«, sagte sie ohne zu zögern. »Obwohl ihr das offenbar nicht zu schätzen wisst. Dabei könnt ihr von Glück sagen, dass ich euch nie geschlagen oder sonstwie Gewalt angetan habe.«

»Wie bitte?«

Sogar Kurt fand vorübergehend die Sprache wieder: »Das ist jetzt aber der Hammer.«

»Niemand hat je was gesehen! Das alles sind eure kranken Unterstellungen!«

»Der Onkel war dabei, als du auf uns Stöcke zerschlagen hast!«

Ach was, schimpfte sie, wir seien böswillig und haltlos. Unser Problem sei, dass wir nicht allein sein könnten, deswegen brächten wir nichts zustande und dächten uns Verleumdungen aus. Kurt stehe kurz vor der Sozialhilfe, und mit mir sei offenbar auch nichts mehr los, nach all den Opfern, die sie für meine Ausbildung gebracht habe. Das käme davon, dass ich dauernd unter Menschen sein müsse.

Ich sagte: »Wie kommst du darauf? Ich übe sieben Stunden am Tag, da vertrage ich nicht die geringste Störung. Ohne das könnte ich mich gar nicht vervollkommnen!« Heute ärgere ich mich, dass ich mich überhaupt verteidigt habe.

»Vervollkommnen?«, lachte sie, »wozu?«

»Um das Einzige, was ich auf dieser Erde wirklich kann, gut zu machen, anstatt nur herumzusitzen und zu schimpfen. Ich glaube, es hat mit Würde zu tun.«

»Sei doch nicht so hochmütig!«

»Weißt du was«, sagte ich, »du bist ganz einfach Abschaum.«

»Abschaum!«, schrie sie, »das sagst du zu deiner Mutter!«

»Ja. Etwas anderes fällt mir nicht ein.«

Ich ging. Kurt folgte mir, aber ich war so erregt, dass ich es nicht bemerkte. Ich stürmte, viel zu schnell für meine Blindheit und das glitschige Laub unter meinen Füßen, in einer Wolke aus Zorn dahin. Das war's, dachte ich, die siehst du nicht wieder, das nächste Mal, das du in ihre Nähe kommst, stehst du vor ihrem Grab. Erst von einer breiten, dicht befahrenen Straße wurde ich gestoppt. Einen Augenblick lang war ich orientierungslos. Richard-Strauss-Straße? Wo war die U-Bahn? Ans Überqueren war nicht zu denken, zurück ging physisch nicht, Würde hin oder her. »Mist!«, brüllte ich in den Lärm von tausend Motoren. Ruß flog mir ins Gesicht. Von irgendwoher der süßliche Geruch eines Zweitakters. Lastwagen schossen aus einer Unterführung heraus und donnerten als Berge an mir vorbei.

Jemand berührte meinen Arm. »Wo willst du denn hin?«

Kurt. Auch das noch.

»Komm mit mir einen Kaffee trinken«, schlug er vor. »Ich lade dich ein.«

Das immerhin war etwas Neues. Seit Jahren kannte ich Kurt nur als Kostgänger. Er tat mir leid, aber ich ärgerte mich auch. Kurt war ein schöner Mann gewesen (in der Auffassung der Familie »der Schöne«, während ich »der Begabte« war), empfindsam, körperlich gesund, er hatte massenhaft prächtige Verehrer gehabt und sie alle mit seinen Launen und Forderungen in die Flucht geschlagen. Als technischer Zeichner hatte er auch noch einen soliden Beruf. Dass er jede Anstellung bald durch Krisen und Zusammenbrüche verlor, warf ich ihm nicht vor, wohl aber, dass er nie versucht hatte, an sich zu arbeiten. Den Vorschlag, eine Psychotherapie zu machen, fand er beleidigend. Das ist die Schule von Mama, dachte ich: Untätigkeit als Vorwurf, Qual als Waffe. Ich ertrug ihn kaum. Als ich ihn vor Jahren zuletzt besuchte, lebte er in einer zugigen Erdgeschosswohnung mit Ölofen in einem muffigen Mietshaus im Glockenbachviertel, zweiter Hinterhof, unter lauter Schwulen, die das Alter fürchteten. Er hatte sich gehasst für alles, was er tat und was er nicht tat, und sein Elend war so unerträglich erschienen, dass mir keine Argumente einfielen, als er erklärte, er brächte sich jetzt um.

Als er mich jetzt in ein verrauchtes Café an der tosenden Kreuzung führte, standen mir die Haare zu Berge. Aber im Café merkte ich, dass er anders roch als früher, sauber, sogar leicht parfümiert.

»Du musst dich nicht aufregen. Falls ich jemals was von dem Geld sehe, kriegst du die Hälfte«, sagte er, nachdem wir uns gesetzt hatten.

»Ich dachte, du stehst vor der Sozialhilfe.«

»Nein. Ich arbeite seit drei Jahren in einem Aidsprojekt. Ich soll sogar fest übernommen werden! Ich habe das Mama erklärt, aber sie sagte: Soll, das heißt gar nichts.« Er lachte gezwungen.

»Du arbeitest in der Aidshilfe?«, fragte ich verblüfft. Ist das nicht furchtbar deprimierend?, hätte ich beinah nachgesetzt und konnte mich gerade noch bremsen. »Wie kommst du darauf?«

»So viele meiner Bekannten sind gestorben … Ich selbst hab's drauf ankommen lassen. Dann hat mich einer zu dem Test gezwungen, und ausgerechnet ich war negativ. Ich dachte, das ist vielleicht ein … Auftrag?«

»Und? Bewährt es sich?«

»Komischerweise ja«, sagte er zögernd.

Zwanzig Jahre lang hatte ich an ihm vorbeigesehen wie an einer Wolke von Unglück. Erst jetzt versuchte ich, mir wieder ein Bild von ihm zu machen. Ich merkte, dass er bleich war und sein Kopf ab und zu zuckte. Sonst: gepflegte Kleidung, ein irgendwie gemustertes Jackett. Sollte er sich wirklich gefangen haben, ohne Größenwahn, ohne Erfolg, sogar ohne Musik? Ich weiß nicht, ob ich so auch nur einen Meter weit gekommen wäre. Auf einmal schien mir, dass es keinen größeren Heroismus geben könne als diesen Weg von Schweiß und Jammer zu Seife und Ausdauer. Aber ganz konnte ich es noch nicht glauben.

»Bist du verliebt?«

»Nein«, sagte er.

~

Heinz Morus rief an: »Du denkst sicher, ich hätte dich vergessen, aber Heinz Morus vergisst nicht. Darf ich dich am Samstag meinen neuen Freunden vorstellen?«

Seine neuen Freunde waren der Doyen der Musikkritik Dr. Pirol aus Berlin, der Präsident der Münchner Musikakademie Enrico Schur und ein Professor für Musiktheorie Dr. Müller. »Am Freitag gibt's ein Mittagessen bei einer Tagung der Mozart-Gesellschaft in Salzburg«, trompetete Heinz. »Ich habe dich an unserem Tisch platziert, denn ich bin einer der Hauptsponsoren. Vielleicht kann ich was für dich drehen!«

»Woher kennst du die drei?«, fragte ich überrascht.

»Verbindungen.«

»Und was willst du drehen?«

»Ich möchte, dass sie über dich schreiben«, sagte er mit der Aufgeräumtheit eines Geschäftsmannes, der ein unwiderstehliches Angebot macht.

»Das denkst du?«, fragte ich überrascht. »Pirol macht sich erklärtermaßen nichts aus Cembalo, Schur heftet sich nur an Erfolgreiche, und von dem dritten habe ich noch nie gehört.«

»Na, vielleicht kann ich sie – stimulieren.«

Ich fuhr mit der Bahn nach Salzburg, Heinz holte mich sogar am Bahnhof ab. Das Mittagessen fand im Barocksaal des Stiftskellers Sankt Peter statt, sehr edel, mehrgängiges Menü, gepolsterte Stühle, weiße Kerzen auf hohen silbernen Ständern, vor jedem Gast eine Batterie von Gläsern, was ich immer noch genoss, auch wenn ich mich sehr konzentrieren musste, um keins umzustoßen. Heinz, auch mit seinen inzwischen siebenundsiebzig Jahren immer noch vital mit Mähne, Künstlerschal und Kaschmirjackett, redete von seinen vielen Verbindungen, den Stars, die bei ihm ein und aus gingen, und der Stadt Linz, die ihm seine Sammlung abkaufen wollte.

»Linz«, lächelte Pirol in einem unnachahmlich vornehmen Tonfall.

Ab da hatte Heinz nichts mehr zu sagen.

Enrico Schur, fröhlich, kahl, schmuddelig, erzählte mit glucksender Clownstimme, wie er als junger Cellist einmal beinah vom Avantgardekomponisten Kranz verprügelt worden sei, weil er den um eine Kantilene gebeten habe, »eine einzige Kantilene!«.

»Hältst du Kranz für einen guten Komponisten?«, fragte ich.

»Na, einen der besten, obwohl ich die Kantilene noch immer vermisse, hohoho! Kranz hat kürzlich den Siemens-Musikpreis zuerkannt bekommen, und ich hatte die Ehre, für ihn die Laudatio zu halten!« Nicht zu packen, der gute Enrico, immer obenauf, immer am Mauscheln, immer ironisch, damit man ihn nie greifen kann, ein unbesiegbarer Hanswurst.

Dr. Pirol war ein anderes Kaliber: seriös, durchgeistigt, ein Edelbourgeois, der mit weicher Stimme in langen, schwebenden Perioden sprach. Dr. Pirols ziselierte Artikel über Musik galten als bürgerliche Literatur, mit seinen Vorträgen füllte der Mann Konzertsäle. Auf sämtlichen Werbeplakaten war er in Künstlerpose abgebildet, ein, soweit ich es beurteilen kann, schöner Mensch mit kohlschwarzen Augen und einem gepflegten melierten Spitzbart.

Pirol ging auf Schurs Pointen nicht ein, sondern monologisierte auf ziemlich hohem Niveau über beispielhafte Chopin-Interpretationen. Er schien Künstler wenig zu lieben, was man ihm nicht vorwerfen kann: Wir sind nicht liebenswert. Aber er liebte großzügig und wissend die Musik. Weniger großzügig und wissend liebte er die Macht. Ich spürte, wie der fast Achtzigjährige sogar in dieser Runde noch um sie rang. Wenn ein anderer sprach, wurde er unruhig, blätterte in der Speisekarte, vergrub das Gesicht in den Händen oder starrte flackernd in die Luft. Selbst redete er eindrucksvoll mit der Attitüde des Präzeptors, der mit den Geheimnissen der Kunst auf du und du ist. Er hatte einst selber Pianist werden wollen und schien vergessen zu haben, dass er es nicht geworden war.

Auch er war damals am Mozarteum in der Reihe »Musik und Kritik« aufgetreten und hatte ein junges Klaviertrio mit einem einzigen Argument vernichtet: »Sind Sie berühmt? Nein? Dann brauchen Sie's gar nicht erst zu versuchen!«

Damals waren im Publikum alle erstarrt, denn natürlich war keiner von uns berühmt, wir waren in unseren Zwanzigern und kämpften noch nicht um unsere Karrieren, sondern zuerst um unsere Kunst, eine Mühsal, die Pirol – um es vorsichtig auszudrücken – übersprungen hatte. Ich glaube, Pirol erlebte an jenem Nachmittag einen Rückblickschock und irrte durch seinen eigenen Albtraum von Größensucht und Scheitern. Als die Studenten um sachbezogene Kritik baten, ging er an den Flügel, erklärte allen Ernstes, wie der Pianist hätte spielen sollen, und klimperte die Stellen sogar vor. Wir trauten unseren Ohren nicht: nicht wegen der mangelnden Geläufigkeit – die hätten wir verstanden, schließlich übte er nicht wie wir sieben Stunden am Tag –, sondern wegen der Leere seines Spiels. Falls er eine Idee hatte, konnte er sie nicht ausdrücken, er phrasierte mal ein bisschen wie dieser, mal ein bisschen wie jener berühmte Pianist, nur ohne deren Vermögen – wohl so, wie er's auf Schallplatten gehört hatte. Offenbar hat er nie künstlerische Verantwortung übernommen und rächte sich an den Studenten für den unbefruchtet in ihm wuchernden Impuls.

Soeben erzählte er Morus, wie er einen Pianisten mit einer einzigen Rezension erlegt hatte, und zwar so wirksam, dass der nicht nur keine Konzerte mehr bekam, sondern auch unter seltsamsten Vorwänden aus allen noch bestehenden Verträgen gedrückt wurde. »Wir müssen uns auf den Elitegedanken besinnen!«, sagte Pirol stolz zu Morus. »Nur die Besten haben ein Recht … Dafür sind *wir* verantwortlich!« Dass ausgerechnet er so unerbittlich auf den Leistungsgedanken pochte, ärgerte mich dann doch. Ja was bist du denn für eine Elite?, dachte ich. Ich meine, nicht jeder kann Künstler sein, ist ja auch, wie wir gesehen haben, nicht wirklich empfehlenswert. Aber sich im Glanz der Kunst sonnen, ohne was Eigenes zu schaffen, und dabei sich über die Gequälten und Scheiternden erheben, das geht doch ziemlich weit. Ich schwieg aber, weil ich immer noch hoffte, er würde eine Kritik über mich schreiben.

Dr. Müller, der Universitätsprofessor, mir bisher unbekannt, sprach mit pastosem Bariton etwas ungeduldig zu Schur und geschmeidig-unterwürfig mit Pirol; er suchte offenbar seine Position unter den dreien, umwarb den berühmten Alten und demonstrierte dem jüngeren, aber erfolgreicheren Schur seinen Anspruch auf Autorität. Da er weder den Schliff von Pirol noch den Grips von Schur, noch das Geld von Morus besaß, wurde er auf einmal rüpelhaft gegen mich, den er – nach Pavianlogik völlig zutreffend – als schwächstes Mitglied der Horde ausgemacht hatte. Als ich ein Urteil von Dr. Pirol in Frage stellte, wetterte er los: »Wie können Sie sagen …Es ist doch allgemein bekannt …. Worüber reden wir hier überhaupt?« Enrico Schur schaltete sich mit einem Witz ein, und das Herrengelächter nahm mir die Chance, etwas zu erwidern; darüber habe ich mich lange geärgert.

Nein, das ist falsch: Am meisten ärgerte mich meine mangelnde Geistesgegenwart. Die geeignete Antwort fiel mir nämlich erst auf dem Heimweg ein: »Ich bin ein Künstler und rede über Kunst, und Sie haben mich nicht zu unterbrechen mit Theorien, die Sie in Büchern gelernt haben!«

Aber ich war überrumpelt worden. Eigentlich hatte ich vor allem zugehört und gestaunt. Die Kunst war in dieser Runde nur Vorwand, Anlass für ein Gerangel dreier Paviane, das sich als Ballett ausgab. Als ich mich ohne Rücksicht auf die Hierarchie äußerte, wurde ich abgestraft. Und nun kommt das Schlimmste: Der Pavian in mir erregte sich. Sogar in mir wohnte ein Tier, und dann auch noch ein schwaches, das sich nicht mal der Bisse eines Unterpavians erwehren konnte. War das kränkend. Na, dachte ich, die Biologen suchen ja immer das *missing link* zwischen Affe und Homo sapiens. Aber das ist reine Hybris, vom Homo sapiens sind wir meilenweit entfernt. Wir selbst sind das *missing link.*

Und während ich schwieg und zoologisch wie moralisch versagte, nahm ich auf einmal Heinz Morus wahr, der völlig abgemeldet neben mir saß. Heinz hatte ziemliche Summen locker gemacht, um mir zu helfen, und nichts erreicht. Auf einmal schien mir, dass diese Fütterung sein Abschiedsgeschenk an mich war, und ich fühlte mich betroffen und dankbar. Siebzehn Jahre hatte ich zu seinem Mikrokosmos gehört, ich war mit seiner Familie durch wunderbare Gegenden gereist, hatte an seinem Tisch gesessen, seine Freunde gekannt und die Söhne erwachsen werden sehen. Sie alle waren trotz ihrer gedankenlosen Art gefühlvolle Leute. Eine Grille von Heinz hatte mich zu ihnen gebracht: Er bildete sich irgendwann ein, selber Cembalo lernen zu wollen, und obwohl er seinen Irrtum fast sofort einsah, blieb er mir treu. Dass Frau und Söhne sich aus Musik nichts machten, war niemandem vorzuwerfen. Dass Morus mit seinen fast achtundsiebzig Jahren taub wurde, ebenfalls nicht. Eigentlich wunderte ich mich, wie lange er zu mir gehalten hatte, auch nachdem er in seinen Kreisen mit mir nicht mehr punkten konnte.

Beim Abschied küsste er mich herzhaft auf beide Wangen, und

ich trauerte um ihn. Ich war so bewegt, dass ich zu Fuß zum Bahnhof ging, anstatt ein Taxi zu nehmen. Ich fand sicher aus der Stadt hinaus, überquerte die Salzach und folgte ihr ziemlich lang auf einem Fußgängerweg Richtung Bahnhof, ich erinnerte mich sogar noch, wann ich rechts abbiegen musste. Auch vom schönen, vertrauten Salzburg nahm ich Abschied, der Stadt inspirierender Studien, leidenschaftlicher Konzerte und hemmungsloser Feiern. Ein Winternachmittag, bereits dämmrig, links über der Salzach ein kalter, bunter Abendhimmel hinter schwarzen Wolkenfetzen. Die kahlen Bäume zeichneten sich noch deutlich ab. Zwielicht ist günstig für mich, ich erkenne dann sogar die nackten Zweige der Wipfel, die ich im Sommer nur als schwarze Wellen wahrnehme.

*Es gibt Glücksmomente. Auf einmal gelingt mir ein Gesamtdurchlauf durch die* Goldberg-Variationen *in der richtigen Temporelation. Die Variationen hängen ja zusammen, man darf nicht für jedes Stück ein beliebiges Tempo wählen, sonst fällt das Gebäude auseinander. Bis gestern war ich noch dankbar, wenn ich technisch sauber durch die Horrorvariationen 5, 8, 11 oder 14 kam, und eben habe ich sie alle im Zusammenhang bewältigt, ohne zu hetzen oder zu schleichen. Mir fällt ein Stein vom Herzen. Jetzt muss ich noch am Klang feilen – Arbeit genug, aber wie sinnvoll, wie schön! Ich bin plötzlich so erfüllt von Zuversicht, dass ich mir sogar eine Auszeit gönne, um Kraft zu sammeln. Ich ziehe meinen Mantel an und gehe langsam wie ein Genesender durch den Palastgarten, spüre den Kies unter den dünnen Sohlen und das blasse Sonnenlicht auf der Wange. Heiliger Dankgesang.*

*Im Garten treffe ich Teresa. Auch das ein Glücksfall.*

*Teresa ist die Putzfrau des Palastes, eine fünfzigjährige kleine, schmale Frau mit einer kehligen Stimme. Verglichen mit den trägen Studenten in der Rezeption hat sie die Energie eines Wirbelwinds, sie fegt und schrubbt in dem Takt, mit dem die Jungs mit der Computermaus klickern, und einmal hat sie mich fast umgerannt, das heißt, ich habe sie umgerannt, weil ich sie zwar wahrnahm, aber ihr Tempo falsch berechnete. So sind wir miteinander bekannt geworden. »Dio mio!«, rief sie aus. »Um Gottes willen, Maestro!«*

*»Woher wissen Sie, wer ich bin?«, fragte ich mit dem Italienisch, das ich aus den Opern Galuppis gelernt habe.*

*»Ach, Maestro!«, lachte sie. »Ich räume doch jeden Tag Ihr Zimmer auf, während Sie spielen! Ich höre die Töne und weiß, jetzt kann ich rein!«*

*Seitdem grüßen wir einander fröhlich. Ich freue mich schon, wenn ich an sie denke. An manchen Tagen merke ich nur an ihrem »Buon giorno, Maestro!«, dass ich noch auf der Welt bin.*

*Diesmal ist sie nicht in Eile, und wir plaudern ein bisschen, während die Sonne auf uns scheint. Zu meiner Überraschung kennt Teresa* den Prinzen Baldassare Ionesco. Er sei jahrzehntelang Chefarzt an der Uniklinik zu Padua gewesen; Kieferchirurg, wenn ich richtig verstanden habe. Ich bin erleichtert: also doch kein reiner Degenerat.

»Woher wissen Sie das?«

»Na, ich wohne doch in Padua! Meine Schwester hatte einen Geburtsfehler, so eine Kieferndeformation, und er hat sie operiert!«

»Der Prinz? Ihre Schwester?«

»Ja, er fand das interessant. Fotos von ihr sind in einem Medizinbuch abgedruckt. Das zeigt sie manchmal ihren Gästen. Jetzt hat sie leider gar keine Zähne mehr.«

Teresa wohnt immer noch in Padua und pendelt hierher, zweimal anderthalb Stunden. In Padua gibt es keine Arbeit, in Venedig keine bezahlbaren Wohnungen, so kommt das zustande. Der Weg sei aber schön. Eine halbe Stunde Bus vom Stadtrand zum Bahnhof von Padua, in der Eisenbahn nach Venedig kann man Kreuzworträtsel lösen, und von Santa Lucia zum Zenobio sind es nur fünfzehn Minuten zu Fuß.

»Nur fünfzehn Minuten?«

»Na klar, und ich kenne jeden Stein.«

»Würden Sie mich mal mitnehmen, wenn Sie abends zum Bahnhof gehen?«

Sie nimmt mich dann fast sofort mit, weil sie selbst den Nachmittag frei hat. Sie begreift, was ich brauche, und wählt nicht den kürzesten, sondern den einfachsten Weg: rechts vom Zenobio bei der nächsten Brücke über den Margherita-Fluss, dann über mehrere Biegungen immer am Wasser entlang bis zum Canal Grande. Dort hätte man den Bahnhof schon vor sich, wenn man denn sehen könnte. Man muss nur noch ein paar hundert Meter weiter nach links auf einer hohen weißen Steinbrücke den Canal Grande überqueren und ist am Ziel.

Nachdem wir uns verabschiedet haben, gehe ich sofort zurück, um mir den Weg einzuprägen, und dann noch mal hin. Herrlich, herrlich! Ich werde so übermütig, dass ich hinter dem Bahnhof sogar weiter über eine mir unbekannte breite Straße gehe, die voller Menschen und Läden ist. Und dann schlage ich mich in die kleinen Gassen nördlich des Canals, Sonne im Rücken, und denke: Wenn ich mich verirre, nehme ich irgendwo ein Wassertaxi, das muss drin sein.

Ich komme in eine Wohngegend. Ein weiter Platz öffnet sich, über *den Kinder rennen; die Hauswände werfen ihr Geschrei hin und her. Ein Hund bellt. Möwen zanken. Ich überquere den Platz und gerate in eine Sackgasse. Als ich zum dritten Mal in derselben Ecke ende, beginne ich meine Schritte zu zählen. Ich wiederholte den Fehler nicht, aber ganz Venedig scheint auf einmal aus Sackgassen zu bestehen. Dann höre ich eilige Schritte und ein Keuchen hinter mir, ein Jogger, der ein helles Hemd trägt, überholt mich. Das ist mein Glück: Ich kann sehen, welche Richtung er einschlägt, und folge ihm, wer joggt, braucht freie Bahn. Auf einmal ist alles ganz einfach: Nach hundert Metern trete ich hinaus auf einen Kai. Die Häuser bleiben in meinem Rücken, vor mir liegt das Meer. Ich ahne etwas Dunkles, eine Insel vielleicht, auf der hellgrauen Fläche. Links legt knatternd ein Boot an, Passagiere steigen aus. Ich frage jemanden, wo wir sind, und er antwortet: »Fondamenta Nuove«. Da bin ich im Bilde: Das Dunkle müssen die Zypressen der Friedhofsinsel San Michele sein, die ich mir seit Jahrzehnten vorstelle wie Böcklins Toteninsel. Ich bin stolz, als hätte ich ein Buch gelesen.*

*Alles Weitere gelingt ohne Probleme: Das nächste Vaporetto fährt von hier aus direkt zum Bahnhof. Vom Bahnhof kehre ich zu Fuß auf meinem neuen Weg in den Palazzo zurück. Dort finde ich ganz unerwartet sogar ein Päckchen vor, das einige CDs und ein Blatt enthält, auf dem mit riesigen Buchstaben steht: »Lektüre für die Insel!« Das rührt mich. Was für ein gelungener Tag! Jetzt kann ich mir von meinem Laptop abends etwas vorlesen lassen. Sehr nette Idee. Von Willi.*

# Netzsuche

Nach längerer Zeit gab ich wieder ein Konzert, und zwar bei der »Gesellschaft für Alte Musik«, als Abschlussakzent unseres Jahrestreffens. Ort: Frauenburg an der Donau, in einem Schlosssaal aus dem 16. Jahrhundert. Zeit: in zehn Tagen. Ich wunderte mich etwas über die kurzfristige Anfrage, aber zum Treffen wollte ich sowieso fahren, ein Konzert im Schloss ist immer was fürs Ego, und außerdem brannte ich darauf, mein Können den zwölf Konzertveranstaltern vorzuführen, die sich inzwischen unserer Gesellschaft angeschlossen hatten. Das Honorar war gut.

Um halb elf kam ich in Frauenburg an. Dr. Prückner holte mich am Bahnhof ab und brachte mich zum Einchecken ins Hotel, dann ins Schloss, um mir das Instrument zu zeigen. Das Instrument war ein Brauker-Cembalo. Ich war etwas skeptisch gewesen, denn das sind oft harte Prügelkisten, doch das Exemplar im Schlosssaal spielte sich butterweich, entzückend. Drei Töne fehlten zwar, aber Dr. Prückner sagte, nachher käme der Klavierstimmer, ich könne nach dem Mittagessen selbst mit ihm sprechen. Zum Essen lade er mich selbstverständlich zu sich nach Hause ein. Ich mochte Dr. Prückner. Er war freundlich, sehr höflich, zuvorkommend, nur ein bisschen geistesabwesend. Auf der Fahrt zu seiner Wohnung erklärte er mir, warum: Er mache sich Sorgen um seine dreizehnjährige Tochter, die im Gymnasium Probleme habe. Das Mittagessen war lecker. Die Tochter mürrisch. Die Frau gestresst. Ich fürchtete, das Stofftischtuch zu bekleckern, und war erleichtert, als wir wieder ins Schloss aufbrachen.

Dort hatte der Klavierstimmer, ein athletischer junger Schwuler, die fehlenden Töne schon wiederhergestellt – der Stimmrechen habe sich verschoben, er werde es ihm aber geben, »bis zum Anschlag!«, scherzte er, und diese Anzüglichkeit stimulierte mich so sehr, dass ich gut gelaunt mit Dr. Prückner in die Sitzung ging.

Die Sitzung begann um eins. Sechzehn Mitglieder waren gekommen, darunter immerhin sieben Agenten und Konzertunternehmer. Ihnen allen ging es aber nur darum, vom Verein Zuschüsse für Konzerte zu bekommen. Ich meldete mich und sagte: »Wollten wir uns nicht überlegen, wie wir der alten Musik wieder öffentlich Resonanz verschaffen können? Wollten wir nicht gemeinsame Initiativen ergreifen?« Schweigen. Ich saß im Dunkeln und wartete darauf, dass jemand reagierte, aber das geschah nicht. Nach einer Minute setzten sie das Gespräch fort, als hätte ich nie was gesagt: Einer will tausend Euro für dieses, der nächste dreitausend für jenes Konzert, etwas anderes interessierte sie nicht, und als es fünf Uhr schlug, hörten sie nur auf, weil mein Konzert beginnen sollte. Dann traten einige auf mich zu – leider ausgerechnet die Agenten und Organisatoren – und sagten, sie könnten mich leider nicht mehr anhören, weil sie Chorprobe hätten, die Zugverbindung so ungünstig sei, ihre Frauen sie erwarteten und so fort. Von sechzehn Leuten blieben elf. Zahlendes Publikum fünf Personen.

Ich hatte keine Zeit gehabt, mich einzuspielen, vertraute aber dem Instrument. Nun, als ich den ersten Akkord der *Fantasie* von Alonso de Mudarra anschlug, brach mir der Schweiß aus: Das Ding war knüppelhart! Der hübsche Mann hatte den Stimmrechen tatsächlich bis zum Anschlag gezogen, alle Kiele lagen viel zu weit über den Saiten, und ich musste wie ein Berserker hämmern, damit die Springer überhaupt anreißen konnten. Aber Drücken ist der Tod des Cembalospiels, es klingt dann nicht mal lauter, sondern nur hässlich, als würde man grundlos mit ärgerlicher Stimme sprechen. Während ich den Mudarra spielte, überlegte ich fieberhaft, was schlimmer wäre: aufstehen und die Sache erklären oder weiterspielen und mich blamieren. Gott sei Dank beginnt die *Fantasie* in langsamem Tempo, da fiel die Schwergängigkeit nicht so auf, und gegen ihr Ende merkte ich, wie der Rechen etwas nachgab – das darf eigentlich nicht passieren, aber mein Herz hüpfte.

Den Abend hatte ich »Stationen der absoluten Musik« genannt. Ich wollte zeigen, mit welchen Formen die Komponisten experimentierten, bis sie – von der tastend improvisatorischen Fantasie über Suite, Präludium, Fuge und Divertimento – zum Sonatenhauptsatz fanden. Entsprechend begann das Programm mit langsamen Stücken und wurde dann immer rasanter und kraftvoller. Gott sei Dank! Gott sei Dank! Das Instrument kam mir entgegen, wahrscheinlich gaben die Delrin-Kiele nach, weil der Saal sich durch das Publikum erwärmt hatte. Später blieben einige Töne hängen, und ich musste alles gekoppelt spielen, aber wenigstens klang's. Im Abschluss, dem *Divertimento in A-Dur* von Wagenseil, spielte ich mich sogar in einen Rausch. Das ist ein ungeheuer musikantisches, schmissiges Stück mit wirbelnden Läufen, ich wurde angesteckt von seiner Glut und entfesselte ein Feuerwerk des Optimismus. Langer Beifall! Als Zugabe spielte ich die Aria aus den *Goldberg-Variationen.* Nochmals langer Beifall! Und dann geschah etwas Schreckliches: Meine Kollegen von der Gesellschaft verschwanden blitzschnell, ohne Abschied.

An wen soll sich ein Spezialist halten? An die Laien?

Zuhörerin: »Sie sehen ja nichts, gell? Dass Sie sich die vielen Töne merken können!«

Andere Zuhörerin: »Sie spielen aber gut, haben Sie das studiert?«

»Allerdings.«

Sie sagte: »Ach so.«

Dann hörte ich die Stimme unseres Präsidenten, immerhin, der war geblieben, um wenigstens die Form zu wahren. Tatsächlich, er kam, reichte mir seine eisige Pfote und sagte: »Hoffentlich habe ich mir keinen Schnupfen geholt, mir war kalt. Ihnen nicht, Sie haben ja was getan!«

Nachts im Hotel fand ich lange keinen Schlaf, so deprimiert war ich. Ich hatte mich verheizen lassen wie ein Anfänger. War ich so schlecht gewesen? Oder waren sie unfähig, meine Kunst zu verstehen? Wenn aber nicht mal die Fachkollegen mitgingen, wozu rieb ich mich dann auf? Ich war allein! Die Gesellschaft – was für ein armseliger Verein, keine Ideen, keine Zukunft. Der Vizepräsident: ein Kirchenmusikdirektor, klingt gut, aber was für eine Schlafmütze! Wenn der mit matter Stimme über die Restaurationsarbeiten an der Leutenberger Bach-Orgel berichtet, klingt das, als erzähle er vom Begräbnis seiner Mutter. Der Präsident: ein Krummhornspieler. Und der sagt zu mir: Ihnen nicht, Sie haben ja was getan! Ich knirschte mit den Zähnen. Hätte der liebe Gott zu mir gesagt: Genug gelitten, Moritz, jetzt nehme ich dich zu mir!, ich hätte geantwortet: Bitte, gern, ich komme!

Am nächsten Tag schlief ich mehrmals im Zug ein. Normalerweise memoriere ich unterwegs Musikstücke, nun aber war ich so zermürbt, dass mir nicht mal der A-Teil der Courante aus der *2. Suite in e-Moll* von Rameau einfiel. Ich knurrte und stöhnte. Mir gegenüber saß jemand, eine graue, rundliche Person, wohl eine Frau. Sie fragte: »Was haben Sie?«

Es stellte sich heraus, sie war Nonne. Das berührte mich heimelig, und ich wollte ihr sofort den Niedergang der alten Musik schildern, aber sie sagte, bei ihnen sei es viel schwieriger. Sie lebe in einem riesigen Kloster zusammen mit zwanzig anderen Ordensfrauen und sei die drittjüngste. »Ich? Fünfundsechzig!«, sagte sie nicht ohne Koketterie. Das Durchschnittsalter dort sei achtundsiebzig. Nur ein einziges Mal in den letzten Jahren sei ihnen vom Mutterhaus eine Novizin geschickt worden, aber die habe nach einer Woche das Kloster mit der Bemerkung: »Die sind ja hier alle zwischen scheintot und Verwesung!« fluchtartig verlassen. Der Konvent würde wahrscheinlich in spätestens fünf Jahren aufgelöst werden. Was würde dann aus der Bibliothek? Zwanzigtausend Bände, jahrelang habe sie inventarisiert, aber für wen? Wer interessiere sich überhaupt für sie? Ihre Mitschwestern nicht, aber auch draußen niemand. Zu den beiden großen Festen verschicke sie lange Rundbriefe, nicht um anzugeben, sondern einfach um zu erzählen, dass es sie gibt und was sie tut. Antworten aber? Entweder null oder eine Postkarte: »Frohe Weihnachten, Deine Ilse«. Naja, der Herr immerhin sei auf ihrer Seite, sagte sie dann. Es gebe eben Zeiten der Prüfung. Ich stimmte ihr zu.

Dann muss ich eingeschlafen sein. Aber auch in den Träumen ließ mich Frauenburg nicht los. Mehrmals erwachte ich, spürte die Nonne da sitzen mit freundlichem Gesicht und wollte ihr mein Herz ausschütten, aber dann schämte ich mich. Was für eine Welt, bestimmt von Wichtigtuern. Der Präsident unserer Gesellschaft zum Beispiel, der Krummhornspieler, war nebenbei noch Rektor der Musikhochschule von Neustadt. Musikalisch eine Lusche, ich hatte ihn mal in einem Konzert gehört, da führte er mit einem Studentenensemble in einer Kirche als hohe Kunst vor, was früher Tanzmusik gewesen war. »Ein Krummhornheini, ich bitte Sie!«, sagte ich zu der Nonne.

»Hab ich noch nie gehört«, antwortete sie.

»Kein Wunder«, sagte ich, »es wird selten eingesetzt und schnarrt wie ein Schaf mit Blähungen. Wenn vor einem Konzert das Krummhorn präludiert, fangen im Publikum immer welche an zu lachen. Und wenn der Spieler das Doppelrohrblatt in den Mund nimmt, sieht es aus, als würde er in einen Strohhalm beißen.«

»Sagte nicht Furtwängler, ein Cemalo klinge, als schabe man mit einer Gabel an einem Vogelkäfig entlang?«

»Meinen Sic, dann hätten Genies wie Bach dafür geschrieben?«, gab ich zurück. »Fürs Cembalo gibt es alleredelste Musik, die an den Interpreten höchste Anforderungen stellt. Unser Krummhornspieler dagegen … lächerlich! Der steckt sich ein Stück Holz in den Mund und pustet, wozu braucht der einen Intellekt? Wenn ich den fragen würde: Wie denken Sie über den Einsatz des hochalterierten Quintsextakkords durch Bach?, würde er wahrscheinlich gar nicht wissen, wovon ich rede.«

»Naja, Bach hat ihn ja auch nur ganz selten angewandt«, antwortete die Nonne. »Eigentlich nur in ein paar Rezitativen und Kantaten, oder?«, und dann fing sie an zu singen, intonationssicher, und markierte tatsächlich so eine Stelle, den stöhnenden, angespannten Klang, nein, sie markierte nicht nur, sie sang sogar mehrstimmig, ganz deutlich hörte ich den Tritonus zwischen dem zweiten und vierten Ton. Das war nun doch außergewöhnlich, das hat mich gerissen, ich flog in meinem Sitz nach vorn und erwachte. Das Abteil war leer.

~

Ich kochte auf meiner verklebten Espressomaschine einen Cappuccino und ging ins Wohnzimmer. Dort, zwischen Schlafcouch, Computer und Cembalo, lebte ich auf achtzehn Quadratmetern.

Ich fühlte mich wie ein Rennpferd, das in einer engen Manege kreiselt, während es eigentlich dazu geschaffen wurde, auf breiten Bahnen vor einem tausendköpfigen Publikum Rekorde zu brechen – nicht in banalem Wettstreit, sondern um zu feiern, was auf der Welt möglich ist, und dass ihm die Gnade zuteil wurde, es zu zeigen.

Die Gnade hatte ich bekommen, aber die breiten Bahnen verloren. Ich hörte meine Anrufe ab. Musikschüler Georg kündigte mit belegter Stimme endgültig: Seine Miete war zum zweiten Mal um zehn Prozent angehoben worden, während er immer noch das Gleiche verdiente wie vor zehn Jahren; er könne seinen Lebensstandard, auch den kulturellen, leider nicht halten. Bei der letzten Stunde hatte er das bereits angedeutet, ich hatte ihm noch zugeredet, hatte sogar angeboten, meinen Preis zu senken. Aber das wolle er nicht annehmen, sagte er, er wisse, wie hart mein Leben sei.

Ich legte die Post auf den Scanner. Die Blindengesellschaft e.V. setzte mich in Kenntnis, dass das Blindengeld sukzessive zurückgefahren würde. Angebliche Gründe waren laut Sozialministerium: Erstens, man müsse sparen. Zweitens, Hörbehinderte bekämen ja auch kein Hörbehinderten-Geld. Mir wurde übel. Das Blindengeld betrug etwas über vierhundert Euro. Ohne das würden viele Blinde zu Sozialfällen. Ich sah mich selbst als Sozialfall. Ich rief in Heinz' Büro an, hatte aber überraschend Frau Morus am Hörer, die sagte, ihr Mann sei unterwegs, und wenn sie Lust auf Cembalo bekäme, würde sie sich melden. Wo er sei, fragte ich vorsichtig. Sie sagte: »Entweder in Polen auf Hirschjagd, oder in Madrid beim Stierkampf, oder bei den Wiener Festwochen in *Aida*, oder in Paris.«

»Wann kommt er wieder?«, fragte ich verlegen. »Ich meine, ich muss, ich möchte, ich würde ihn gern sprechen.«

»Ich weiß nicht, wann er wiederkommt.«

Ich bekam einen Angstanfall. Die Symptome kannte ich längst. Zuerst eine leichte Übelkeit, die sich unaufhaltsam zum Brechreiz steigerte, ich begann zu vibrieren, die Zähne klapperten, als hätte ich Malaria. Das Herz raste. Ich setzte mich ans Cembalo, aber die Finger gehorchten mir nicht. Ich wollte einen Vortrag vorbereiten, aber meine Gedanken überstürzten sich, es war, als würde ich mir selbst genommen. Ich floh auf die Straße, und dort beruhigte ich mich. Ich kaufte Brot, ich kaufte Kaffee, ich kaufte Obst. Alle waren freundlich zu mir, nichts war bedrohlich. Als ich die Einkäufe zurück in die Wohnung gebracht hatte, kehrte die Angst zurück, also ging ich gleich wieder hinaus. Das Wetter war warm, ich würde bis zum Abend spazieren gehen, um sieben war ich bei Freunden zum Essen eingeladen. Den Spaziergang genoss ich sogar irgendwie, nur wenn ich ans Cembalo dachte, wurde mir das Vibrieren in den Fingern bewusst, und ich spürte einen Kloß im Hals.

Bei den Freunden wich die Angst ganz. Satt und beschwipst lief ich nach Hause, ich leistete mir sogar den Luxus, einen kleinen Umweg zur »Schwarzen Kerze« zu machen. Die gab es immer noch. Sie hatte infolge Aids dreimal den Besitzer gewechselt und funktionierte nur noch mühsam, das Internet hatte die Kneipen als Kontaktbörse ersetzt. Seit Jahren war ich nicht dort gewesen. Mit einiger Mühe nahm ich wahr: Unsere Kerze war nicht mehr schwarz und hatte eine Designerausstattung: gerade, scharfkantige Möbel, an der Decke grelle kleine Lichter.

Während ich mein Bier trank, lauschte ich den Gesprächen und Stimmen und schloss auf ein vorwiegend älteres Publikum: Etliche über vierzig, einige wie ich in den Fünfzigern, und noch ältere. Aber die Rituale waren dieselben wie früher: Wann immer einer Neuer eintrat, zog er jäh alle Aufmerksamkeit auf sich, je schöner er war, desto länger, und um die effektvollen Männer schloss sich ein Ring des Begehrens, den sogar ich spürte wie magnetischen Strom. Mit mir sprach ein gelangweilter Toni, dem ich schon anmerkte, dass ich nicht erste Wahl war; er hörte nur hin, um jemanden für den Notfall zu haben. Als ein besserer kam, stand Toni ohne Umschweife auf und ging an dessen Tisch.

Danach unterhielt ich mich mit einem sechzigjährigen Franz, der von seiner Liebe zu einem Stricher erzählte, einem wahnsinnig schönen Puertoricaner, Exsoldat der US-Army, fünfundzwanzig Jahre alt. Der Freier beschrieb ihn schmachtend: eins neunzig groß, schwarze Locken, schwarze Augen, Sixpack-Bauch, herrliche Schenkel, kräftige Klunker. Allerdings koste der hundert Euro und lasse sich dafür nicht mal berühren, man dürfe nur schauen. Franz war süchtig nach diesem Apoll; leider könne er als Versicherungskaufmann sich das Vergnügen nur einmal pro Woche leisten (Cembalostunden bei Moritz Bauer sind billiger, sagte ich natürlich nicht). Armer Versicherungskaufmann! Er sehne sich schließlich auch nach Zärtlichkeit, sagte er traurig, und legte mir mit einem gewissen Fatalismus eine Hand auf den Arm.

~

Ich ging ins Internet und suchte die Seite »Gayplay« auf. Nicht, dass ich mir Chancen ausgerechnet hätte: Gayplay ist eine Galerie der schönen Männer, ohne eigenes Foto wird man nicht mal aufgenommen, und wer von denen will einen alten Behinderten? Ich stromerte also als Zaungast zwischen den Romeos, vergrößerte die Details auf meinem 21-Zoll-Monitor und ließ mir die Katalogseiten vorlesen. Bei besonderem Interesse erfasste ich auch die Buchstaben, das war anstrengend, aber doch intimer – nachdem ich als Produkt nicht vermittelbar war, fütterte ich als Produzent meine Phantasie. Ein Julius mit hellen Augen und dunklen Locken gefiel mir auf Anhieb. Er posierte mit dem Selbstbewusstsein eines Tänzers an einem Swimmingpool, schwarzer Tanga, schmale Hüften, muskulöse, gerade Beine. Ich las: Alter vierundzwanzig. Größe eins siebenundachtzig, Gewicht achtzig Kilo – alles ideal, du liebe Güte, was für ein Glück, so zu sein. Aber bei den nächsten drei Parametern – S-Größe, HIV und FF – stand jeweils »keine Angabe«. Das war bedenklich. Die erste Verweigerung mochte Koketterie sein, die anderen beiden aber interpretierte ich ohne weiteres als Ja. Ich vergrößerte auf dem Bildschirm das Foto, bis die Konturen zu einer Wolke verschwammen. Ich verkleinerte wieder und suchte die hellgrauen Augen. Sie blickten, so weit ich's wahrnahm, ausdruckslos. Auf einmal ärgerte ich mich über die Kälte und Sachlichkeit der schwulen Szene, nicht nur, weil die Trauben zu hoch hingen. Ich hatte wirklich das Gefühl, die Sitten seien noch äußerlicher und zynischer geworden.

Ich loggte mich aus und suchte eine Heteroseite. Tobias hatte mir erzählt, dass Frauen keine Bilder liefern müssen. Tatsächlich: »Single-Luck« nahm mich umstandslos auf, und ich registrierte mich als 28-jährige Linda, sportlich, sympathisch, geistig interessiert.

Der Erfolg übertraf alle Erwartungen. Ich bekam jeden Tag Zuschriften von zehn Männern, die durchschnittlich ab der fünften Replik drastisch wurden. Mit diesem Tempo hatte ich nicht gerechnet, aber alle Verehrer hatten Fotos ins Netz gestellt, und der Gedanke, von diesen gut aussehenden fünfunddreißigjährigen Heteros begehrt zu werden, hielt mich zwei Wochen lang bei Laune.

Alle Bewerber hatten perfekte Szenarien im Kopf, und alle Szenarien waren erniedrigend – noch über Homomaß hinaus. Das reizte mich, und aus Bosheit machte ich die Kerle scharf und stellte mir vor, wie sie über den Balkon kotzten, wenn sie erführen, wer ihr wirklicher Adressat war.

Ein »Officer« – sie alle hatten Spitznamen – wollte mich, die 28-jährige geistig interessierte Linda, in Polizeiuniform besuchen, mit einem angeblichen Strafbefehl in der Hand. Ich sollte erschrecken. Er würde sagen: Entweder du bläst mir einen, oder du kommst mit aufs Revier. Ich würde vor ihm niederknien und es ihm besorgen, bitte mit deutlichen Anzeichen des Ekels. Daraufhin wäre er dermaßen heiß, dass er mich ins Schlafzimmer zerren und mit den Handschellen, die er als Polizist ja dabei hatte, ans Bett fesseln und entkleiden würde, und so weiter. Selbstverständlich behielte er die ganze Zeit die Uniform an.

Der zweite stellte sich als »The Big Blowhammer« vor, Vorliebe: langer, intensiver Oralverkehr. Er war zweiunddreißig Jahre alt, blond, eins neunzig groß und hundert Kilo schwer, von Beruf Lastwagenfahrer – ein körperlich gelungener Mann, wie ich nach dem Studium seiner Ganz- und Detailfotos ohne weiteres einsah, und wunderbar feurig. Schon nach wenigen Tagen schickte er seine Handynummer. Ich zierte mich. »Bitte sag nur guten Tag, damit ich wenigstens deine Stimme hören kann!«, bettelte er. Und da hielt ich es nicht aus und rief ihn wirklich an, wobei ich natürlich sofort behauptete, ich hätte mich verwählt. Er reagierte so unbefangen nett und hatte eine so frische Stimme, dass ich selbst ganz verliebt war und dachte, also ich würde den nehmen, an mir lag's nicht.

Seine konkreten Vorstellungen waren dann weniger charmant. Ich sollte an einer Autobahnraststätte zusteigen. Er würde zwanzig Minuten lang, während er seinen Vierzigtonner steuerte, aus dem

Augenwinkel meine Lippen (»Blaswerk«) beobachten und dann in eine Parkbucht fahren. Ich sollte arglos fragen: »Wie, schon Pause?« Er würde wortlos die Kabine zentralverriegeln und anfangen, gierig und kraftvoll mein »Melkwerk« zu kneten. Ich sollte piepsen: »Bitte nicht, das darf nur mein Freund!« Daraufhin würde er mich ohrfeigen, an den Haaren in seine Koje zerren und mit den Händen meinen Kopf fixieren, um sich in meinen Schlund zu bohren. Ganz wichtig war ihm, obwohl er es ja streng genommen nicht würde sehen können, dass ich dabei würgte und die Augen verdrehte und mir der Speichel aus dem Mund floss.

Der Dritte begann beinahe sofort nach Beginn der Brieffreundschaft, seinen Saft in einem Marmeladenglas zu sammeln, um mich damit, wenn ich ihn am Münchner Hauptbahnhof abholte, in einer Nische, die er bereits ausgeguckt hatte, einzuseifen, und so fort. Dieser Mann stellte sich als Politiker vor; er schrieb etwa, er müsse jetzt ins Wahlbüro, deshalb könne er erst heut Abend wieder schreiben. »Aber hach, wie ich mich schon jetzt danach sehne!« Mit jedem Brief wurde er freudiger, bis es ihn nicht mehr hielt und er in Großbuchstaben ausbrach: »MEIN GOTT, GIBT'S DICH WIRKLICH? NOCH NIE WAR ICH SO GLÜCKLICH!«, da ließ ich mein Pseudonym aus der Seite streichen und schämte mich.

Ich fragte meinen Computerberater Alex, ob das Heteroleben wirklich so sei. Er zuckte die Schultern und meinte, wer sich aus dem Internet über unsere Kultur informiere, müsse ohnehin den Eindruck umfassender Debilität bekommen. Und was die Pornografie beträfe: Nähme man die dort beschriebenen Sexwünsche als wahre Auskunft über unsere Gepflogenheiten, wären wir am Boden. Paarungsrituale im Tierreich seien, verglichen damit, von geradezu opernhafter Würde.

Ich verstand: Ich war am Boden.

~

Aber nein, noch nicht ganz. In guten Tagen hatte ich mich an Bach gehalten, nun wollte ich es auch in schlechten Tagen tun.

Man muss sich nämlich überlegen: Ein Präludium von Bach, von dessen Existenz ich ohne meine Augenkrankheit vielleicht nie erfahren hätte, hat mein Leben gerettet. Sogar meine Erblindung war so gesehen ein Glück; ganz selten, dass einem so was passiert. Und mit der Erblindung allein war es nicht getan – die Klavierlehrerin hätte mir ja auch ein anderes Musikstück in die Hand drücken können, eine Standardgigue von Händel oder ein galantes Rameau-Menuett. Die hätten mir gefallen, nichts weiter. Das Präludium aber traf mich mitten ins Herz.

Ich fand dort alles, wonach ich mich immer gesehnt hatte, ohne zu wissen, dass es existiert: phantastische harmonische Offenbarungen. Logik. Tiefe. Struktur. Ordnung nicht als Gewalt- oder Erpressungsmittel wie bei uns zu Hause, sondern als höchste denkbare Harmonie. Form nicht als Zwang, sondern als vollendeten Ausdruck. Vor allem aber Klarheit und Reichtum der Empfindung. Bei uns zu Hause war jedes Gefühl unsauber und manipulativ, egal, ob es sich als Liebe, Empörung oder Verzweiflung ausgab. Die einzige ehrliche Passion, die alle fühlten, bestand in Selbstmitleid und der immer dahinter lauernden Wut.

Mein strenger Pianistenfreund Boris hat mal beanstandet, dass ich aus meiner häuslichen Misere heraus Bach idealisiere (er nannte es »Ersatzdroge«). Bach sei ein unangenehmer Patron gewesen, der mit allen Streit bekam, überhaupt sei es gefährlich, Begriffe der Ästhetik mit Begriffen der Moral zu vermischen, und so weiter. Ich habe darüber nachgedacht und es verworfen. Meine häusliche Misere war zwar in der Ausprägung, nicht aber in der Anlage extrem. Leiden, Ohnmacht, Selbstsucht, ziellose Erregung und Zeitvergeudung treffe ich auch heute noch überall, sie sind normal. Bach hatte ebenso damit zu tun wie wir, er wurde von Potentaten getriezt, von Bürokraten missachtet, von Funktionären gefoppt. Der Herzog von Weimar ließ ihn ins Gefängnis werfen, der Stadtrat von Leipzig kürzte seine Bezüge, ein eifersüchtiger Internatsdirektor bootete ihn aus, von seinen letzten großen Werken hat er keine einzige Aufführung erlebt. Natürlich wäre er mit mehr Diplomatie weitergekommen, aber als Diplomat schreibt man nicht diese kühne, freie Musik. Das hat mich am meisten beeindruckt: wie dieser Mann nach allen Kalamitäten an sein Cembalo ging und mit den Göttern sprach.

Natürlich vergleiche ich mich nicht mit ihm. Bach war ein Genie, und ich bin nur ein Tastendrücker. Aber wenn einem gegeben wurde, solche Kunst zu spüren und zu gestalten, ist das doch – dachte ich plötzlich – auch eine Verpflichtung. Und als mich kurz darauf drei Laienmusiker ansprachen, ob ich mit ihnen, »leider können wir nichts zahlen«, das *Musikalische Opfer* aufführen wolle, sagte ich zu.

~

Kurz darauf träumte ich, ich erwache aus einer Ohnmacht. Ich fühle mich ramponiert, aber irgendwie auch glücklich, erwartungsvoll. Um mich herum am Boden verstreut etwas Neues – hell, von der Sonne beleuchtet – und unscharf, natürlich, doch immerhin sehe ich überhaupt etwas, etwas Helles, Unregelmäßiges, wie riesige Goldnuggets, denke ich plötzlich erfreut, aber nun werden sie blasser, und als ich sie berühre, rascheln sie – es sind eher überdimensionierte Popcornbrösel. Ich sollte enttäuscht sein und bin es nicht, denn ich begreife, dass es Pergamentfetzen sind, Fetzen einer abgestreiften Haut. Ich habe mich gehäutet. Es beginnt eine neue Runde.

~

Natürlich habe ich die Laien, die sich an das *Musikalische Opfer* wagten, getestet. Die drei waren ein Deutschlehrer (Violine), ein Krankenpfleger (Flöte) und ein Psychiatrie-Chefarzt (Cembalo), die aus einem unerfindlichen Grund seit Jahren von diesem kniffligen Werk träumten und nur deshalb gezögert hatten, weil der Arzt sich die Solostrecken nicht zutraute. Für diese wollten sie mich gewinnen, sozusagen als Gaststar, während sie miteinander die Triosonate einübten, die ich ohne Blickkontakt sowieso nicht hätte spielen können. Wir trafen uns im Haus des Chefarztes in Rosenheim, ich testete das Cembalo, auf dem wir beide spielen sollten, und fand die drei versiert genug, um die Sache zu wagen.

Der Krankenpfleger flötete fast professionell; es stellte sich heraus, dass er Musiker gewesen war und nach einem Burn-out umgelernt hatte. Der Lehrer, ein verschlossener, ernster, mutmaßlich schwuler Mann um die sechzig, fiedelte exakt, mit etwas neutralem

Ton. Der Arzt spielte impulsiv, schwungvoll, teilweise unausgegoren, also musizieren hätte ich mit ihm nicht mögen. Aber er war ein attraktiver Mann, kann sein, dass das mir die Entscheidung erleichterte.

Außerdem bewegte mich verständlicherweise gerade damals die Geschichte des Stücks: Drei Jahre vor seinem Tod kommt der alte Bach nach Sanssouci und spielt außerhalb des Protokolls für den preußischen König Friedrich II., der ihn auffordert, über ein bestimmtes achttaktiges Fugenthema zu improvisieren, das Friedrich selbst entworfen hat. Bach improvisiert und reist ab; zu Hause aber komponiert er zu dem königlichen Thema das große *Musikalische Opfer*, eine richtige Wundertüte, bestehend aus einer lebhaften, beinah galanten Triosonate mit Flötenpartie für den König und zwei um so strengeren Ricercari für Tasteninstrument.

Warum gerade Ricercari? Das Ricercar, eine Art Vorläufer der Fuge, gehört ins 16. Jahrhundert und galt schon vor Bachs Geburt als veraltet. *Ricercare* heißt: umzingeln, immer wieder einkreisen. Die Themenabfolge in den einzelnen Stimmen ist noch strenger, dichter und konsequenter als in der Fuge, bei der man wenigstens in den Zwischenspielen kurz aufatmen kann. Die beiden Ricercari aus dem *Musikalischen Opfer*, ein drei- und ein sechsstimmiges, haben keine Zwischenspiele und enthalten nur sehr strenges Material. Insbesondere das sechsstimmige ist harmonisch atemberaubend, kompositorisch superdiffizil, zum Spielen ein Fingerbrecher, aber phantastisch, phantastisch natürlich, wenn man's kann: *musica absolutissima* von höchster Beseeltheit und Transzendenz.

Das Notenblatt des sechsstimmigen Ricercar übrigens hält Bach in der Hand auf dem letzten Porträt, das von ihm gemalt wurde. Er sieht stolz aus, doch an seinen zusammengekniffenen Augen erkennt man bereits die nahende Blindheit. Er hat das Stück dann teuer in Kupfer stechen lassen und mit einer ehrerbietigen Widmung an die Majestät gesandt, sicher in der Hoffnung, dass Majestät anerkennend sagt: »Nenne er mir, was er sich wünscht!« Es kam aber nicht mal eine Empfangsbestätigung. Das Werk ist weder vom König noch von sonst jemandem zu Bachs Lebzeiten aufgeführt worden.

Auch danach wurde es kein Renner. Es hat, wie die *Kunst der Fuge*, schon ein bisschen den Erdboden verlassen, pur traut sich kaum einer ran. Am ehesten wirkt es in einer Aufführung durch Orgel oder ein Streichensemble, weil diese Instrumente Töne halten und dadurch die unirdische, schwebende Stimmung leichter vermitteln können. Hier sah ich meine Aufgabe: Cembalisten spielen es oft zu pedantisch. Die Musiker – schon Bach selbst hat sich darüber beklagt – konzentrieren sich gern auf das rationale Bauprinzip und denken, das wär's. Aber wer auf das Gerüst hinweist, ohne das Haus zu zeigen, lockt auch niemanden herein. Nicht die Struktur ist der Witz, sondern die Empfindsamkeit innerhalb des konsequent dichten, logischen Gedankens. Empfindsamkeit und Logik widersprechen sich nicht. Die Dualität Geist/Gefühl ist eine Erfindung der Geistreichen, die Gefühl fürchten, und der Gefühlvollen, die den Geist fürchten. Bach hatte dieses Problem nicht. Er hatte nur das Problem, dass er dem Zeitgeschmack nicht mehr entsprach. So bekam der Name *Musikalisches Opfer*, der eigentlich Offerte, also Angebot, meinte, den Beiklang der Vergeblichkeit.

~

Ich ahnte die Fülle in der Reduktion. Ich wollte die große disparate, sinnliche Welt zeigen, die in diesem strengen Muster konzentriert wird wie die Sonne in einem Brennglas. Aber die Fülle wurde in meinen Fingern nicht lebendig. Anders als Bach konnte ich meine Sorgen nicht ausblenden. Ein Komponist kann seine Ideen in Noten materialisieren, der Musiker aber, dem keiner zuhört, ist ausgelöscht. Die Furcht vor der Auslöschung lähmte mich. Inspiration kann man nicht erzwingen, man muss sich aber für sie bereit machen. Schlimmstenfalls bedeutet das Schinderei bis zur Bewusstlosigkeit. Wenn die Einfälle dann kommen, ist es ein Fest, wenn nicht, eine Qual. Das Belastende an unserem Beruf ist nicht, dass du hart arbeitest für geringen Lohn, sondern dass du alles geben musst, um möglicherweise nichts zu bekommen.

Ich erinnerte mich an die Sicherheit, die ich schon als Anfänger der Kirchenmusik besaß. Als Mutter meinen Lehrer Porst fragte, ob ich denn wirklich begabt sei, hatte dieser Zwieback beinah ehrfürchtig geantwortet: »Keine Sorge! Wenn der Moritz einen C-Dur-Dreiklang anschlägt, klingt das schon wie eine Sinfonie, so gewaltig und erhaben.« Dieser Dialog war nicht für mich bestimmt, ich saß ein paar Reihen weiter in der dunklen Kirche und spitzte die Ohren. Und als Porst fortfuhr, wenn alle Organisten über so eine Ausdruckskraft verfügten, wären die Kirchen voller, da amüsierte ich mich vor allem über seine fränkische Aussprache (»verfüchten«, »Girchen«), anstatt das Zeugnis zu genießen, das ich damals selbstverständlich fand. Jetzt fragte ich mich, ob Porst, wenn er noch lebte, auch heute dieser Meinung wäre. Ich war nicht überzeugt.

So rang ich auf meiner Galeerenbank. Schon das c-Moll in dem Kontext! D-Moll ist mir viel lieber, es hat wenigstens was Aufsässiges, Cholerisches. Aber c-Moll, das eigentlich religiöse Moll, ist so ernst und streng. Und beim sechsstimmigen Ricercar kann man sich schnell die Finger verknoten, da muss man mit der Nase mitspielen. So kam es, dass ich, als unser Geiger das Konzert absagte, direkt aufatmete.

Der Geiger klang dann aber so erschüttert, dass ich ihn nach Hause einlud. Er kam am nächsten Abend mit einer Flasche Wein, und wir unterhielten uns bis in die Nacht.

~

Das Konzert entfiel, weil unser Initiator und Triocembalist, der Psychiater, überlastet war. Er war es von Anfang an gewesen und hatte die Musik immer als Gegenprogramm aufrechterhalten, aber nun sei Schluss, sagte Willi, der Geiger.

Es ging um Personalsorgen. Die Ärzte in der Provinz arbeiteten zu viel bei zu geringem Gehalt. Ein Oberarzt hatte sich wegen schwerer Depressionen selbst in eine Klinik eingewiesen. Er, unser Chef, hatte ihn noch lange gestützt und mit Tabletten gefüttert, vergeblich. Eine Ärztin drehte sich nachts unglücklich im Bett und erlitt einen so schlimmen Bandscheibenvorfall, dass sie nicht mehr aufstehen konnte. Ein Aushilfsarzt – eigentlich ein pensionierter Neurologe aus München, der ein bisschen seinen Ruhestand auflockern wollte – zeigte Symptome senilen Kontrollverlusts und war nicht mehr tragbar, seit er begonnen hatte, Krankenschwestern an die Brust zu greifen. Das alles wusste Willi nicht vom Chefarzt selbst, sondern von einem Freund, der ebenfalls an dieser Klinik Psychiater war. Willis Freund aber war – als trockener Alkoholiker ohnehin nicht besonders belastbar – unter diesem Stress rückfällig geworden.

»Ist dieser Freund Ihr Partner?«, fragte ich.

»Um Gottes willen, nein.«

»Trotzdem sind Sie so mitgenommen.«

»Ich habe nicht viele Freunde.«

Leben ist Chaos, verstand ich. Es gibt offensichtlich Wichtigeres als Bach, wollte ich sagen und sagte versehentlich: »Es gibt offensichtlich Schlimmeres als das *Musikalische Opfer*.«

~

Mit dem Geiger Willi traf ich mich in der Folge häufiger. Er war sechzig Jahre alt, von kräftiger Statur, weißhaarig und ging etwas gebeugt, obwohl er viel Sport trieb, Bergwandern im Sommer, Langlauf im Winter. Er stammte aus dem Chiemgau und hatte auch sein ganzes Lehrerleben dort verbracht, wegen der Berge. In jeder freien Minute war er entweder in die Alpen gefahren oder nach München, »das Violinspiel war nicht mein Hauptinteresse – hast du sicher gehört«, sagte er verlegen. In München hatte er sogar eine kleine Wohnung gemietet, um »ein bisschen zu leben, du weißt schon«. Er sagte das selbstvergessen melancholisch. Er machte überhaupt nichts von sich her.

Konnte man denn in Rosenheim nicht leben?

»Ich wollte nicht, dass meine Veranlagung in der Schule bekannt wird«, sagte er.

Ein Leben lang in Deckung?

Ja. Er hatte einen Bart getragen, um männlicher zu wirken, und nur die Unterstufe unterrichtet, seit ihm einmal vor einer zwölften Klasse schwindlig geworden war. Ansonsten: ein Leben in Sehnsucht. Kein Glück bei der Partnerwahl, nach zwei Alkoholikern habe er auf diese Idee verzichtet. Kontaktversuche in Münchner Saunen und Klappen, letztere seien ihm bald zuwider geworden, mit der Sauna ging es seit Aids bergab. Die schönsten Erinnerungen hatte er an Sommernächte in Parks. Er lachte, als er sagte, er könne sich sogar ein bisschen vorstellen, sehbehindert zu sein, es käme wohl seiner Praxis im Englischen Garten nahe; je weniger man sehe, desto leichter könne man träumen. Er erzählte von seiner Erregung, während er im Dunkeln, bestenfalls Mondlicht, die vorübergehenden Männer musterte. Man erkennt kaum Gesichter, aber etwas ist da in der Ausstrahlung, der Haltung, im Gang, und man weiß: der. Im glücklichen Fall nimmt er Witterung auf, man folgt ihm bis zur nächsten Laterne, um ihn vielleicht etwas besser zu sehen, aber durchaus ohne Bedürfnis nach Tageslicht. Wenn er zu einem Baum schlendert, stellt man sich daneben, alles wortlos. Man berührt sich und macht es dort, oder man geht miteinander nach Hause. Einmal, ganz früher, wurde Willi von der Polizei gestellt: Er lehnte allein am Eisbach an einem Baumstamm und sah den Mond an, so, wie er das schon als Jugendlicher im Chiemgau getan hatte. Aber dort war natürlich nie jemand, während sich im Englischen Garten doch gelegentlich einer fand. Auf einmal wurde Willi von einem Scheinwerfer erfasst, und ein Polizist fuhr ihn an: »Was machen Sie abseits der Wege?« Es war ja damals nicht erlaubt, die Wege zu verlassen.

Was machte er jetzt?

»Nichts mehr«, sagte er. »In den Achtzigern begann ich eine Liste meiner Aids-Toten zu führen. Bei fünfundzwanzig hörte ich zu zählen auf. Heute bin ich ein einsamer Mann.«

Mich beeindruckte, wie nachdenklich und konzentriert er seine Worte setzte, ohne die geringste Absicht auf Mitleid oder Sympathie. Ich begann mir Gedanken zu machen, ob er mir gefiel. Und natürlich machte ich mir auch Gedanken, ob ich ihm gefiel. Beides war schwer zu erkennen, denn er expandierte überhaupt nicht in meine Richtung, ich spürte seine chronisch erschrockene Sensibilität. Wenn er mich besuchte, kam er auf die Minute pünktlich, und er blieb nie zu lang. Einmal, an meinem Geburtstag, an den sonst niemand dachte, brachte er mir eine weiße Rose mit der Bemerkung, eine weiße Rose sei vielleicht gelegentlich besser als eine schwarze Kerze. Darüber habe ich einige Zeit nachgedacht.

Willi war Halbwaise. Sein Vater war 1955 gestorben, und Willi war überzeugt, aus Sehnsucht nach ihm schwul geworden zu sein. Dieser Vater war ein lebenslustiger, verwegener Mann gewesen, den es zu Hause nicht hielt. Er hatte Rohrmaschinen nach Asien und Nordafrika verkauft und mehr Zeit dort verbracht als im Chiemgau, zur Erbitterung seiner Frau, die nun »Willi am Hals« hatte. Willi träumte schon als ganz kleiner Bub verzweifelt von diesem Vater, an den er eigentlich nur zwei konkrete Erinnerungen hatte. Erstens an eine Langlauftour. Der Kleine keuchte hinter dem Großen her und spürte vor sich den großen, warmen Rücken wie einen Sog. Sie kamen in eine Hütte, und die Wirtin rief: »Zwei heiße Tees für die beiden Männer!« Zweite Erinnerung: Bombenanschlag auf ein Café in Kairo, in dem der Vater eine Zeitung las. Glassplitter flogen ihm um die Ohren und zerschnitten seine rechte Gesichtshälfte. Nur deshalb kam er kurz nach Hause. Willi sah die erst knapp verheilten, von einer dünnen rosa Haut überzogenen Furchen. Er saß auf Vaters Schoß und fuhr mit dem Finger durch diese Furchen, und das war ein Augenblick von solcher Liebe und Zärtlichkeit, wie er sie nie wieder erlebt hat.

Die nächste Erinnerung betraf bereits des Vaters Tod (Damaskus, Herzinfarkt). Der Erstklässler Willi wurde aus dem Klassenzimmer herausgerufen (»kannst deinen Ranzen mitnehmen«), und dort schloss ihn die tränenüberströmte Mutter in die Arme. Er hatte das Gefühl, sie wolle seinen Trost, aber er dachte: Du wirst nie begreifen, was für eine Katastrophe das für mich ist.

~

Am nächsten Tag spielte ich zum ersten Mal befriedigend das sechsstimmige Ricercar, und als mich einen Monat später überraschend Heinz Morus für ein Konzert einlud, war ich so weit, dass ich beschloss, ihm das Stück sozusagen als Opfer darzubringen.

Das Konzert war Heinz' Geburtstagsgeschenk an seinen älteren Sohn Bernd. Bernd war inzwischen verheiratet und lebte mit Familie in Köln; nach Salzburg war er gekommen, um seiner Frau auszuweichen, mit der er gestritten hatte. Von meinem Engagement hatte er nichts gewusst. »Sollte 'ne Überraschung werden«, erklärte Morus unsicher.

Bernd sagte säuerlich: »Es ist mein Geburtstag, Papa, nicht deiner. Du hättest mich wenigstens fragen können.« Er atmete tief durch. »Moritz, ja, also … Es tut mir leid, aber das war nicht vorgesehen!« Bernd war ein sensibler Bursche, wir haben uns immer gut verstanden; ich spürte, dass er litt. Zudem hatte er ein befreundetes Pärchen mitgebracht, für das er sich verantwortlich fühlte und das auf klassische Musik pfiff. Er kämpfte mit seiner Selbstachtung und den verschiedenen Loyalitäten und bereute sicher längst, gekommen zu sein.

Frau Morus ergriff das Wort. »Wisst ihr was, Kinder, wir lassen das Konzert heute ausfallen und zahlen Moritz mal seine Gage dafür, dass er aufs Spielen verzichtet.« Ziemlich kränkend, würde ich sagen, ich akzeptierte es auch nicht. Heinz trompetete: »So was kann man doch mit einem Künstler nicht machen!« Bernd: »Vielleicht spielst du nur *Happy Birthday*?« Das befreundete junge Ehepaar fragte: »Worum geht es eigentlich?« Dann kam noch der jüngere Bruder, wie immer verspätet, im Porsche aus München angebraust und meinte: »Konzert? Ich dachte, wir wollten mal feiern!« Seine zehn Jahre jüngere Freundin, eine süße Medienmaus, hüpfte auf mich zu: »Oooch, Moritz, echt super, dass du auch da bist! Bussi, bussi (kieks!), du wirst aber nicht spielen, oder?«

Wir einigten uns auf einen Kompromiss: zwanzig Minuten Konzert zum vollen Honorar. Während der Diskussion war Heinz Morus immer leiser geworden, ich spürte fast physisch, wie sein Temperament erlahmte. Als ich die ersten Takte spielte, stand er auf und ging in ein Nebenzimmer fernsehen.

# Goldberg-Variationen

*Im Traum gehe ich über einen halb leeren Markt. Zwielicht, noch sehr früh, kaum jemand unterwegs bis auf eine Rentnerin, die ein perlmuttartiges Huhn an der Leine führt. Ich freue mich. Normalerweise sehe ich in Träumen immer so viel, wie ich in dem Alter sah, in das ich mich träume: als Kind klare, bunte Bilder, als junger Mann farbige Konturen, als Erwachsener vage Schatten. Aber diesen Markt erkenne ich gut, obwohl ich im Traum erwachsen bin. Die Stimmung ist rätselhaft und irgendwie verheißungsvoll mit diesen ungewöhnlichen Farben, dem Blau der Dämmerung und dem schimmernden Weißrosa des Perlmutts. In meinem Übermut frage ich die Frau, was das für ein Huhn sei. Sie antwortet, es sei ein Seehund. Das scheint mir nicht überzeugend. Ich werde dann aber abgelenkt von einer Marktfrau, die Obst- und Gemüsekisten aus ihrem Lieferwagen lädt. Auch das sehe ich so deutlich, dass ich sogar überlege, ob ich ihr helfen soll. Aber sie lässt dann ihre Kisten los, stellt sich neben den immer noch halb leeren Stand und beginnt zu singen.*

*Gestern hat mir mein Laptop eins von Willis Büchern vorgelesen. Es heißt* Trotzdem Ja zum Leben sagen*, was ich zuerst für einen traurigen Scherz hielt. Aber dann schämte ich mich. Ein jüdischer Arzt namens Viktor Frankl beschreibt dort seine Erfahrungen in einem NS-Konzentrationslager so imponierend nüchtern und reif, dass ich ganz ehrfürchtig wurde. Es geht um die Konfrontation mit Bedrohung, Willkür, Erniedrigung, und natürlich um die Begegnung mit dem Tod, die der Mann ernsthaft als moralische Chance sieht. Eine Szene hat mich so bewegt, dass ich gleich die Idee hatte, sie in Musik zu setzen: Eine junge Frau siecht im Lazarett dahin und findet es richtig, dass sie sterben muss. Warum, um Gottes willen? Weil sie früher zu verwöhnt und leichtfertig gewesen sei, erklärt sie dem Arzt. Jetzt sei ihr einziger Freund der Kastanienbaum, den sie von dieser Pritsche aus durchs Fenster sehe; mit diesem Baum spreche sie öfters. Frankl bückt sich und erkennt durchs Gitter ein paar Blätter und zwei Blütenkerzen, ja, ein Baum, na gut, ein Freund. Aber sprechen? Vielleicht nähert die Patien-*

*tin sich dem Delirium? »Und«, fragt er diagnostisch, »antwortet der Baum?«*

*»Ja … Er sagt: Ich bin da – ich – bin – da – ich bin das Leben, das ewige Leben …«*

*Beim Einschlafen ist mir dazu eine achttaktige Harmoniefolge in f-Moll eingefallen, die mich nicht befriedigt, vielleicht wegen der klassischen Trauer-Tonart. Und dann erwache ich mit dem Gedanken: gis-Moll! Und obwohl ich* Goldberg *üben soll, beginne ich, über diese Szene zu improvisieren.*

*Erst dadurch wird mir bewusst, dass ich an das Konzert nicht mehr glaube. Der Termin soll in drei Tagen sein, aber von Jean-Luc habe ich seit unserem Imbiss im Café Florian nichts gehört, und ich fühle mich ein bisschen lächerlich. Ich hänge hier fest wie in einem surrealen Traum, was hält mich?* Goldberg *kann ich von vorn bis hinten spielen, nur fehlt leider die Hingabe, und so klingt es auch. Weiterhin spüre ich den gewaltigen Berg vor mir, doch viel stärker als den Sog, den er ausübt, die Anstrengung, die er bedeutet. Warum nehme ich die auf mich? Wer, schließlich, dankt es mir? Also, eine ordentliche Leistung würde ich am Sonntag wohl abliefern können, doch mehr – unter diesen Bedingungen – nicht. Egal, was passiert, am Montag reise ich ab. Ich werde Teresa bitten, eine Fahrkarte zu kaufen. Ja.*

*Jetzt, zwischen Entschluss und Ausführung, fühle ich mich seltsam schwerelos, halb erleichtert, halb verloren. Während ich auf Teresa warte, improvisiere ich über diese Lazarettszene. Gis-Moll also! Das ist in der Kirnberger Stimmung, die ich verwende, ein fahles, gespenstisches Moll. Ich male auf dem Cembalo die erstickende Luft des Lazaretts, draußen das heiße Rascheln des Sommers. Ich suche die Stimme des Baums. Ich denke an die Kastanie bei mir im Hof, die vor einigen Jahren von Motten befallen wurde und mitten im Sommer verwelkte; nachts hörte ich durch das offene Fenster ihre Blätter klappern wie kleine Skelette. Ganz von selbst ergibt sich daraus ein herbes H-Dur, aus dem ich ins klagende, lyrische e-Moll moduliere. Die Durparallelle zu e-Moll nun ist G, und wie selbstverständlich finde ich mich dort wieder. Unter meinen Händen entstehen liebliche, blühende Töne, wie komme ich darauf? G-Dur, natürlich … G-Dur ist die Tonart der* Goldberg-Variationen.

# Nerven

Mit den *Goldberg-Variationen* war es so: 1981 kaufte ich mir die erste Schallplattenaufnahme, eingespielt von Gustav Leonhardt. Ich hörte sie an und wusste, das will ich spielen. Wenn mein Lehrer Gilles Bernard sie nicht selbst für mein Meisterklassenpodium vorgeschlagen hätte, hätte ich's erzwungen. Ich war richtig besessen.

Es war ein rekordheißer Sommer. Während meine Freunde bei jeder Gelegenheit in die Isar sprangen und die lauen Nächte im Englischen Garten verfeierten, umwarb und erkämpfte ich in meiner Bude die *Goldberg-Variationen.* Am Tag meines Meisterklassen-Podiums waren vierzig Grad, der Saal knackvoll, Leute saßen sogar auf dem Fußboden, und man konnte die Fenster nicht öffnen, weil sonst der Straßenlärm hereingedrungen wäre: stickige, brühige, bestialische Hitze. Mir war den ganzen Tag mulmig gewesen, nun stand ich vor der Künstlertür, die aufs Podium führte, und dachte, wie stehst du das durch? Eine Aufgabe wie der Mount Everest: Felsbruch, Atemnot, dünne Luft, ich wusste, wenn du einmal rauskommst, bist du erledigt. Und dann stieg ich aufs Podium und fing an.

Wie ist es, wenn es glückt? Etwa so: Eine Welle Adrenalin breitet sich in der Geschwindigkeit eines Pulsschlags in dir aus und ergießt sich in alle Nerven, in die kleinste Faser deines Herzens, den feinsten Zweig deines Gehirns. Aber sie reißt dich nicht auseinander, sondern erfüllt dich mit Licht. Du bist in höchster Übereinstimmung mit der Musik. Im Nachhinein wird es dir vorkommen, als hättest du noch das höchste Tempo in Zeitlupe erlebt, gestochen scharf. Alles gelang besser als je beim Üben, und doch so, als hätte ich mit Millionen Übungen genau darauf hingearbeitet. Als die erste Variation perfekt gelungen war, schien mir, ich selbst verwandelte mich in Musik. Ein einziges Problem hatte ich vor dem Kanon in der Oktave. Ich hatte Variation 23 beendet und machte die obligatorische Sekundenpause vor Nummer 24. In dieser Pause sah ich einen Schwarm von Tröpfchen auf den Tasten, Schweiß strömte mir von der Stirn und brannte in den Augen, eine hundertstel Sekunde war mir das bewusst, und schon wusste ich nicht, wie's weitergeht. Noten hatte ich natürlich keine, Warten kam nicht in Frage, ich musste blitzschnell entscheiden, aber die Struktur war klar: G-Dur, Harmoniefolge bekannt, Neunachteltakt auch, nun lass dir was Schönes einfallen; ich improvisierte fast den gesamten A-Teil, kam wieder rein, und dann ging's ohne Probleme bis zum Ende durch.

Nach der letzten Variation wilder Beifall. Ich stand auf und wollte mich verbeugen, aber die Beine gaben unter mir nach. Das Publikum tobte, und während ich wankend mich aufs Cembalo stütze, beginnt das Defilee der Gratulanten. In der Schlange nähert sich auch mein Lehrer Bernard, der anerkennend wispert: »Na, Sie trauen sich ja was!« Er hatte in den Noten mitgelesen. Aber schon seine Beisitzerin hatte nichts bemerkt. »Ist dir nichts aufgefallen beim Kanon in der Oktave?«, fragte ich.

»Nee, was war da?«

»Ich habe improvisiert!« – und da staunte sie gebührend. Ich hatte eine solche Spannung aufrechterhalten, dass niemand den Fehler bemerkte.

~

Natürlich verdankte meine Interpretation Bernard viel. Einige der Variationen hatte ich schon bei Hammann geübt, aber dort spielte ich halt die richtigen Töne und führte vor allem eine Vielzahl von Farben vor. Erst Bernard hat mir gezeigt, dass die Variationen nicht kryptisch nebeneinander liegen, sondern sich nach einer inneren Ordnung ergänzen. Diese Wollust der Form habe ich immer gespürt, sowie mir auch nur der Titel einfiel. Die Angst freilich ebenso, und erst recht vor jedem Konzert. Zum letzten Mal spielte ich das Stück vor zwanzig Jahren in Würzburg. Es gab dort eine illustre Konzertreihe, zu der ich nach einer besonders gelungenen *Goldberg*-Aufführung im Odeon eingeladen worden war. Und dazu gibt es eine rätselhafte Vorgeschichte.

Ich hatte die *Goldberg-Variationen* schon mehrmals erfolgreich gespielt und spürte dennoch plötzlich, zwei Wochen vor jenem Konzert im Odeon, seltsame Schmerzen in beiden Armen. Nicht akut, aber dringlich, und je schneller ich spielte, desto mehr. Es war keine Sehnenscheidenentzündung; die hätte ich erkannt. Ich gab mir einen Tag Pause in der Hoffnung, die Symptome würden verschwinden, aber sowie ich mich ans Cembalo setzte, kehrten sie zurück, und je länger ich übte, desto stärker wurden sie. Nach einer Stunde konnte ich die Finger nicht mehr kontrollieren und vernahm entsetzt einen Brei aus Tönen.

Mit zitternder Stimme rief ich Frau Limani an, die mich zu einem Neurologen schickte. Der Neurologe schloss auf eine Entzündung der Nervenleitung in den Schultern als Folge von Stress und Überbeanspruchung und empfahl einen längeren Urlaub. Als ich auf das bevorstehende Konzert hinwies, spritzte er ein Beruhigungsmittel, das alles noch schlimmer machte, denn nun fehlten mir auch noch Schnelligkeit und Spannung, und ich setzte alle Sprünge in den Sand, ein motorischer GAU. Ich quälte mich, kämpfte und ging unter, und als ich gerade absagen wollte, rief der Veranstalter an.

Er jubilierte: »Moritz, wir haben so viele Vorbestellungen, würdest du's am folgenden Tag noch mal als Matinee spielen?«

Ich sagte: »Ehrlich gesagt, ich kann's überhaupt nicht spielen. Ich bin krank.«

»Wir haben alle Karten verkauft, es wäre eine Katastrophe, wenn du absagst. Bitte, lass dir was einfallen!«

Ich ging nochmals zum Neurologen. Er dachte nach und summte vor sich hin, während ich elend auf der Liege lag. »Wir finden schon was!« Er suchte in seinem Medikamentenschrank und köpfte verschiedene Ampullen, und die ganze Zeit summte er. Eigentlich funktionierten von mir nur noch die Ohren, und ich sagte gequält: »Was ist das nur für eine grässliche Melodie?«

»Heureka! Machen Sie sich bitte frei!«

Ich bekam eine Spritze in den Hintern, die ziemlich brannte, aber sofort half. Ich fühlte mich bereits zuversichtlich, als ich die Praxis verließ, und bombig, als ich nach Hause kam. Alle Symptome verschwunden! Ich spielte das ganze Stück mit Temperament und Akkuratesse durch, wagte sogar Nuancen, vor denen ich mich bisher gefürchtet hatte, und war am Ende so inspiriert, dass ich am liebsten von vorn angefangen hätte.

Am nächsten Tag gab mir der Arzt noch eine Spritze und erklärte, was sie enthielt: Cortison, Ambene und Dexabene, also synthetisches und natürliches Cortison mit antirheumatischer Wirkung gegen die Nervenentzündung. Er meinte, die Dosis müsse bis übermorgen reichen, denn am Konzerttag habe er Dienst im Krankenhaus und könne nicht kommen.

Zwei Tage übte ich vergnügt. Dann brach der Tag des Konzerts an. Das Hochgefühl verflüchtigte sich. Als ich am Abend das Foyer betrat, schmerzten die Schultern wie noch nie, die Hände hingen wie gelähmt herab. Mir war übel vor Angst, ich wusste, ich kann's nicht spielen, alles, was ich jetzt noch tun kann, ist, dem Veranstalter klarmachen, dass er die Leute nach Hause schicken muss. Der kleine Konzertsaal war schon voll, zusätzliche Stühle wurden aufs Podium gestellt. Leute standen an der Abendkasse Schlange in der Hoffnung, dass Vorbesteller nicht kommen würden, jemand rief, warum man nicht den großen Saal gemietet habe. Ich schleppte mich ins Künstlerzimmer, um nicht vor aller Augen in Ohnmacht zu fallen, eigentlich aber, um Kraft sammeln für die Kapitulation. Ein Herzinfarkt wäre mir in diesen Minuten lieber gewesen als die unausweichliche Blamage.

In der Garderobe stand der Neurologe.

»Was machen Sie denn hier?«, stotterte ich.

»Och, ich hab gleich Dienst, aber ich dachte, ich schau noch mal kurz rein!«

Mir schossen die Tränen in die Augen. »Sie haben den Cocktail dabei?«

Er öffnete bereits sein Köfferchen. Ich riss mir den Gürtel auf und warf mich bäuchlings auf die Liege. Noch während ich liegend das Nachlassen des Schmerzes genoss, verschwand er, und der Veranstalter trat ein. Ich bat ihn, eine Ansage zu machen, und dann spielte ich und stand es durch.

Es war technisch nicht so sauber wie zu meinen besseren Tagen, aber künstlerisch hoch gespannt. Die Leute waren außer sich, sie brüllten und pfiffen, und manche sagten danach mit Tränen in den Augen, so schön hätten sie das noch nie gehört, zum ersten Mal hätten sie begriffen, was das Werk wirklich bedeute. Ich war selig. Wir feierten lang, und trotz meiner Erschöpfung stand ich nachts wie eine Rakete im Bett.

Aber am nächsten Morgen machte ich mir natürlich Gedanken.

Eigentlich lag ich auf meiner Schlafcouch und wartete auf die Rückkehr der Symptome. Ich müsste meine schmerzenden Schultern und den verkrampften Nacken spüren und spätestens beim Aufstehen die schweren Hände. Ich spürte nichts. Ich brühte schmerzfrei Kaffee und schmierte ein Butterbrot wie ein Gesunder. Ich setzte mich an das Cembalo, und meine Hände sprangen leicht durch die Luft. Ich übte fünf Stunden ohne Probleme das Programm meines nächsten Konzerts. Dann saß ich benommen vor Dankbarkeit auf meiner Couch und überlegte, wem ich Gutes tun könnte. In den folgenden Monaten spielte ich siebenunddreißig Konzerte ohne das geringste Problem.

~

Ein Jahr später standen wieder die *Goldberg-Variationen* auf dem Programm, diesmal im Hölderlinturm in Tübingen, wo ich einige Jahre zuvor ein sehr erfolgreiches Konzert gegeben hatte. Damals war ich gerade fünfunddreißig geworden und hatte unter Hölderlins Handschrift der »Mitte des Lebens« gespielt. Es war eine würdevolle und ermutigende Unternehmung gewesen, und ich freute mich darauf, sie zu erneuern und vielleicht zu übertreffen.

Drei Wochen vor dem Konzert traten wieder die Symptome auf. Diesmal wartete ich nicht ab, sondern fragte sofort überall herum. Mehrere Musikerkollegen empfahlen einen alternativen Chiropraktiker, der mit Blutegeln, Schröpfköpfen und Quaddeln arbeitete. Aber als ich in der Praxis anrief, sagte man mir, der Mann sei kürzlich gestorben. Sein Nachfolger hielt nichts von Quaddeln und meinte, ich müsse halt entspannter üben und öfter Pause machen. Ich übte entspannt und machte Pausen, aber als ich nach Tübingen kam, war alles Ungemach wieder da, Lähmung, Panik, Übelkeit, es geht nicht, ich kann nicht. Ich rief einen Tübinger Professor an und bettelte um meinen Cocktail, wenigstens um Cortison, aber der Mann weigerte sich und sagte, es sei bloß Lampenfieber, ich solle halt loslegen, dann werde es schon gehen. Ich hatte oft Lampenfieber gehabt, aber das war anders gewesen, eher vage mulmig. Hier fühlte ich mich körperlich sterbenskrank. Ich zog mir mühsam den Smoking an und wankte zum Turm, jeder Schritt fiel mir schwerer, und als ich die Garderobe betrat, klappte ich zusammen. Ich bekam noch mit, dass der Veranstalter mir aufzuhelfen versuchte und ich nass geschwitzt, wie ich war, seinen Händen entglitt. Das Publikum wurde nach Hause geschickt und bekam sein Geld zurück. Niemand machte mir Vorwürfe, aber ich war sicher, dass sie mich für einen Simulanten hielten. Entsetzlich.

~

Wieder ein halbes Jahr später: *Goldberg-Variationen* in der Würzburger Residenz. Seit Tübingen hatte ich ohne Beschwerden achtzehn andere Programme gegeben, doch pünktlich zwei Wochen vor *Goldberg* kehrten die Symptome mit voller Wucht zurück. Ich flößte mir Rescuetropfen ein, ich schluckte Bachblüten, ich nahm Massagen, nichts nützte. Als ich eines Nachts wach lag, stand ich um vier Uhr auf und übte; ich wollte Entspannung durch Erschöpfung erzwingen, was aber nur kurzfristig half und vor dem Konzert ohnehin fatal gewesen wäre. Dann übte ich Meditation und Atemkontrolle, was besser war als nichts: Die Panik blieb zumindest in der Vorbereitungsphase aus. Das Elend war, dass ich für mich nicht garantieren konnte. Und jede Absage würde meinen Ruf weiter beschädigen.

Das Würzburger Konzert habe ich gegeben. Die langsamen Teile und die Kanons gelangen, aber die Exerzitien mit den Sprüngen waren für meine Ansprüche nicht gut genug, und obwohl das Publikum klatschte und Zugaben verlangte, fühlte ich mich beschämt.

Natürlich hatte ich meinen Neurologen wieder um den tollen Cocktail gebeten. Der Mann wirkte aber unentschlossen und injizierte, glaube ich, ein Placebo. Jedenfalls spürte ich nicht die geringste Wirkung. Als ich ihm das später sagte, antwortete er ausweichend, und das war für mich schlimmer, als wenn er offen gesagt hätte, er enthält mir die Zaubermittel vor. Ich begriff, dass ich meine Pläne ohne ihn machen musste.

Einige Jahre später stellten sich die Symptome auch bei anderen Konzerten ein, nicht so schlimm, dass ich hätte absagen müssen, aber doch so, dass ich meine Höchstleistung nicht brachte. Vor einem Benefizkonzert für die Opfer des Jugoslawienkriegs war mir so übel, dass ich fürchtete, auf die Manuale zu erbrechen. Es war so peinigend und angesichts des Gegenstandes so unwürdig, dass ich zu einer Internistin ging in der, man muss fast schon sagen, Hoffnung, eine physische Erkrankung zu entdecken. Sie fand aber keine und tippte auf Lampenfieber. Nur keine Scham, meinte sie, das kennen fast alle, auch die größten Stars. Sie gab mir die Adresse einer Atemtherapeutin, die nur mit Künstlern arbeitete.

Die Atemtherapie war phantastisch. Die Frau lockerte erst mein rechtes Bein, dann das linke, die Arme, die Hände, den Hals; dann übte ich, den Atem nicht mehr durch Pressen oder Luftanhalten zu kontrollieren, sondern geschehen zu lassen. Nacheinander verloren sich die Schmerzen, die Lähmung, das Kribbeln. Die Therapie dauerte drei Jahre, aber schon im ersten Jahr, vor einem schweren, wichtigen Konzert in der Frankfurter Alten Oper, bewährte sie sich: Ich schaffte es zum ersten Mal, aus dem Teufelskreis auszusteigen. Das Konzert wurde eines meiner erfolgreichsten überhaupt.

Schließlich blieben die Symptome ganz weg. Ich muss noch sagen, dass meine Augen sich damals rapide verschlechterten, was eigentlich ein zusätzlicher Anlass zur Furcht gewesen wäre: Ich hatte ja bei großen Sprüngen immer mit den Augen die Position meiner Hände überprüft, und allmählich verschwanden die Hände im Nebel, die Gefahr, Sprünge nicht zu treffen, wuchs von Tag zu Tag. Bei Sprüngen von über einer Oktave gucken alle Spieler, auch wenn sie behaupten, sie tun's nicht. Gegen meinen Kollegen Till Tischler, einen brillanten Techniker, habe ich zu diesem Thema mal eine ziemlich hohe Wette gewonnen: Wir verbanden ihm die Augen, und er spielte nur noch Mist.

Kürzlich sollte ich ein Weihnachtskonzert geben, und auf einmal, als ich am Cembalo saß, wurde das Licht so stark gedämpft, dass ich mich wie in der Dunkelkammer fühlte. Früher wäre ich vor Nervosität durchgedreht, diesmal aber spielte ich's einfach durch. Sehr beruhigend. Nur an die *Goldberg-Variationen* habe ich mich nicht mehr rangetraut.

*Beim Modulieren finde ich mich in G-Dur wieder. Ich spiele unehrgeizig und sozusagen mit beschränkter Haftung die* Goldberg-*Aria und freue mich, wie schön sie klingt. Ich bin sogar ergriffen. Und dann mache ich weiter und spiele alle Variationen mit durchgehender Spannung und Inspiration, als wäre ich von einem Bann befreit. Was für ein Glück. Was für ein Glück. Ich sitze im inzwischen dämmrigen Saal in hilfloser Begeisterung und denke, wenn es Gott gibt, hat er mich gehört.*

*Dann habe ich das Gefühl, es sei jemand im Raum. Ich sehe nichts, vernehme aber Atemzüge. Ich orte sie in der anderen Ecke des Saals und wende mich dorthin. Es ist Jean-Luc. Er sagt: »Es ist so weit.«*

*Offenbar hat er schon länger dort gestanden und nicht unterbrechen wollen; er hat nicht mal das Licht angeknipst. Ist er ergriffen? Sein Timbre klingt nicht so kompakt wie sonst, sondern unruhig, fast hitzig, als ringe er um Fassung. Ich schweige, immer noch benommen, und auch er schweigt, und ich bin ihm dankbar dafür. Er hätte ja auch, was ich von Leuten dieses Schlages eher erwarte, ironisch-respektvoll klatschen oder »Bravo, Maestro!« rufen können und damit die kostbare Stimmung zerstört.*

*Er steht also in der Ecke (warum eigentlich?), und nachdem wir lang genug geschwiegen haben und ich wieder bei Kräften bin, will ich die Sache klären. »Sonntag also?«*

*»Wieso Sonntag?«*

*»Sonntag um sieben, das war unser Termin.«*

*»Ach so. Na, dann wird es sich wohl nicht vermeiden lassen«, sagt er.*

*»Sie haben einen grausigen Humor.«*

*»Ich habe keinen Humor.«*

*»Holt mich jemand ab, oder komme ich selber?«*

*»Wir lassen's drauf ankommen«, sagt er.*

*Seine Schritte entfernen sich. Ein solcher Dialog genügt normalerweise, um einen Künstler in den Nervenzusammenbruch zu treiben, deshalb beschließe ich vorsichtshalber, Jean-Luc für unzurechnungs-*

*fähig zu halten. Nicht an ihn denken.* Goldberg-Variationen, *darum ging es. Ich bin beklommen, gleichzeitig spüre ich in meinen Fingern die Energie von zehntausend Volt. Ich stehe auf und fühle mich wie auf Luftkissen. Als ich nach dem Blindenstock greife, geht wie von selbst das Licht an, und ich höre Teresas freundliche Stimme: »Maestro! Ganz allein im Dunkeln!«*

*Wenn du wüsstest, wie recht du hast!, denke ich gerührt und schwebe auf sie zu. »Come va? Tutto bene?«, fragt sie.*

*»Perfetto! Am Sonntag ist mein Konzert! Sagen Sie, Teresa … Sie meinten, Sie könnten mir am Bahnhof die Fahrkarte besorgen … Würden Sie? Am Montag, den Zug nach München um dreizehn Uhr dreißig?«*

*»Ja, gerne. Es freut mich, wenn ich helfen kann.«*

*»Warten Sie!« Ich suche in meinem Portemonnaie und gebe ihr zweihundert Euro. »Der Rest ist für Sie!«*

*Sie widerstrebt und meint, dass das übertrieben sei, während ich mich sofort schäme, weil es so wenig ist im Vergleich zum Honorar, das ich zu erwarten habe. Nach dem Konzert will ich aufstocken. »Ach, Teresa«, sage ich. »Ich war so froh, dass Sie da waren!«*

*»Ich war froh, dass Sie da waren, Maestro! Che bella musica!«*

*Das berührt mich romantisch. Ich stelle mir vor, wie Teresa, die ausgebeutete Putzfrau, den Eimer abstellt, um heimlich von der Türschwelle aus meinen* Goldberg-Variationen *zu lauschen. Also hat doch jemand mich gehört. Nicht nur Gott, sondern auch Teresa. Es ist nicht umsonst gewesen.*

*Anstandshalber gebe ich mich überrascht. »Sie haben mich gehört?«*

*Sie lacht. »Maestro Maurizio, non avevo tempo – ich hatte keine Zeit, ich musste doch arbeiten! Aber es war schön zu wissen, dass Sie da sind und spielen.«*

*Ist auch in Ordnung, denke ich, als ich sie ins Treppenhaus begleite. Man hatte keine Zeit, mich zu hören, aber es war schön zu wissen, dass ich da war und spielte. Teresa bringt alles auf den Punkt.*

*»Teresa, verraten Sie mir ein Geheimnis. Warum sind Sie immer so gut gelaunt?«*

*Sie wirkt verblüfft und denkt ernsthaft nach; das ist sie anscheinend noch nie gefragt worden. »Weil –«, erklärt sie schließlich ernst, »– es ist – gerecht!«*

*Auf einmal schießen mir die Tränen in die Augen. Teresa steht neben mir, und dann streichelt sie kurz und verlegen meine rechte Hand.*

# Träume

Gelegentlich träumte ich von Willi, dem melancholischen Lehrer. Zum Beispiel irrte ich mit ihm in einem fernen Land durch ein spartanisches Hotel von der Größe eines Straßenblocks. In diesem Traum sah ich nicht gut, es gab keine Farben, aber mit Willis Hilfe kam ich zurecht. Wir liefen durch kahle Foyers, überall bewaffnete Soldaten als Aufpasser, und öffneten schließlich eine Tür mit der Aufschrift »Zutritt verboten«. Dahinter ein schnurgerader düsterer Gang, dessen Ende nicht auszumachen war. Ein uniformierter Schwarzer mit einem Maschinengewehr verbot uns den Weg, und wir prallten zurück. Er schob uns hinaus, die Stahltür fiel ins Schloss. Wir überlegten, wie langweilig das sein müsse, den ganzen Tag im Halbdunkel allein in einem solchen Korridor und bedauerten den Schwarzen. Da öffnete sich die Tür wieder, er steckte den Kopf heraus und fragte, wie viel Uhr es sei.

Auch von Mutter träumte ich. Sie befahl mir, mich auf eine Stachelliege zu legen, die wie eine überdimensionierte Drahtbürste aussah. In diesem Traum war ich beinahe blind, das heißt, ich erkannte mit Mühe die Bürstenform und ertastete die Hartdrahtstacheln mit den Fingern. »Da drauf? Warum sollte ich das tun?«, fragte ich.

»Um dich zu befreien«, sagte Mutter.

»Wovon?«

»Vom Leben!«

»Wozu befreien? Ich will ein Sklave des Lebens bleiben.«

»Das kannst du nur, wenn du den Tod verachtest.«

»Aber ich verachte ihn nicht!«

Noch im Traum war ich von Dialog wie Szene so verblüfft, dass ich erwachte. Nach dem Frühstück rief ich Kurt an. Kurt erzählte, Mutter und ich hätten uns letzte Woche in der U-Bahn-Station Richard-Strauss-Platz verfehlt, oder wie immer man das nennen soll: Ich fuhr die Rolltreppe rauf, sie runter. Ich erkannte sie natürlich nicht, und sie sprach mich nicht an. Doch hat sie Kurt davon erzählt.

Bald darauf träumte ich wieder von ihr. Ich irrte durch die Katakomben eines Theaters, und mir entgegen hopsten hintereinander Menschen, die sich aneinander festhielten. »Mach mit!«, riefen sie mir zu, »wir tanzen eine Polonaise für deine Mutter!« Das wunderte mich, aber ich fand es auch irgendwie angemessen, obwohl mir rasch schwindlig wurde und ich mich überall stieß, sodass ich ausscherte. Nun war ich im Zuschauerraum ganz oben auf einem Rang. Unten eine Art viereckige Arena, in der ein Schauspiel stattfand, und in der Präsidentenloge saß Mutter halb rechts ein Stockwerk tiefer, mit dem Rücken zu mir. Sie sah mich nicht, aber ich sie, wobei sie mich weniger interessierte als das Spektakel, das aus dem Ruder zu laufen schien: Junge Männer saßen halb entblößt in zwei viereckigen Sandkästen, die Beine in die Mitte, mit großartigen roten Prothesen im Schoß, einer spielte auf der seinen wie auf einer Gitarre. Sie berührten einander nicht, es war eine eher autoerotische Darbietung. Das Publikum wogte, unklar, ob zustimmend oder empört, und viele Blicke gingen zu Mutter, die ebenfalls freudig erregt wirkte, worüber ich mich auch im Traum wunderte, da es nicht zu ihr passte. Dann brach die Ordnung zusammen, alle liefen durcheinander und schrien. Jemand hielt mir ein Mikro ins Gesicht und fragte: »Wie fanden Sie's?« – »Gut«, antwortete ich. Ich merkte aber, dass die Stimmung kippte, und beschloss, Mutter zu helfen. Man hatte sie in die Enge getrieben. »Es ist ein Skandal«, sagte Mutter, »und ich werde beweisen, dass ich ihn mir zu Herzen nehme!« Sie dreht sich um, springt in eine meterhohe Grillwand mit riesigen Glühspiralen und bleibt darin in fast waagerechter Haltung kleben. Die Leute schreien auf, aber von Mutter war kein Laut zu hören, sie verbrennt binnen einer Minute ohne Bewegung, Teile von ihr fallen verkohlt zu Boden. Das, denke ich, hat sie nicht verdient, und erwache mit Herzklopfen.

Schon als Student hatte ich zweimal Mutters Tod geträumt und von Frau Limani gelernt, es bedeute, dass ich diesen Tod wünschte. Sollte das immer noch so sein? Ich glaubte es nicht und war trotzdem unschlüssig. Als ich endlich Mutter anrufen wollte, klingelte das Telefon. Kurt. Er sagte, sie liege im Sterben. Sie habe seit Wochen nicht gegessen, wiege nur noch achtunddreißig Kilo und habe sich selbst ins Krankenhaus begeben.

Mutter lag winzig und geschrumpft im großen Krankenhausbett und wirkte entrückt. »Bist du das, Moritz?«, fragte sie mit schwacher Stimme, als sei sie blind und nicht ich. »Schön, ach, wie schön …«

Zu meiner eigenen Überraschung nahm ich ihre Hand. Jahrzehntelang war es mir zuwider gewesen, sie zu berühren, und nun war es leicht. »Es ist alles in Ordnung, Mama, es hängt nichts mehr schief.«

Sie streichelte mich. »Ach, war das schön, was hatten wir eine gute Zeit. Erinnerst du dich, wie wir miteinander Flugblätter verteilt haben?«

Sie streichelte auch Kurt. »Kurt, Lieber. Lieber Moritz … War es nicht schön? Wann kommt ihr mich wieder besuchen?«

Wir kämen morgen, sagten wir.

»Wie schön, so lang bleibe ich noch da!«

~

Ich rief Onkel Alfred an. Er war inzwischen sechsundachtzig und lebte immer noch allein in seiner Villa in Saarlouis. »Oh, das ist aber fein, dass du dich meldest!«, rief er.

»Naja, also der Anlass ist leider nicht fein. Mama liegt im Sterben …«

»Ach, ich komm nächste Woche sowieso nach München, ich wohne dann halt nicht bei ihr, sondern bei Freunden, und besuche sie im Krankenhaus.«

»Nächste Woche ist sie tot!«

»Neinnein, sag ihr schöne Grüße, ich komme!«

»Sie stirbt!«

»In einer Woche bin ich da, bis dahin viele Grüße, Sonntag also, äh, Donnerstag. Im April! Neunzehnhundertfünfzig!«

»Wieso neunzehnhundertfünfzig?«

Pause.

»Wer sind Sie eigentlich?«

»Der Moritz.«

»Ja wer denn?«

»Moritz.«

»Ja, aber wer ist das?«

»Onkel Alfred, hier ist der Moritz, der Sohn von der Edith!«

»Ach ja, ach so, natürlich, der Moritz, das ist aber schön, dass du anrufst, ja, die Edith, ja, ja – der Edith geht's besser, aber was ist mit dir? Ja das ist aber schön, dass du anrufst, das ist ja nett, wenn die Edith, ja? Geht's ihr gut? Die Edith, ja, ja, ruf sie mal an, wenn die Edith, ruf dann wieder an!«

Kurt und ich beerdigten erst ihn, dann Mutter. Zu Mutters Begräbnis kam außer uns niemand. Die Zeremonie war kurz und sachlich. Dann standen wir noch eine Viertelstunde vor dem offenen Grab und schwiegen. Ich suchte nach einer Regung der Trauer und fand sie nicht. Ich fand auch keine Regung des Triumphs.

Als Jugendlicher und junger Mann hatte ich gern Friedhöfe besucht. Sie gefielen mir durch ihre Stille, die diskreten Zeichen vollzogener und aufgehaltener Vergänglichkeit. Mit einer Mischung aus Andacht und Stolz las ich – das konnte ich damals noch – die Grabinschriften, die Lebensdaten und Namen der unübersehbar vielen Menschen, die bereits verschwunden waren. Für die alle war das Spiel vorbei, und ich fing gerade erst an! Was hatten sie nicht alles verpasst! Und wie viel lag noch vor mir!

Jetzt merkte ich, wie nah ich ihnen war. So kurz ist der Schritt hinab, und wie leicht nach all der Wut und Leidenschaft! Wie vergeblich kämpfen, lügen und träumen wir. Wie gern verzeihen wir, wenn es zu spät ist, und wie rasch sinken wir ins Grab, nachdem wir gescheitert sind.

Ich lenkte meine Gedanken zu Bach, wohin sonst. Ich dachte an sein Ende: grauer Star, zunehmender Verlust des Augenlichts. Ein berüchtigter durchreisender Operateur schnitt dem Patienten, nachdem er ihn am Stuhl festgebunden hatte, mit einem Messer die trübe Linse heraus, versprach vollständige Heilung binnen drei Tagen, kassierte ein gutes Honorar und reiste weiter. Er kehrte zurück, als der Erfolg ausblieb, und goss dem Kranken Salz und Taubenblut ins Auge. Die Folge kann man sich ausmalen: Blindheit, Infektion, dann Schlaganfall, Fieber, Siechtum, Tod mit nur fünfundsechzig Jahren, ein Ende in Schmerz und Entsetzen wie ein schriller, wüster, markerschütternder Akkord. Mir stellten sich die Nackenhaare auf. »Der Einzelne nur Schaum auf der Welle«, hat Büchner geschrieben, »die Größe bloßer Zufall, die Herrschaft des Genies ein Puppenspiel, ein lächerliches Ringen gegen ein ehernes Gesetz.« Mit zwanzig hatte ich diese Worte in Musik setzen wollen, und dann streckte mich eine so fürchterliche Migräne nieder, dass ich Satz wie Melodie vergaß. Jetzt fielen sie mir wieder ein. Wie verscheuche ich sie?

»Eigentlich ein unglaublicher Dialog«, sagte ich zu Kurt, als wir uns vom Grab abwandten.

»Welcher Dialog?«

»Der mit Mama im Krankenhaus. Wie schön alles war.«

»Es war ein Monolog«, schluchzte Kurt und musste lachen.

Das war ein angenehmerer Gedanke: Kurt hatte seinen Humor zurückgewonnen. Er sprach mit stärkerer Stimme und ging nicht mehr gebückt. Mit einem gewissen Stolz erzählte er, dass er beim Aids-Projekt inzwischen fest angestellt sei. Er wirkte immer noch leidend, aber auch ein bisschen verwundert, als könne er nicht glauben, dass er sich nach jahrzehntelanger Vergeudung ins Leben zurückkämpfte.

~

Ein Jahr später erzählte mir Kurt am Telefon, dass er geheiratet habe. Der Mann hieß Theo. Unteroffizier bei der Bundeswehr, fünfzehn Jahre jünger als Kurt.

»Ein Berufssoldat?«, fragte ich ungläubig, »wie Papa?«

Ich hörte Kurts empfindliches Schweigen und verstand, warum er mich nicht zur Hochzeit eingeladen hatte. Er wusste ja, dass ich die ganze Bande für hierarchieversessen, rabiat und opportunistisch hielt.

»Wir laden dich am Sonntagnachmittag zum Kaffee ein«, sagte Kurt verlegen. »Dieselbe Adresse, aber ein Stockwerk höher und im Vorderhaus. Ach nein, warte, ich hole dich an der U-Bahn ab.«

Der Kaffeetisch war gedeckt, und Theo, der Soldat, hatte Kuchen gebacken. Er war ein freundlicher Mann mit einem sehr schmalen

Gesicht und Dreitagebart – das ertastete ich, weil er mich bei der Begrüßung ganz unbefangen umarmte. Große, dunkle Augen. Dunkel ist die einzige Augenfarbe, die ich wahrnehme; oder eher spüre, wie einen tiefen, warmen Brunnen, in den ich hineinsinken möchte. Auf einmal beneidete ich Kurt, obwohl ich mir nicht vorstellen konnte, dass die Sache gut ging.

»Spielst du gern Fußball?«, fragte ich missgünstig den Soldaten.

Fußball hasste ich seit meiner Schulzeit. Je dümmer die Mitschüler waren, desto fanatischer droschen sie auf den Ball ein. Ich musste nur mal einen Pass nicht annehmen, schon schrien sie los: Du Arschloch, du Sau! Dabei hatte ich einfach den Ball nicht richtig gesehen. Aber das war denen egal, sie wollten sich aufpumpen. Die Fußballcracks stolzierten wie Gockel über den Schulhof, verachteten die Unsportlichen und erniedrigten die Schwachen. Nur vor Lateinaufgaben machten sie sich in die Hose.

»Ja!«, rief Theo erfreut. »Ich bin immer noch Stürmer!«

»Stürmer«, das ließ ich mir auf der Zunge zergehen.

»Wir haben nie gern Fußball gespielt«, warf Kurt ein. »Moritz konnte den Ball nicht sehen, und ich hab's halt nicht gemocht.«

»Es gab oft Prügeleien«, sagte ich. »Wir wohnten ja in einem Viertel von Armeeangehörigen, und die Hierarchie der Erwachsenen spielte in alles mit rein. Jeder wusste: das ist der Sohn vom General, das der vom Major, und so fort. Am ärmsten dran waren die Hausmeisters- und Verwaltungskinder. Wenn man mit zerrissener Hose nach Hause kam, lautete die erste Frage: Wer war's? War's der Sohn vom Oberst, bekam man ein paar hinter die Löffel, war's der Sohn vom Unteroffizier, rief Papa dort an und machte den zur Sau.«

Kurt, rasch: »Moritz und ich haben lieber Theater gespielt. Wir dachten uns Geistergeschichten aus und bauten das Kinderzimmer zum ›Geistersaal‹ um, und die Nachbarskinder zahlten fünf Pfennig Eintritt. Ich bastelte Marionetten, die von Batterien angetrieben wurden, und steuerte die über ein Pult. Ich habe auch die Kulissen gebaut. Moritz war für die Geräuschkulisse zuständig, Ratsche, Stimme, Flöte und so.«

»Kurt hat tolle ›special effects‹ erfunden«, erinnerte ich mich auf einmal. »Zum Beispiel, wenn die Hexe von *Hänsel und Gretel* in den Ofen geschoben wird. Dann explodiert der Ofen, das war Kurts Erfindung, und sie funktionierte so: Der Ofen war eine gemalte Ziegelsteinkulisse mit einer Öffnung, und Kurt hatte lauter Pappziegel gemalt und ausgeschnitten, die wir in ein Blasrohr füllten. Wenn die Hexe in den Ofen flog, zog Kurt blitzschnell die Kulisse beiseite, und ich blies die Pappziegelsteine in die Luft. Dazu gab's Geheul, Geprassel und blendendes Licht, und wir ernteten immer Applaus.«

»Ein weiterer Schlager war unsere Gerichtsserie. Wir nannten sie ›Gerichtsabenteuer‹. Alle Beteiligten waren Marionetten, auch die Anwälte. Ich habe bestimmt zwanzig Marionetten gebastelt.«

»Die Opfer waren immer die Männer, die Täter immer die Mütter. Jede Verhandlung endete mit einem Todesurteil, das Kurt verkündete und gleich öffentlich vollstreckte. Die Todesarten haben wir uns gemeinsam ausgedacht. Eine hieß ›Hammer‹ – ein nagelgespickter Stein fiel auf ihre Brust –, eine ›Nagelpresse‹ – der Kopf wurde im Schraubstock eingequetscht –, eine weitere ›Komamaske‹ – eine Art Sauerstoffmaske wurde mit Gas gefüllt. Die Nachbarkinder waren richtig heiß auf diese Darbietungen, und Kurt war Avantgardist. Der Betrieb florierte jahrelang. Erst als wir dreizehn wurden, war schlagartig Schluss – ich weiß nicht mal mehr, ob erst wir oder unsere Besucher die Lust verloren.«

»Die Geistgeschichten waren mir immer lieber«, sagte Kurt unbehaglich. »Moritz hat seinen ersten Jingle komponiert, angelehnt an den Schlager *Ich will 'nen Cowboy als Mann.* Wir sangen: *Ich will 'nen Gaheist als Mann …*«

»… interessant, nicht? Andere Jungs sangen: *Heya, hoppalong Cassidy, du bist der King von der Prärie*, und wir: *Ich will 'nen Geist als Mann.* Als hätten wir damals schon gewusst, dass wir schwul würden.«

»*Ich* bin *nicht* schwul«, sagte mein neuer Schwager würdevoll zu mir, »das möchte ich klarstellen. Ich fühle mich nicht zu Männern hingezogen, sondern nur zu einem einzigen Mann. Bei Kurt habe ich das gefunden, was ich vorher bei Frauen vergeblich gesucht habe: Liebe, Treue, Ehrlichkeit. Ich habe auch zu den Frauen immer gesagt: Ich will Liebe, ich will Treue, ich will Ehrlichkeit. Sie aber sagten: Ich will ein Haus, ich will Zukunft, ich will Kinder. So kamen wir nicht zusammen. Jetzt ist ein Traum in Erfüllung gegangen.«

~

Ein einziges Mal habe ich von Vater geträumt. Ich traf ihn – vermutlich am Ufer eines Sees, ich war blind –, und er forderte mich auf, ein Stück mit ihm zu gehen. »Wie gut, dass ich dich treffe«, sagte ich. »Ich habe dir ja noch gar nicht gesagt, dass Edith tot ist, wie du. Wusstest du das?« »Nein«, antwortete er. »Gehen wir ein Bier trinken?« Und dann führte er mich in ein Lokal und trank hintereinander sechs Bier, und es war völlig klar, dass ich würde bezahlen müssen. Ich war aber selber knapp, und jedes kostete einundzwanzig Euro.

In den Träumen, in denen ich besser sah, tauchte oft Willi auf. Einmal war ich mit ihm unterwegs, und wir hatten ein ziemlich pfiffiges Baby dabei. Willi trug es auf dem Rücken, und es machte anstandslos eine zehnstündige Bergtour mit. Nur einmal sagte es: »Eine kleine Zwischenmahlzeit könnte nicht schaden.«

Weiterer Traum: Willi arbeitete als Orchesterwart für eine Kurkapelle, aber er lebte illegal außerhalb des Kurorts in einer Scheune. Ich suchte mein Cembalo und ahnte bereits, dass es hier kaum zu finden sein würde: Die Scheune sah aus wie vor hundert Jahren, steinerner Waschtrog, Sägemehl auf dem Boden, Bretterwände, es zog durch die Ritzen. Ich besuchte Willi heimlich, trotzdem waren wir nicht niedergeschlagen, sondern erwartungsvoll. Ein Riesentopf musste ausgespült werden, auf den ersten Blick mit Resten von Käsefondue, auf den zweiten war es der Bodensatz eines bestimmten rustikalen Gerichts, das Willi benannte: in einer Art Sand aus Hafer- und Gerstenflocken goldfarbene Kartoffeln. »Schöne Kartoffeln«, stellten wir fest. Durch die Ritzen sahen wir auf einem eisernen Fahrrad einen Gendarm mit Pickelhaube sich nähern, die Lage war nicht ungefährlich. Bei uns angekommen, stieg er ab und sagte: »Wenn Sie wüssten, wie glücklich ich bin!«

*Jean-Luc kommt nicht. Macht nichts, irgendwie habe ich damit gerechnet. Palazzo Buontempo habe ich mir gemerkt, und für alle Fälle steckt die samtige Visitenkarte mit dem erhabenen Wappen in der Tasche meines Smokings. Der Student in der Rezeption bestellt das Wassertaxi. Ich gehe im Wollmantel vor dem Zenobio auf und ab. Ein venezianischer Novembertag, es ist schon dunkel, ich spüre Nebeltröpfchen im Gesicht und schiebe die Hände in die Taschen, damit sie nicht auskühlen.*

*Die Fahrt zum Palazzo erlebe ich in einer Art Trance. Vielleicht hat sich doch alles gelohnt?* Goldberg-Variationen *auf dem wunderbaren Dowd, ein fürstliches Honorar? Es sieht hier freilich nicht nach Fest aus, der Bau, auf den der Taxifahrer mich hinweist, ist kaum beleuchtet, die Front am Canal Grande versperrt. Offenbar soll ich für den Prinzen allein spielen, na, warum nicht. Auch damit habe ich gerechnet.*

*Der Fahrer biegt in ein Seitenflüsschen ein und drückt eine Klingel an einem kleinen Steg. Ich höre Summen, dann knackt die Sprechanlage.*

*»Pronto?« Eine Fistelstimme.*

*»Spreche ich mit dem Prinzen Baldassare Ionesco?«*

*»Nein. Was wünschen Sie?«*

*»Ich bin Maurizio Bauer, ich soll heute für Prinz Baldassare ein Konzert spielen!«*

*»Ah, il musicista! Ja, von Ihnen war die Rede.«*

*Er scheint aber unschlüssig zu sein.*

*»Und wer sind Sie?«, frage ich.*

*»Mein Name ist Raffaele, ich bin der Koch. Warten Sie bitte einen Augenblick.«*

*Dann dauert es recht lang. Eine Tür öffnet sich. »Buona sera, Maestro.« Die Fistelstimme. Sie ist nicht weiß gekleidet, nicht abgehetzt, riecht nicht nach Essen, gekocht wird heute nichts. Im Palazzo ist es so dämmrig, dass ich gar nichts erkenne. Raffaele führt mich durch einen halligen Portego, ich höre Piepsen und ein leises Rauschen.*

*»Wo ist Jean-Luc?«, frage ich.*

*»Jean-Luc ist heute Morgen nach New York geflogen.«*

*Umso besser, denke ich. Der Teufel hole diese ganze perverse Blase.*

*Ein weißer Spalt öffnet sich in der Wand. Raffaele schiebt mich in einen beleuchteten Kasten, drückt Knöpfe und tritt ins Dunkel zurück. Der Lift setzt sich in Bewegung. Ich betaste die Wände: gebürstetes Metall. Oben öffnet sich die Schiebetür, und ich trete in einen Saal. Heller als der unten, bessere Akustik, weniger Hall. Ich erkenne niemanden.*

*Dann höre ich aus Hüfthöhe den Prinzen flüstern: »Maestro! Hier bin ich!« Ich spüre seine dürre, zitternde Hand, und dann bricht ihm plötzlich die Stimme. »Es tut mir leid, Maestro! Wir hatten uns so auf Ihr Konzert gefreut, aber es ist etwas Furchtbares passiert! Jean-Luc – er ist wahnsinnig geworden! Er redet wirr …«*

*Stille.*

*»Das tut mir leid.« Notprogramm: Einsatzbereitschaft zeigen. Vielleicht kann ich ihn wenigstens kurz aus seinem Schrecken befreien (Votre musique, c'est la vie)? Also frage ich so ruhig und verbindlich wie möglich: »Er ist nach New York geflogen?«*

*»Er sagt, er ist selbst ein berühmter Pianist und hat morgen ein Konzert an der Met …«*

*»Er ist Pianist?«, frage ich überrascht.*

*»Nein, er kann nicht mal Noten lesen. Er ist doch krank! Solange er seine Medizin aß, ging es uns gut, aber jetzt hat er alle Medikamente ins WC geworfen – ich erkenne ihn nicht wieder …«*

*Mir wird klar: Das Konzert kann ich abschreiben. Mein Kampf um das Stück, die Spannung, die filigrane Erregung – verpufft. Nein, es ist schlimmer: ein Zusammenbruch der Spannung wie ein Bergsturz. Ich will mich irgendwo abstützen und greife ins Nichts. Ich habe damit gerechnet, trotzdem ist meine Kehle wie zugeschnürt.*

*»Das tut mir leid«, sage ich heiser.*

*»Um Gottes willen, was soll ich tun?«*

*»Was soll* ich *tun? Es tut mir wirklich leid …«*

*»Es ist viel schlimmer, als Sie denken!« Gleich wird er anfangen zu weinen. Armer alter Mann.*

*»Seien Sie froh, dass Sie ihn los sind«, sage ich lahm. »Und wegen des Konzerts machen Sie sich keine Sorgen …« Das bringe ich ziemlich*

*tapfer heraus. Vielleicht wird er wenigstens meinen Anstand honorieren.*

*Ein Schluchzen. »Er … hasst mich! Er schlägt mir die nassen Windeln ins Gesicht!«*

*Aus der Ecke eine starke, besessene Stimme: »Ja, aber du erzählst nur die Hälfte der Wahrheit!«*

*Pause. Ich höre schnelle Schritte.*

*»Jean-Luc! Du bist nicht in New York?«*

*»Ich bin schon wieder zurück!«, dröhnt er.*

*»Jean-Luc, mein Liebling! Wie schön …«, ruft der Prinz. »Warum hast du nicht gesagt … Ich habe mir Sorgen gemacht!«*

*Ich spüre Jean-Luc näher kommen, flirrend vor Energie, irgendwie dampfend, und weiche zum Lift zurück.*

*»Jean-Luc, der Maestro ist da! Vielleicht können wir jetzt unser Konzert …«*

*»Bevor es dazu kommt, zerschlage ich das Cembalo! Das ist ein Pfuscher, ich habe seine Generalprobe gehört!«*

*»Jean-Luc, du weißt, dass es nicht so ist! Bitte leg das weg!«*

*In mir die Musik, die keiner braucht, vor mir nichts, unter mir der Abgrund meiner Kindheit, um meine Stirn die Tarnkappe ohnmächtiger kindlicher Gerissenheit, die mich oft gerettet hat und die ich mir schon damals nicht verzieh.*

*»Tja, ich geh dann wohl … Wenn man mir ein Taxi rufen könnte …«*

*Die beiden wenden sich mir zu.*

*»Jean-Luc, deinetwegen ist der Maestro vergeblich gekommen! Bitte zahle ihm wenigstens sein Honorar!«*

*»Ich denke nicht daran.«*

# Genie

Auftraggeber für die *Goldberg-Variationen* war ein Diplomat namens Keyserlingk, der um 1740 in Dresden residierte. Er soll klug, anständig und kunstsinnig gewesen sein, aber er diente zwei verkommenen Regenten, der labilen russischen Zarin Elisabeth und dem genusssüchtigen Sachsen Friedrich August, der mit Russlands Unterstützung König von Polen war. Während Keyserlingk umsichtig für diese Klientel seine Strippen zog, sammelte er Titel und Orden und wurde immer reicher, litt aber gerechterweise an Schlaflosigkeit. Da er einen jungen Cembalisten bei sich hatte, der seinerseits schlecht schlief, weil er Tag und Nacht fanatisch an Musik dachte, gab Keyserlingk bei Johann Sebastian Bach ein Cembalostück in Auftrag, das dieser Junge ihm in schlaflosen Nächten vorspielen sollte.

Der junge Cembalist hieß Johann Gottlieb Goldberg. Keyserlingk hatte ihn drei Jahre zuvor aus Danzig mitgebracht und zwischendurch sogar zu Bach in die Lehre gegeben. Bach hielt ihn für seinen »jederzeit« instrumental stärksten Schüler. Goldberg griff offenbar enorme Intervalle und war beidhändig gleich begabt. Er spielte wie entfesselt, mitreißend in der Improvisation, glänzend vom Blatt *(»ein Notenfreßer«)*, achtete nur das Schwierigste, analysierte blitzschnell und komponierte selbst ausgetüftelt polyphone Cembalokonzerte, Fugen und Präludien, von denen einige sogar erhalten geblieben sind; nicht viele freilich, da ihr Schöpfer die meisten wieder zerriss. Er galt als störrisch und einzelgängerisch. Von seinen beiden Schwestern liebte er die eine über die Maßen, die andere hasste er. Die Lieblingsschwester versuchte er geduldig zur Musikerin auszubilden, obwohl ihr Talent und Neigung fehlten, mit der anderen, die musikalisch hochbegabt war, redete er nur durch die verschlossene Tür. Als Bachs Variationen entstanden, war Goldberg um die vierzehn Jahre alt. Man hat bezweifelt, dass der Heranwachsende dieses Stück auch nur physisch hat bewältigen können, aber erstens blieb er bei Keyserlingk noch weitere zehn Jahre, zweitens werden kaum alle dreißig Variationen hintereinander von ihm verlangt worden sein (das hätte dem erschöpften Keyserlingk wohl den Rest gegeben). Wahrscheinlich erarbeitete Goldberg sich Variation für Variation und lieferte in besagten Nächten einzelne Teile nach Bedarf. Mit Sicherheit hat das Werk sein Können erweitert und seine Kunst vertieft; sein Virtuosentum wurde allseits gerühmt. Die nächsten und letzten fünf Jahre seines Lebens verbrachte er als Kammermusiker beim sächsischen Grafen Brühl. Geheiratet hat er nicht. Er starb mit neunundzwanzig an Tuberkulose.

Bach hat mit dieser Musik einen Volltreffer gelandet. Sie beruhigte den zermürbten Diplomaten und beschäftigte den jungen Notenfresser. Sie ist nicht nur berückend schön, kunstvoll, einfallsreich und tief, sondern wurde sogar ordentlich honoriert, nämlich mit einem goldenen Becher mit hundert Louisdor aus der Hand des dankbaren Mäzens. Der sprach fortan nur noch von »meinen Variationen«. Dennoch sind sie nicht unter seinem, sondern unter dem Namen seines Schützlings berühmt geworden, ohne dessen Meisterschaft sie nicht entstanden wären. Ich weiß, wovon ich spreche.

~

Das Werk hieß damals »Aria mit dreißig Veränderungen« für Cembalo mit zwei Manualen. Es beginnt mit einer Aria in G-Dur im Dreivierteltakt, einem sarabandenähnlichen Rhythmus, an eine Polonaise erinnernd. Die Bassnote des ersten Taktes ist also G. Die zweite Fis, die dritte E, die vierte D jeweils absteigend, und so weiter: ein mit zweiunddreißig Takten ungewöhnlich langes Bassmotiv. Auf seinem Harmonieschema bauen alle dreißig Veränderungen auf.

Sie sind eingeteilt in freie Stücke, Kanons und Exerzitien, die zyklisch aufeinander folgen und die verblüffendsten Querbezüge aufweisen. So ist zum Beispiel ab der dritten Variation jede weitere dritte ein Kanon. Fast alle diese Kanons (bei einer Ausnahme) sind dreistimmig. Das Fundament ist immer eine selbstständige Bassstimme, über der die beiden Oberstimmen einander imitieren. Deren Abstand aber nimmt von Kanon zu Kanon um einen Ton zu. Beim ersten Kanon setzt die zweite Stimme noch auf dem gleichen Ton ein wie die erste, also in der Prime, beim zweiten einen Ton höher, also in der Sekunde, beim dritten zwei Töne höher, in der Terz, und so weiter; und folgerichtig heißen die Variationen »Canone alla Prima«, »alla Seconda«, »alla Terza«, bis »alla Nona«. Kleine Abweichung: Der fünfte und siebte Kanon sind in Moll, und im vierten und fünften setzt die Folgestimme jeweils vier und fünf Töne unter statt über der ersten ein und außerdem in Gegenbewegung, also auf dem Kopf stehend.

Das Konstrukt ist auch mathematisch eindrucksvoll. 3. Variation, Prime: Wenn du drei durch eins teilst, kommt drei raus. 6. Variation in der Sekunde – auch sechs durch zwei ergibt drei. 9. Variation, Terz, neun durch drei: drei, und so fort bis zum Schluss! Die Aria ist im Dreivierteltakt, die meisten Variationen sind dreistimmig, es gibt immer einen Bezug zur Zahl Drei. Das hat die Zahlenmystiker beschäftigt und auch die Theologen, schließlich war Bach ein frommer Mann und kannte sehr wohl die Bedeutung dieser Zahl: Dreieinigkeit, Göttlichkeit. Andere Spezialisten sagen: Jeder Takt Bach sei göttlich, auch ohne Zahlenmystik. Das Werk wurde nicht am Rechenblock geplant, dazu ist es zu sinnlich, zu überraschend, zu rasant. Ich als Musiker genieße einfach jeden Ton und finde umso frappierender, wie sich aus diesem Strom reichster Erfindung die Drei wie von selbst ergibt.

Noch etwas: Die übliche Zahl für Variationen war 24. Man hat sich oft gefragt, warum Bach danach noch weitergemacht hat, und eine Antwort lautet: damit er Nr. 25 schreiben konnte, eines der tiefsinnigsten Stücke, die es für Cembalo überhaupt gibt. Diese langsame, sehr lange Mollvariation erzeugt mit besonderen chromatischen Rückungen unerwartete Klangeffekte und ist tonal so komplex, dass viele Cembalisten es nicht auswendig lernen können. Mir selbst war's von Anfang an ein Fest, wenn ich so sagen darf: ein Fest der Form, des Ausdrucks, des Klangs, wozu die versonnen vorwurfslose, fast andächtige Trauer des Stücks nie im Widerspruch stand.

Weiterhin gibt es, ab Nr. 5 wiederum in jeder dritten Variation, sogenannte Exerzitien. Das sind besonders schwere Übungen jeweils für zwei Klaviere, das heißt beim Cembalo für zwei Tastaturen. Jedes Exerzitium stellt eine neue akrobatische Aufgabe. Es gibt ausgedehnte Dreiklangspassagen fast über die gesamte Klaviatur, häufige Überkreuzungen der Hände, Mordentketten, Triller, Doppeltriller und so fort. Die 5., 8., 11., 14. Variation sind Exerzitien, einige berüchtigt schwer, und die Nr. 26, die gleich nach der traurigen Mollvariation kommt, ist die absolute Horrornummer. Da spielt die rechte Hand teilweise ganz unten auf dem unteren Manual, die linke ganz oben auf dem oberen Manual. Die rechte Hand wirbelt in Sechzehntelpassagen hinauf, die linke spielt einen Sarabandenrhythmus. Wenn die rechte Hand oben angekommen ist, fängt die linke an hinabzulaufen, und wieder sind beide Hände über Kreuz, am Ende des B-Teils sogar in parallelen Sechzehnteln vereinigt; das Ganze in einem irrsinnig schnellen Tempo. Davor habe ich immer gezittert.

Danach kommt ganz scheinheilig der letzte Kanon, Nr. 27, und die letzten drei Variationen sind nicht mehr so schlimm. Nr. 28 besteht aus lauter ausgeschriebenen Trillerketten der rechten Hand, die Linke springt erst eine Weile in großen Intervallen auf der linken Seite dahin, dann aber laufen mehrmals die Hände zusammen und wieder auseinander in einem solchen Tempo, dass du schließlich beim Ineinandergreifen kaum mehr weißt, welcher Finger zu welcher Hand gehört. Dann das unglaubliche Quodlibet in Nr. 30: Da werden die Melodien von zwei verschiedenen Volksliedern miteinander verwoben, sodass jedes zu seinem Recht kommt und gleichzeitig durch den Kontrast mit dem anderen gesteigert wird. »Ich bin so lang nicht bei dir g'west« ist das eine, »Kraut und Rüben haben mich vertrieben« das andere. Diese beiden Lieder sind imitatorisch verarbeitet, unterlegt von der Bassfolge aus der Aria. Aus zwei Volksliedern macht Bach ganz nebenbei höchste Kunst, kein Element war ihm fremd: unglaublich, was der Mann für ein Pulver hatte. Am Schluss kommt noch mal die Aria, die so ruhig und liebevoll ist, vielleicht das Femininste, was Bach überhaupt komponiert hat.

Ich habe das Stück immer mit allen Wiederholungen gespielt. Das ist ein Akt der Fairness gegenüber dem Publikum, das beim einmaligen Hören die Flut der Noten gar nicht verarbeiten kann, und es steigert die Spannung: Du kannst auch nach der schwersten Stelle nicht aufatmen, weil du weißt, sie kommt gleich noch mal. Das Stück dauert, in vernünftigem Tempo ohne Übertreibungen gespielt, an die achtzig Minuten. Beim ersten Takt weißt du, jetzt kommen etwa achtzig Minuten höchste Anspannung, Akrobatik und Gefahr. Nachdem du das gepackt hast, wird dir jedes andere Werk leicht vorkommen.

Wozu die Strapazen?, werde ich manchmal gefragt.

Ja, wozu? Es ist eine Offenbarung. Du erkennst einen vollkommen sinndurchdrungenen, harmonisch aufeinander abgestimmten, von einem wohlwollenden Schöpfergeist erfüllten Kosmos. Die Philosophie drückt sich schon in der Form aus, etwa im durchgehenden Bass als unerschütterlichem Fundament. Dann durch die mathematische Eleganz. Dann durch die Logik und die Kanonkonsequenz, die strenger ist als bei der Fuge: Die artistische Durchführung ist in allen Stimmen gleich kompakt und kunstvoll, was beim Spieler eine unglaublich bewusste Konzentration erzeugt. Dann durch das Sinnhafte: Keine Note überflüssig, jeder Ton hat seine Bedeutung. Bach schrieb ja nie kompliziert um des Effektes willen, eigentlich schrieb er, bei aller komplexen Empfindung, einfach. Wenn er's aber mal kompliziert macht wie für den jungen Goldberg, ist dennoch jeder Ton von derselben minimalistischen Wucht. Eine Potenzierung nicht der Masse, sondern der Bedeutung und Energie: Bach zwingt dich, alles Überflüssige wegzulassen. Und dennoch ist es pure Cembalomusik mit allen Implikationen: Du musst bei radikaler Beschränkung Brillanz, Dramatik und Phantasie erzeugen, und das bei einer Steigerung bis zum Schluss.

Respekt, sagen kluge Leute. Es macht aber die Welt doch offensichtlich nicht besser?

Nun, man muss es gerade deswegen machen.

Sie sagen: Das verstehen wir nicht.

Ich sage dann nichts mehr, denn ich verstehe es auch nicht.

Mein bestes *Goldberg*-Konzert war sicher das, vor dem ich die beiden Cortisonspritzen bekommen hatte; im Odeon. Ich war zwar nicht ganz fit, aber ohne Panik, ohne Lähmung. Natürlich hatte ich einen Riesenrespekt vor den technischen Schwierigkeiten, aber gerade so viel, dass ich hellwach und nicht überdreht war. Und gerade bei den langsamen Variationen spürte ich, wie lieb ich dieses Stück habe.

Ich war vollkommen glücklich. Kein einziges Mal dachte ich, hoffentlich geht diese oder jene Stelle gut. Ich wollte nur, dass es so schön klingt, wie es erfunden worden ist. Ich verschmolz mit seinem Genie und spürte in dieser Hingabe eine wahnsinnige Kraft und unendliche Liebe. Tiefer kann man nicht fühlen. Stärker kann man nicht lieben. Man würde vor Glück weinen, wenn man nicht mit dem Dienen so beschäftigt wäre. G-Dur klingt ja eher naiv und unbeschwert, Bach hat diese Tonart vor allem in Kantaten verwendet, sonst nur in frühen Orgelpräludien und zwei *Brandenburgischen Konzerten.* Und nun wählt er ausgerechnet für die *Goldberg-Variationen*, dieses große, anspruchsvolle Werk, die »kindliche« Tonart.

Ich hatte jahrelang geübt, immer wieder ergründet, studiert, gekämpft, und auf einmal war's da, als hätte es genau an diesem Punkt auf mich gewartet. Und ich war bereit und pries es. In die traurige Mollvariation Nr. 25 konnte ich mein ganzes Empfinden legen und alles zeigen, was das Cembalo an Klang hergibt. Nr. 26, die Albtraumvariation, wurde ein elektrisierender Triumph. Zuletzt gelang nach dem übermütigen Quodlibet die Wiederholung der Aria als graziös sanfter, fast verträumter Abgesang. Ich erlebte, wie die Aria gerade durch ihre Anmut und Besinnlichkeit nach diesen haarsträubenden Abenteuern den Hörern ans Herz griff. Wenn danach alle gleichzeitig aufatmen und die Spannung sich löst mit einem Schrei, mit Getrampel und Bravorufen – dann weiß man, wozu man da war. Dieses Werk. Kein Ärger, weil mal ein Ton nicht klappt. Es trägt dich, dir kann nichts passieren. Totaler Genuss. Riesige Freude. Das war's. Bach hatte den Kuchen der Schöpfung angeschnitten, und ich durfte das Stück in der Hand halten. Ein größeres Geschenk ist kaum vorstellbar.

# Inhalt

## Das wohltemperierte Klavier



## Partita Nr. 4 D-Dur



## Chromatische Fantasie und Fuge

## Musikalisches Opfer



## Goldberg-Variationen